suhrkamp taschenbuch 5068

Ex-Cop und Privatdetektiv Frank Swann bekommt ein bizarres Jobangebot – er soll für den »Ausputzer« des Premierministers von Western Australia den Ausputzer spielen und ein paar politische Ärgernisse beseitigen und sich vor allem um die Security kümmern. Im Grunde will Swann nur mit seiner Frau Marion und seinen Töchtern am Strand liegen, aber irgendwo muss das Geld ja herkommen.

Außerdem sieht er die Möglichkeit, noch ein paar alte Rechnungen zu begleichen, denn im Haifischbecken von Perth tummeln sich nicht nur raffgierige Immobilienspekulanten, Drogendealer, ein irrer Bankräuber, bestechliche Politiker und Biker-Gangs, sondern auch jede Menge korrupter Polizisten. Genau die, die Frank Swann seinerzeit mit falschen Anschuldigungen aus dem Verkehr gezogen haben. Stoisch, lakonisch und effektiv macht sich Swann ans große Aufräumen ...

David Whish-Wilson, geboren 1966 in Newcastle, New South Wales, aufgewachsen in Singapur, Victoria und Western Australia. Lebte zwischenzeitlich in Europa, Afrika und Asien, jobbte u.a. als Barkeeper, Schauspieler, Straßenverkäufer, Kammerjäger und Testpatient. Gab Schreibkurse in Gefängnissen in Australien und auf Fidschi, wo sein dafür entwickeltes Programm noch heute läuft. Lebt zurzeit in Fremantle, Western Australia, und lehrt Creative Writing an der Curtin University in Perth. Zuletzt erschienen *Die Ratten von Perth* (st 4805) und *Die Gruben von Perth* (st 4891).

David Whish-Wilson

DAS GROSSE AUFRÄUMEN

Thriller

Aus dem australischen Englisch
von Sven Koch

Herausgegeben von
Thomas Wörtche

Suhrkamp

Die Originalausgabe erschien 2016 unter dem Titel
Old Scores
bei Fremantle Press.

Erste Auflage 2020
suhrkamp taschenbuch 5068
Deutsche Erstausgabe

Umschlagabbildungen: Valentino Sani/Arcangel Images (Polizeimarke);
Renphoto/Getty Images (Blut unten); FinePic®, München
(Einschusslöcher/Hintergrund/Struktur)
Umschlaggestaltung: zero-media.net
Druck und Bindung: CPI books GmbH, Leck
Printed in Germany
ISBN 978-3-518-47068-8

DAS GROSSE AUFRÄUMEN

Für Luka Fergus

1 Blake Tracker band seine Dunlop Volleys mit grünen, aus einem Kurzwarenladen gestohlenen Schnürsenkeln; die Doppelschleife hatte ihm sein Vater beigebracht.

So ziemlich das einzig Nützliche, das er von Pops gelernt hatte. Richtig gut war die Doppelschleife an Fußballschuhen, damit gingen die nie auf.

Von seiner Mum hatte er Kämpfen gelernt. Kämpfen und Weglaufen.

Sein Zellengenosse im Longmore Remand Centre war noch wach. Peter Parkhill hatte ein bleiches Gesicht, blasse dürre Arme, auf die in diesem Moment Mondlicht fiel, und einen leeren Blick. Wie jeden Abend glotzte er auf den mit Klebknete an der Wand befestigten Kalender. Weil in einer Jugendanstalt keine Tittenbilder erlaubt waren, war auf dem Kalenderbild für November 1983 ein Strand bei Perth zu sehen: kobaltblaues Meer, weißer Sand, gebräunte Körper. Parkhill strich jeden Tag ab, der zu Ende ging – das war immer das Letzte, was er vorm Schlafengehen tat. Der 23. November wartete noch auf den Ritz von Parkhills Fingernagel.

Parkhill war Skinhead, und sobald er achtzehn wurde, würde er nach England deportiert werden. Er schien sich sogar darauf zu freuen. Hier war er, weil er auf einer schicken Party in Claremont mit einer Knarre eingelaufen war und einem verhassten Mod ins Bein geschossen hatte.

In Longmore hatten die Nyungar-Jungen Parky schon so oft verdroschen, dass es sie langweilte. Es war im Grunde nicht anders als draußen, nur umgekehrt, weil da die Skinheads zu zehnt einen schwarzen Jungen zusammenschlugen, wenn sie ihn in einer dunklen Ecke der Hay Street erwischten. Zu jeder Tages- und Nachtzeit.

Aber das hatte Parky nicht unterkriegen können. Nur ein Auge hing etwas über die wächserne Narbe, die er als kleines Kind von seinem Vater verpasst bekommen hatte.

Als Zellengenosse war Parky nicht mal so übel, jedenfalls für ein Pommie-Schwein. Er hatte von den anderen sogar ein paar Worte Nyungar aufgeschnappt, dazu einige Brocken Wongi von Blake. Nyungar, fand er, klang wie Klingonensprache und Wongi wie Urwaldgeräusche.

Blake stand auf, machte Armkreise und trabte auf der Stelle, um seine Nerven zu beruhigen. Schubste seinen Sack in Position, strich sein grünes T-Shirt glatt und schob sich die Locken aus den Augen.

Tastete seine Verletzungen ab. Die Nase war gebrochen, drei Rippen angeknackst. Die Finger seiner Linken waren noch taub.

Sobald er den Entschluss gefasst hatte, hatte er auch keine Angst mehr gehabt. Jetzt ging es nur noch um die Sache, darum, sie durchzuziehen. Vorher, nachher, fertig. Nur diese Sache, das Eine, was er tun würde.

Kein Wenn und Aber. Töten oder getötet werden. Sie oder ich.

Er nahm seinen Ausweis und hielt ihn ins Licht. Drückte ihn an der Längsseite leicht zusammen und spürte, wie die Rasierklinge aus dem Schlitz rutschte, den er in den Ausweis geschnitten hatte. Mit den Zähnen zog er sie so weit heraus, bis das Ganze fast ein kleines Messer war. Genug jedenfalls, um einem Mann die Kehle durchzuschneiden – und bald würde er gegen Männer antreten müssen.

Blake hatte die Rasierklinge benutzt, um die anderen zu tätowieren, und die Aufpasser suchten wie verrückt danach.

Jedes Mal, wenn er ihnen beim Passieren einer Tür den Ausweis hinhielt, musste er sich das Lachen verkneifen. »Bitte sehr, Boss.«

Aber sie fanden sie einfach nicht. Stattdessen kassierten sie alle Kugelschreiber ein.

Aber mit Zigarettenasche ging's auch.

Einfach das Design in die Haut ritzen, Tinte – oder Asche – reinreiben, heilen lassen.

Zehn Ziggies pro Tattoo. Sie standen Schlange bei ihm. Die Designs waren meist auch von ihm.

Parky hatte eins auf dem linken Unterarm. *Spurs* stand da, was immer das heißen sollte.

Es war fast so weit. Eine Stunde nach Schließzeit. Jetzt sahen die Wachen fern, aßen zu Abend und tranken was zusammen. Hatten geprüft, dass der Direktor keine Überstunden machte.

Eine Woche lang hatte Blake jeden Abend Prügel über sich ergehen lassen, aber jetzt hatte er die Nase voll. Er tauchte weg, ging in Deckung, tänzelte, stand sicher auf den Beinen, die Füße leicht gespreizt. Boxte Schatten mit dem Mond. Die angeknacksten Rippen machten ihn langsam. Die Linke konnte er nicht richtig zur Faust ballen. Die Rechte war okay.

Aber er hatte seine Klinge. Seine Füße. Und seine Zähne.

Er würde alles geben.

Er blickte zu Parky auf der Pritsche, und zum ersten Mal sah er Angst in seinen Augen. Ein Flackern im Blick. Parky seufzte und wollte aufstehen.

Blake beugte sich zu ihm. »Du bleibst schön unten. Was sollen denn deine Weißbrot-Kumpels sagen, wenn du dich für 'nen Blackfella prügelst?«

Die Worte saßen. Parkhill drehte sich zur Wand.

Das Türschloss klickte.

Ein Wächter, aber allein. Irish Pete. Den Schlagstock noch am Gürtel. Rotgesichtig, mit brennender Zigarette in der Hand. »Die meinen's ernst, Blake. Und sie kommen bald. Sei kein Dickschädel.« Er warf Parkhill einen misstrauischen Blick zu. »Es gibt keine neue Chance mehr, nicht nach heut Abend.«

Blake straffte die Schultern, richtete sich auf. »Du bist wirklich nicht übel, Irish Pete. Aber ich geh nicht drauf ein. Der letzte Junge wurde dabei geschnappt und bekam zwei Jahre extra. In 'ner Woche komm ich nach Freo. Vielleicht grün und blau geschlagen, aber ich komm in den Erwachsenenvollzug. Dem hier wein ich keine Träne nach.«

Irish Pete schüttelte den Kopf und sah erneut Parkhill an, um festzustellen, ob er schlief. »Du kapierst es nicht, Junge. Du kriegst *keine* neue Chance mehr. Nie mehr. Die wollen ein Zeichen setzen.«

Der Ire legte sich eine imaginäre Schlinge um den Hals und zog daran, ließ die Zunge raushängen und verdrehte die Augen.

Blakes Körper begriff es vor seinem Kopf. Seine Knie wurden weich. Sein Magen krampfte zusammen. Schlaff baumelten seine Arme herab.

Blickte entschlossen drein, schnaufend, als wäre er gerade tausend Meter gerannt.

Konnte nirgendwohin laufen. Er schüttelte den Kopf, wollte den Druck auf den Ohren loswerden.

»Ich geh nicht drauf ein.«

Er wusste nicht, woher die Worte kamen, aber er meinte es genau so.

Irish Pete schüttelte den Kopf. Blickte den Zellengang hinunter, bis ans Ende zum Mannschaftsraum. Sah auf seine Armbanduhr. Spuckte auf den Boden.

»Los, Junge, mach ...«

Blake verstand. Er schlüpfte an dem Iren vorbei und rannte durch den Gang. An den dunklen Zellen seiner Kumpels vorbei. Vorbei an dem Brett mit der Namensliste – auf der die Schweine bei seinem Namen das »e« weggestrichen hatten. »Blak Tracker.« Dann sah er, dass die Tür zu den Höfen offenstand. Verdammt, dieser Irish Pete war wirklich nicht übel. Mondlicht fiel auf sein geschwollenes Gesicht, als er mit schwingenden Armen, mit federnden Füßen auf der festgetretenen Erde Meter um Meter Anlauf nahm, um auf die Mauer zu springen und abzuheben und zu fliegen, fliegen ...

2

Frank Swann zog die Schlafzimmervorhänge auf. Es war ein Frühlingstag, der ganze Garten war von blühenden Mittagsblumen orange gepunktet. Der Himmel strahlte in kühlem, von dünnen weißen Wolkenfäden durchzogenem Blau, leichter Südwind ließ die Wipfel der Straßenbäume schaukeln. Swann blickte auf seine Armbanduhr und ging in das zur Straße liegende Zimmer mit dem Telefon. Wie erwartet, klingelte es um Punkt sieben. Dennis Gould war so pünktlich wie zuverlässig. Swann nahm den Hörer und drückte eine Taste, um den Mitschnitt des Anrufs zu starten. Gould war sein bester Rechercheur, beinahe sein Partner, doch jetzt war er auf der Flucht. Dafür hatten Schläger von Trevor Dragic gesorgt.

»Dennis.«

»Swann.«

Ihre Kurzformel dafür, dass alles in Ordnung war. Aus dem Hintergrundrauschen hörte Swann, dass ein Road Train an Dennis vorbeirasen musste. Er stellte sich den Staub und die Hitze in der Nullarbor-Wüste vor – rote Erde, heißer

Wind, krächzende Krähen auf der Telefonleitung, Gould an einer gottverlassenen Raststätte zur Telefonzelle hinkend.

»Ich bin an einem Surf-Spot kurz nach der Grenze zu South Australia. Heißt Cactus. Gibt 'nen Campingplatz da. Hab sogar einen Wohnwagen mit Meerblick.«

»Reicht das Geld?«

»Reicht. Was von Dragic gehört?«

Swann knurrte. »Ist angeblich im Ausland. Ich denke, wir sollten noch 'ne Woche warten.«

»Okay. Ist nicht mal so übel hier in South. War auch schon angeln. Die Lachsbarsche beißen grad gut. Der Typ nebenan hat sich aus'm alten Kühlschrank 'nen Räucherkasten gebastelt. «

»Wie weit hast du's zur Raststätte?«

»Knapp fünfzig Kilometer, hin und zurück. Ich meld mich alle zwei Tage, immer um die Zeit.«

»Bisschen eher wär besser, wegen dem neuen Job. Ich muss um sieben in der Stadt sein und am Schreibtisch hocken.«

Swann legte auf und sah wieder auf die Uhr. Vor drei Tagen hatten sich vier Biker Gould auf der Straße geschnappt, ihn in die Berge gefahren und sein Grab schaufeln lassen. Er hatte sich auf den Bauch legen müssen und den Staub küssen. Gould hatte ernsthaft geglaubt, sein letztes Stündlein hätte geschlagen. Der Mann mit dem Gewehr klang erbarmungslos. Gould wusste noch immer nicht, warum sie ihn nicht erledigt hatten; irgendwann hatten sie gefragt, wie viel Geld er daheim hatte – ein paar tausend in cash. Mit verbundenen Augen fuhren sie ihn zurück in die Stadt. Warteten vor der Tür, während er eine Tasche packte, und ließen ihn seine Ersparnisse abdrücken. Anschließend folgten sie seinem Triumph hinaus bis zum Great Western Highway – der Straße nach Adelaide.

Als Swann vor dem Haus einen pluggernden Achtzylinder hörte, strich er am obersten Knopf über sein Anzugjackett.

Sein neuer Firmenwagen sollte um sieben Uhr kommen.

Er betrachtete sich erneut im Spiegel. Seine alten Polizeistiefel waren frisch poliert, der blaue Schurwollanzug saß perfekt. Die Haare waren frisch geschnitten, seine Augen von der neuen Sonnenbrille beschirmt.

Seine Töchter hatten sie ihm ausgesucht: eine Ray-Ban mit spitzen Ecken, wie aus den Fünfzigern. Teuer, aber er konnte sie sich leisten, weil er gerade sein Honorar bekommen hatte. Und das reichte, um jeder seiner drei Töchter einen großen Schein zuzustecken und den Rest draußen unterm Zitronenbaum zu vergraben. Trevor Dragic hatte offenbar das Land verlassen und war in seine mazedonische Heimat geflohen. Seine Konten und Immobilien waren an den Insolvenzverwalter gefallen, und der hatte Swann voll ausbezahlt.

Zum ersten Mal seit Monaten hatte er keinerlei Sorgen, und heute begann etwas ganz Neues.

Der Holden Statesman fuhr rückwärts in die Einfahrt und blieb wie eine große, tief und zufrieden schnurrende Katze stehen.

Ein Stato wäre schon eine feine Sache. Etwas größer als Swanns sonstige Autos, aber dank des ausgehandelten Vertrags konnte er sich das mächtige Fünf-Liter-Aggregat leisten – der Firmenwagen samt Benzinkostenübernahme stand auch drin.

In den letzten Jahren hatte er vor allem den Datsun 120Y seiner Frau mitbenutzt. Daneben gab es zwar noch eine Reihe von Holdens aus den 1960er Jahren, die er billig gekauft und an den Wochenenden hergerichtet, dann aber an seine

Töchter weitergegeben hatte, sobald sie volljährig wurden: einen gelbgrünen HK für Louise, einen roten EK mit weißem Dach für Sarah und erst kürzlich einen smaragdgrünen Brougham, den sich seine Jüngste, Blonny, gewünscht hatte. Drei Jahre hatte er gebraucht, um die schon ausgeschlachtete Kiste in ihre alte Pracht zurückzuversetzen. Dabei hatte er auch die Vorzüge von Klimaanlage, elektrischen Fensterhebern und Ledersitzen zu schätzen gelernt.

In der Einfahrt stieg Heenan, die rechte Hand des neuen Premierministers, aus; der Fahrer des Statesman blieb sitzen.

Swann blickte Heenan fragend an, doch der zog sich nur die Hose über den dicken Bauch, ließ die Finger knacken und kurz den Kopf kreisen. »Schicker Anzug«, sagte er mit ruhiger Stimme. So ruhig und voller Schmelz, dass sie im Ohr schmeichelte. »Dein Auto steht ein Stück die Straße runter, Frank. Vor der Bäckerei. Hier sind die Schlüssel.«

Swann nahm sie aus Heenans warmer Hand, blickte auf das Holden-Logo, nickte.

»Den Pager hast du?«, fragte Heenan. Swann zeigte ihn ihm, obwohl er gar nicht wusste, wie das Ding funktionierte. »Wenn wir dich brauchen, schicken wir dir eine Nummer. Die rufst du an, dann kriegst du weitere Anweisungen. Wir könnten heute Vormittag überall sein. Wart in deinem Büro. Das Telefon dort hat übrigens noch keine Sicherheitsfreigabe. Damit könntest du also mal anfangen.«

Mit diesen Worten stieg Heenan in den Statesman, schlug die dunkle Tür zu, und der Wagen rollte zurück auf die Straße. Als er den Hügel hinauffuhr, war hinter seinen getönten Scheiben nichts zu erkennen.

Swann schloss ab und nahm die Werkzeugtasche, die auf der Veranda vor dem Haus stand. In der Tasche befand sich vor allem Elektronik, die mit Swanns Hauptbeschäftigung in den vergangenen Jahren zu tun hatten: Abhörgeräte, Wanzen und Funksignalmesser zum Aufspüren von Lauschern. Seine Kameras und Rekorder.

Ein Stück die Straße hinunter war eine Bäckerei, von der jede Nacht Brotgeruch in Swanns Schlafzimmer wehte. Davor parkte sein Auto.

Nicht gerade, was er erhofft hatte. Der pfirsichfarbene Commodore war das 1981er Modell, erst zwei Jahre alt, aber er sah schon mitgenommen aus.

Swann ging einmal um den Wagen herum in der Hoffnung, dass er von irgendeiner Seite einen besseren Eindruck machte. Es war natürlich ein Flottenfahrzeug, aber die Lackkratzer an den Kotflügeln verrieten, dass er viel auf den Schotterstraßen des Outbacks unterwegs gewesen war. Auch der Kühlergrill mit der Eierkartonoptik war angeschlagen und verbeult, die Antenne auf dem Kotflügel verbogen und rostig. Auf dem Kofferraumdeckel fehlte das Typenschild, der Tankdeckel war zerkratzt und stand etwas ab, als hätte jemand versucht, ihn mit Gewalt zu öffnen. Die Reifen waren schon stark abgefahren.

Auf all das wäre es aber nicht angekommen, hätte der 1,9-Liter-Motor nicht den Ruf gehabt, eine lahme Krücke zu sein, weil man dafür von einem originalen Sechszylinder bloß zwei Zylinder abgezwickt hatte. Das Auto war somit nicht viel mehr als ein vollbepacktes Pferd mit drei Beinen.

Swann öffnete die Tür und legte die Werkzeugtasche auf den Beifahrersitz, dann nahm er hinterm Lenkrad Platz. Er klappte die Sonnenblende herunter, drehte den Zündschlüssel und lehnte sich in den cremefarbenen Nylonsitzen zurück, während er auf das Anspringen des Motors wartete. Das Radio war auf einen Talksender eingestellt, in dem John K. Watts gerade energisch die Ansicht vertrat, dass Australien einen gesamtstaatlichen Australian-Football-Wettbewerb brauchte und Western Australia ein eigenes, schlagkräftiges Team. Swann war gleichzeitig mit Watts bei der Western Australia Police gewesen; daneben hatte Watts noch professionell Football gespielt und danach seine Zweitkarriere als Komiker gestartet.

Swanns Berufsweg war weniger unkonventionell verlaufen – vom Polizisten zum Sicherheitsspezialisten beziehungsweise dem, was gemeinhin Privatdetektiv genannt wurde.

Swann stellte das Radio ab, um den Motor besser zu hören. Immerhin ordentlich eingestellt, so schien es. Allerdings stand die Tankanzeige fast auf leer, und das Warnlämpchen für die Batterie leuchtete.

Mit einem Fingerdruck auf die Tasten schaltete er das Radio wieder an. Ein Mann sang von einem Auto. Er kannte diesen Song von einer Kassette von Blonny …

Here in my car, I feel safest of all …

Swann lachte auf. Sein letzter eigener Wagen, der geliebte 1962er EK Holden, war 1979 von Gus Rileys Bikern in die Luft gejagt worden, keine zwanzig Meter von der Stelle, an der er nun stand.

Swann stellte den Rückspiegel ein und prüfte, ob die Straße hinter ihm frei war.

Auf dem Weg nach Perth flirrte die Morgenhitze schon über dem Freeway, die Wasserfläche des Swan River glänzte wie poliert. Auf den Pylonen des alten Como Jetty saßen Pelikane, Kormorane dösten auf den Riffkalkfelsen. Manche von ihnen sahen aus wie mürrische alte Männer, andere wie abgemagerte schwarze Engel.

Swann zündete sich eine Zigarette an, während der Commodore sich in der ufernächsten Fahrspur abmühte. Plötzlich fing die Plastikbox in seiner Hosentasche zu piepsen an. Gleich darauf klingelte ein Telefon. Mit der linken Hand hob Swann den Deckel der Mittelkonsole. Darin lag ein Telefon wie aus *Mini-Max*. Er nahm den Hörer ab.

»Swann? Funktioniert der Pager?«

Swann zog die schwarze Box heraus und blickte auf die Digitalanzeige – eine siebenstellige Nummer.

»Yep.«

»Das heißt, du bist in oder kurz vor der City. Das Ding hat eine Reichweite von fünf Kilometern«, sagte Heenan. »Streich das mit deinem Büro. Du musst unbedingt ins Parliament House und die Büros und Konferenzzimmer überprüfen. Am Eingang liegt ein Ausweis für dich. Das alles muss noch vor der Morgenpressi ...«

»Pressi?«

»Pressekonferenz.«

»Wieder was gelernt.«

Der Commodore näherte sich der Ausfahrt West Perth. Nur ein paar Meter nach dem Straßenrand erhob sich die Kalksteinflanke des Mount Eliza.

»Das Telefon hier – kann ich mit dem überallhin telefonieren?«

»Überall in der Stadt. Keine Ferngespräche.«

Diese Aufgeblasenheit in Heenans Stimme: Er hatte hörbar Spaß daran, die rechte Hand des Premiers zu sein – und die linke auf dem Geld zu haben. Swann schnitt ihm das Wort ab. »Ich leg jetzt auf ...«

»Ach ja? Wieso denn?«

»Bin da.«

3

Des Foley beugte sich zwischen die Vordersitze und legte seine Hände auf die Schultern der beiden Männer vor ihm. Nach knapp fünfhundert Kilometern Autofahrt waren sie schon super Kumpel. Das Gras, mit dem Cameron auf dem Beifahrersitz immer wieder eine Tonpfeife bestückte, tauchte den Busch bereits in ein goldenes Licht, verlieh ihm eine fließende Weite und ließ den Wagen über dem Asphalt schweben. Worüber Des jedoch wirklich staunte, war das Speed, das in einer Tüte auf dem Schoß des Fahrers lag. Das Zeug war richtig gut, der Vorrat schien endlos, obwohl Reggie alle fünf Minuten einen Finger in die Tüte steckte und sich dann das Zahnfleisch massierte. Als er Nasenbluten bekommen hatte, hatte er begonnen, das Pep oral zu nehmen. Die beiden waren die ganze Strecke von Sydney ohne Schlafen gefahren und waren fast am Ziel: Das hieß, drei Tage und vier Nächte rauchen, schnupfen, Vollgas geben. Der neue Mazda, den sie, wie Cameron zugab, in Dubbo gestohlen hatten, hatte bislang alles mitgemacht, doch dieser plötzliche Geruch von verschmortem Plastik war kein gutes Zeichen. Cameron und Reggie schienen ihn aber nicht zu bemerken.

Reggie war von der Army desertiert und hatte Cameron in einer Bar in Wagga kennengelernt. Cameron war auf dem Weg nach Perth gewesen, um seinen drei Jahre alten Sohn zu besuchen, und Reggie hatte Gefallen an einem spontanen Trip gefunden. Des hatten sie in Kalgoorlie aufgegabelt, wo er schon drei Stunden lang glücklos den Daumen in den Wind gehalten hatte. Beim Anhalten schlidderten die beiden halb vom Randstreifen und wären beinahe ins Akaziengestrüpp gerauscht.

Dass die beiden zugedröhnt waren, war Des auf den ersten Blick klar, aber dafür waren sie nicht von hier, was ihm sehr gelegen kam. Denn ihn würde man in und um Perth schnell erkennen, auch wenn er jetzt einen Bart und lange Haare hatte.

Außerdem hatten die beiden es erkennbar eilig.

Auf den ersten ein-, zweihundert Kilometern war alles auch ganz lustig gewesen, doch als sie in der Gegend um York die ersten Weizenfelder des Wheatbelt erreichten, hatte Cameron zu jammern und schimpfen begonnen.

Seine Scheiß-Ex hatte ihm seinen eigenen, dreijährigen Sohn gestohlen. Der geklaute Fernseher auf dem Rücksitz war für ihn. Cameron wollte sich duschen, rasieren und ausschlafen, dann ihn besuchen. Dem Jungen den Fernseher geben und sich entschuldigen, dass er ihm beim letzten Mal Angst gemacht hatte.

Doch je näher sie Perth kamen, desto mehr regte sich Cameron auf. Von Ausschlafen war keine Rede mehr. *Er wollte sofort hin. Und wenn sie ihn nicht reinließ, würde er den Fernseher durch ihr Scheißfenster schmeißen und hinterherspringen. Wo zum Henker in Perth war dieses Thornlie?*

Des sagte nichts.

Die verdammte Fotze. Diese sommersprossige Schlampe. Wenn die nur einen Mucks macht. Sie glaubt wohl, sie ist schlauer als ich. Aber ich hab sie gefunden. Hab ich noch jedes Mal.

Cameron fing an, auf das Armaturenbrett einzudreschen. Und dasselbe würde er mit ihrem Schädel machen. Ihr die Fresse polieren. Sozusagen als kleine manuelle Aufhübschung. Reggie brüllte dazu wie ein angestochener Stier. Camerons Wildheit war ansteckend.

Das alles ging ihn nichts an, sagte sich Des. Einmal. Aber kein zweites Mal. Er hatte es satt, sich was vorzumachen.

Er blickte auf seine Hände: zu Fäusten geballt.

Das Auto schlingerte, als Reggie lachend auf das Lenkrad

einprügelte. Cameron war außer sich wegen dem, was er mit seiner Ex anstellen würde, er brüllte es aus Leibeskräften, bis das Geschrei einen irren Rhythmus bekam, zu dem er mit den Fäusten aufs Armaturenbrett trommelte.

Nicht gut.

Des zählte zu den meistgesuchten Männern Australiens. Der »Good Morning Bandit«, wie er wegen seiner Masche, durch Seitenwände oder Decken in Banken einzubrechen und auf den Geschäftsführer zu warten, genannt wurde. »Good Morning« war das Erste, was der zu hören bekam. Bevor die ersten Kunden kamen, war Des wieder weg. Nie wurde jemand verletzt.

Die beiden Vollidioten auf den Vordersitzen waren zu dicht, um ihn zu erkennen, aber jeder Bulle sah sofort, wer er war.

Nicht gut.

Er würde nicht ins Gefängnis zurückgehen. Auf Zivilisten nahm er Rücksicht, aber einen Bullen würde er sofort erschießen, wenn er ihn auch nur misstrauisch ansah. Und er würde *niemals* ins Gefängnis zurückgehen.

Sein einziges Mantra.

In vier Bundesstaaten zur Fahndung ausgeschrieben, und in jedem davon wartete eine Gefängniszelle auf ihn. Er würde in der ersten Zelle seine Strafe absitzen und von dort in die nächste verfrachtet werden. Er käme nie wieder raus. Und es würde kein Zuckerschlecken werden. Nach seiner letzten Flucht aus Pentridge drohte Einzelhaft in einem Hochsicherheitstrakt.

Perth kam immer näher. Fünf Kilometer vor ihnen sah Des, wie sich die Kammlinie der Darling Scarp über dem grauen, von Marri- und Jarrah-Wäldern gesäumten Band des Great Eastern Highway erhob.

Es wäre nicht allzu überraschend, wenn vor der Hügelkette ein Streifenwagen stünde, um die heimkehrenden Fernfahrer zu kontrollieren. Über hundert Tonnen schwere Road Trains, die mit nahezu 100 km/h auf ein fast fünfundvierzigprozentiges Gefälle zurasten. Der eine oder andere Truckie am Steuer kurz vorm Einnicken oder mit kaputten Bremsen unterwegs. Leicht konnte da einer von der Straße abkommen und eine ganze Zeile von Ziegelhäuschen am Straßenrand plattwalzen.

»Halt hier an, Reggie. Ich bin da.«

Überraschenderweise hörte Reggie ihn trotz des Gebrülls. Des hatte leise, aber bestimmt gesprochen. Vielleicht hatte der Corporal den Befehlston gespürt. Oder immer die Antennen ausgefahren, weil er sich unerlaubt von der Truppe entfernt hatte.

»Dachte, du lebst an der Küste?«

Cameron hörte auf, das Armaturenbrett zu verprügeln.

»Kommst du nicht mit, meinen Sohn besuchen?«

Des würdigte ihn keiner Antwort. »Das letzte Stück geh ich immer zu Fuß. Hab ich mir so angewöhnt. Lass mich einfach an der nächsten Kurve raus.«

Die Straße wand sich in den John Forrest National Park.

»Ein Stück noch. Hier.«

Des stieg aus, hob seine Reisetasche aus dem Wagen und lehnte sie an den Stamm eines riesigen Marri-Baums. Dessen weiße Blüten rieselten um Des herum auf den staubigen Boden.

Er hörte, wie hinter ihm Fahrer- und Beifahrertür geöffnet wurden. Er hatte es erwartet. Der Ausblick von dem kleinen Rastplatz am westlichen Rand der Hügelkette war besonders; von hier aus lag einem Perth auf der weiten sandigen Ebene zu Füßen, dahinter bis zum Horizont der unermessliche Indische Ozean, überwölbt vom gewaltigen Blau des Himmelsdoms. Doch diese zwei Reisenden stiegen nicht wegen des Panoramas aus.

Cameron und Reggie waren weit, weit weg von daheim. Das Auto zu klauen und nach Westen zu fahren war eine spontane Idee gewesen. Von den beiden letzten Tankstellen waren sie weggefahren, ohne zu zahlen. Sie lebten bereits auf Pump.

Des legte eine Hand um den kühlen, angebrochenen Griff der Browning-Pistole in seiner Reisetasche und drehte sich um, hielt die Waffe jedoch hinterm Rücken verborgen. Als ob sie Ochs am Berg spielten, blieben die beiden anderen abrupt stehen und tarnten ihr Anschleichen als etwas Harmloses, Freundliches. Falsch lächelnd stemmten sie die Hände in die Hüften, verschränkten die Arme vor der Brust.

Des atmete tief ein und drehte sich wieder um, wandte sich dem Perth-Panorama zu. Er wollte wissen, ob er's noch drauf hatte – noch den siebten Sinn besaß, den er sich als Kind in Jugendanstalten erworben und seither in allen Gefängnissen weiter trainiert hatte.

Er spürte, dass Reggie von hinten auf ihn zustürzte, trat einen Schritt zur Seite und versetzte dem Mann einen Schlag mit dem Pistolengriff, der ihn zusammen mit seinem eigenen Schwung über den Rand der Granitklippe stürzen ließ, hinunter ins Nichts.

Es fühlte sich gut an. So gut, dass er die Waffe durchlud, zu Cameron sprang und ihm, noch ehe der seinen geschockten Gesichtsausdruck ablegen konnte, die Beine wegtrat. Des kniete sich so auf Camerons Rücken, dass er dessen Füße sah.

»Weißt du, Kumpel, du erinnerst mich an meinen Vater. Meine Mutter hat mich und meine Brüder ganz allein großgezogen. Sie hat meinen Vater außen vor gelassen, bis wir alt genug waren, dass wir ihn selber außen vor lassen konnten. Er war ein widerlicher Sack, genau wie du …«

Cameron fasste sich wieder, begann zu strampeln.

»Du wirst deinen Sohn nicht besuchen, Cameron. Und keinen Fernseher durchs Fenster deiner Ex schmeißen. Und sie auch nicht mehr verdreschen.«

Des setzte die Browning an das Hosenbein des Mannes, direkt auf die Kniekehle, und drückte ab. Der Boden nahm den größten Teil des Drucks auf, die zerschmetterte Kniescheibe und den lauten, scharfen Knall; Camerons gellender Schrei wurde vom Wald verschluckt. Des schoss auch noch durch das zweite Knie und stand auf. Packte den Mann bei den Händen und zerrte ihn, ohne auf seine Schreie und die schmerzgeweiteten Augen zu achten, an die Abbruchkante, schubste ihn mit einem Tritt in den Abgrund. Hörte, wie die Äste größerer Marris knackten und brachen, als er auf die darunterliegenden Felsen stürzte.

»Grüß deinen Kumpel von mir.«

Das war mal ein Anfang. Eine Art Training. Er sah auf die Stadt hinab, seine Heimatstadt, um die sich der Fluss wand wie eine träge Schlange. Irgendwo da unten war seine Mutter, die irgendjemand auf die Straße setzen wollte. Aber nicht mit ihm.

Und wenn er dafür die ganze Stadt niederbrennen musste.

4

Swann fuhr mit dem Fühler des Funksignalmessgeräts über die Scheuerleisten an der Wand gegenüber dem Schreibtisch, an dem der Premier mit hochgelegten Füßen zurückgelehnt saß und telefonierte. Als Swann mit der Wand fertig war, blieb er stehen und wartete, bis ein paar Stabsmitarbeiter zur Seite traten. Der Premier wirkte entspannt, sah aber aufmerksam herüber. Die rötlich braunen Haare, die er bis wenige Monate vor der Wahl lang getragen hatte, waren jetzt ebenso wie die Koteletten und der Schnurrbart gestutzt, außerdem seitlich gescheitelt. Er sah fast aus wie der junge John F. Kennedy, nur ohne dessen leichten Schlafzimmerblick.

Mit ihrer kräftigen Statur und der kantigen Kinnpartie hatten seine beiden hochgewachsenen Amtsvorgänger wie Soldaten oder Detectives gewirkt. Rob Farrell dagegen war eher klein und das, was Swanns Töchter »geschmeidig« nennen würden. Seine grünblauen Augen verrieten Witz, aber auch Erregbarkeit, seine Stimme war tief, sein Tonfall moduliert. Anders als die zwei Vorgänger mit pseudoenglischem Akzent, wie er von Vertretern ihrer Generation erwartet wurde, sprach er mit dem Akzent der australischen Arbeiterschicht, aus der er stammte. Den Wählern gefiel das. »Hier ist der Prime Minister. Danke, dass Sie sich sogar im Urlaub die Zeit nehmen, anzurufen ... danke, Mann, yep, schießen Sie los. Ihnen gefällt die neue Frisur? Heenan, mein Aufpasser, hat mich dazu gezwungen. Na ja, sind jetzt eben die Achtziger. Ein neuer Look für die neue Ära. Hinten und an den Seiten kurz, oben und vorn noch ein bisschen Gewächs für den schicken Scheitel ... ja, klar, Mary hat sie geschnitten, an meine Haare lass ich keine andre ran. Wie geht's Hazel und den Kindern?«

Im Büro des Premiers standen knapp ein Dutzend Frauen und Männer, die sich außerhalb des Lampenscheins im Halbdunkel drängten. Der Raum war mit dunkel gestrichenem Kasuarinenholz getäfelt, die schweren Vorhänge zugezogen, dennoch fing der Premier Swanns Blick auf und zwinkerte ihm zu.

Es war eine eigenartige Geste, vertraut und frech, selbst

wenn Swann vermutlich die einzige Person im Raum war, die den Premier unverhohlen ansah, was dieser wohl auch gespürt hatte. Alle anderen gehörten zum Stab, waren mit Akten beschäftigt und warteten auf ein Gespräch mit ihm. Doch sie hielten den Blick gesenkt und taten so, als würden sie nicht jedes seiner Worte aufsaugen.

Sogar Heenan, der dicht hinter dem Premier stand, sah auf seine Armbanduhr. Die beiden erinnerten Swann an das Buch, von dem ihm Louise, seine Älteste, erzählt hatte. *The Picture of Dorian Gray.* Es schien, als habe Heenan die ganze Erschöpfung und alle Sorgen des Premiers angenommen, während der Premier nie jünger ausgesehen hatte.

Heenan war es gewesen, der Swann vor einem Monat angerufen hatte. Wenn die Wahl ausgehe wie erwartet, wolle der nächste Premier mit einem neuen Besen den Mitarbeiterstab auskehren. Außerdem gedenke er, ein paar neue Stellen zu schaffen, und für eine habe Heenan Swann im Hinterkopf. Als Mann für alle Fälle des jetzigen Oppositionsführers würde Heenan wohl bald auch selbst einen solchen Mann brauchen.

Swann steckte damals mitten in einem Gerichtsprozess, mit dem kleine Investoren Geld zurückbekommen wollten – von dem ehemaligen Drogenhändler Dragic, der ins Immobiliengeschäft eingestiegen war, dann Bankrott erklärt und die Profite selbst eingestrichen hatte. Mit Observationen und der Nachverfolgung der Geldströme über Briefkastenfirmen konnte Swann den Betrug belegen. Seither hatten ihn Dutzende Leute angesprochen, die in Aktien oder Immobilien investiert hatten und abgezockt worden waren – wieder ein neues Geschäftsfeld in einer Stadt, in der Abzocker in Anzügen immer fleißig mitkassiert hatten.

Das Problem war nur, dass Swann diese Leute nicht ausstehen konnte: weder die charmanten Blender noch die Geprellten, die ihre Lebensersparnisse für etwas aufs Spiel gesetzt hatten, das zu schön war, um wahr zu sein. Auf beiden Seiten herrschte blanke Gier, nur waren die Betrüger schlauer als die Betrogenen. Die verzweifelten Blicke und das ewige Jammern der Geneppten gingen ihm auf die Nerven. Die Leute taten ihm leid, aber er hatte keinen Respekt vor ihnen.

Deswegen war Swann neugierig gewesen, als Heenan ihn zu einem Treffen in die Bar des National Hotel in Fremantle einlud und ihm eine Vollzeitanstellung in Aussicht stellte, in der er mit noch zu bestimmenden Aufgaben für Heenan tätig sein würde. Nach ein paar Bieren rückte Heenan heraus, dass er Swanns Fähigkeiten als Ermittler nutzen wollte, um das Büro des Premiers »sauber« zu halten, neue Mitarbeiter unter Sicherheitsaspekten zu durchleuchten und Ähnliches. Das alles hänge aber noch vom Ausgang der Wahl und vom verfügbaren Budget ab. Ob er interessiert sei?

Ja, war er. In den vergangenen acht Jahren hatte er von der Hand in den Mund gelebt, und er wurde nicht jünger. Auf die Frage, *warum ausgerechnet er*, hatte Heenan ausweichend geantwortet und nur gemeint, er habe den Fall Dragic verfolgt und Swann dafür bewundert. Letzteres sagte Heenan in einem zweideutigen Ton und schaute ihn forschend aus seinen grauen Augen an – eine Bestätigung, dass es mehr als Mut erforderte, sich jemanden wie Dragic zum Feind zu machen.

Wollte er sich für kommende Stürme wappnen?

Dieser Blick Heenans, nach diesem vagen Angebot.

Sie gaben sich die Hand und tranken aus.

»Komm, Frank, reden wir beim Gehen. Und schauen wir zu, wie Geschichte gemacht wird.«

In der Enge des schmalen Korridors ließen sich Heenan und Swann hinter den vorauseilenden Premier zurückfallen. Nachdem er in der vergangenen halben Stunde Anrufe von Gratulanten entgegengenommen hatte, wirkte er aufgedreht und nervös. Immer wieder fuhr er sich mit der Hand durchs Haar, wischte sich über den Mund, wippte auf den Zehen. Schnaufend und mit Beschützermiene nach vorne blickend lief Heenan neben Swann und flüsterte: »Diejenigen, die angerufen haben, sind ihm was schuldig; denen, die er anrufen muss, ist er was schuldig. Momentan gibt's mehr von der ersten Sorte. Hoffen wir, dass es so bleibt ...«

»Ist das seine erste Rede seit gestern Abend?«

»Ja. Ich war die ganze Nacht auf und hab sie geschrieben. Es geht darum, dass er seine Wahlversprechen jetzt wirklich anpackt. Und was für die Zukunft wichtig ist. Manches betrifft auch dich. Er will mehr Überwachungskameras in der Stadt, für mehr Sicherheit. Als erste Stadt in Australien. Wär gut, wenn du das beaufsichtigst. Wir kriegen ja einen neuen Police Commissioner, aus Victoria – vielleicht brauch ich dich als Verbindungsmann. Dann sind da die ganz großen Themen, die zentralen Wahlversprechen. Schau mal, wie voll es hier ist ...«

Im Atrium des Parliament House zierten Büsten und Porträts der früheren Premierminister die Wände, auf dem Boden kühler Donnybrook-Stein. Der Raum war voll ungeduldiger Journalisten, die Kameras und pelzige Mikrofone schwenkten.

Heenan blieb neben Swann stehen, während der Premier die Bühne betrat. Die gleißenden Lichter schienen ihn nicht zu stören. Swann öffnete den obersten Knopf seines Jacketts und zupfte seine Ärmel gerade. Die wartende Menge blickte gespannt zur Bühne. Nach Jahrzehnten mit zugeknöpften, hölzernen Premiers bekamen es die Journalisten mit einem neuen, jüngeren, schillernden Regierungschef zu tun.

Der Premier räusperte sich, klopfte mit den Fingern auf beide Seiten des Rednerpults und lächelte dem einen oder anderen bekannten Gesicht in der Menge zu. »Ladies and Gentlemen, heute Nachmittag werde ich Ihnen mein Kabinett vorstellen. Morgen werde ich dann das Parlament einberufen, um wie versprochen die Todesstrafe abzuschaffen. Und das wird nur das erste der neuen Gesetze sein, die wir vorlegen. Nachdem wir in beiden Häusern über eine Mehrheit verfügen, können wir uns sofort an die Arbeit machen. Doch zuallererst und getreu meinem zentralen Wahlversprechen, nämlich mich um die Belange unserer Arbeiter zu kümmern und zugleich das Unternehmertum unserer Stadt stark und lebendig zu halten, möchte ich mit Ihnen über das Thema Infrastruktur sprechen. Bislang habe ich mich mit Einzelheiten zurückgehalten, und dafür bitte ich um Verzeihung. Aber ich habe eine Vision für die Umgestaltung unserer wunderbaren Stadt für die kommende Generation, die, wie ich glaube, Sie alle hier in helle Begeisterung versetzen wird – und ich glaube, unser erster Premier, Big John Forrest, der da drüben von der Wand auf uns herabblickt, wäre genauso begeistert, wenn er heute unter uns wäre ...«

Das Lächeln des Premiers wirkte ehrlich, aber sein Winken in Richtung der Bronzebüste von John Forrest war beiläufig. Als Sohn eines mittellosen, anfangs in Schuldknechtschaft lebenden Einwanderers war Forrest als Forschungsreisender und Landvermesser unterwegs gewesen, noch ehe sich die Kolonien in Australien zu einem Staat zusammengeschlossen hatten. Im ersten Goldrausch hatte er ein

Vermögen erworben. Er hatte fast das ganze Eisenbahnnetz in Westaustralien, den Hafen von Fremantle sowie die Staudämme und Pipelines für die Goldfelder gebaut, während sein ebenso legendärer Bruder Bürgermeister wurde und dadurch zu Geld kam, dass er Peppermint Grove parzellierte und zu einem der teuersten Flecken des ganzen Landes machte.

Kommentar und Handbewegung des Premiers mochten beiläufig gewesen sein, doch sie lösten ein hektisches Fotografieren aus, Fernsehkameras surrten, ein Blitzlichtgewitter ging über ihm nieder. Wollte er tatsächlich ein so großes Bauprogramm auflegen und den Staat prägen wie der erste Premier, der Perth von einem kleinen kolonialen Außenposten zu einer boomenden jungen Metropole gemacht hatte?

»Ich will nicht behaupten, ich wüsste, was Big John persönlich von mir gehalten hätte, aber ich für meinen Teil hätte schon gern mal ein Bierchen mit ihm gezischt. Und wenn ich später auf meine Amtszeit zurückblicke, dann möchte ich eins mit ihm gemein haben – und zwar, dass die Leute sagen, meine Regierung hat den momentanen Bergbauboom genutzt und die Stadt gebaut, die wir für unsere Kinder und Kindeskinder brauchen. Was mir dabei vorschwebt, ist eine neue Art von Regierung. Um die Lasten für die Steuerzahler zu reduzieren, wird sich diese Regierung *aktiv* am Wirtschaftsleben beteiligen. Und damit meine ich nicht die Verstaatlichung von Industriezweigen oder so etwas. Sondern den direkten Einsatz von Steuergeldern in der Finanzbranche, in Industrie und Bergbau, damit wir alle Gewinne wieder in Infrastruktur und staatliche Dienstleistungen investieren können. Leute, der Gedanke, dass die Regierung selbst eine nach Gewinn strebende Einrichtung ist, ist revolutionär, doch er wird diese Regierung prägen. Als ersten Schritt in diese Richtung werde ich die Entwicklung großer Teile von Burswood und East Perth in attraktive Wohn- und Büroviertel vorantreiben und heruntergekommene Gebäude in der Stadt sanieren, einschließlich der Old Swan Brewery. Vor genau einer Stunde sind die Ausschreibungen dazu rausgegangen, als Erstes an unsere hiesigen Bauunternehmen, weil diese Pläne oberste Priorität haben und ich dafür sorgen will, dass sie schnell umgesetzt werden. Das Leben ist schließlich kurz ...«

Der Premier trat einen Schritt zur Seite, damit ihn die Kameras mit ihren gleißenden Strahlern festpinnen konnten. »Vor nicht allzu langer Zeit hat ein führender Vertreter der westaustralischen Wirtschaft etwas zu mir gesagt, was ich nur als großes Kompliment auffassen kann. Der Betreffende meinte nämlich, im Grunde meines Herzens sei ich ein Geschäftsmann. Und über dieses Kompliment freue ich mich von ganzem Herzen ...«

Swann stieß Heenan mit dem Ellbogen an. »Ist das jetzt die Rede, über der du die ganze Nacht gebrütet hast?«

Kaum merkliches Kopfschütteln. »So was ist echt schwer zu vermitteln. Wie alle Hundertachtzig-Grad-Wenden.«

Ein Berater trat zum Premier und flüsterte ihm etwas ins Ohr. Der Premier machte ein ernstes Gesicht, dann wandte er sich an die Journalisten und streckte ihnen beide Arme entgegen. »Das war's, Leute. Leider keine Fragen jetzt. Es ist was dazwischengekommen. Aber in ein paar Stunden bin ich mit dem neuen Kabinett wieder zurück, und dann können Sie alle Fragen stellen, die Sie auf dem Herzen haben. Nebenan stehen Tee und Kaffee für Sie bereit, und wie immer ist auch die Parlamentsbar geöffnet. Vielen Dank.«

Er wandte sich vom Publikum ab und sprang von der Bühne. Schlenderte zu Heenan, packte ihn am Revers und lehnte sich nah an sein Ohr. Heenan verdrehte die Augen, griff in seine Hosentasche und reichte Swann einen Autoschlüssel. »Bei der Sache kannst du keinen Commodore fahren. Nimm den. Wir haben ein kleines Problem, bei dem absolute Diskretion erforderlich ist ...« Plötzlich fiel ihm ein, dass noch ein paar Journalisten um sie herumstanden, die auf einen Augenblick mit dem Premier hofften, und er zog Swann in eine Ecke. »Es geht um den Vater des Premiers. Du musst ihn bremsen. Ich ruf dich im Auto an, wenn du unterwegs bist. Los, es ist dringend ...«

Der Premier beobachtete sie. Er hatte beide Hände in die Hosentaschen gestopft.

Als Swann auf dem Kwinana Freeway unterwegs war, klingelte wie angekündigt das Telefon in der Konsole zwischen den tiefen Ledersitzen des Statesman. Swann genoss die Fahrt so sehr, dass er schon vergessen hatte, warum er nach Salter Point sollte. Souverän rauschte der polarweiße Straßenkreuzer in Richtung Horizont. Die Beinfreiheit war großzügig, Swann kostete auch aus, dass er sich tief und mit entspannten Schultern in den Sitz zurücksinken lassen konnte, um die Hi-Fi-Qualität des Bose-Soundsystems zu genießen, das auf einen ihm bislang unbekannten Klassiksender eingestellt war; Bass, Höhen und der weibliche Sopran klangen so klar, dass er das Gefühl hatte, sie würde nur für ihn singen.

»Maria Callas«, sagte Heenan statt einer Begrüßung. »Und das ziemlich laut.«

Swann drehte den Lautstärkeknopf, die Frauenstimme zog sich wie ein widerspenstiger Dschinn in die Lautsprecher zurück.

»Die Sache ist heikel«, sagte Heenan. »Es geht um den Vater des Premiers, Stormie Farrell. Er macht irgendwelche Kapriolen bei sich vorm Haus. Wir stecken den Nachbarn und den Cops in Bentley ein bisschen Geld zu, damit sie uns in solchen Fällen informieren ... Diesmal konnte keiner genau sagen, was er vorhat, nur dass er nackt rumrennt und lauter Zeug in den Vorgarten schmeißt.«

»Ich kenne Stormie. Na ja, ich hab ihn schon mal gesehen. Mein Stiefvater hat mich mitgenommen, als er bei einer Beerdigung gesprochen hat, auf dem Friedhof in Freo ...«

»Schon klar, er ist 'ne Legende, zweifellos. Aber jetzt ist er krank, Frank. Seine Leber arbeitet nicht mehr richtig, die Blutwerte sind miserabel, und im Kopf stimmt's auch nicht mehr ganz. Er wird immer unberechenbarer, eigentlich fast verrückt. Ich will, dass du mit ihm sprichst, bevor die Presse Wind bekommt. Fang ihn ein. Ich würd's ja selber machen, aber Stormie kann mich nicht ausstehen. Wahrscheinlich hält er mich für 'ne Schwuchtel. Er hat mich sogar mal Wabbelpeter genannt. In aller Öffentlichkeit. Und da war er noch nüchtern.«

Über eine langgezogene Asphaltkurve fuhr Swann vom Freeway auf die Manning Road. Hinter den Sportplätzen des Aquinas College blitzte der Canning River auf, stellenweise gab es noch etwas Banksien-Buschland, einzelne alte Arbeiterhäuschen standen um die letzten Flecken des Kiefernforstes, der sich einmal bis nach Victoria Park ausgedehnt hatte.

Er bog in eine Straße mit holzverkleideten Häusern, die sich bis zum Flussufer hinunterzogen. Die stille Luft war getränkt von dem ätherischen Duft der Teebäume des Marschlandes.

Swann erkannte das gesuchte Haus, ohne auf die Briefkästen blicken zu müssen. Ein Stück hügelaufwärts in den Hang gebaut, stand ein einstöckiges Gebäude aus lachsrotem Backstein und orangeroten Terrakottafliesen inmitten von Kalksteingeröll und Kasuarinennadeln. Kein Rasen wie in den gepflegten Vorgärten ringsum. Dafür Rauch, Lagerfeuerrauch, nur in der falschen Farbe – dicker, schwarzer, schlieriger Qualm, der in den Mittagshimmel stieg. Nachbarn standen am Rand ihrer Grundstücke, wagten sich aber nicht näher heran. Ein, zwei von ihnen riefen etwas.

Als Swann auf der gegenüberliegenden Straßenseite hielt, wehte ihn sofort der Gestank von brennendem Plastik und glühendem Metall an. Er achtete nicht auf die Rufe, die dem alten Mann in Unterhose galten, der im Schatten einer Kasuarine vor dem Feuer stand und ein großes weißes Kaninchen streichelte. Am Baumstamm neben ihm lehnte ein uraltes einläufiges Gewehr.

Der alte Mann verfolgte mit zusammengekniffenen Augen, wie Swann auf der Einfahrt näher kam.

»Darf ich?«, fragte Swann und deutete auf den verknäulten, in einem Wust vertrockneter Kresse liegenden Gartenschlauch. Ohne die Antwort abzuwarten, bückte er sich, nahm den Schlauch und drehte den rostigen Hahn auf. Anfangs tröpfelte das Wasser spärlich, doch als sich Swann dem Feuer näherte und dabei den Schlauch entwirrte, stieg auch der Wasserdruck.

Kreuz und quer auf einem Haufen brennender Autoreifen lagen vier Fernseher, aus denen neongrüne Flammen und goldene und rote Funken schlugen. Sie wurden von der Hitze des Feuers sofort nach oben in den zugequalmten Himmel getrieben, und es schien, als könnten auch die Fernseher jeden Moment abheben. Swann sah sein Spiegelbild auf dem Schirm eines breiten holzfurnierten Geräts mit Metallknöpfen und Rollfuß, das in den Sechzigern ein Vermögen gekostet haben dürfte. Daneben lagen zwei kleine schwarze

Fernsehwürfel, typische Motelware. Als Krönung thronte ein aktuelles, noch unbenutzt wirkendes Modell aus Chrom und dünnem Plastik und mit integriertem Videorekorder obenauf, dessen Gehäuse schon zu schmelzen begann und dessen Bildschirmglas sich schwarz verfärbte.

Wütend fauchend und zischend beschwerte sich das Feuer über das Wasser, das inzwischen mit überraschend großem Druck aus dem Schlauch kam. Swann erinnerte sich, dass sich in seinem Rücken noch ein Gewehr befand. Er blickte hinter sich und sah, dass der alte Mann jetzt auf dem Rücksitz eines knallroten Ford Thunderbird Cabrio saß und Wein aus einem Pappkarton trank. Das Kaninchen hatte er nun auf dem Schoß, dazu einen Hahn unterm Arm. Der T-Bird stand unter einer Pergola, weswegen Swann ihn erst nicht bemerkt hatte. Das Gewehr lehnte noch immer an der Kasuarine.

Noch brannten nicht alle Reifen, und Swann richtete den Strahl zunächst ganz unten auf das Feuer, um einen Reifen nach dem anderen zu löschen. Dabei ging er um den brennenden Haufen herum, ohne den Alten aus den Augen zu lassen, der jetzt versuchte, von der Rückbank aus auf den Deckel des gewaltigen Kofferraums zu klettern und gleichzeitig den Hahn im Wagen festzuhalten.

»Verdammter Vandale!« Stormie Farrell ballte die Faust und stieß sie in einer obszönen Geste in Swanns Richtung. »Man darf ja wohl in seinem eigenen Garten noch Feuer machen!«

Swann hob kurz den Schlauch und bespritzte den Alten, der den Weinkarton fallen ließ und sich wieder auf den Rücksitz setzte. Jetzt sprang das Kaninchen heraus und hoppelte hinter dem Hahn ins Haus. Stormie Farrell taperte beiden nach.

Von der anderen Straßenseite erklang Jubel. »Das war seine erste Dusche seit Jahren!«, rief ein Nachbar, ein empörter Alter in Fußballshorts und Flipflops, dem wirre graue Haarbüschel seitlich vom Kopf abstanden.

Das Feuer war inzwischen zu mehreren kleinen Rauchsäulen geschrumpft. Swann tränkte noch den Rasen um die Brandstelle, dann legte er den Schlauch auf einen Reifen, der nicht gebrannt hatte, so dass er weiter auf die Glutstellen spritzte. Danach wischte er sich die Hände notdürftig am Nadelteppich sauber, ging sicher, dass das Gewehr nicht geladen war und lief den leichten Abhang hinauf zu dem T-Bird. Von ferne wirkte der Wagen, ein Modell aus den späten Fünfzigern, noch gut in Schuss, doch von Nahem hatte er viele Dellen und Schrammen, und an verschiedenen Stellen war er unterschiedlich lackiert. Auch das Dach war kaputt, der Innenraum war mit Fish-and-Chips-Verpackungen und leeren Weinkartons übersät.

Weil die Kartons alle von einer Marke waren, schloss Swann, dass der Alte kontinuierlich, aber auch bewusst trank – er hielt wohl gern ein gewisses Level und wollte sich nicht bloß wegschießen wie viele der Schnapstrinker, die er kannte.

Die Haustür war offen, und so trat Swann ein. In allen Zimmern, die vom Gang aus zu sehen waren, war es dunkel. Aus der Küche am Ende des Gangs war zu hören, wie eine Nadel auf einer Platte kratzte, dazu statisches Knistern und ein leises Hintergrundrauschen.

Sonst war die Küche leer, das einzig Bemerkenswerte war ein staubfreies Rechteck auf dem Tisch, wo vermutlich der neueste Fernseher gestanden hatte.

Als Swann den orgelnden, aber nicht zündenden Thunderbird-Motor hörte, ging er wieder hinaus. Jetzt saß der alte

Bursche in einem ausgeblichenen violetten Tropenanzug und mit Elvis-würdiger Sonnenbrille am Steuer und pumpte barfuß auf dem Gaspedal. Er hatte sich sogar die Zeit genommen, sein fettiges graues Haar zu kämmen.

Als er Swann kommen sah, gab Stormie Farrell auf und nahm die Hand vom Zündschlüssel. Verschmitzt grinste er Swann an. »Klappt doch, Frank Swann kommt wie bestellt. Wie wär's, wenn wir zur Happy Hour im Coco's vorbeischauen? Lad dich ein.«

Die Wolke des billigen Weins, die Stormie umgab, war alles andere als einladend, aber Swann war neugierig. Woher hatte der alte Haudegen gewusst, dass Swann kommen würde?

Wieder orgelte der Motor, ohne zu zünden. Stormie Farrell wischte mit einer Handbewegung den Müll vom Beifahrersitz. Er flog zu den Kaninchenköteln im Fußraum. »Wie steht's immer so, Frank?«

Swann ging um den Wagen herum, streckte an Stormie vorbei die Hand aus und zog den Schlüssel aus dem Zündschloss, dann öffnete er die Motorhaubenverriegelung. Er ging zum Kühler, hob die schwere Stahlhaube an und sicherte sie. Ein Blick unter die Verteilerkappe. Genau wie erwartet: Jemand hatte den Zündverteiler entfernt. Swann steckte die Verteilerkappe wieder auf und ließ die Haube zufallen. Ging auf der anderen Wagenseite zurück, stieg neben Stormie Farrell ein und reichte ihm den Schlüssel. Die kleine Manipulation ging vermutlich auf Heenans Kappe, um dem alten Burschen die Flügel zu stutzen.

»Komm schon, Swann. Mach die Karre flott. Das bist du mir schuldig.«

Swann hob die Augenbrauen, um zu sagen: »Wieso das?«

Stormie Farrell verzog das Gesicht, als wollte er gleich losbrüllen, aber offensichtlich versuchte er nur nachzudenken.

»Wieso wusstest du, dass ich komme?«

Lachend warf Farrell den Kopf in den Nacken. Auf der anderen Straßenseite, wo die Nachbarn zusammenstanden, um sich das Maul zu zerreißen, fuhren die Köpfe herum. Vermutlich hatte einer von ihnen die Polizei gerufen, aber die war, mit einem entsprechenden Schmiermittel, instruiert worden, in so einem Fall Heenan zu kontaktieren. Nun dämmerte ihnen, dass Swann nicht gekommen war, um den alten Mann zu verhaften oder in eine Zwangsjacke zu stecken. Ein junger Mann in Boardshorts und Achselhemd hob einen Stein auf und kam über die Straße.

Flinker als Swann erwartet hätte, schwang Stormie Farrell die Beine aus dem T-Bird und eilte zum Gewehr am Baum. Nahm es und schwenkte es hin und her. Weiter mit dem Stein drohend, wich der junge Mann zurück.

Auch wenn das Gewehr nicht geladen war, konnte das Tragen einer Waffe in der Öffentlichkeit vom Gesetz mit Gefängnis geahndet werden. Allerdings nahm die Tactical Response Group der Western Australia Police selten jemanden fest. Soweit sich Swann erinnerte, war jedes Mal, wenn die TRG angefordert wurde, ein schwarz gekleidetes Einsatzkommando angerückt, hatte den Täter erschossen und war wieder in seine schwarzen Mannschaftswagen gestiegen.

»Mr Farrell!«

Mit Swanns Ruf war das wilde Grinsen aus Farrells Gesicht wie weggewischt und nahm den Ausdruck eines schmollenden Schuljungen an. Unaufgefordert und mit gesenktem Blick reichte er Swann die Waffe mit dem Kolben voran. Doch als er die Stimme erhob, lag ein tiefes Grollen darin, und Swann fielen die Worte seines Stiefvaters Brian wieder ein, der gesagt hatte, Stormie Farrell sei der mit Abstand beste Redner, den er je gehört hatte; er könne Tote zum Leben erwecken, sie versammeln und auf einen Protestmarsch gegen die Bosse führen.

In den blauen Augen von Farrell senior erkannte Swann den Premierminister wieder, er sah den gleichen vorgereckten Unterkiefer, wenn er voll Leidenschaft auf die Rednerbühne trat, hörte das gleiche unterschwellige Grollen in der Stimme.

Aus welchen fremden Welten Stormie Farrell auch zurückkam, jetzt waren seine Augen plötzlich klar – und voll Wut. »Du bist mir was schuldig, Swann. Oder hörst du auch nur, was du hören willst? Wer, glaubst du denn, hat dir deinen neuen Job verschafft? Etwa mein Sohn? Die Pfeife umgibt sich mit lauter Arschkriechern und Sesselfurzern, und dann glaubt er, er kann im Haifischbecken Fische streicheln. So ein Vollidiot. Der hat's nur wegen meinem guten Ruf so weit gebracht. Und für mich hat er keine Zeit mehr. Schau dich doch um. Ich musste erst all meine Glotzen abfackeln, damit er mal herschaut. Ich halt's einfach nicht aus, dass er so einen auf dicke Hose macht und auf allen Kanälen rumturnt. Ein Geschäftsmann will er sein? Was soll denn der Quatsch?«

»Jedenfalls hält er nicht hinterm Zaun damit, Stormie.«

»Aber hinters Brett vor seinem Hirn kommt er nicht.«

Stormie Farrell scharrte mit der nackten Fußsohle über einen Brocken Kalkstein. »Mir geht's nicht so gut, Frank. Ich sollte meine Klappe halten.«

Als sich sein Ärger verzogen hatte und er in dem zwei Nummern zu kleinen Tropenanzug versuchte, mit den Zehen Kieselsteine aufzuheben, sah Farrell senior zart, schwach und kränklich aus.

»Wann hast du zum letzten Mal mit deinem Sohn gesprochen?«

Farrell senior zuckte die Achseln. »Weiß nicht. Vor paar Monaten. Oder vor 'nem Jahr. Früher kam er immer angeschissen. Aber jetzt bin ich ihm peinlich, genau wie damals seiner Mutter. Die hat mich immer nur den Bock genannt, auch vor den Kindern. Er war ihr Liebling, ihn hat sie verwöhnt, den kleinen Prinzen, aber ich war immer streng mit ihm ...«

»Soll ich ihm was ausrichten?«

Stormie knurrte etwas Unverständliches, dann sagte er zögerlich: »Nja. Sag ihm, dass er sie nicht mehr alle hat. Dass, wer den Hund ins Bett lässt, mit Flöhen aufsteht. Dass er die Arbeiter verraten hat und die ganze Bewegung. Aber wenn er Rat braucht, weiß er ja, wo ich bin.«

Im Stillen verfluchte Swann Heenan. Den Babysitter für den Vater des Premiers zu spielen, sich darum zu kümmern, dass er keinen Mist baute, der Öffentlichkeit den wunden Punkt des Premiers zu verheimlichen – so hatte er sich den Job nicht vorgestellt. Swann warf einen Blick auf das Gewehr und überlegte, ob er es mitnehmen sollte.

»No worries, hab dafür keine Munition. Ich war im 2/16th Battalion, erst im Wüstenkrieg, später am Kokoda Track. Jetzt kann ich ohne meine Shottie nicht mehr schlafen. Ich nehm sie überall mit hin.«

Als Swann ein Geräusch hinter sich hörte, drehte er sich um und erblickte das Kaninchen – das größte, das er je gesehen hatte –, das mit Triefaugen zu ihm heraufsah. »Barry nehm ich auch überall mit hin, stimmt's, Barry?«

Das Kaninchen hoppelte zu Stormie Farrell und schnupperte an seinen Füßen. Swann sah das als Wink. Die Meeresbrise rauschte in der Kasuarine und trug den Geruch von Teebaum und Kiefern und Kindheitserinnerungen heran. Der Anflug von Nostalgie überraschte ihn. Plötzlich überkam ihn Mitleid mit Stormie Farrell, ein Mitleid, das er oft für alte

Männer empfand. Das Leben von Farrell senior bog auf die Zielgerade. Sein Verstand ließ nach, seine Kräfte schwanden, aber für Swann sah er wieder aus wie ein Junge – so wie er dastand, barfuß, in schlecht sitzender Kleidung, vorgebeugt, um das weiche Fell des Kaninchens zu streicheln.

5 Erschöpft erreichte Des Foley die Wellblechödnis der Arme-Leute-Gegend East Perths. Obwohl er dringend schlafen musste, marschierte er weiter zum Haus seiner Mutter. Sobald sein Coup aufflog, würde sie Tag und Nacht überwacht werden, dann hätte er keine Gelegenheit mehr, sie zu besuchen.

Noch wussten die Bullen nicht, dass er in Perth war, aber aufpassen musste er trotzdem. Es war immer möglich, dass irgendein Wichtigtuer oder jemand, der auf die hunderttausend an Kopfgeld scharf war, ihn verpfiff. Er war in dieser Gegend aufgewachsen, deswegen kannten ihn noch viele, auch wenn er jetzt eher wie ein Penner aussah. Nachdem er den gestohlenen Mazda in einer Seitenstraße in Maylands abgestellt hatte, war er in dem stinkenden alten Blaumann eines der beiden Männer – ihre Namen hatte er schon vergessen – immer am Fluss entlang weitergegangen.

Mit dreckigen, von rotem Staub überzogenen Canvasschuhen, dem blauen Overall und schwarzgefärbten Haaren unter einer Truckerkappe sah er aus wie einer der versammelten Säufer aus dem Hyde Park, in dem Schwarze, Weiße und Mischlinge jeder Couleur einträchtig tranken.

Foley bog in die Straße, blieb aber sofort stehen, um die Lage zu prüfen. Ein Stückchen weiter unten stand das Haus, das seine Mutter gemietet hatte – ein zweistöckiges Backsteinhaus im Federation-Stil des frühen zwanzigsten Jahrhunderts. Der Balkon hing schon durch, das Spaliergitter rostete und das verzogene fleckige Blechdach hing durch. Die Hälfte der alten Häuser war schon aus der Straße verschwunden. Vereinzelt standen noch ein paar holzverkleidete Hüttchen und Bungalows da, dazwischen waren große graue Sandflächen, übersät mit Plastikmüll und Glasscherben.

Früher war dies eine belebte Straße gewesen. Das war einer der Gründe, warum Des' Mutter den Laden aufgemacht hatte, nachdem sie mit ihm und seinen Brüdern aus der nahen Sozialsiedlung hierher gezogen war, um ihren Jungs zu einem besseren Leben zu verhelfen. Schon damals war die Miete nicht von Pappe gewesen. Ihre Änderungsschneiderei – sie hatte das Handwerk in Fremantle im Gefängnis bei der Arbeit mit einer alten Singer und einer Dampfpresse gelernt – brachte gerade genug ein, um zu überleben.

Seine Mum hatte immer schwer gearbeitet. Auch die Kleidung der Brüder war immer selbstgeschneidert. Die anderen Kinder in der Schule hatten schnell gelernt, dass man sich besser nicht über die Foley-Jungs und ihre Hosen Marke Eigenbau und die Hemden aus Baumwollresten lustig machte.

Eins hatte sich in der Straße nicht geändert: der rußige Dreck an den Schuhsohlen und die schwarzen Schlieren unter den Traufen der verbliebenen Häuser. Schuld war das Kohlekraftwerk, das nur einen Straßenzug entfernt lag und erst kürzlich geschlossen worden war. In seiner Kindheit waren allen Pfützen des Viertels voll zähem grauem Schlamm gewesen. Er hatte es immer schön gefunden, wenn nach einem Schauer auf dem Asphalt ein petrochemischer Regenbogen zu sehen war.

Am Haus seiner Mutter schwang sich Foley über den niedrigen Maschendrahtzaun und ging zur Seitentür. Aus dem Atelier im Erdgeschoss hörte er das Surren einer Nähmaschine; sie klang wie neu. Er legte den Kopf an die Tür und lauschte nach Stimmen. Als er sicher war, dass seine Mutter allein war, nahm er den Ersatzschlüssel aus dem üblichen Versteck hinter einem losen Ziegel, sperrte auf und schlüpfte hinein.

Zunächst sang Foley den *Catalpa*-Song leise, doch weil es ihm schwerfiel, dabei ernst zu bleiben, wurde er immer lauter und stolzer. Das Lied, ihr altes Erkennungszeichen, war in der Kindheit seiner Mutter noch verboten gewesen, weil es die Befreiung von gefangenen Mitgliedern der Fenian Brotherhood aus dem Fremantle Prison durch andere Kämpfer für die irische Unabhängigkeit besang. Sie hatte es ihm und seinen Brüdern beigebracht, und einmal bei einer Schulversammlung hatte Foley es mit so klarer Stimme gesungen, dass der Konrektor, ein Ire, der die Foley-Jungen geradezu verachtete, sich mit einem Baumwolltaschentuch die Tränen aus den Augen gewischt hatte.

Sie rief weder seinen Namen, noch juchzte sie vor Freude. Laurel war zu klug für so etwas. Die kleine, im Alter noch weiter geschrumpfte Frau zog lediglich die Schiebetür auf und fiel in seine Arme. Er vergrub sein Gesicht in ihren langen offenen Haaren und spürte ihre Rippen unter seinen Fingerspitzen.

Seine arme Ma. Und er, er war ihr Lieblingssohn, obwohl er für sie ebenfalls verloren war. Er würde nicht bei ihr am Bett sitzen, wenn sie starb, und vermutlich nicht einmal zu ihrem Begräbnis gehen können; entweder war er dann auf der Flucht oder im Knast. Mit gerade mal dreißig Jahren hatte er schon elf Jahre in Jugendanstalten und Gefängnissen verbracht und weitere Zeit anderweitig verloren. Von seinen zwei lebenden Brüdern saß einer in Victoria im Gefängnis, der andere war ein im Top End stationierter Karrieresoldat.

Seine anderen beiden Brüder waren gestorben: einer an einer Überdosis, der andere bei einem Messerkampf mit amerikanischen Seeleuten.

Ihn streichelnd schmiegte sie sich an ihn, ließ ihre Hände über seinen Körper gleiten, wie um sich zu versichern, dass er wirklich da war. »Ja, ja«, flüsterte sie. »Du passt auf dich auf. Das ist gut. Komm mit nach oben.«

Er stieg die knarrenden Stufen hinauf, während sie ins Atelier zurückging, das »Open«-Schild an der Tür umdrehte und abschloss.

Sie machte ihm Tee und Crumpets, dann Pikelets mit Butter und schließlich noch zwei seiner Lieblingssandwiches, Corned Beef und Senf. Während er eine große Flasche Bier trank, bereitete sie ihm, ohne ein Wort darüber zu verlieren, weitere Sandwiches zum Mitnehmen vor. Ihre Augen waren so scharf wie früher. Sie hatte noch immer die gefängnisgeschulte Aufmerksamkeit, konnte auch nach all den Jahren unausgesprochene Zeichen lesen.

»Wer ist dein Vermieter?«, fragte er. Er wollte zur Sache kommen für den Fall, dass sie gestört wurden oder er schnell verschwinden musste.

Sie schniefte. »Erinnerst du dich an den alten Schloime Mostel? Der mit der Reinigung drüben in der Royal Street?«

»Old Slimey? Klar, den kenn ich noch.«

»Nein, der ist es nicht. Das war ein anständiger Kerl. Hat mir viele Kunden geschickt. Wenn er 'nen losen Saum gesehen hat oder 'nen abgewetzten Kragen ...«

Foley zuckte die Achseln. »Ma.«

»Sein Sohn. Sam heißt der. Hat vor 'nem Jahr das Haus hier gekauft. Und gleich die Miete raufgesetzt, verdoppelt fast. Ohne deinen Bruder und dich ...«

Foley winkte ab. »Und jetzt?«

»Er will mich raushaben. Warum, sagt er nicht. Aber da steht wohl was in meinem Vertrag drin, er meint, dass ich's herrichten muss, wie im Originalzustand ...«

»Die Hütte war doch 'ne Bruchbude, als wir eingezogen sind. Im Vergleich zu damals ist das jetzt 'ne Villa. Halt mal – was meinst du mit Originalzustand? Wie als es gebaut wurde? Also neu?«

»Meint er. Dass es im Vertrag drinsteht. Schönheitsreparatur, sagt er. Ich muss zugeben, ich hab's nicht so genau gelesen.«

Foley lachte bitter. »Was für eine Schweinerei. Dieser beschissene Schekel-Schacherer.«

»Pass auf, was du sagst, Desmond. Dass er Jude ist, hat nichts damit zu tun. Der hält sich für was Besseres. Weil er so ein Chefbuchhalter ist.«

»Wohl eher ein Geldeintreiber-Arschloch. Der testet das aus. Hat er Knechte, die für ihn arbeiten? Gibt's 'ne Hausverwaltung oder so?«

Er musste es nicht aussprechen, sie konnte es ihm schon vom Gesicht ablesen. *Damit kommt er nicht durch.* Und wie üblich, wenn er oder seine Brüder aufbegehrten, sah Ma stolz aus.

»Na ja, 's gibt 'ne Art Hausverwaltung, beim Immobilienbüro hier in der Gegend. Aber Mr Mostel macht das meiste selber. Er kommt immer wieder vorbei und nölt, dass ich's ausbessern muss. Nörgelt rum, weil ich noch nich angefangen hab.«

Foley ergriff die Hand seiner Mutter. Sie war trocken und weich. »Keine Sorge, Ma. Ich bin wieder da. Ich kümmer mich um den Scheißkerl. Versprochen.«

»Den kannst du nicht einschüchtern, nicht mal du. Das is'n echter Mistkerl. Klein und mies.«

»Ma, das lass mal meine Sorge sein. Ich kümmer mich drum, hab ich gesagt. Weiß er, dass ich dein Sohn bin?«

Seine Mutter nickte. »Dem jagst du keine Angst ein, das weiß ich. Der ist wie Keith.«

Foleys ältester Bruder, der sich mit fünf mit Messern bewaffneten Seeleuten angelegt und den Kürzeren gezogen hatte.

»Bei dem musst du's schlau anstellen. Einschüchtern bringt nichts. Und mit Frau und Kindern brauchst du ihm auch nicht zu kommen.«

»Das glaub ich dir dann mal. Was für 'ne Karre fährt der alte Tom eigentlich?«

Sie sah ihn mit einem schiefen Lächeln an. »Das meinst du nicht ernst?«

»Hast du ihm denn vergeben?«, fragte Foley.

»Dem Mistkerl? Nicht im Traum. Er hat 'nen neuen Fairlane.«

»Hübsch. Also, Ma, das hier, das ist für dich.«

Foley reichte ihr ein abgegriffenes braunes Kuvert. Es war gut gefüllt. »Da sind viertausend drin. In kleinen Scheinen. Versteck's im Haus, da, wo du's immer hintust. Wenn sie kommen, kannst du ja sagen, du hast's nach und nach zusammengespart.«

Doch seine Mutter hörte gar nicht zu. Blickte bloß in das leere Schlafzimmer auf der anderen Seite des Gangs. Darin nur noch Schrammen und Krakel, Hinterlassenschaften ihrer Jungs. Wie an den Wänden die Poster.

6

Der Wecker wanderte schrillend über Swanns Nachttisch und fiel ihm auf den Kopf. Das alte Ding war so groß und schwer wie eine Grapefruit und tickte so laut, dass er deswegen nachts oft den Kopf unter dem Kissen vergrub. Auch auf dem Bett rappelte der Wecker weiter, bis er auf die Dielen plumpste.

»Gott sei Dank!« Swann drückte das Gesicht ins Kissen.

»He, Schnarchsack. Ich will meinen Tee.«

Swann stöhnte. »Wie spät ist's überhaupt?«

»Woher soll ich das wissen? Der Wecker steht bei dir. Beziehungsweise stand.«

Swann drehte den Kopf zur Seite und sah Marions Gesicht direkt vor sich: goldgesprenkelte braune Augen, Hasenzähne, verstrubbelte Haare. Als er sie küsste, schmeckte er seinen eigenen muffigen Atem. Er rollte auf den Rücken und tastete nach dem Wecker.

Marion war Frühaufsteherin. Swann schlief lieber länger, ging aber gern erst um Mitternacht ins Bett. In den letzten Jahren schaffte er es meist gerade so, sich aus dem Bett zu wälzen, wenn Marion zur Arbeit ging.

Doch der Premier wollte, dass sein Büro vor Arbeitsbeginn entwanzt war, und das hieß für Swann um halb sechs aufstehen. Wegen des blöden tickenden Weckers, und weil er zur Feier des Tages einige Glas Rum getrunken hatte, war er erst irgendwann nach drei eingeschlafen.

»Das Ding ist stehengeblieben. Okay, ich muss los.«

Swann küsste Marion noch einmal und legte ihr das Betttuch um die warmen Schultern. Der Anblick ihrer blassen Silhouette war eine weitere Verlockung, im Bett zu bleiben.

Er zog die Vorhänge auf – und verzog das Gesicht wegen des grellen Lichts. Stapfte im Gang an den leeren Zimmern vorbei, die ihren Töchtern gehört hatten. Die jüngste, Blonny, war erst vor vierzehn Tagen ausgezogen, um mit Freunden eine WG zu gründen. Daran mussten sie sich noch gewöhnen.

Swanns neues Büro befand sich in einem der beigen Blöcke, die in den sechziger Jahren überall in Perth entstanden waren. Brutalistische Architektur, die ihre Baumaterialien offen zur Schau stellte. Eine Lage blassgrauer Beton und eine mit braunem Spiegelglas, immer übereinandergeschichtet, es war kaum ein Unterschied zum Parkhaus nebenan zu erkennen. Der zehnte Stock war ein einziger großer Raum mit Ausblick auf den Swan River und die Narrows Bridge. Kaum hatte Swann das Stahlgehäuse des Aufzugs verlassen, musste er auf dem Weg zu seinem Büro zwischen Gebirgen aus Kartons und Ordnern Slalom laufen und Männern in Overalls ausweichen, die Aktenschränke auf Sackkarren herumschoben. Sein Abteil grenzte an andere ebensolcher Glaskästen und an eine nackte Betonwand, an der eine Uhr hing, groß wie ein Lastwagenrad und für alle sichtbar. Auf dem ziffernlosen Ziffernblatt über dem Schreibtisch krabbelte ein roter Sekundenzeiger unablässig im Kreis. Swann hoffte, dass wenigstens kein Wecker eingebaut war. Um nicht immer auf die Uhr sehen zu müssen, was gar nicht so leicht war, richtete er den Blick auf das Treppenhaus. Währenddessen demonstrierte ihm die junge Sekretärin im Bleistiftrock mit strahlenden Augen seine elektrische Schreibmaschine und erklärte, wie er mit seinem Telefon wählen, Nachrichten aufzeichnen und Gespräche durchstellen konnte.

Swann war nicht klar, was der Schreibtisch mit seiner Rolle als Heenans Mann für alle Fälle zu tun hatte, aber die meisten der überwiegend jungen Leute um ihn herum hingen am Telefon. Sie waren, wie die Sekretärin erläuterte, für die Abteilung Media & Comm tätig. Manche rauchten und lasen Zeitung, andere hatten in Transistorradios eingestöpselte Kopfhörer auf. Alle sahen aus wie Louises Freunde von der Uni: intelligent und ernsthaft, zugleich irgendwie schlafmützig. Der junge Mann im nächsten Bürokasten trug Jeans und Clarks, dazu ein Hemd mit blauer Krawatte, sein Haar war hinten und an den Seiten kurz geschnitten, nur oben hatte er einen dichten lockigen Schopf. Er streckte Swann seinen nach oben gereckten Daumen entgegen und verfolgte neugierig, wie er seine Werkzeugtasche abstellte und seinen Stuhl testete.

Stuhl und Schreibtisch und das ganze Büroabteil waren neu. Es roch etwas nach Aceton, doch alles in allem machte es einen gemütlichen Eindruck. Swann zog den Schlüssel des Statesman aus der Hosentasche und legte ihn in die Stiftschublade des Schreibtisches. Heenan hatte ihn nicht zurückgefordert, und von sich aus würde Swann sicher nichts sagen. Wie verlangt, hatte er während der Plenarsitzung des Parlaments seine tägliche Pflicht erfüllt und die Büroräume des Premiers und zwei der anschließenden Besprechungszimmer in Parliament House nach Abhörgeräten abgesucht. Heenan hatte die Liberal Party im Verdacht, vor dem Wechsel in die Opposition und dem Umzug auf die andere Seite von Parliament House Wanzen installiert zu haben, doch Swann hatte keine gefunden. Für den restlichen Tag hatte er den Auftrag, das hausinterne Telefonnetz zu überprüfen und einen Blick auf die allgemeinen Sicherheitsvorkehrungen zu werfen. Doch zuallererst brauchte er einen Kaffee und eine Zigarette.

Er wollte gerade seinen angeschlagenen Emaillebecher aus der Werkzeugtasche kramen, als er jemanden hinter sich spürte.

Er drehte den Kopf und sah Gregory Corvo, ganz in Schwarz – von den Cowboystiefeln über den Krokodilledergürtel bis zum Lederhalsband mit dem Onyxanhänger. Die Haare waren straff zurückgekämmt, in jedem Ohr blitzten zwei Goldohrringe, er hatte dunkle Augenbrauen und Bartschatten auf seinem blassen Kinn. Die seltsam verschränkten Hände mit ineinander verknoteten Fingern hielt er vor seinem Bauch.

»Mr Swann, entschuldigen Sie, dass ich keinen offiziellen Termin gemacht habe.«

Swann war von dem traurigen Ton, der in Corvos Eröffnung mitschwang, so überrascht, dass er sich mit dem Stuhl herumdrehte und dem jungen Mann seine volle Aufmerksamkeit schenkte. Corvo nahm das als Zeichen, dass er sich nähern durfte. Er zog einen zweiten Stuhl heran, legte die Hände auf die Knie, neigte den Kopf etwas zur Seite und fuhr sich mit der Zunge über die Lippen. Blinzelte.

Gregory war ein stadtbekannter Gauner, und dass er sich hier klein machte, wirkte auf Swann so seltsam, dass er sich nur mit Mühe ein Grinsen verkneifen konnte. Er hatte erlebt, wie Corvo im Umkreis der illegalen Spielhölle seines Vaters in Northbridge großgeworden war und mit kleinen Hilfsdiensten seine Sporen verdient hatte, bis er selbst eine Teenager-Gang aufzog und selbständig mit Gras und gestohlenen, umfrisierten Autos zu dealen begann. Dank des schützenden Namens seines Vaters konnte er von einigen kleineren Läden vor Ort auch Schutzgeld erpressen.

Swann hätte Corvo am liebsten sofort gefragt, wie er ihn gefunden habe und was er wolle, doch zunächst mussten Höflichkeiten ausgetauscht werden. »Glückwunsch zur Hochzeit, Gregory. Hab in der Zeitung Fotos gesehen, sehr geschmackvoll alles.«

Corvo lächelte kurz, sah aber gleich wieder besorgt aus. »Sophia ist schwanger. Darüber bin ich echt glücklich, und mein Vater und meine Mutter auch.«

Gregory hatte in die Adamo-Familie eingeheiratet – ein

sizilianischer in einen kalabresischen Clan. Swann hatte aufgeschnappt, dass Corvos neue Unternehmung nicht gut lief. Er betrieb einen Club zusammen mit zwei der wilderen Söhne von Tommaso Adamo, die man vorsichtshalber nicht in den Heroinhandel der Familie einsteigen ließ.

Swann sah es genau vor sich: Die Adamo-Jungs steckten die Hand in die Kasse, versoffen den Profit, machten sich über die Tänzerinnen her und verprügelten die Spieler.

»Wie kann ich helfen, Gregory? Du wirkst nervös.«

Diese Bemerkung war eine Provokation, und sie tat ihre Wirkung. Verletzter Stolz blitzte in Corvos Augen auf, seine Schultern strafften sich, die seltsame Verknotung der Hände löste sich.

»Mein Vater hat mich geschickt. Er ist's, der nervös ist. In allen Clubs geht's um nichts anderes als dieses Bauprojekt in Burswood, das der Premier gestern angekündigt hat. Es soll angeblich ein Casino kommen, keine Wohnungen, wie der Premier sagt. Für unsere Geschäfte …«

Swann nickte. Corvo brauchte nicht weiterzusprechen. In Northbridge gab es seit den 1920er Jahren illegale Spielclubs. Sie waren immer gut geführt und gut besucht gewesen und hatten Männer wie Adamo und Corvo zu kleinen Fürsten gemacht. Aber wenn es ein legales Casino gab, konnten sie alle zumachen, und das Vermögen an Bestechungsgeldern, die sie über Jahre bezahlt hatten, war wertlos.

Wieder widmete Corvo seine Aufmerksamkeit vor allem den eigenen Händen und hielt, dem väterlichen Auftrag zuliebe, seinen Stolz im Zaum. Es war offensichtlich das erste Mal, dass er so diplomatisch auftreten musste.

»Spuck's aus, Gregory. Nur keine Scheu. Dafür reichen deine schauspielerischen Fähigkeiten nicht aus.«

Damit bekam Swann die erhoffte Reaktion. Wieder loderte Zorn in Corvos Augen auf, sein Körper spannte sich und nahm die gewohnte Drohhaltung ein. Swann sah, dass Corvo am liebsten zugeschlagen hätte, aber zugleich seinem Vater zu Diensten sein wollte. Deswegen schluckte er seine Wut runter und blieb angestrengt ruhig.

»Wir würden gern wissen, was los ist. Und wie wir mit dabei sein könnten, wenn's ein Casino wird. Wenn du was drüber weißt ... für uns wären alle Informationen wertvoll. Sehr wertvoll.«

»Und was noch?«

Mit einem maliziösen Lächeln kam Corvos wahres Selbst zum Vorschein.

»In der Tat. Mein Vater hat mir aufgetragen ... folgende Botschaft ... Er hat gesagt, dass es nichts bringt, Ihnen Geld anzubieten, aber dass eine gewisse Information, über die wir verfügen, ganz nützlich für Sie wäre. Und Ihre Reaktion ganz nützlich für uns.«

Genau wie Swann vermutet hatte. »Nur zu.«

»Trevor Dragic. Ich hab das von einem von Adamos Söhnen, von Sep. Trevor versucht, jemand auf Sie anzusetzen.«

»Was heißt versuchen? Hat er noch keinen?«

Corvo wirkte peinlich berührt. Als schämte er sich für Swann. »Na ja, Sie haben ihm ja nicht viel Kohle gelassen. Zweitausend sind's nur, die er bietet. Für Adamos Jungs ist das höchstens ein Taschengeld.«

Swann strich sich übers Kinn. »So ein Geizkragen. Nur zweitausend. Was hat Sep Adamo dazu gesagt?«

»Der meinte, er kennt so durchgeknallte Krabbenfischer-Junkies, die würden das machen. Aber nur wenn sie pleite sind. Die Fangsaison ist aber grad erst zu Ende gegangen. Er glaubt, dass es noch ein paar Wochen dauert, bis die Typen sich ihr ganzes Geld in die Vene gejagt haben.«

»Hm, ich denk nur mal laut, Gregory, du kannst mich also jederzeit unterbrechen. Aber so dämlich wär Dragic bestimmt nicht, oder? Diese Bekloppten sind zwar zu allem fähig, aber wenn sie eingelocht werden, singen die doch sofort. Und warum auch nicht?«

»Da haben Sie recht, Mr Swann. Aber ich würd Dragic nicht unterschätzen. Angeblich ist er wieder in Mazedonien und hat sich da mit Albanern zusammengetan. Und hier schulden ihm auch 'ne Menge Leute einen Gefallen. Außerdem könnte er dem einen oder andren Bullen was flüstern, den er ...«

Mehr musste Corvo nicht sagen. Dragic war einer von mehreren Geschäftsmännern in Perth, die mit Heroinhandel zu Geld gekommen waren. In dieser Zeit musste er korrupte Bullen wie Ben Hogan geschmiert haben, und vielleicht ließ er zu Weihnachten noch immer etwas springen. Doch für zweitausend würde Hogan Swann sicher nicht aus dem Verkehr ziehen. Er war inzwischen Leiter des Criminal Investigation Branch CIB und Chef aller Detectives, und die Bordelle, illegalen Casinos und Drogendealern in der Stadt boten ihm bequeme Einnahmen, für die er keinen Finger krumm machen musste. Einmal hatte er zwar schon versucht, Swann umzubringen, doch mittlerweile verdiente er so viel, dass ihm diese alte Vendetta egal sein konnte.

»Danke, Gregory, aber ich glaub nicht, dass Hogan seine Zeit mit so was vertrödeln würde.«

»Ich hoffe, dass Sie recht haben, Mr Swann. Aber zurück zu dieser Burswood-Sache, unsere Geschäfte ...«

»Sag deinem Vater, dass ich von dem Gerücht nichts weiß. Aber wenn ich was erfahre, meld ich mich. Bleibt aber unter uns, klar?«

»Danke, Mr Swann. Und auf Wiedersehen.«

»Noch gibt's nichts zu danken.«

Noch während Corvo ging, drehte ihm Swann den Rücken zu, öffnete die Werkzeugtasche und holte seinen Emaillebecher heraus. Dann schloss er die Tasche wieder und schob sie außer Sichtweite unter den Tisch. Viele Geräte darin waren teuer, manche auch illegal.

Er klopfte auf seine Hemdtaschen und fischte eine Zigarette heraus. Sein Zippo steckte in der Hosentasche.

Er wollte gerade aufstehen, als die Sekretärin, die ihn zu seinem Platz geführt hatte, hereinkam und nach einem Blick auf Kaffeebecher, Zigarette und Feuerzeug in Swanns Hand sagte: »Mr Swann, Ihr nächster Besucher wartet schon. Soll ich ihn herführen?«

Swann konnte seine Überraschung nicht verhehlen. »Mein nächster? Heißt das, es sind noch mehr da?«

Sie schürzte die Lippen. »Ja. Die Leute warten schon seit heute früh. Sie sind unten im Atrium. Aber da gibt's nur vier Stühle.«

»Ja, wie viele sind da?«

»Acht, als ich das letzte Mal nachgesehen hab.«

Swann sah seinen nächsten Besucher schon kommen – mit vorgebeugtem Oberkörper und geballten Fäusten kam ein wild aussehender Hüne durch das Gewirr aus Kartonstapeln und Büroabteilen herangestampft, verfolgt von den Blicken und dem Geflüster der jungen Leute im Büro.

Gus Riley trug sein übliches Outfit aus schmutziger Jeans und Stahlkappenstiefeln, dazu eine ärmellose Lederweste mit dem Patch seines Clubs. Sein Ziegenbärtchen war frisch getrimmt, aber seine langen roten Haare hingen wirr herunter.

Riley war jetzt Präsident der Nongs, der drittgrößten – und berüchtigtsten – Motorradgang von Perth.

»Swann! Du verdammter Scheißkerl!«

Auf den Knöcheln von Rileys rechter Hand war Blut. Swann blickte zur Sekretärin, die wie angewurzelt dastand, und zählte eins und eins zusammen. Wenn sie unten anstanden, um Swann zu sehen, dann hatte einer von ihnen jetzt vermutlich Kopfschmerzen. Riley war niemand, der sich hinten anstellte.

Grinsend ließ sich Riley auf den Besucherstuhl fallen. »Als ich dich zum letzten Mal gesehen hab, warst du grün und blau geprügelt. Gutes Kinn, Mann. Bist'n echtes Stehaufmännchen. «

»Wie hast du mich gefunden, Gus? Ich bin doch erst kurz hier.«

»Der Fettsack, der für den Premier arbeitet, Heenan. Ein paar von unsren Stripperinnen haben's ihm angetan. Ich bin zu ihm, und er meinte, ich soll mich an dich wenden. Er findet, es sähe nicht gut aus, wenn er mit mir erwischt wird, aber über dich könnt ich ihn erreichen.«

Bei seiner letzten Begegnung mit Gus Riley hatte Swann einen .38er Revolver gebraucht, um das Clubhaus der Nongs wieder zu verlassen. Riley und seine Gorillas hatten den Auftrag übernommen, Swann zu töten, und der war vom jetzigen CIB-Chef Ben Hogan gekommen.

»Du schuldest mir immer noch einen Holden EK, Riley.«

Riley lachte. »Ich weiß, ich weiß. Du hörst sicher gern, dass der Zug damit auch bald kommt. Aber vorher muss ich dir noch 'ne kleine Geschichte erzählen.«

»Bin ganz Ohr.« Swann lehnte sich in seinem Drehstuhl zurück und verschränkte die Hände hinterm Kopf.

»Schau mal.«

Riley beugte sich vor und zog eine verknitterte braune Papiertüte heraus, aus der es nach verdorbener Wurst roch. Er rollte die Tütenränder runter, bis Swann das verschrumpelte aprikosenfarbene Stück Fleisch darin erkannte.

»Ein Ohr.«

Swanns Magen krampfte sich zusammen. Das Ohr sah übel aus, und es roch auch so, aber vor Riley würde Swann sein Entsetzen niemals zeigen.

»Ja, Swanny, ein Ohr. Ein menschliches Ohr sogar. Noch dazu von meinem Kumpel Stiggs. Er ist seit letzter Woche weg, nachdem ich ihn auf 'ne kleine Aufklärungstour geschickt hab.«

»Erzähl.«

»Das waren die verdammten Kiwis. Die Outlaw Mobs. Du weißt sicher, dass diese Säcke sich hier breitmachen wollen?«

Swann schüttelte den Kopf. Das war wirklich neu für ihn.

»Na ja, Reklame machen sie nicht grad. Auf der Straße sind noch keine Bikes oder Patches. Aber in Beckenham haben sie ein Tattoo-Studio aufgemacht und gleich daneben 'nen Bike-Shop. Für Kakasaki und andre Reismühlen. Und weiter die Straße rauf haben sie 'ne alte Fabrikhalle gekauft, riesig, fast den ganzen Straßenzug lang. Haben schon angefangen, alles einzuzäunen.«

»Und du hast deinen Kumpel Stiggs losgeschickt, damit er da mal rumschnüffelt. Stiggs ist nicht gerade die Idealbesetzung, wenn's um unauffälliges Ermitteln geht. Der hat doch das halbe Gesicht tätowiert.«

»Das ist nicht lustig, Swanny. Stiggs war einer meiner besten Mechaniker. Und er konnte auch sonst zupacken.«

»War? Gibt's zu dem Ohr auch 'ne Leiche?«

Riley schob das Kinn vor und kratzte sich daran. »Noch nicht. Aber das sieht doch nicht gut aus, oder?«

»Also bist du damit zu Ben Hogan, stimmt's? Doch der will aus irgendeinem Grund nichts für dich tun ...«

»Dieses Arschgesicht. Dabei schaufle ich ihm die Scheine nur so rüber. Angeblich sind ihm die Hände gebunden, solang sie kein Gesetz übertreten. Ihm ist es scheißegal, ob Blut fließt. Aber das wird's, es wird Krieg geben, Mann. Bis wir diese schwarzen Schweine zurück nach Neuseeland geprügelt haben.«

»Was mich zur naheliegenden Frage bringt, Gus. Von Neuseeland aus nach Perth ist's ja kein Katzensprung. Was wollen die hier?«

»In Neuseeland kostet ein Gramm Speed fünfzig Dollar. Hier bringt es schlappe hundert. Bei uns ist Boom, die Wirtschaft brummt, da wollen viele eben auch richtig einen draufmachen.«

Swann stieß einen Pfiff aus. Es stimmte, bislang galt die inoffizielle Regel, dass in Western Australia nur lokale Bikergangs aktiv sein sollten, und damit hatte man die Clubs aus den östlichen Bundesstaaten immer ferngehalten. Aber jetzt hatte sich die neuseeländische Gang einfach über die Bandidos, Comancheros und Hells Angels hinweggesetzt, um sich hier ein Stück vom Kuchen abzuschneiden. Swann war ehrlich überrascht, dass der CIB seine bewährte Fünf-Club-Strategie nicht auf die übliche Weise durchsetzte: In der Vergangenheit hatte es sich immer als wirksam erwiesen, Neuankömmlinge zu drangsalieren, rote Sticker auf ihre Bikes zu kleben und sie zu beschlagnahmen, ihnen Diebesgut oder Drogen unterzuschieben.

Wartete Ben Hogan und sein korrupter Inner Circle, der den CIB beherrschte, erst, bis der neue Commissioner im Amt war, um ein paar Kiwis über die Klinge springen zu lassen, oder steckte ein anderes Kalkül dahinter?

»Die Sache ist die, Swanny. Anders als wir sind die Outlaw Mobs landesweit aufgestellt. Die haben fett Kohle im

Rücken, von ihrer Manpower ganz zu schweigen. Die können sich's leisten, deutlich über Tarif zu zahlen, um von den Bullen hier grünes Licht zu kriegen. Mehr jedenfalls als wir – mehr, als wir's je gekonnt haben.«

Swann legte die Fingerspitzen aneinander. Wahrscheinlich hatte Riley recht. Aber wenn er wirklich Krieg wollte, dann gäbe es ihn bereits. Also hatte Riley keine Ahnung, wie viele Maori-Biker schon unerkannt hier lebten und nur auf den Befehl warteten loszuschlagen.

»Was wolltest du eigentlich von Heenan?«

»Ich wollte, dass der Fettsack dem Premier sagt, dass es Krieg geben wird und die hiesigen Bullen einfach nur dastehen und zuschauen, wer am Ende gewinnt. Ich dachte mir, dass er das nicht will, nicht in seinen ersten Wochen ...«

»Da dürftest du richtig liegen.«

Riley beugte sich vor, kalter Glanz trat in seine Augen.

Jetzt kommt's, dachte Swann. Er hob abwehrend die Hand. »Zweitausend?«

Rileys explosionsartiges Lachen ließ den jungen Mann im Nachbarbüro zusammenzucken. »Frechheit, oder? Ausgerechnet so was spricht sich schnell rum. Aber angeblich sind's ja auch zweitausend und 'ne Extraprämie.«

»Was für eine Extraprämie?«

»Tja, das kommt drauf an. Auf die Informationen, Swanny, die nützlichen Kontakte. Das Fachgebiet von Spitzeln, Hunden und Weibern. Das ist der Grund, warum ich hier bin und mit dir rede. Aber wenn alles passt ...«

»Nett von dir, Gus, dass du so offen bist. Aber zurück zu deinem Problem mit deinen Kollegen von der anderen Seite der Tasmansee.« Swann neigte den Kopf nachdenklich zur Seite, als hätte er sich die folgenden Worte genau überlegt. »Ich würd sagen, du solltest dich zusammentun. Deine

Vorbehalte gegen die Barbarians, Bad Breeds, Dingo Jacks und Junkyard Dogs fürs Erste vergessen und dich verbünden. David gegen Goliath und so. Die guten Westaustralier gegen die anderen, die Bösen. Du weißt schon, die Fremden.«

»Du meinst, 'ne Art Gewerkschaft?«

»Ja, Gus, was in der Art. Bündelt eure Kräfte. Geht an die Presse, sprecht den Patrioten in uns an. Stellt euch auf eine Kiste, wo's alle sehen, am besten gleich unterm Barracks Arch zwischen Parliament House und unserer Prachtmeile St Georges Terrace, und dann warnt uns vor der Ausländergefahr. Ihr alle als Kämpfer vereint, zur Verteidigung von Western Australia.«

Swann erhob sich, und Riley folgte ihm. Beide sahen durch den Raum mit den jungen Mitarbeitern, die sie anstarrten wie von Autoscheinwerfern geblendete Kängurus. Sie gaben sich die Hand. »Und in der Zwischenzeit seh ich zu, dass ich dein Thema beim Premier platzieren kann.«

»Top, Swanny. Eine Hand wäscht die andere, genau wie früher.«

Riley stapfte davon. Unterwegs zündete er sich eine Zigarre an, die er gedankenverloren mit dicken Schmatzern anrauchte. Die Sekretärin löste sich aus der nächststehenden Gruppe und lief zum Wartebereich bei den Aufzügen. Die anderen drückten sich schweigend an die Wand. Swann fiel ein, dass keiner von ihnen über seine Aufgabe Bescheid wusste. Sie hatten nur gesehen, dass ihm gerade zwei der bekanntesten Verbrecher in Western Australia die Aufwartung gemacht hatten. Und dass weitere Bittsteller warteten.

Informationen und nützliche Kontakte ...

Swann wusste nicht, was die anderen wollten oder über ihn wussten. Er steckte seinen Emaillebecher zurück in die

Tasche, holte die Statesman-Schlüssel aus der Schublade und machte sich auf den Weg zur Treppe.

Mit der schweren Tasche über der Schulter ging er die zehn Stockwerke zum Erdgeschoss hinab, dann zwei weitere in den Keller. Als er dort ankam, schmerzte eins seiner Knie, aber der Wunsch nach einer Zigarette war verflogen. Er stieg wieder hinauf ins Erdgeschoss und ging in die Lobby, kehrte dann nach unten zurück. Es gab keine Sicherheitskontrolle zwischen der Straße und der Kommunikationsanlage, die nicht nur im Gebäude, sondern auch in den naheliegenden öffentlichen Einrichtungen im Einsatz war.

Swann öffnete die dünne, nur mit Metalllack gestrichene Tür aus Spanplatte, die, wie man ihm erläutert hatte, zum Telekommunikationsraum führte. In einem nach Staub und Muff riechenden Gang sah er die freiliegenden Kabelstränge der Telefon- und Faxverbindungen, die in die höheren Etagen des Gebäudes führten. Auch sie waren völlig ungeschützt, ohne Kabelkanäle oder Ummantelung. Auch darum würde er sich kümmern müssen.

Am Ende des Gangs befand sich eine stabile Vollholztür, die in einen stockdunklen Raum führte. Die Abwärme elektronischer Geräte war deutlich zu spüren, in der Luft ein elektrisches Summen. Doch abgesehen von Balken grüner und roter Lampen sah Swann nichts. Er tastete die Wand neben der Tür ab, erfühlte den Lichtschalter, drückte ihn. Der Telefonist saß in der Mitte des Raums über eine gewaltige Konsole gebeugt.

»Norman!«

Der Telefonist drehte sich um und nahm seine Hör-Sprech-Garnitur vom Kopf. »Die Stimme kenne ich. Fremantle Station – Charlie sechsundsechzig. Frank, bist du's? Frank Swann? Man hat mich schon vorgewarnt, dass du hier unten auftauchst. Hm, so wie du riechst, rauchst du 'ne andre Marke? Peter Jackson statt Craven A, kann das sein?«

»Fast. Peter Stuyvesant.«

»Kann ich mit leben, Swann. Die rauch ich selber, also kann mein feines Näschen das nicht erschnuppern.«

Norman Gorman war in Polizeikreisen legendär. Er war blind, was den völlig abgedunkelten Raum erklärte, und seit Swann denken konnte, arbeitete er in der Polizeitelefonzentrale. Er hatte gehört, Norm sei in Pension gegangen, aber Nichtstun war nichts für den Mann, der für seine elegante Erscheinung berühmt war und immer einen stählernen Spazierstock dabei hatte, den er auch als Florett einsetzen konnte.

»Ich hab diese Totenruhe in den Vororten nicht ausgehalten, Frank. Ich hab mich nicht mal mehr ordentlich angezogen. Ich brauch einfach mein Ritual morgens: mich in Schale werfen, in den Bus rein und wieder raus und den ganzen Tag was zu tun haben. Aber die Polypen wollten mich nicht mehr, deswegen bin ich hier.«

Swann ging zu Norm, stellte sich neben ihn und legte ihm eine Hand auf die Schulter. Bis auf die fahle Haut sah er gut aus. Selbst als er noch jung gewesen war und im Keller der Central Police Station Dienst getan hatte, trug er Zweireiher, gefaltetes Einstecktuch, Satinhemd und passende Krawatte und sah mit dem streng in der Mitte gescheitelten dicken braunen Haar oft wie die Wachsfigur eines Gentleman aus dem frühen 20. Jahrhundert aus. Das Bemerkenswerteste daran war aber, dass Norman sich immer selbst ankleidete.

Als Telefonist bei der Polizei war Norman immer respektvoll behandelt worden. Er stellte Anrufe durch und nahm Nachrichten auf, aber man munkelte auch, dass er alles mithörte. Niemand wusste es mit Sicherheit, weil es nie jemand herausfand, doch Norman hatte Swann mehr als einmal mit Informationen geholfen, als die Kollegen sich auf ihn eingeschossen hatten. Er hatte Norm aber nie gefragt, woher er von der drohenden Gefahr und den Plänen erfahren hatte.

»Erzähl mir doch mal was über das System hier, Norm.«

Swann hörte aufmerksam zu, als Norm das interne Kommunikationssystem beschrieb, das während der Amtszeit der Vorgängerregierung installiert worden war und das acht Gebäude in der Umgebung und Dutzende von Abteilungen untereinander verband. Und Norman war der Dreh- und Angelpunkt von allem.

»Läuft die Kommunikation mit dem Büro des Premiers denn auch über dich hier?«

Norm schüttelte den Kopf. »Dafür haben sie oben eine extra Telefonistin, eine Frau Lapin. Was auf Französisch Karnickel heißt.«

»Traust du ihr?«

Norm wackelte mit der Hand.

»Könnte man die Verbindungen von und zum Büro des Premiers über dich hier laufen lassen? Ist das machbar? Ich muss auch ein paar Dinge außerhalb deines Raums ändern, weil man die Anlage von überall anzapfen kann, aber hier drinnen sieht alles sicher aus. In der Zwischenzeit …«

Norman hob eine Augenbraue, allerdings nur kurz. Sollte es ihn interessieren, warum Swann wollte, dass Norman alle Telefonate des Premiers mithören konnte, dann ließ er sich das nicht anmerken. »Klar, Frank. Möglich ist alles.«

7

Des Foley rutschte tiefer in den Schalensitz des gestohlenen Ford Fairlane. Er hatte die große Limousine mit wummerndem Vier-Liter-Motor gegenüber dem Maklerbüro geparkt und den Leerlauf eingelegt. Foley stand nur wenige Straßen von der Stelle entfernt, an der er den Wagen gestohlen hatte, aber er bezweifelte, dass der alte Tom hier am unteren Ende der Hay Street danach suchen würde. Aus East Perth waren seit den sechziger Jahren viele Bewohner aus den alten Mietskasernen und Slumhütten in die Sozialsiedlungen der Trabantenstädte von Mirrabooka, Balga und Nollamara gezogen, und mit ihnen auch die alten Gangs, aber zum Stehlen kamen sie an ihre früheren Wirkungsstätten zurück, wo sie alle Gassen und Fluchtwege kannten. Man konnte davon ausgehen, dass der alte Tom sein Auto schon abgeschrieben hatte, weil er glaubte, Schwarze hätten es gestohlen, um es zu zerlegen und auszuschlachten. Des empfand keinerlei Sympathie für den alten Tom und seine niederträchtige Art, dennoch hatte er als Erstes im Handschuhfach nachgesehen, ob der Wagen versichert war. Sonst hätte er ihn nicht gestohlen.

Zwanzig Minuten beobachtete Foley das Gebäude mit dem Maklerbüro und bewegte sich nur, um wieder tiefer in den Sitz zu rutschen, wenn die Scheinwerfer eines vorbeifahrenden Autos kurz die zweistöckige Ladenfront streiften. Foley stand nur wenige hundert Meter von der Central Police Station entfernt, und es waren auch schon zwei Streifenwagen vorbeigekommen, dazu ein paar zivile Commodores des CIB. Aber die Männer darin waren alle auf dem Heimweg gewesen, bei Schichtende sah keiner mehr so genau hin.

Foley trank wenig und wenn, dann nur Bier, und er rauchte nicht. Im Gefängnis hatte er gelernt, von nichts abhängig zu sein, weil dort jede Abhängigkeit auch verwundbar machte. Außerdem musste man bei seiner Art Tätigkeit alles vermeiden, was einen unruhig machte. Foley war diszipliniert, er kalkulierte seine Projekte vorher immer ganz genau durch, um mögliche Komplikationen vorauszusehen und Probleme gar nicht erst entstehen zu lassen. Alles, was ihn ablenkte, war gefährlich.

Seine einzige Schwäche war die Lust auf den Adrenalinkick. Aber er war erfahren genug, um diese unter Kontrolle zu halten und als Antrieb für seine Pläne zu nutzen, statt sich davon treiben zu lassen.

Foley spürte ein vertrautes Kribbeln im Bauch, das in Arme und Beine ausstrahlte. Er atmete tief ein. Noch einmal. Um die Sinne zu schärfen, ohne sich in Erregung zu versetzen. Jetzt brauchte er einen klaren Kopf. Es war zwar nur ein kleiner Einbruch, aber schon beim geringsten Fehler würde er wieder im Knast landen, und zwar für zwanzig bis dreißig Jahre. Oder auf der Stelle erschossen werden. In Perth würde sein gefälschter Ausweis sofort auffliegen, hier kannte ihn jeder Bulle.

Als die Straße leer war, öffnete er die Autotür und stieg aus. Die Platten des Gehwegs strahlten die Tageshitze ab. Es überraschte ihn nicht, dass es auch in diesem Teil Perths eine Zweigstelle von Lefroy Realty gab. Hier, wenige Fußminuten von East Perth entfernt, waren keine Aboriginals, lärmende Prolls oder arme Einwanderer auf der Straße. Stattdessen gab es Grafikstudios, Politikerbüros, Immobilienmakler und Gourmet-Sandwichläden. Und ganz am Ende die bedrohlich aufragende Central Police Station mit Blick nach Süden auf den Causeway.

Foley lief um den Block, um in die Versorgungsgasse hinter den Ladenfronten zu gelangen. Er war schon als Kind in alle Läden dieser Zeile eingestiegen, und noch immer, Jahre danach, sah es auf der Rückseite ziemlich verwahrlost aus. Ohne Schwierigkeiten riss er ein Loch in einen labbrigen Zaun aus rostigem Maschendraht und dünnen Pfosten und zwängte sich durch. Er zählte die vor ihm stehenden Gebäude, die sich den Straßenlampen auf der Vorderseite entgegenzuneigen schienen, kniete sich vor die hintere Sicherheitstür und begann, sie mit seinen Dietrichen zu bearbeiten.

Das Schloss war alt, ein paarmal Stochern genügte, und er spürte, dass der Schließzylinder klickte. Die lächerlich dünne Holztür hinter der Sicherheitstür hing locker in den Angeln und leistete keinerlei Widerstand. Er schloss sie hinter sich und zog seine Taschenlampe heraus. Sie war so schwer, dass sie notfalls auch als Waffe dienen konnte. Über die Lichtquelle hatte er eine braune Packtüte gezogen, damit sie nicht zu hell strahlte, das Licht für seine Zwecke jedoch genügte.

Die Akten dürften im Büro des Filialleiters sein, dessen Tür nicht abgesperrt war. Ein einziger Aktenschrank stand neben einem schmucklosen Schreibtisch mit einer elektrischen Schreibmaschine. Er zog das mit M-S markierte Hängeregister heraus und suchte die Akte Mostel. Ein ziemlich dickes Ding. Er leuchtete mit der Taschenlampe auf die vielen, ordentlich nummerierten Fotos von Häusern, Grundbucheinträge, Anträge auf Sozialwohnungen und Mietverträge. Auf der ersten Seite war eine Übersicht mit allen Adressen, insgesamt dreiundachtzig, die meisten davon in der Innenstadt und einige wenige in der High Street in Fremantle.

Foley stieß einen Pfiff aus. Dreiundachtzig. Das bedeutete stattliche Mieteinnahmen, wöchentlich. In Sekundenschnelle hatte sich Foleys Plan, einen einzelnen Vermieter ein wenig unter Druck zu setzen, in etwas ganz anderes verwandelt. In was genau, wusste er zwar noch nicht, aber er fand, dass das nur gerecht war. Dem Scheißkerl gehörte das halbe Viertel, und trotzdem quälte er Foleys Mutter, ging sie ganz persönlich an.

Der Gedanke hatte was – *ganz persönlich angehen*.

Genau das würde Foley auch machen.

Er drehte sich um, bevor ihm das Geräusch bewusst war. Eine Autotür wurde zugeschlagen, die Heckklappe eines Kombis. Er stand an der Bürotür und sah hinaus auf die Straße. Anhand der vielen Handzettel, die im Büro herumlagen, erkannte er den Mann sofort. Timothy Lefroy, der Inhaber. Foley hatte genug Zeit, um das Büro durch den Hinterausgang zu verlassen und in der Gasse zu verschwinden. Kein Mensch würde seinen Besuch bemerken.

Aber in ihm loderte noch der Ärger. Und er wusste, dass ihm die Akte auch nicht alles über Mostel verriet.

Lefroy hatte eine Deckenrolle und einen Schlafsack über die Schulter geschlungen und trug in jeder Hand ein Kissen. Er sperrte die Eingangstür auf, hielt sie mit dem Schuh auf, warf Deckenrolle, Schlafsack und die Kissen hinein und ging zurück zum Auto.

Foley wartete auf Lefroy, der jetzt eine Take-away-Mahlzeit in einer von der Wärme weichen Plastiktüte und eine Flasche Wein dabeihatte. Lefroy öffnete die Tür erneut, trat ein und kickte sein Bettzeug in Richtung des nächsten Schreibtisches.

Als Lefroy sich seinem Büro näherte, trat Foley in den Gang und schlug ihm ins Gesicht. Lefroy blieb stehen und hielt mit hängenden Armen sein Essen und Trinken fest. Foley schlug erneut zu. Lefroy verdrehte die Augen und sackte zusammen.

Foley fing den fallenden Immobilienmakler auf und schleifte ihn in sein Büro. Wenn jemand k.o. geschlagen wurde, ließ sich nicht vorhersagen, wie lange er ohnmächtig blieb – es konnten ein paar Sekunden sein oder mehrere Minuten. Auch für immer. Foley setzte sich auf die Schreibtischkante und kramte in der Essenstüte, zog ein in Papier eingeschlagenes Päckchen mit vier Frühlingsrollen heraus und begann zu essen. Er hatte keine Eile. Der Makler wollte in seinem Büro schlafen. Das hieß Streit oder Trennung, er roch Alkohol. Ihn erwartete heute Nacht niemand mehr.

Foley hatte die Frühlingsrollen gegessen, aber er war immer noch hungrig. Er öffnete eine der Plastikschalen und begann, mit den Fingern Reis in sich zu schaufeln. Hin und wieder schnippte er auch Lefroy etwas Reis ins Gesicht. Schließlich regte sich der Mann. Vorsorglich stellte Foley die Schale auf den Schreibtisch. Wie erwartet, war Lefroy, sobald er die Augen öffnete, hellwach. Das lag an der Angst. Lefroy begann zu schreien. Foley packte Lefroys Nase, drückte sie zu und hielt ihm auch den Mund zu. Er kniete sich auf seine Brust und presste sich darauf. Lefroy nickte, ohne zu blinzeln oder das Gesicht zu verziehen. Er hatte Foley erkannt. Gut, das ersparte unnötiges Gerede und machte es überflüssig, ihn noch weiter zu verletzen oder ihm die eigenen Absichten zu erklären. Lefroy wusste Bescheid.

Allerdings war unklar, ob das Verstehen in Lefroys Blick von Scham und Schuld herrührte oder von nackter Angst. Und das war das Entscheidende.

8

Swann warf sein Handtuch über das Verandageländer und ging zum Gartenschlauch. Im gesprenkelten Schatten unter dem Tuart-Baum ließ er erst das von der Sonne erwärmte Schlauchwasser über seinen Kopf rinnen, das nachfolgende kältere aus der Leitung über Arme und Beine. Dann zog er die Badeshorts aus, wrang sie aus und stellte sich nackt unter den kalten Strahl, den Blick nach Westen gerichtet, wo drei Kondensstreifen in Orange, Rosa und Violett am Himmel leuchteten. Zuletzt spritzte er sich den Sand von den Füßen und kehrte zur Veranda aus Jarrah-Holz zurück. Er schlang sich das Handtuch um die Hüften und setzte sich in den alten Leinen-Sonnenstuhl, um den Sonnenuntergang zu betrachten. Neben ihm stand eine Flasche Captain-Morgan-Rum auf einer umgedrehten Milchkiste, und Swann goss sich zwei Fingerbreit davon in einen gemusterten Glasbecher. Daraus hatten früher immer die Kinder Milch mit eingerührtem Milo-Kakaopulver getrunken. Auf wundersame Weise hatte das Glas zweiundzwanzigjährigen Gebrauch und eine Vielzahl von Unfällen und chaotischen Situationen unbeschadet überstanden. Aus einem Plastikkrug goss Swann etwas kaltes Wasser dazu und nippte, kippte noch ein wenig Wasser nach. Er war gerade gut einen Kilometer geschwommen, unten am South Beach, knapp hundert Meter vom Ufer entfernt, und hatte dem leichten Wellengang und den Quallen getrotzt, bis er nicht mehr konnte.

Swann trank mit geschlossenen Augen einen Schluck Rum und genoss die letzten Sonnenstrahlen, die in den Garten fielen. Wütende Honigfresser stritten im nahen Zylinderputzerstrauch um die ersten roten Blüten. Von einem Baum weiter die Straße hinunter beschallten Rotschwanz-Rabenkakadus mit ihrem Lachen die Nachbarschaft.

Nie hätte Swann gedacht, dass er das einmal sagen würde, aber ein Job mit geregelten Arbeitszeiten fühlte sich gut an. Nicht mehr die ganze Nacht bei einer Observation im Auto zu sitzen oder Vorständen durch die Stadt zu folgen und ihnen bei ihrem Luxusleben zuzusehen – von Coco's Restaurant zum Clouds und weiter in die Nachtclubs von Northbridge, wo sie Austern mit Champagner schlürften, während

Swann lauwarmen Tee aus einer Thermoskanne trank und in eine Flasche pisste.

Er hörte, wie die Haustür geöffnet wurde, und horchte auf Marions Schritte. Sie war bei ihrer mittleren Tochter Sarah in White Gum Valley gewesen und hatte auf ihre ersten zwei Enkel, Neve und Jock, aufgepasst. Sarah hatte mit achtzehn ihr erstes Kind bekommen und bald darauf ein zweites. Jetzt holte sie den Highschool-Abschluss nach und bat Marion und Swann öfter um Hilfe.

Swann war gerade fünfundvierzig geworden. Eigentlich fühlte er sich zu jung, um Großvater zu sein, aber nun war er es.

»Komm mal, Frank. Ich hab 'ne Überraschung für dich.«

Swann freute sich, Marions Stimme zu hören, und lächelte. So harmonisch war es nicht immer gewesen. Als ihre Kinder klein waren und Swann trank, hatte der Stress in seiner Arbeit sie an den Rand der Scheidung gebracht. Und dann hätte er beinahe alle verloren, als er mit einer anderen Frau eine Affäre hatte, die den Schmerz nicht wert war, den er Marion und den Kindern damit zufügte. Er zog das Handtuch um seine Hüften fest und ging in die Küche. Eine Bananenkiste stand auf dem Tisch, darin zwei feuchte braune Augen und eine noch feuchtere Schnauze. Er sah Marion an, die mit einem Lachen antwortete, den Deckel anhob und einen zwei oder drei Monate alten Welpen aus der Kiste holte. »Sie ist eine Mischung aus Staffy und Kelpie. Sarahs Nachbarn hatten einen Welpen zu viel, sie wär wohl getötet worden. Das wollte ich nicht.«

Marion küsste Swann und streichelte seinen Nacken, während sie auf seine Reaktion wartete. Als ihre Kinder heranwuchsen, hatten sie verschiedene Haustiere gehabt, darunter einen halbwilden Kater namens Charley, der aus dem nahen Steinbruch zu ihnen gekommen war, und zuletzt einen drahtigen Mischling, Clarry, der Swann immer ins Bein zwickte, wenn er Hunger hatte. Aber jedes Mal hatten diese Streuner eher die Familie adoptiert als umgekehrt, indem sie bei ihnen aufgekreuzt und einfach nicht mehr gegangen waren.

Swann hob die Hündin aus der Kiste und hielt sie vor sein Gesicht. Sie leckte ihm die Hand und pieselte über seinen Arm. Ein warmes gelbes Rinnsal floss an ihm hinunter, während sie ihn mit treuen Hundeaugen ansah.

»Sag nicht, dass das keine Absicht war!«

Swann setzte die Hündin auf den Tisch und kraulte sie hinter den Ohren. Er legte seinen trockenen Arm um Marion, und sie sahen dem Tier zu, wie es an der Tischkante entlanglief und einen Weg hinunter suchte. Swann hatte nicht das Bedürfnis, etwas zu sagen. Er glaubte zu verstehen. Die Stille im Haus, nachdem die Kinder ausgezogen waren, war angenehm, eine Erleichterung, aber es war auch schwer.

Als Krankenschwester in der häuslichen Pflege kümmerte sich Marion um Palliativpatienten, die daheim sterben wollten, um Menschen mit Drogenproblemen, die von keiner Klinik aufgenommen wurden, um die Geschlechtskrankheiten hiesiger Prostituierter sowie um die verschiedenen Erkrankungen der Obdachlosen in Fremantle. Man konnte ihr nichts vormachen, aber sie hatte ein weiches Herz. Die Arbeit war anstrengend, und sie erhielt nur wenig Anerkennung. Genau deswegen hatte sie Tiere immer geliebt. Und diese erwiderten ihre Liebe, sogar Clarry, der sie nicht ein einziges Mal gezwickt hatte.

Das Telefon klingelte. Swann wusch sich im Spülbecken den Hunde-Urin vom Arm. Als Privatdetektiv hatte er sich nie ein eigenes Büro leisten können, seine Kunden riefen immer daheim an. In den letzten Tagen hatten auch wieder ein oder zwei angerufen, aber diesmal war er in der glücklichen Lage gewesen, ablehnen zu können. Trotzdem würden sie es wohl weiter versuchen. Marion war mit dem Hündchen schon auf dem Weg nach draußen, als er den Hörer abnahm.

»Swann?«

Unverwechselbar. Die Stimme eine Mischung aus Schokolade und Whisky. Heenan.

»Swann? Schalt um sieben den Fernseher an und schau dir die Titelstory an. Darüber müssen wir nachdenken. Ich würde dich deswegen morgen gern sprechen, gleich in der Früh. Und in der Zwischenzeit will ich wissen, wie dein Tag war. Die Leute, die bei zu dir zu Besuch waren. Wir brauchen schon einen gewissen Sicherheitsabstand zwischen uns und manchen dieser Clowns. Aber wir sollten uns anhören, was sie sagen. Ist gut, das Ohr am Puls der Zeit zu haben. Aber das weißt du ja, Frank.«

Swann erzählte ausführlich von seinen Gesprächen mit Corvo und Riley. Er war darauf gefasst, dass Heenan ihn jeden Moment unterbrach und sagte, davon wolle er nichts wissen, aber das geschah nicht. Vielmehr hatte Swann den Eindruck, dass Heenan sich alles aufschrieb, Notizen machte und Swann nach immer weiteren Einzelheiten fragte. Glaubte Corvo wirklich, dass ein Casino geplant war, oder wollte er ihn nur aushorchen? Als Swann erwiderte, er habe ziemlich überzeugt gewirkt, wurde Heenan wütend. Das sei doch lächerlich. Eine idiotische Idee. Schon jetzt versuche jemand, dem Premier was unterzuschieben. Wahrscheinlich Sullivan, der frühere Polizeiminister. Gerade erst von seinem Posten als Vorsitzender der oppositionellen Liberal Party zurückgetreten, weil ihn der Premier bei der Wahl vernichtend geschlagen hatte. Dieses korrupte Schwein. Die ganze Zeit

Geschäfte mit korrupten Bullen. Seine miesen Tricks habe er sicher von denen. Wirklich mit allen nötigen Mitteln.

Heenan redete sich in Rage. Er klang auch angetrunken. Swann warf einen Blick auf die Uhr über dem Kühlschrank und sah, dass es fast sieben war.

Plötzlich änderte sich Heenans Ton, er wurde zurückhaltender, wählte seine Worte mit Bedacht. »Swann, ich sehe es als Teil deiner Aufgaben, dass du ... Ich weiß nicht, na, Kontakt zu diesen Leuten pflegst. Du hast freie Hand ... auch mal was für die zu tun, wenn du denkst, es könnte uns nützen. Du weißt schon, was ich meine.«

»Die stehen doch schon in unserer Schuld.«

»Exakt. Aber du weißt auch, dass so was nie nur in eine Richtung laufen darf. Wenn sie dir mal was anbieten, eine Gefälligkeit, uns einen Gefallen tun, dann ...«

»Verstehe. Aber Heenan, es ist schon sieben. Sollen wir aufhören?«

Heenan grunzte. Im Hintergrund hörte Swann den Beginn der ABC-Nachrichten mit bekannten Symphonieklängen: Marschmusik unterwegs zur Wahrheit.

Heenan brach ab, auch Swann legte den Hörer auf die Gabel. Er schaltete den kleinen Fernseher an, der schon auf ABC eingestellt war. Zu sehen war die Old Swan Brewery, ein Nachrichtensprecher griff eine witzige Schlagzeile auf, ehe die Morgenzeitungen sie rausbrachten, und raubte einem Redakteur das Vergnügen – »Am Ufer des Swan River braut sich Ärger zusammen«. Protestierende Aboriginals hatten an Kennedy's Fountain ein Lager aufgeschlagen, um gegen die Pläne der Regierung zu demonstrieren, die aus der alten Brauerei einen Hotelkomplex machen wollte. Die Brauerei war auf einem heiligen Ort errichtet worden. Es wurden Bilder ausgestrahlt, auf denen die Polizei gegen wütende Männer und Frauen vorging, dahinter Arm in Arm die Nyungar-Ältesten.

9 Blake Tracker kauerte im dunklen Schatten einer blühenden Goldakazie. Bevor er in diesen Kokon aus süßem Duft geschlüpft war, hatte er sich jedoch nach Hunden umgesehen und zwischen den rostigen Wellblechplatten hindurchgespäht, die in dieser Gegend als Zaun dienten. Die Nacht war warm, aber der Südwind trug von der Raffinerie in Kwinana einen beißenden Gestank in die Gärten hinter den Häusern, eine Mischung aus brennendem Gummi und Ausdampfungen glühenden Metalls. Nur vor den Häusern im Windschatten war es etwas besser. Blake trug noch immer die kurze Hose, das T-Shirt und die Turnschuhe, die er bei seiner Flucht aus Longmore angehabt hatte. In der Nacht hatte er sich warm gehalten, indem er einfach weiter gelaufen war, immer im Schutz des Buschlandes an den südlichen Ausläufern des Darling Scarp. Nur wenn es nicht anders ging, war er über erleuchtete offene Flächen gehuscht. Um große Straßen zu umgehen, war er durch Bäche und Gräben gewatet, die von den höheren Lagen des Hügellandes kamen und in den Canning River mündeten, und hatte die Lichter von Gosnells, Kelmscott und Armadale gemieden. In den frühen Morgenstunden hatte er sich am South Western Highway gehalten, und als in der Nähe von Mundijong die Sonne über den bewaldeten Hügeln aufging, hatte er einen Spalt zwischen zwei Granitfelsen entdeckt und sich dort hingelegt.

Das T-Shirt über dem Gesicht, hatte er ein paar Stunden geschlafen und war dann schwitzend und durstig aufgewacht. Seine Füße waren wundgelaufen, die Beine schmerzten, auch seine Rippen taten weh, als er gähnte, und das Handgelenk war immer noch angeschwollen. Um sich zu lockern, machte er ein paar Hiebe Schattenboxen, kreiste mit den Schultern und ließ die Finger knacken, dann brach er auf in Richtung Westen. So gelangte er durch Busch- und dünn besiedeltes Farmland an den Rand der südlichen Vororte Perths. Er hatte Durst und Hunger, aber Gehen fühlte sich gut an. Er hatte einen großen Bogen schlagen müssen, aber das war immer noch besser, als erwischt zu werden. Er wollte sich auf keinen Fall wieder einsperren lassen. Dann würden ihn die Wachen wirklich umbringen.

Als die Sonne aufging, kroch er in einen Abwasserkanal und schlief bis zum Anbruch der Dunkelheit. Nach einem weiteren Marsch durch die Nacht erreichte er schließlich die von Nord nach Süd verlaufende Stock Road, wo er für ein paar Stunden in den Beeliar Wetlands unter Sumpf-Banksien wartete, bis mit dem späten Nachmittag die Schatten wieder länger wurden. Sobald die Sonne im Westen hinter den Dünen versank, wandte er sich nordwärts und ging – wieder querfeldein, jedoch immer der Stock Road folgend – in den Arbeitervorort Coolbellup, wo sein Vater lebte.

Wie üblich saßen Pops und seine Kumpels in der Küche und tranken. Er hörte das donnernde Lachen seines Vaters durch die Dunkelheit. Und seinen Onkel Dennis, der immer etwas pfeifend lachte. Eine Frau, deren Stimme er nicht kannte. Vielleicht sogar eine Weiße, oder doch schwarz? Im Vorzimmer dröhnte der Fernseher über die zerschlissene Couch und die Plastikstühle hinweg und durch vorhanglose Fenster hinaus in den Vorgarten, in dem sich nur verdorrtes Unkraut und ein paar vereinzelte Stängel Zitronengras befanden. Gleich hinter der offenstehenden Haustür lag Vaters Schlafzimmer, eine dunkle Höhle, die nach Champion-

Ruby-Tabak, billigem Wein, schweißigen Lederstiefeln und Motoröl roch und in die Pops nur zum Schlafen kam.

Gut, dass Betty nicht da war. Vaters zur Wildschweinjagd abgerichtete Hündin hatte zwar zerfetzte Ohren und ein milchiges Auge, aber sie würde ihn schon aus tausend Metern Entfernung riechen und losbellen. Zu dritt waren sie vor vier Jahren von Laverton am Rand der Großen Victoria-Wüste nach Perth gereist. Dabei hatten Betty und Blake auf der Deckenrolle am Boden geschlafen, Vater aus Angst vor Schlangen auf ein paar Missionsdecken auf der Pritsche seines Trucks. Bei dem alten Datsun waren die Motordeckeldichtung undicht und der Kühler leck gewesen, so dass die Klapperkiste alle fünfzig Kilometer zu kochen anfing. Aber diese Karre mit verschossenen gelblichen Pritschenwänden, Dellen und rostigen Türschwellern war Vaters ganzer Stolz. Und auch jetzt stand sie direkt vor Vaters Hütte, möglichst nah an seinem Schlafzimmerfenster. Er schlief immer mit einem Axtstiel neben dem Bett und war, wenn nötig, in Sekundenschnelle zur Tür hinaus.

Das abgewohnte Arbeiterhäuschen gehörte seinem Vater, er hatte es damals in bar bezahlt. In diesen Dingen war Pops altmodisch. Er hatte Mist gebaut und war deswegen im Fremantle Prison gewesen. Zwei lange Haftstrafen vor und nach Blakes Geburt. Erst als Blakes Mutter an Lungenentzündung gestorben war, tauchte er wieder auf, kam hinaus in die Wüste und nahm Blake zu sich. Weil er es für das Richtige hielt.

Blakes Vater war einfach so. Er sagte etwas zur Hälfte und überließ es seinem Gegenüber, den Rest rauszufinden. Aber er hatte als junger Mann alle Initiationsriten durchlaufen, und das bedeutete etwas, selbst in der Stadt.

Immer ging's ihm darum – ein Mann tut dies, ein Mann

tut das. Was einen Mann ausmachte, was unmännlich war. Was ein Mann tun musste, was er niemals tun durfte.

Aber das waren nur Worte. Selbst Blake begriff das. Und er hatte bei seiner Gerichtsverhandlung erlebt, dass Worte allein keine Bedeutung hatten. Wie sie sich verdrehen ließen und dann etwas ganz anderes bedeuten konnten.

Im Mund eines Zeugen. Im Mund eines Anwalts. Im Mund eines Richters.

Auch im Mund eines Vaters.

Blake sog den bitteren Saft aus einem Stängel Zitronengras. Wahrscheinlich hatten Hunde darauf gepisst, aber das war egal. Die Trinker in Vaters Küche waren verstummt. Rollten ihre Deckenbündel am Zaun an der Ostseite des staubigen grauen Gartens aus, um sich vor der Morgensonne zu schützen.

Er hörte das Wasser in den alten, an der Westseite des Hauses verlegten Leitungen klopfen. Ein letzter Schluck Wasser vor dem Pennen. Ein letztes Mal pissen. Furzen. Spucken.

Der Fernseher wurde ausgeschaltet, dann alle Lichter gelöscht. Die Haustür zugeschlagen. Good Night, Pops.

10

Swann schlief, als das Telefon klingelte. Er sah zum Wecker auf seinem Nachttisch. Zwei. Erst stützte er sich auf einen Ellbogen, dann setzte er die nackten Füße auf die Dielen. Hoffte, das Klingeln würde aufhören. Hoffte vergebens.

Er trottete in die Küche. »Ja?«

»Swann, noch mal Heenan. Sorry, dass ich dich so spät rausklingle, aber es ist wichtig.«

Heenan sprach immer etwas abgehackt, nicht zuletzt weil

er wegen seines Gewichts schnell aus der Puste war. Aber jetzt war seine Atemlosigkeit stärker als sonst, er klang aufgeregt. »Wir haben ja vorhin über Gefallen gesprochen. Und schon ist es so weit. Ein guter Freund des Premiers hat eine Bitte. Ist 'ne heikle Sache. Absolute Diskretion. Keine Polizei.«

Gähnend kratzte Swann sich am Bauch. Er erinnerte sich nicht an seinen Traum, aber er musste angenehm gewesen sein, das wusste er noch. Dorthin wollte er zurück. Aus Gewohnheit betätigte er einen Schalter an einem schwarzen Kasten, der über eine Spleißstelle mit der Telefonleitung verbunden war. Bei seiner Art von Tätigkeit gehörten Drohanrufe zum Alltag, und er zeichnete sie fast automatisch auf. Was ihn jetzt zum Schalter greifen ließ, war das Wort Diskretion.

»Hast du was mit Mr Le zu tun?

»Mein Gott, Heenan, quatsch nicht rum. Geht's um Charlie Le?«

Aber Swann kannte die Antwort bereits. Wichtiger Mann in Perths chinesischer Gemeinde, betrieb illegale Kartentische, hatte bei Galopprennen die Hand im Spiel, allerdings nur in Hongkong.

»Er wurde um eine halbe Million erleichtert. Abgezockt beim Kartenspielen. Er meint, irgendein ›schwarzer Zauber‹ sei dran schuld. Dürfte aber eher ein fauler gewesen sein. Vermutlich Drogen. Jedenfalls ist er noch nicht ganz klar im Schädel. Schläft immer wieder ein. Himmlische Schwindler nennt er die Kerle. Die Triade.«

»Le ist doch ein Kumpel von Tommaso Adamo. Wieso ruft er dich an? Wenn diese Witzbolde von der Triade sind, warum holt er sich dann keine Unterstützung von den Italienern? Der will doch nur, dass die Kerle geschnappt werden und er sein Geld wiederkriegt. So weit ganz normal.«

»Du hast es grad gesagt. Er will das Geld wiederhaben. Und zwar alles. Und nichts davon jemandem abgeben. Denn eigentlich ist es überhaupt nicht seins.«

Swann seufzte. Nun war er hellwach. Weiterschlafen konnte er erst mal vergessen. »Und wem gehört's dann?«

»Er hat sich's geliehen, ziemlich kurzfristig, und zwar von Larry Conlan. Oder genauer von Conlans Bank, Harrowgate.«

Was Swann plausibel vorkam – Harrowgate war die einzige Bank, die einem halbseidenen Chinesen zum Kartenspielen eine halbe Million in cash lieh.

»Swann? Mir ist klar, wie das aussieht. Und mir ist auch klar, dass hinter einigen Leuten, auf die du ... hm, nicht sehr gut zu sprechen bist, Harrowgate-Geld steht. Aber wenn ich ehrlich sein darf ...«

»Geht mich alles Weitere nichts an, schon kapiert.«

Larry Conlan war ein langjähriger Pferdewettschieber und Immobilienhai, der vor vier Jahren eine eigene Bank gegründet hatte. Wie viele andere auch, hatte Swann es erst für einen schlechten Witz gehalten, als Conlan den pleitegegangenen Schuhladen Harrow's in Perth übernommen und daraus die Harrowgate Investment Bank gemacht hatte. Doch Kredite waren damals international billig zu haben, und so hatte Conlan viel Geld aufnehmen können und seinerseits Leute gefunden, die sich von ihm welches liehen. Gegen alle Erwartungen hatte sich die Bank auf lokaler Ebene zu einem wichtigen Geldinstitut entwickelt. Dank der billigen Kredite Larry Conlans war sein Bruder Maitland zum größten Baulöwen der Stadt aufgestiegen.

»Aber warum will Le denn die Polizei nicht einschalten?«, fragte Swann. »Okay, blöde Frage. Selbe Antwort.«

»Exakt. Es ist kompliziert. Der Premier würde es als einen

persönlichen Gefallen ansehen, wenn du alles stehen und liegen lässt und diese Männer findest. Es müssten vier sein – das ist alles, was ich weiß. Vier Chinesen verschiedenen Alters. Sie machen auf High Roller, spielen angeblich nur um hohe Einsätze. Deswegen hatte Le auch so viel Cash dabei. Er würde vor der chinesischen Gemeinde das Gesicht verlieren, vom Verlust des Geldes ganz abgesehen.«

»Wenn wir Le glücklich machen, macht er uns mit den Stimmen der Chinesen glücklich, und dann leben wir alle glücklich bis ans Ende unsrer Tage.«

»So in der Art. Die Leute sind schlau, Swann. Aber wir haben einen Vorteil. Le hat's mir erklärt. Die rechnen nicht damit, dass jemand sie sucht. Sie wissen, dass Le das aus der Presse raushalten will und nichts durchsickern soll.«

Weil Swann das Gespräch aufzeichnete, stellte er noch diese Frage. »Das ist alles in Ordnung, aber was ist, wenn die Sache eskaliert? Die sind zu viert, da werden sie mir das Geld nicht auf dem Silbertablett servieren ...«

Heenan lachte gekünstelt. »Du schaust zu viel Bruce Lee. Die Kerle sind Schwindler, keine Schläger. Da gibt's kein Problem. Wir haben jemand am Airport, und Leute, die den Busbahnhof überwachen. Sie melden sich, wenn sie was sehen. Tu, was nötig ist, Swann. Heuer dir von mir aus noch Leute an, wenn du welche brauchst. Kosten werden erstattet. Aber wir verschwenden hier wertvolle Zeit ...«

Swann legte auf und verfolgte, wie das rote Lämpchen an dem schwarzen Kasten kurz aufleuchtete und verlosch. Das Gerät sandte jedes mitgeschnittene Gespräch automatisch per Funk an einen versteckten Rekorder unterm Dach. Es konnte ja immer bei einem eingebrochen werden. Bei seiner Arbeit konnte man nicht vorsichtig genug sein.

Auf der Fahrt ostwärts durch die schlafende Stadt dachte Swann an die Himmlischen Schwindler. Seit je hatte er für gute Trickbetrüger, die es in seiner Kindheit noch häufiger gegeben hatte und die sich vor allem auf den Rennbahnen wohlgefühlt hatten, widerstrebend Bewunderung empfunden. Art und Umstände, wie Charlie Le ausgetrickst worden war, erforderten jedenfalls Geduld und gute Nerven – jeder der vier Männer musste seine Rolle während der ganzen Zeit so perfekt spielen wie ein gut ausgebildeter Schauspieler. Und das mit der Angst vor einer Gefängnisstrafe im Nacken – oder noch schlimmeren Konsequenzen, wenn sie vorzeitig aufflogen.

Kein anderes Auto weit und breit, als er auf der Canning Bridge den Swan River überquerte, nur die blassen Formen der schlafenden Pelikane zeichneten sich auf den Brückenpfeilern ab.

Swann glaubte, dass die Himmlischen Schwindler nicht mit dem Auto verschwinden würden. Damit hätten sie zweitausend Kilometer Weizenstoppeln und Wüste vor sich, ehe sie in die nächste Stadt kamen. Die abgelegenste Großstadt der Welt zu sein, hatte auch Vorteile. Möglicherweise wollten sie von Fremantle mit dem Schiff außer Landes, aber hineingekommen waren sie ziemlich sicher per Flugzeug.

Es war also wahrscheinlich, dass sie sich in einem Motel in Flughafennähe versteckten. Am Great Eastern Highway, der von dort in die Innenstadt führte, gab es Dutzende davon.

Er überlegte, ob er die Nachtportiers abklappern sollte, aber das würde viel Zeit kosten. Man musste wie ein Dieb denken, um einen Dieb zu erwischen. Nach ihrem Erfolg waren die Männer sicher in Feierlaune und aufgekratzt, sie würden nicht schlafen können. Sie konnten trinken, um runterzukommen, aber es gab noch eine bessere – und damit wahrscheinlichere – Art der Entspannung. Während er dahinfuhr, tippte Swann die Nummer der ersten Escortagentur aus seinem Notizbuch in die Tasten des Autotelefons. Prostituierte waren immer gute Informationsquellen, Puffmütter noch bessere. Sie waren auch meistens gewillt, Swann zu helfen, nachdem er seine Karriere in den Sand gesetzt hatte, um den Mörder der Bordellwirtin Ruby Devine zu finden. Außerdem kannten viele Straßenmädchen der Stadt Marion, die sie an den Arbeitsstätten aufsuchte. Wenn die Himmlischen Schwindler sich Frauen hatten kommen lassen, dann würde Swann das erfahren.

Swann hielt in einer dunklen Uferstraße nahe dem Ascot Racecourse. Eine Straßenlampe, die den Weg zu einem Anlegesteg erhellte, wurde von tausenden, im gelblichen Dunst herumfliegenden Faltern umschwirrt. Er zündete sich eine Zigarette an, ließ das Fahrerfenster herunter und spürte die Nachtkühle auf dem nackten Arm. Mit dem Autotelefon in der Hand wartete er, bis die Chefin von Magenta Escorts, Sally Sargent, im Terminkalender nachgesehen hatte. Die Betrüger dürften kaum in ein Bordell gehen und das Geld unbewacht lassen. Und sie würden keine Asiatinnen kommen lassen – die könnten mit Le in Verbindung stehen. Es sprach viel dafür, dass sie großbusige blonde Australierinnen oder Frauen eines ähnlichen Typs wollten und sie sich gegen ein kleines Schweigegeld vom Nachtportier des Motels bestellen ließen.

Das Telefon klickte. »Swann? Ja, wir haben vor zwei Stunden ein Mädchen zum Raceway Motor Hotel in Candice geschickt. Für die ganze Nacht. Das ist die einzige.«

Swann dachte nach, es klang nicht wahrscheinlich. »Sonst keine Partys heute Nacht?«

»Ne, nur einsame Stecher. Fast nur Stammkunden. Ist aber normal für ’ne Dienstagnacht. Das war die einzige für ein Motel am Highway.«

Ausgeschlossen war es nicht. Ein bisschen geizig, eine Frau für vier Männer. Geizig und mies, aber nicht ausgeschlossen.

»Der Nachtportier dort – wie heißt der?«

»Das müsste Derek sein.«

Swann bedankte sich, legte auf, wählte erneut. Schon beim ersten Klingeln wurde abgehoben. Eine Raucherstimme, kratzig und angegriffen. Zwischen Mitternacht und Sonnenaufgang war auch nicht viel zu tun außer zu rauchen. Im Hintergrund blechernes Radioscheppern.

Swann stellte sich vor und sagte, was er wollte. Dereks zögerliche Antwort bestärkte Swanns Verdacht.

»Ne, ne, tut mir leid, Kumpel, aber da kann ich dir nicht helfen. Was unsre Gäste aufm Zimmer machen, ist ihre Sache. Außerdem haben wir grad gar keine Schlitzaugen ...«

»Alles klar, Mann. Ich will ja nur wissen, wie viel die vier chinesischen Herren dir zahlen, damit du nichts sagst und nicht siehst, was sie in ihren Zimmern machen. Und Leuten wie mir sagst, dass sie das sowieso nichts angeht.«

Swann vermutete, dass Derek sich ausrechnete, wie er das Doppelte aus der Sache rausschlagen konnte, und wartete. Offensichtlich war Derek kein Mathegenie, denn er benötigte fast zehn Sekunden dafür.

»Einen Tausender. In cash. Und den behalt ich auch.«

»Das ist doch klar, Derek. Ich leg sogar noch einen drauf. Du musst mir nur sagen, welche Zimmernummer die Herren haben, draußen alle Lichter ausschalten, mir den Zimmerschlüssel hinlegen und das Telefon neben die Gabel legen. Meinst du, das geht?«

Derek musste nicht lange überlegen, ob er Swanns Angebot annehmen sollte. Swann fragte ihn noch, was und wie viel die Männer tranken. Vor ungefähr zwei Stunden hatte Derek ihnen zwei Flaschen Dewar's und drei Kübel Eis gebracht. Dann nannte er Swann die Zimmernummer und legte auf.

Derek hatte sein Versprechen gehalten und die Außenbeleuchtung des Motels ausgeschaltet. Der Parkplatz, der Eingang und der viereckige Hof, um den die Unterkünfte gruppiert waren, lagen im Dunkeln. Aus lachsfarbenem Weichziegel und einfachem Backstein erbaut, bot das Raceway vorwiegend Einzelzimmer, aber auch einfachere Häuser verfügten meist über zwei, drei Apartments für Familien oder Gruppen von Selbstversorgern. Am Ende des dunklen Gangs lag Zimmer Nummer 63. Swann hätte es auch ohne Dereks Unterstützung gefunden. Es war das einzige Zimmer, in dem auch kurz vor Sonnenaufgang noch Licht brannte. Swann zog seine .22er, eine Beretta 87 Target, und entsicherte sie. Die Pistole war nicht registriert – Swann hatte zwei zugelassene Waffen daheim –, was für seine Zwecke ideal war. Wenn die Sache aus dem Ruder lief, konnte er diese Wegwerfpistole leicht entsorgen. Er hatte das Überraschungsmoment auf seiner Seite, wusste aber nicht, wer die Männer hinter der dünnen Sperrholztür waren.

Swann spuckte kurz auf den Schlüssel, ehe er ihn ins Schloss schob, für den Fall, dass er klemmte. Das Schloss öffnete sich ohne Probleme. Er wusste nicht, ob die Zimmertür vom Hauptraum aus zu sehen war, aber er vermutete es – das Murmeln dahinter war laut. Swann drückte die Tür auf, hielt die Pistolenhand ausgestreckt vor sich und trat in den taghell erleuchteten, überhitzten Raum. Alle vier Neonröhren und beide Tischlampen waren an, und das mit gutem Grund. Während ein älterer Mann, der wie ein behaarter Buddha aussah, auf der Couch saß und sich von Candice einen blasen ließ, stand ein junger Mann hinter ihr und bestieg sie so hektisch wie ein Chihuahua eine Dogge. Die zwei anderen Männer lagen halbnackt auf dem Teppich, sahen der Vorführung zu und hatten jeder eine Hand in der Unterhose, in der anderen hielten sie Whisky und Zigaretten – für Swann konnte es kaum besser laufen.

Candice war eine Wuchtbrumme, sie blieb unbeeindruckt. Swann trat immer noch auf wie ein Cop, und sie kannte die Regeln. Sie warf den Reiter auf ihrem Hinterteil ab und griff nach einem Handtuch.

Es blieb still, bis Swann das Wort ergriff. »Haben die schon bezahlt?«

»Ja, Süßer. Das Vergnügen hat sie auch ein bisschen was gekostet. Ich mach dann mal Schluss.«

Swann trat einen Schritt zur Seite und ließ Candice ihre Pumps, ihr Kleid, den Schlüpfer und ihre paillettenbesetzte Handtasche aufsammeln. In einer Wolke aus billigem Parfüm und Sex verließ sie das Zimmer und schloss leise hinter sich die Tür.

»Righto. Wer von euch hier ist der Boss?«

Swanns Frage wurde von drei leeren Gesichtern und einem Blick voll glühendem Hass erwidert. Die zwei Männer auf dem Boden und der Dicke auf der Couch hatten glasige Augen und rochen nach Whiskyschweiß. Ihre Pimmel standen noch stramm, worin Swann ein gutes Zeichen sah. Noch nie hatte er erlebt, dass ein Mann mit Ständer zugeschlagen hatte.

Der junge Mann, der auf Candice rumgeturnt war, war

nüchtern. Zumindest das sprach für seine Intelligenz. Er war derjenige, der sie hätte wecken und dafür sorgen sollen, dass sie ihre Siebensachen einsammelten und ihren Flug erwischten. Der Mann deutete mit dem Kinn zur Couch auf eine der weißen Unterhosen. Swann winkte ihn mit der Pistole dorthin. Jetzt kam der Moment, an dem es brenzlig werden konnte. Sie hatten einen Haufen Geld, das überall versteckt sein konnte: hier im Zimmer, draußen im Garten, in einem Ventilatorgehäuse der Klimaanlage, unter dem Dach. Swann musste den harten Hund geben. Sie mussten glauben, dass er sie so lange foltern würde, bis sie es ihm verrieten, auch wenn er das gar nicht tun wollte.

»Wo ist es?«

Der junge Mann machte ein verächtliches Gesicht. »Weißt du eigentlich, mit wem du dich anlegen?« Amerikanischer Akzent, aber mit abgehackten Vokalen.

Swann musterte den Mann, der sich die Unterhose inzwischen stramm hochgezogen hatte, von Kopf bis Fuß: spindelarmig, hühnerbrüstig und ein Wabbelbäuchlein wie ein weichgekochtes Ei. Er hatte den Schock überwunden und war wieder in seine Rolle geschlüpft.

Swann hatte weder Handschellen noch eine Schnur, deswegen wedelte er wieder mit der Waffe und deutete auf den freien Fleck auf dem Teppich, wo Candice gewesen war. »Los, leg dich da auf den Boden. Auf den Rücken.«

Der junge Mann gehorchte. Er ging erst in die Hocke und behielt dabei beide Fußsohlen ganz auf dem Boden, ehe er sich mit hasserfüllten Augen und verächtlichem Grinsen rücklings fallen ließ und ausstreckte. Swann trat dem Dicken gegen den Fuß. »Du legst dich auf ihn, mit dem Gesicht nach unten.«

Dem jungen Mann stieg das Blut ins Gesicht, als das Gewicht des Alten auf ihm zu liegen kam. »Jetzt du. Mit dem Rücken auf seinen Rücken.«

Der Mann ganz unten musste übersetzen, und als der dritte Mann unwillig dreinblickte, richtete Swann die Beretta auf dessen Gehänge. Er stand auf und legte sich mit dem Gesicht nach oben auf den dicken Mann, der aufstöhnte. Dann zwang Swann den letzten Mann, seine Position ganz oben auf dem Stapel einzunehmen. Er musste seinem Kumpan in die Augen sehen, während er sich mit den Zehen am Teppich festkrallte.

»Jetzt schaut nicht so unglücklich. Manche Leute zahlen für so was Eintritt. Dass sich mir keiner von der Stelle rührt!«

Drei gleiche Unterhosen, dazu das nun erschlaffte Gemächt des Dicken, ein Stapel außer Gefecht gesetzter, wütender Männer. Swann krönte den menschlichen Turm mit einem Eiskübel, in den er eine leere Flasche Dewar's und drei Gläser stellte. Sollten die Männer sich bewegen, würde sie das verraten.

Er durchstöberte die leeren Küchenschränke, sah im Ofen und Kühlschrank nach, aber er hätte sich die Mühe sparen können. Der junge Mann zuunterst im Stapel bekam schlecht Luft. Die Selbstgefälligkeit war aus seinem Gesicht verschwunden. Er sah angestrengt aus.

»Ledertasche. Louis Vuitton ... in Schlafzimmer, auf Bett.«

Und da war es. Swann behielt die vier Paar Füße im Auge – eins zitterte schon vor Anstrengung, den Stapel in der Balance zu halten –, während er die Lasche der Tasche öffnete. Alles Gepäck war aus dem gleichen Leder gefertigt, teuer aussehend, wie bei High-Roller-Darstellern zu erwarten. Das Geld in Bündeln zu zehntausend Dollar steckte in Baumwollbeuteln, die mit dem überkandidelten, pseudoimperialen Logo von Conlans Harrowgate Investment Bank bedruckt waren.

Alles vollzählig samt Belegen. Swann durchsuchte die Anzüge im Schrank und die Kleidung in den anderen Taschen. Er fand nichts Gefährlicheres als billiges Aftershave und schmutzige Unterhosen.

Er schloss die Tasche und ging in den Aufenthaltsraum zurück. Ein Tropfen des Eiswassers war vergossen worden. Er machte sich auf den Weg zur Tür, überlegte es sich jedoch anders. Er ging zurück ins Schlafzimmer und nahm die vier Pässe, die zusammen mit den Cathay-Pacific-Tickets in einem Plastikbeutel steckten. Die Ledergeldbeutel mit dem Kleingeld ließ er liegen. Die Männer konnten auf dem Landweg aus Perth verschwinden oder sich verstecken und auf neue falsche Pässe warten. Das ging ihn nichts an. Er war kein Freund von Charlie Le, aber die Arroganz des jungen Mannes hatte ihn geärgert. Ihr Abenteuer in einem fremden Land hatte erst begonnen.

»Warte. Nicht. Ich verraten dir noch was.«

Der unterste Mann, der von den drei anderen flachgedrückt wurde, winkte Swann mit seiner freien Hand zu sich. »Ich verraten dir was Interessantes.«

Swann lachte. »Ich will das Geld überhaupt nicht, Mann. Es gehört mir nicht. Dir gehört's auch nicht, es gehört nicht mal dem Idioten Charlie Le. Wahrscheinlich fühlst du dich grad um deinen Spaß gebracht, aber nach einer kalten Dusche ist das halb so schlimm.«

»Wir auch wollen Geld nicht.«

Etwas an dem Ton des Mannes ließ Swann aufmerken. »Na prima, dann sind ja alle glücklich.«

»Lassen unsere Pässe, dann ich verraten dir was über Charlie Le.«

Swann ging zu dem immer röter werdenden Körperstapel, warf ihn um und trat zurück. »Na dann ...«

Der junge Mann krabbelte von seinen Partnern weg, zerrte seine verrutschte Unterhose wieder stramm und knackte mit den Handgelenken. Die anderen krabbelten ihm nach, setzten sich in einer Reihe neben ihn und lehnten sich an die Couch, um Swann mit seltsam ernsten Mienen anzublicken.

»Wir gar nicht hier, um Charlie Le Geld zu stehlen. Wir arbeiten für andere Firma ...«

Triade, meinte er wohl, aber Swann wollte ihn nicht unterbrechen. »Und weiter.«

»... Charlie Le, er kaufen immer in Hongkong. Aber wir aus Singapur.«

»Was kauft er denn?«

Der Mann wirkte überrascht. »Du nicht die Polizei?«

Swann lachte. »Nein, bin ich nicht.«

Der Mann flüsterte etwas auf Chinesisch zu seinen Kollegen, die zuerst sich ansahen, dann auf ihre Füße starrten.

»Heroin. Ich überrascht, dass du nicht weißt. Er schon ist einer der größten australischen Importeure.«

»Okay. Und wie kriegt er den Stoff ins Land?«

»Über Hafen. Die Handelsschiffe. Die Matrosen alle sind Chinesen. Einfach von Bord damit gehen. Ganz leicht.«

»Und ihr wolltet ihm das Geschäft ruinieren. Ihr dachtet, wenn er viel Geld verliert, hättet ihr ihn in der Hand.«

Swann blickte auf die Tasche in seiner Hand, voller Geld. Die Männer sahen bedröppelt drein und wichen seinem Blick aus. Das Geld zu stehlen gehörte nicht zum Plan. Die Männer waren keine Mörder, das war offensichtlich. Das wäre vielleicht der nächste Schritt, jedoch mit anderen Leuten. Aber inzwischen, die Tasche voller Geld, die Mienen der vier ...

»Ihr wolltet euren Bossen nichts von alldem hier erzählen, oder täusche ich mich?«

Swann hielt die Tasche in die Höhe, bis alle kurz aufblickten, dann ließ er sie wieder sinken.

Das ergab Sinn. In Malaysia saßen zwei junge Westaustralier in der Todeszelle, warteten auf die Vollstreckung des Urteils. Im Hintergrund das Geld der Italiener. Die Folge war, dass keine Drogenkulis mehr laufen konnten. Die Verhaftung von Clifford und Welsh hatte das unterbunden. Aber Swann hatte nicht erfahren, wer die neuen Möglichkeiten für sich nutzen wollte, um die Lücken zu stopfen.

Charlie Le.

»Dann erzähl mal. Alles über Le. Dann kriegt ihr vielleicht eure Pässe zurück.«

Der junge Mann sprach zehn Minuten lang. Swann erfuhr von einem Zollbeamten, den Le in der Hand hatte, ein Spieler mit großen Schulden. Hörte von den Mengen und der Qualität. Und dann fiel ein bekannter Name. Ein erwarteter Name. Benjamin Hogan, Chef des CIB. Dazu einige seiner Kollegen, die ihm halfen, unschöne Dinge unter den Tisch zu kehren, die Interna von Ermittlungen sammelten, die Bundesbehörden auf falsche Fährten lockten und sich selbst ein Stück vom Kuchen sicherten. Die Art guter Freunde, die sich kein Fremder kaufen konnte. Das war der Grund, warum die Triade in Singapur Charlie Le brauchte. Und zwar lebend. Jedenfalls vorläufig.

Swann warf dem jungen Mann die Tüte mit den Pässen und Tickets zu. Wichtiger als das Geld war für sie, wie geplant zu ihren Bossen zurückzukehren und Bericht zu erstatten. Der junge Mann schwieg, aber die drei anderen bedankten sich auf Chinesisch. Über ihre geröteten Gesichter huschte ein Lächeln, ein betrunkenes Grinsen aus Dankbarkeit darüber, dass er ihnen das Geld abnahm und sie damit vor der Versuchung rettete, ihr Leben zu ruinieren. Swann schätzte, dass der junge Mann sie zu alldem überredet hatte, und so zwinkerte er ihm zum Abschied noch mal zu.

11

Als sich Swann über den Great Eastern Highway Perth näherte, begann die Stadt mit den ersten Strahlen der Morgensonne zu glitzern. Ruhig und glatt lag der schimmernde Swan River unter dem Causeway. Swann rief Heenan an und erstattete Bericht. Heenan wollte das Geld nicht, aber auch nicht, dass Charlie Le es zurückbekam. »Der Mann ist ein Spieler, völlig korrupt. Ich hab arrangiert, dass Conlans Bank es zurücknimmt. Trink bei Bernie's einen Kaffee und ruf in zwanzig Minuten wieder an.«

Swann folgte Heenans Vorschlag, aber eigentlich nur deswegen, weil er Bernie schon seit Monaten nicht mehr besucht hatte. Die Imbissbude am Fuß des Mount Eliza war eine Institution, und Swann hatte sein halbes Leben lang dort gegessen. Bernie stand an der Grillplatte und briet Eier, Speck und Schinken sowie Minutensteaks, in den Pfannen auf dem Herd brutzelten Tomaten und Zwiebeln. Er war inzwischen ein alter Mann, wirkte geschrumpft in der weiten Lederschürze. Aber die blauen Augen blitzten, als er Swann kommen sah, und sofort nahm er seine Bestellung auf: Kaffee und ein Käse-Tomaten-Sandwich. Swann plauderte ein wenig mit Bernie, dessen lange Haare schon vor vielen Jahren ein rauchiges Grau angenommen hatten. Bernie hielt den Kopf im Gespräch leicht geneigt. Er war im Zweiten Weltkrieg eine Tobruk Rat in Libyen gewesen und seit einer Explosion auf einem Ohr taub.

Wichtigstes Thema war die kommende Australian-Football-Saison. Bernie war Cardinals-Fan, Swann Anhänger der South Fremantle Bulldogs. Beide waren sich einig, dass mit dem Weggang der Krakouer-Brüder nach Victoria die Claremont Tigers endlich zu schlagen waren. Als Swanns Bestellung fertig war, dankte er Bernie, ging zum Wagen und fuhr über die Mill Point Road in den Kings Park. Er parkte unter ein paar Zitronen-Eukalyptusbäumen und sah zu, wie die Sonne über die rostrote Kammlinie der Darling Scarp stieg. Nachdem er das Toast-Sandwich gegessen hatte, stellte er den Kaffeebecher zwischen seine Oberschenkel, zündete sich eine Zigarette an und wählte Heenans Nummer.

»Keine Sorge, da kommt jemand zum Hintereingang. Der ist in der Gasse zwischen Murray und Wellington.«

Heenans nächste Frage verneinte er. Das Protestcamp vor der Old Swan Brewery hatte er auf dem Weg zu Bernie's nicht gesehen, auch wenn es nicht weit vom Riverside Drive entfernt war. Er hatte ehrlicherweise nur ans Frühstück gedacht, was nach dieser Nacht ja auch kein Wunder war ... Heenan entschuldigte sich und gratulierte zur schnellen Wiederbeschaffung des Geldes. Aber trotzdem wollte er, dass Swann ihn in ungefähr einer Stunde begleitete, wenn er den Demonstranten einen Besuch abstattete.

Swann ließ den Statesman gemächlich vom Kings Park auf dem Mount Eliza hinunter in die Stadt rollen. Dort kam er zunächst am Barracks Arch vorbei, dem Tor, das beim Bau des Mitchell Freeway als Einziges von der alten Kaserne übriggeblieben war und jetzt verloren unter der vom Vormittagsverkehr dröhnenden Stadtautobahn stand. Am Beginn der St Georges Terrace bot sich ein Blick über die Stadt bis zu den Hafenkränen am Horizont. Als die Unternehmen und ihre Büros ins Zentrum zogen und die Menschen in die Vororte, hatte man auch hier die alten Gebäude aus Swanns Kindheit abgerissen.

Bestes Beispiel dafür war der Neubau, in dem sich auch die Harrowgate Investment Bank befand, der am Anfang der Murray Street anstelle der holzverschalten Arme-Leute-Hütten errichtet worden war. An der neuen Zeile aus zweistöckigen Klötzen war nichts hübsch außer dem weißen Anstrich, und selbst der war von Dreck und Ruß mittlerweile grauschlierig. Harrow's Schuhladen war einer der ersten Mieter in der Zeile gewesen, und nachdem Larry Conlan aus welchen Gründen auch immer beschlossen hatte, aus einem Schuhladen eine Bank zu machen, war er einfach geblieben. Außen hatte er den Laden zwar mit Aluminiumfenstern und einem Messingschild aufgepeppt, und innen gab es eine moderne Büroeinrichtung samt riesigem, aus den USA importiertem Safe, aber das konnte kaum darüber hinwegtäuschen, dass hier vor nicht allzu langer Zeit Brogues, Stiefel, Slipper und Golfschuhe verkauft worden waren.

Conlan konnte sich eine so teure Adresse leisten, aber dass er das Gebäude nicht vernünftig renoviert hatte, kam Swann wie ein Witz vor. Allerdings gingen die Meinungen auseinander, auf wessen Kosten der Witz ging. Für die einen waren die Conlan-Brüder kernige Kerle aus Perth, die es aus einfachen Verhältnissen nach oben geschafft hatten, ohne ihre Herkunft zu vergessen, für die anderen waren sie windige Zocker, die mit anderer Leute Geld spekulierten und immer ihren Schnitt machten.

Swann kannte diese Geschichten, und er wusste aus erster Hand, wie bei betrügerischen Börsenspekulationen mit Conlan-Geld Ramschaktien hochgejazzt, dann abgestoßen wurden – von Finanzspritzen für chinesische Zocker ganz abgesehen. Er bog in die Gasse hinter der Bank und fuhr auf den Parkplatz auf der Rückseite des Gebäudes.

Der Parkplatz war frisch asphaltiert und mit Wellplatten

eingezäunt. Auf den Freiflächen zwischen Zaun und Stellplätzen wuchs Wildhafer, auf dem Backsteingebäude gegenüber waren neonfarbene Graffitis in Blockbuchstaben.

Swann parkte auf dem Stellplatz direkt neben der schweren Stahltür, der jedoch als einziger nicht im Schatten lag. Er bemerkte, dass man auf die Sicherheitsausstattung wenig Wert gelegt hatte: Außer einem Bewegungsmelder und einer einsamen, mehr schlecht als recht an einem rostigen Rahmen befestigten Kamera war nichts zu entdecken. Er öffnete die Autofenster, um sich die Sonne ins Gesicht scheinen zu lassen, und musste kurz eingenickt sein, denn er schrak auf, als ein schwarzer, im Sonnenlicht glänzender Bentley auf den Parkplatz fuhr und tiefe, bollernde Leerlaufgeräusche von sich gab. Swann hätte gedacht, dass ihn ein Angestellter oder vielleicht der Bankdirektor empfangen würde, doch nun stieg Larry Conlan persönlich aus – ohne zu warten, bis ihm der Chauffeur den Schlag öffnete. Er hatte nur Pyjama und Pantoffeln an, dazu einen weißen Frotteebademantel übergeworfen. Auch sonst sah er aus, als wäre er erst kürzlich aufgewacht, und rieb sich die Augen, als er in die grelle Morgensonne blickte. Conlan kam nicht zu Swann; er lehnte sich nur an den Bentley und gähnte.

Swann stieg aus, öffnete den Kofferraum und nahm das Geld heraus, das er in einen schwarzen Müllsack umgepackt hatte. Der schicke Koffer, den er den Chinesen abgenommen hatte, wäre ein hübsches Geschenk für eine seiner Töchter. Der Plastiksack beulte sich aus, als er das Geld zu Conlan trug, neben den der Chauffeur getreten war. Swann kannte ihn: Pete Griswald, ein Jockey aus Perth, dessen Karriere mit einer dreijährigen Gefängnisstrafe wegen sexueller Nötigung geendet hatte. Amüsiert betrachtete Swann die Ausbeulung unter der Achsel von Griswalds schwarzem Jackett.

Larry Conlan kannte Swann nicht. Griswald schon, er bemerkte auch Swanns amüsierten Blick.

»Boss, das ist Frank Swann. Sie wissen schon, der Ex-Cop. Der Trevor Dragic in den Arsch gefickt hat.«

Conlans Wangen wanderten nach oben, das Lächeln machte aus seinem Gesicht einen teigigen Vollmond in der Farbe von Panade. Die Augen verengten sich zu Schlitzen. »Superintendent Frank Swann. Gab schon mal bessere Tage für Sie, was? Zählen Sie's nach.«

Swann ließ den Müllsack auf den Boden fallen. Geldbündel purzelten heraus. Griswald bückte sich vor Swann, schaufelte die Geldbündel zurück in den Sack und hob ihn auf. »Ist nicht nötig, Boss. Das ist nicht Swanns Art.«

Was aus Griswalds Mund kein Kompliment war. Und Conlan verstand es auch nicht als solches. Er schnaubte kurz, zuckte die Achseln und griff sich in den Schritt seiner seidenen Pyjamahose. Dann taxierte er Swann von Kopf bis Fuß. Griswald warf den Müllbeutel voll Geld durch das offene Fenster des Bentleys auf den Fahrersitz.

»Geht das Geld denn nicht auf die Bank?«, fragte Swann.

Conlan lachte auf. »Was, da rein? Nah. Eher nicht. Geht Sie aber sowieso 'nen Dreck an.«

Nun musterte Swann Conlan für einen Moment. Er roch den Urin auf Conlans Pyjamahose, was bedeutete, dass er nachts tröpfelte. Swann war drauf und dran, eine Bemerkung fallen zu lassen, entschied sich aber dagegen.

Stattdessen drehte er sich einfach um und ging, von ihren Blicken verfolgt, zurück zu seinem Wagen. Conlan hatte recht, es ging Swann nichts an, aber hinter dem Gehabe steckte noch etwas anders. Conlans Bedürfnis, ihm gegenüber den starken Mann zu markieren, kannte Swann zur Genüge. Er hatte schon viele Männer wie Conlan getroffen, obwohl keiner von denen es so weit gebracht hatte. Einige hatte Swann auch zu Fall gebracht, selbst wenn sie oft nur zwei, drei Sprossen von der Leiter hinuntersteigen mussten. Manche jedoch hatte er ins Gefängnis gebracht und den einen oder anderen eigenhändig verdroschen.

Es war ein Zeichen der Zeit, dass Männer wie Conlan in den Medien groß rauskamen und in einem Atemzug mit dem Premier genannt wurden. Immerhin hatte Larry Conlan nicht versucht, Swann um Informationen anzuzapfen. Anders als Corvo, Riley und andere brauchte er keinen Draht zum Premier. Den hatte er schon. Ganz abgesehen davon, dass ihm der Premier wegen eines chinesischen Geschäftsmanns, der nebenbei Heroin ins Land schmuggelte, einen persönlichen Gefallen tat. Zwar bezweifelte Swann, dass der Premier von Les Drogengeschäften wusste, aber das war egal. Er hatte schon beschlossen, Heenan nichts von Les Heroin zu erzählen, und auch nicht, dass Conlan das Geld persönlich in Empfang genommen hatte. Genau aus diesem Grund hatte er sich auch einfach umgedreht und war unter ihren verächtlichen Blicken weggegangen. Er wollte Griswald und Conlan nichts von sich wissen lassen. Sein Instinkt und seine Erfahrung sagten ihm, dass es besser war, wenn man unterschätzt wurde.

12

Mostel zu folgen, war ein Kinderspiel. Der Mann war in einem silbernen Porsche 911 unterwegs, der luftgekühlte Zweitürer hatte ein kleines Loch im Auspuff und röhrte beim Gasgeben. Darüber hinaus fuhr Mostel sehr verhalten, was die Beschattung weiter erleichterte.

Nachdem er von dem Immobilienmakler die Adresse erfahren hatte, begann Foley seinen Tag im Buschland in der

Nähe des Kings Park. Mostel wohnte in einem hohen Wohnblock mit Blick auf die Crawley Bay, wo sich der Swan River südlich des Parks zu einer seeartigen Bucht weitete. Inmitten von Grevilleen, blühenden Banksien und Grasbäumen, in denen Rosakakadus, Honigfresser und Flötenvögel ihr morgendliches Buschkonzert gaben, hatte Foley ein angenehmes Versteck gefunden. Der Ort erinnerte ihn an das Schwemmland am Fluss, in dessen Nähe er aufgewachsen waren. Wo er Feuer gemacht und Lager gebaut und sich mit anderen Jungs nach der Schule zum Prügeln getroffen hatte. Später hatte er dort auch das erste Mal gevögelt, mit zwölf.

Die Erinnerung ließ ihn schmunzeln. Seine Dreistigkeit damals war eine Folge der Unsicherheit, der Ahnungslosigkeit, der Unkenntnis darüber gewesen, was er mit seinem Ding anfangen sollte. Er konnte sich nicht mehr an den Namen des Mädchens erinnern, wusste nur noch, dass sie schwarz gewesen war, älter und schon Erfahrung hatte. Gelassen hatte sie es hingenommen, dass er ungeschickt rammelte, während er hoffte, dass die halbe Flasche Ingwerwein seinen Orgasmus verzögerte.

Sowohl die Kleidung aus der Tasche des Maklers wie auch seine Slipper mit Ledersohlen passten Foley ziemlich gut. Er war so tief im Busch, dass er für Spaziergänger nicht zu sehen war. Plötzlich hörte er es rascheln, und als er sich umdrehte, sah er überrascht und erfreut einen Kurznasenbeutler auf einem nahen Wanderpfad, der weglief, als er Foley bemerkte. Minuten später folgte eine große Wildkatze, die Nase am Boden, auf der Spur des Kurznasenbeutlers. Foley zog seine Waffe, und ohne weiteren Gedanken schoss er dem Tier in die Flanke, das einen Satz zur Seite machte, sich nach dem Angreifer umsah und davonhumpelte. Es war etwas Größeres nötig als ein Kaliber .22, um aus dieser Entfernung eine Wildkatze zu töten, doch das war egal. Der Knall der .22er dürfte niemanden aufschrecken, würde aber die Katze aus der näheren Umgebung vertreiben. Er war sicher, dass die Kugel glatt durch das Tier durchgegangen war; jetzt würde es wahrscheinlich so allein, wie es gelebt hatte, im Busch sterben. Er empfand eine gewisse Sympathie für die Wildkatze, die eine Art Leben führte, das auch für ihn zur Gewohnheit geworden war – von manchen gehasst, von anderen bewundert.

Mostel dagegen war von einem anderen Schlag, für den Foley keinen Respekt empfand. Er war am ehesten der sprichwörtliche Wolf im Schafspelz. Mostel tauchte in der Menge unter, machte sich unsichtbar, manchmal sogar nützlich. Dafür gab es Gründe, und sie sprachen nicht für einen Mann.

Es ging um Respekt.

Gauner in Nadelstreifen suchten sich die Schwächsten als Beute, und wenn Gefahr drohte, versteckten sie sich hinter dem Gesetz, ließen Anwälte und die Polizei die schmutzige Arbeit für sich erledigen, um andere finanziell auszubeuten.

Gauner wie Mostel – nun ja, er zweifelte an der Mutmaßung seiner Mutter, dass man den Mann nicht einschüchtern konnte. Foley glaubte nicht, dass Mostel je wirklich allein gewesen war oder auch nur ahnte, was das bedeutete. Auf alle Fälle war er nie wirklich hungrig gewesen, war nie gejagt worden, hatte nie Angst gehabt.

Foley stellte die Stimme in seinem Kopf ab. Er schätzte sie, weil sie ihm im Gefängnis geholfen hatte durchzuhalten. Sie hatte ihn angetrieben, einen überraschenden Angriff zu starten oder auszuknobeln, wie er einen Gegner überlisten konnte. Aber draußen war ein unkontrollierbarer Einflüsterer gefährlich. Er könnte ihn zu etwas Dummem verleiten, ein kleines Detail übersehen lassen. Aber Fehler konnte er sich jetzt keine leisten.

Anfangs hatte es Spaß gemacht, auf Mostels Fersen durch die Stadt zu fahren. Die Sonne brannte heiß herunter, aber die Klimaanlage des Fairlane war schön kühl. Unterwegs sah er sogar ein paar bekannte Gesichter, allerdings konnte er nicht anhalten, um in Erinnerungen zu schwelgen. Seine Tarnung war in Ordnung, solange er auf Achse blieb.

Nur einmal machte Foley eine Ausnahme, als er aus Neugier den Ford abstellte und Mostel in ein Geschäft folgte. Noch vor dem Aussteigen glich Foley die Adresse mit der Liste aus dem Maklerbüro ab. Ihm war nicht klar, warum Mostel die Mieter seiner Immobilien aufsuchte, statt im Büro zu sitzen und sich um seine Buchhaltungskanzlei zu kümmern. Zunächst schienen die Stationen auch in keiner Verbindung zueinander zu stehen – manche lagen in North Perth, andere in West oder East Perth. Doch dann entdeckte er die Gemeinsamkeit: Überall lief bald der Mietvertrag aus. Genau wie beim Haus seiner Mutter. Als er das begriff, wollte er der Sache auf den Grund gehen.

Kurz nach Mostel betrat er ein Blumengeschäft in der Outram Street in West Perth, schlenderte in den hinteren Ladenteil und blieb vor einem Arrangement aus Trauergebinden und einem Spiegel stehen. Er strich über die Blütenblätter einer weißen Lilie und blickte in den Spiegel.

Aus der Nähe war Mostel überraschend klein. Er war Ende vierzig, hatte schwarzgefärbte Haare, am Nackenansatz waren Aknenarben zu sehen. Er war gut gekleidet – leger, aber schick – und bewegte sich geschmeidig. Die Stimme tief und kräftig, die Worte schienen im Raum nachzuschwingen.

Das alles ergab keinen Sinn. Der Immobilienmakler hatte Foley erklärt, wie erfolgreich Mostel war, dass er beiden Conlan-Brüdern die Bücher führte und in jüngster Zeit auch selbst ins Immobiliengeschäft eingestiegen war. Er hatte bereits ein paar größere Projekte in Aussicht. Stand sich gut mit neureichen, erfolgreichen Spekulanten wie den Conlans, gehörte vermutlich selbst schon zu ihnen.

Und dennoch putzte Mostel mit seinem dröhnenden, immer bedrohlicher anschwellenden Bass gerade eine mausgesichtige Floristin herunter, die mit hängenden Schultern in einem schlichten Blümchenkleid vor ihm stand.

Wenn Foley mit Mostel nicht schon ein Hühnchen zu rupfen hätte, wäre ihm jetzt wohl der Kragen geplatzt. Mostel warf der Frau vor, ihre Pflicht zu vernachlässigen und ihn betrügen zu wollen. Er forderte sie auf, die Ladenfront zu streichen, die Aluminiumfensterrahmen auszutauschen und die Gipskartondecke zu erneuern. Im ganzen Laden wären die Elektrokabel neu zu verlegen, auch das Dach wäre verrostet und müsste neu gedeckt werden.

Die Frau wandte ein, das stünde nicht im Mietvertrag, sie müsste den Laden nur so hinterlassen, wie sie ihn vorgefunden hatte, außerdem ginge es ihrem Geschäft schon so schlecht, dass die Erfüllung von Mostels Forderungen sie vollends in den Bankrott treiben würde. Genau wie Foley vermutet hatte, setzte Mostel ihr in diesem Augenblick das Messer auf die Brust. Er drohte ihr mit einem Prozess, um die gesamten Renovierungskosten einzuklagen. Also, entweder nahm sie die Sache selbst in die Hand und suchte sich ihre eigenen Handwerker, oder er täte es und würde die Kosten auf sie umlegen. Denn den Prozess würde er gewinnen, er kannte ja alle Richter.

Nachdem er eine Summe genannt hatte, musste die Frau sich am Kassentresen festhalten. Der Betrag war ein schlechter Witz, das war selbst Foley klar – wahrscheinlich mehr Geld, als die Frau in drei Jahren umsetzte. Sie war in eine Art

Schockstarre verfallen, und Foley ballte unwillkürlich die Fäuste. Um sich zu beruhigen, blickte er in den Spiegel. Mit seinen klaren blauen Augen, dem sonnengebräunten Gesicht, dem zottigen, nicht gestutzten Bart und dem biederen Karohemd des Maklers, das er in eine cremefarbene Baumwollhose mit dünnem Ledergürtel gestopft hatte, sah er aus wie ein x-beliebiger Vorstadtbewohner.

Sobald er sich beruhigt hatte, konnte Foley wieder klar denken. Jetzt begriff er, warum Mostel persönlich bei seinen Mietern vorbeischaute und das nicht seinen Verwaltern und Maklern überließ. Keiner von ihnen würde so etwas tun. Erpressung gehörte nicht zu ihrem Aufgabengebiet. Wenn Mostel so etwas tat und damit durchkam, dann verdiente er an einem Vormittag wie heute mehr als die meisten Geschäftsleute in einem Jahr.

Aber noch etwas anderes hatte Foleys Neugier geweckt. Was war der Grund für diese planmäßige Grausamkeit? Aus jedem Wort, das Mostel zu der Frau sagte, sprach Verachtung und Misstrauen. Dieses Verhalten war nicht nur Strategie, es gehörte auch zu seinem Charakter. Dabei war der alte Schloime Mostel ein guter Mann gewesen, da hatte seine Mutter schon recht: sanft und fröhlich und großzügig gegenüber den Kindern, die in der Nachbarschaft auf den Straßen rumgelungert und nie etwas Gutes im Schilde geführt hatten – Foley war eines von ihnen gewesen. Er wusste, dass der alte Schloime, wäre er noch am Leben, nicht gerade stolz auf seinen Sohn gewesen wäre.

Der Frau standen inzwischen Tränen in den Augen. Mostel hatte sie nach draußen geführt und auf alles gedeutet, was zu erledigen war. Auch Foley verließ den Laden, und für einen Moment kreuzten sich ihre Blicke, ohne dass Mostel mit den aufgebrachten Vorhaltungen innegehalten hätte. Er musterte Foley mit dunklen, wachsamen Augen, die vor gespielter Empörung glühten.

Für eine Sekunde hoffte Foley, dass Mostel ihn erkannte und er es auf der Stelle zu Ende bringen konnte. Doch dann stellte Foley die Stimme in seinem Kopf ab. Es gab bessere Mittel und Wege, er musste sie nur finden. Aber er verließ den Laden mit einem neuen, besseren Verständnis des Mannes, mit dem er es zu tun hatte.

Vermutlich folgte Mostel keinem anderen Prinzip als *Nimm sie aus, bevor sie es mit dir tun*. Bei ihm hieß es *Ich gegen alle*. Bislang hatte das sich für ihn gelohnt, aber zugleich war es ein Schwachpunkt. Foley war überzeugt, dass kein Mensch für jemanden wie Mostel kämpfen würde, wenn ihm alles um die Ohren flog – weder seine Geschäftspartner noch seine Freunde und vielleicht nicht mal seine Familie würden für ihn eintreten. Diese in seinem Charakter begründete Schwäche Mostels konnte er ausnutzen, und als Foley in seinen scheußlichen Klamotten zum Fairlane zurückschlenderte, überlegte er, wie.

13

Swann parkte den Statesman einen Block vom Parliament House entfernt. Noch hatte Heenan den Schlüssel nicht zurückgefordert, aber Swann wusste, dass das nur eine Frage der Zeit war, vor allem weil der ihm zugeteilte pfirsichfarbene Commodore immer noch dort stand, wo er ihn auf dem Parlamentsparkplatz abgestellt hatte. Mittlerweile war er von Staub und lila Jacaranda-Blüten bedeckt.

So weit wie möglich vom Commodore entfernt wartete er wie gewünscht. Inzwischen war er müde, seine Augen brannten, trotz des Kaffees. Er hatte noch immer dieselben

Sachen an, die er für den Handstreich gegen die Chinesen gewählt hatte – blaue Arbeitshose, ausgewaschenes Jeanshemd und Schirmmütze, dazu eine Sonnenbrille gegen das grelle Licht. Die Begleiter des Premiers, die eben aus dem Parlamentsgebäude traten, trugen alle dunkle Anzüge und polierte schwarze Schuhe. Heenans Hemd hing dort heraus, wo der Gürtel den Kampf gegen den Bauch den Kürzeren gezogen hatte. Auch er hatte kaum geschlafen, aber das, hatte er Swann im Vertrauen erzählt, tat er ohnehin kaum. Er bedeutete Swann, den sieben Männern, von denen Swann einige bereits im Büro des Premiers gesehen hatte, zu zwei schwarzen Ford LTDs zu folgen, die im Schatten der ausladenden Krone einer Großblättrigen Feige parkten. Die drei Männer, die mit dem Premier gesprochen hatten, trennten sich von den anderen, als sie den ersten Wagen erreichten, in den dann der Premier alleine stieg. Heenan gab Swann die Hand und hielt ihm die Tür des zweiten Wagens auf. Es war ein Modell mit langem Radstand, aber mit fünf erwachsenen Männern darin kam er einem dennoch klein vor. Das Leder knarrte, die Luft war muffig, doch bald roch es vor allem nach den Pfefferminzbonbons, die Heenan lutschte. Sowohl der Fahrer wie der Mann links neben Swann waren kräftig, sparsam in ihren Bewegungen, eindeutig militärischer Hintergrund.

Heenan erwähnte den chinesischen Spieler mit keinem Wort, aber Swann hatte nichts anders erwartet. Als der Ford am Kings Park vorbeifuhr und vor der Narrows Bridge die Ausfahrt zum Riverside Drive nahm, lehnte sich Heenan wie ein erschöpfter Boxer in seiner Ecke zurück und ergriff das Wort.

»Laut CIB gibt's nicht viele Anhaltspunkte. Die zuständigen Consorting-Leute haben Fotos gemacht, aber darauf ist kein bekanntes Gesicht. Besser, wir kriegen das in Griff, ehe es ganz aus dem Ruder läuft ...« Er unterbrach sich und blickte über die breite Flussbucht zu der Stelle, wo die aufgegebene Old Brewery wie eine mittelalterliche Burg an der befestigten Uferböschung aufragte, uniformierte Polizisten den Verkehr umleiteten und hunderte von Demonstranten Plakate und Banner in die Höhe hielten. »Verdammt, ausgerechnet in der Hauptstadt brauchen wir Proteste wegen der Landrechte wie einen Kropf. Das ist ein gefundenes Fressen für die Liberals. Wir müssen das schleunigst unterbinden. Da muss eine Lösung her.«

»Und was soll ich da tun?« Swann befürchtete, dass er diese Frage in nächster Zeit häufiger stellen würde. Jahrelang hatte er keine Befehle befolgten müssen, und danach zu fragen, fiel ihm nicht leicht.

»Informationen. Die Plattfüße stellen sich total quer ...«

Heenan ließ die Bemerkung im Raum stehen. Mehr musste er auch nicht sagen. Sie beide wussten, dass der Premier nach einem neuen Police Commissioner suchte, und zwar bundesweit, nicht nur in Western Australia. Eins seiner Wahlversprechen war gewesen, in der Polizeitruppe aufzuräumen, und das fiel ihm jetzt auf die Füße.

»Das war nicht vorherzusehen, Frank. Aber es kann ja nicht alles glattgehen. Drüben im Osten titeln alle Zeitungen mit der Geschichte, und die ABC bringt's landesweit als Aufmacher. Und ich weiß nicht mal, was diese Leute eigentlich wollen. Scheint keinen Anführer oder Sprecher zu geben. Find erst mal raus, wer mit einer gewissen Autorität für sie sprechen kann, damit wir überhaupt Kontakt bekommen. Geh einfach rum und sieh dich um, Frank. Sprich mit allen, die uns irgendwie nützlich sein könnten. Anscheinend wurde der Premier von ein paar der Alten eingeladen, auf 'ne

Tasse Tee oder so. Ich misch mich unter die Journalisten und hör mich um.«

Swann nickte, als der Ford in eine Haltebucht einbog, um ihn vorher aussteigen zu lassen. Die Polizei hatte eine Spur mit Verkehrshütchen abgesperrt, und der LTD des Premiers fuhr so nah wie möglich an die Demonstranten heran, die von einer Kette untergehakter Polizisten von der Straße ferngehalten wurden. Der Fahrer stieg nicht aus und ließ den Motor laufen, falls sie rasch umdrehen mussten.

Swann überquerte die vierspurige Straße, um sich unter die Demonstranten zu mischen und von der Gruppe um den Premier Abstand zu halten. Die Kalksteinklippe des Mount Eliza erhob sich direkt zu seiner Rechten, Zamiapalmen und Akazien wuchsen fast bis zum dünnen, grasbewachsenen Randstreifen hinunter. Er ging hinter die erste Linie der Demonstranten und suchte nach einem bekannten Gesicht. Die Gesänge von *Always was, always will be Aboriginal Land* wurden mit der Ankunft des Premiers lauter, aber nicht aggressiv. Der neue erste Mann im Staat hatte auch versprochen, die konfrontative Haltung gegenüber den Aboriginals aufzugeben, die in den vergangenen zwanzig Jahren von der Liberal Party als fortschrittsfeindlich betrachtet worden waren. Zudem agitierten die Kommunisten und die Labor Party schon ein Jahrhundert gegen die drakonischen Gesetze, mit denen die Aboriginals unterdrückt worden waren, und der Premier hatte sich als ihr natürlicher Freund positioniert.

Davon wusste Swann, aber fast nichts über den Protest und diejenigen, die ihn initiiert hatten.

In Swanns Kindheit hatten Aboriginals eine Hundemarke tragen müssen, um überhaupt in der Stadt sein zu dürfen. Sie lebten in Camps in den Dünen am südlichen Stadtrand, manche auch im Busch um Coolbellup. Das war immer schon so gewesen. Und weiße Jungen wie Swann rauften sich immer mit schwarzen.

Es war ein Yamatji-Junge gewesen, der Swanns Karriere als Boxer beendet hatte, aber deswegen hegte er keinen Groll. Seit er dreizehn war, hatte Swanns Stiefvater ihn in Straßenkämpfe um kleinere Einsätze geschickt. Das war in den frühen 1950er Jahren gewesen. Brian hatte in den Kämpfen eine bequeme Einkommensquelle für sich entdeckt und sie in den Hafenkneipen angeleiert, indem er geprahlt hatte, kein Fremder könne es mit seinem Jungen aufnehmen. Wenn die Angeberei schließlich aufging und jemand zum Kampf antrat, dann folgten ihm die Leute hinaus, wo Swann, noch ein schmächtiger Jugendlicher in Jeans und mit nacktem Oberkörper, in der Gasse wartete. Gekämpft wurde mit blanken Fäusten ohne Regeln, und einmal dauerte der Kampf eine geschlagene, blutgetränkte Stunde. Brian und seine Kumpels kümmerten sich um die Wetten, sammelten das Geld ein und legten die Quoten fest. Swann musste dann antreten, immer gegen größere und ältere Männer. Er war jung und fit und kannte auch ein paar Tricks, um seine Gegner zu ermüden, ein gnadenloser Schlag gegen den Hinterkopf oder Dutzende Nierenschläge sorgten für den Rest. Er bezog auch einige Male schrecklich Prügel, aber daraus lernte er. Und immer wenn Swann wie der sichere Verlierer aussah, wettete Brian auf den Gegner.

Er war als Amateurboxer in den Boxzirkus eingestiegen und hatte in den Hallen der Returned and Services League, in den italienischen Clubs und den Police Citizens Youth Clubs der Stadt gekämpft. Doch bei einem Kampf gegen einen schwarzen Jungen seines Alters lernte er in einem Talentwettbewerb in Armadale auf die harte Tour, dass er kein Boxer, sondern nur ein Straßenschläger war.

Schwer angeschlagen und blutend war Swann über alle Runden gegangen, aber der andere Junge wurde klarer Sieger. Dessen Namen hatte er nie vergessen: Gerry Tracker. Seit fast zwanzig Jahren hatte Tracker jetzt eine Autowerkstatt in Spearwood, und bisweilen war Swann auf der Suche nach Ersatzteilen zu ihm rausgefahren. Er war nicht allzu überrascht, als er den noch immer schlanken und fitten, kämpferisch wirkenden Tracker mit Bart und Bulldogs-Kappe unter den Demonstranten sah.

Immer mit Blick auf Trackers Profil näherte sich Swann dem Mann von der Seite. Tracker stand entspannt da und beugte den Kopf, um der alten weißen Frau neben sich zuzuhören. Als er spürte, dass er beobachtet wurde, drehte er sich um.

Sie gaben sich die Hand, und Tracker machte Swann mit der älteren Frau, einer anglikanischen Nonne, bekannt.

»Swann! Hätte nie gedacht, dass du mit dem Pack läufst. Was machst du denn hier?«

Tracker lachte, als Swann ihm es erzählte. »Echt jetzt? Du sahnst groß ab? Brauchen die noch ’nen hübschen Schwarzen als Pausenclown?«

»Die könnten dich und deine Fähigkeiten schon brauchen, Gerry. Aber du und ein Boss, der dir Befehle gibt, das kann ich mir nicht vorstellen.«

Tracker hatte nach einem bewaffneten Raubüberfall auf einen Geldtransport, ein für Schwarze eher untypisches Verbrechen, im Fremantle Prison eine Haftstrafe verbüßt und im Gefängnis für jemanden als Aufpasser gearbeitet. Aber nach zehn Jahren *Ja, Boss, natürlich, Boss* zogen Haftentlassene wie Tracker meist alle Arten von Selbstständigkeit vor, egal ob legal oder illegal, statt sich erneut unterzuordnen.

Tracker lachte erneut und gab Swann einen Klaps auf die Schulter. Die Geste war freundlich, aber seine Augen blieben wachsam, während der Gesang zum Gefallen einer Fernsehkamera immer lauter wurde.

»Ich hab's eigentlich nicht so mit Menschenmassen«, sagte Tracker. »Machen mich immer nervös.«

»Ist bei mir auch so. Hat für mich immer was Zwanghaftes.«

Swann blickte zu Gerry Tracker, der sich jedes Mal abwandte, wenn die Kamera über sie schwenkte. »Tja, jetzt weißt du, wo ich stehe. Hilfst du mir trotzdem?«

Tracker zuckte die Achseln. »Ist nicht meine Entscheidung. Ich bin Yamatji, aber das hier ist Sache der Nyungar. Ich unterstütze sie, aber ich kann für niemand anderen sprechen.«

Die ältere Weiße hatte weniger Bedenken. Mit Abscheu sah sie auf die marineblauen Mannschaftswagen der Polizei, die weitere Verstärkung heranschafften. Der Riverside Drive war jetzt komplett blockiert, der Verkehr staute sich links und rechts von ihnen.

»Sagen darf man alles, solang man den Verkehr nicht stört. Wer Pendler aufhält, gefährdet das Wachstum.«

Swann staunte über den Arbeiterdialekt der Nonne. Er hörte aufmerksam zu, als sie weitersprach.

»Die Brauerei wurde ganz nah an 'ner heiligen Stätte gebaut. Wo der Wagyl, die Schöpfer-Wasserschlange, mal durchgekommen ist. Jetzt wollen sie die Brauerei höchstbietend verschachern. Aber die Nyungar-Ältesten wollen ihre Stätte zurück.«

Swann nickte. »Glauben Sie, dass das passiert?«

Die Nonne schnaubte. »Die letzte derartige Stätte, eine heilige Gebärstätte am Oberlauf des Swan River, auf die wir den Stadtrat hingewiesen haben, lag oben in Bassenden. Da haben sie sofort einen Block Wohnklos draufgesetzt.«

Tracker schüttelte den Kopf. »Kann mir schon vorstellen, dass was passiert, Swann. Irgendwas wird passieren, solang wir keine Gerechtigkeit bekommen.«

»Wie viele hier haben die Autorität, Entscheidungen zu treffen?«

»Du meinst, ich soll dich zum Anführer bringen?«

»So in der Art.«

»Mann, nach all den Jahren hast du immer noch nicht viel kapiert. So funktioniert das nicht – hat es noch nie. Nur die Leute von hier, und damit meine ich die von genau hier, haben das Recht, für diesen Ort zu sprechen.«

In Trackers Stimme mischte sich ein sarkastischer Unterton, als er einen wütenden jungen Mann in Jeans und Cowboyhemd betrachtete, der ein Megafon anschaltete. Mit dem ersten scheppernden Ton aus der Sprechtüte kam Unruhe unter die anwesenden Journalisten, und sie setzten sich in Bewegung. Swann blickte in die Gesichter der umstehenden Aboriginals. Viele von ihnen machten ähnlich amüsierte Mienen wie Tracker.

Swann wollte die Rede nicht hören und hielt Tracker die Hand hin. Der ergriff sie. »Wenn ich irgendwie helfen kann, sag Bescheid.«

»Meinst du das ernst, oder sagst du's nur so?«

Swanns Antwort ging im elektronischen Krächzen der verstärkten Jungmännerstimme aus dem Lautsprecher unter. Wie alle anderen zuckte er zusammen und wollte einen Schritt zurücktreten, war aber eingekeilt.

14 Foley hielt gegenüber Parliament House. Die Tageshitze war am Verklingen, die Sonne bereits hinter einem Hügel im Westen versunken. Er kurbelte die Vorderfenster hinunter und sog die milde Abendluft ein. Der Verkehr auf dem Mitchell Freeway hinter dem Parlamentsgebäude drang als tiefes Summen in den Fairlane – Arbeitsbienen, die heimwärts brummten. Mostel saß untätig in seinem Porsche auf dem Parlamentsparkplatz und hatte eine Hand auf das geöffnete Fenster gelegt. Elegant kräuselte Zigarettenrauch empor. Foley blickte zum Parlament hinüber, das ihn nur insofern interessierte, als er bei seinem letzten Besuch dort am liebsten eine Bombe gelegt hätte. Die Schweine waren ihm so dicht auf den Fersen gewesen, dass nur ein im Zentrum der Macht explodierender Mülleimer oder Briefkasten sie hätte ablenken können. Aber letztlich war keine Bombe nötig gewesen, die Bullen hatten nicht genug Grips gehabt, ihn aufzustöbern.

Foley hatte ein Versteck, in dem ihn niemand vermutete und wo nie jemand nachsehen käme.

Ein dicker Mann mit heraushängendem Hemd kam eilig aus dem Parlamentsgebäude gelaufen, zündete sich dabei eine Zigarette an und blickte suchend über den Parkplatz. Als er sich kurz darauf in den Porsche fallen ließ, ging der Wagen für einen Moment in die Knie und fuhr etwas weniger flott an als sonst. Mit etwas Abstand folgte Foley dem 911er in den Kings Park, an einer Reihe von Zitronen-Eukalyptusbäumen vorbei bergauf, um das War Memorial herum und vorbei am Aussichtspunkt auf das Central Business District. Nahe dem botanischen Garten stellte er sich in eine Haltebucht. Von hier bot sich ein Panoramablick nach Süden über Melville Water. Doch als die beiden Männer ausstiegen, sahen sie nach unten, auf die Old Brewery in der Tiefe, und nicht über den weiten Fluss. Mostel zeigte erst auf die Brauerei, dann auf den Dicken, dem er den Finger ganz nah ans Kinn hielt. Sie stritten eine Weile, rauchend. Und dann tat Mostel etwas, das Foley völlig überraschte. Er packte den Dicken am Unterarm, drehte ihn und deutete direkt auf Foley und den Fairlane. Mehrmals stieß er mit dem Finger in Foleys Richtung, um ganz deutlich zu machen, dass er ihn meinte.

Offensichtlich hatte Mostel bemerkt, dass er beschattet wurde. Nicht schlecht, auch wenn der Makler ihn vermutlich an Mostel verpfiffen hatte.

Die beiden Männer kamen nicht näher, doch die Lage hatte sich komplett geändert. Der Dicke war aus Parliament House gekommen, und auch wenn keinem Politiker etwas daran liegen konnte, dass Foleys Rückkehr nach Perth Schlagzeilen machte, konnte er davon ausgehen, dass unter gewissen Umständen ein paar tausend Bullen alles stehen und liegen lassen würden, um ihn zu schnappen. Irgendwann würde die Nachricht auch an die Presse durchsickern, dann würde es richtig rundgehen. Mostel hatte offensichtlich gute Verbindungen, und jetzt forderte er einen Gefallen ein. Also musste auch Foley seine Karten auf den Tisch legen. Er konnte entweder abhauen oder rasch zu Ende bringen, weswegen er gekommen war.

Er musste nicht lange überlegen. Seltsam, wie manchmal eins zum anderen kam. Die kleinen Zufälle, bei denen man am Ende das Gefühl hatte, dass es keine Zufälle waren. Wie Botschaften von dem Teil in einem, der niemals schlief. Schneller als gedacht brauchte Foley das Versteck, wo ihn niemand suchte. Nicht weil es so geheim war, sondern weil dort niemand nachsehen wollte, unter Menschen, auf die keiner achtete.

15 Weil Marions Datsun in der Einfahrt stand, parkte Swann auf der Straße. Der kräftige Südwind vom Meer ließ die Kronen der Eukalyptusbäume im Vorgarten schwanken und brachte den Duft von Salz und Algen und den Gestank von der Aluminiumhütte unten in Kwinana mit. Links und rechts vom Briefkasten lag eine Schicht feiner roter nadeldünner Zylinderputzerblüten auf dem Boden. Swann wollte gerade den Motor abstellen, als in der Konsole das Telefon klingelte.

»Swann, zweierlei. Erstens, die Ernennung des Commissioners verzögert sich. Schätzungsweise um einen Monat. Aus gesundheitlichen Gründen.« Heenan sprach rasch, damit Swann nichts erwidern konnte. »Und zweitens, wenn's dicke kommt, kommt's knüppeldick: Des Foley ist zurück. Er hat hier einen Geschäftsmann ausspioniert und –«

Swann unterbrach ihn, sonst käme er nicht zu Wort. Er war müde und durstig. »Ich hab letzte Nacht kaum geschlafen, Heenan, nur um für dich schnell mal ein Problem aus der Welt zu schaffen. Das hab ich getan. Des Foley geht mich nichts an. Und klar, wenn der neue Commissioner später kommt, lässt dich der CIB von Perth hängen und zeigt dir, dass er die Macht hat, dich in puncto innere Sicherheit schlecht aussehen zu lassen. Die wollen, dass du ihnen die korrupten Stiefel leckst und sie sich weiter die Taschen füllen können. Aber Des Foley sollte kein Problem sein. Den schnappt jeder gern. Wer den erwischt, macht 'nen gewaltigen Sprung auf der Karriereleiter. Jeder Detective, der was werden will, klemmt sich dahinter –«

Jetzt unterbrach ihn Heenan. »Nein, Swann, darum geht's nicht. Ich will dich nur auf dem Laufenden halten. Dieser ... Geschäftsmann will gar nicht, dass ich den CIB einschalte. Er will ein Kopfgeld aussetzen, es Adamo und Leo Ajello stecken, vielleicht auch ein paar Bikerclans. Er meint, das ist was Persönliches, seine Familie wurde bedroht.«

»Und das sagt er dir auch noch? Ist der bekloppt?«

»Nein, Swanny, ganz im Gegenteil. Der ist schlau und ein hohes Tier im Reich der wilden Conlans. Ich wollt das gar nicht wissen, aber er ließ mir keine Wahl. Er ist einer der kommenden Männer, ein ganz heißes Eisen.«

»Einer der Hengste aus dem Stall des Premiers?«

»Genau. Und ich häng jetzt mit drin, egal was passiert.«

»Das ist praktisch Erpressung.«

»Weiß ich auch. Macht er aber immer so.«

»Und ich häng jetzt auch noch mit drin. War's das?«

»Nein, überhaupt nicht ... ich will, dass du das aufhältst. Du sollst die Typen sprechen, die für so was in Frage kommen, und ihnen zu verstehen geben, dass wir das nicht wollen.«

»Reine Geldfrage, Heenan. Wenn der Kerl – ich will den Namen gar nicht wissen – ihnen genug bietet, nehmen sie's auch. Den Job erledigen sie vielleicht gar nicht, aber den Vorschuss lassen sie sich garantiert nicht entgehen.«

»Das wär perfekt! Genau das sollen sie tun, sag ihnen das. Abkassieren, gerne auch großzügig, aber den Job sollen sie nicht erledigen. Ich werd heute Abend der Presse flüstern, dass Foley wieder da ist, und so den Cops Beine machen.«

»Aber dann weiß der Typ, wo die undichte Stelle ist.«

»Damit kann ich leben. Ich will vor allem den Premier aus der Schusslinie haben. Aber du musst mir helfen. Versprochen?«

»Okay, aber dann behalt ich den Statesman.«

Als Heenan auflachte, legte Swann auf. Er stieg aus, sperrte ab und wollte zum Haus gehen, als er hinter sich ein Geräusch hörte. Er drehte sich um und sah, wie sein Nachbar

Salvatore Picirilli den Gartenschlauch auf den Grasstreifen vor seinem Haus legte. Wasser lief keines. Salvatore trug seine übliche schwarze Hose und ein blaues Trägerhemd und war barfuß. Mit kahlgeschorenem Schädel, den abstehenden, durchscheinenden Ohren und seinem Bäuchlein sah er im Dunkeln aus wie ein Bärchen. Er kam zu Swann, legte ihm eine Hand auf den Unterarm und schielte nach hinten in den Garten. »Er ist immer noch da. Ich hab ihn natürlich keine Sekunde aus den Augen gelassen, Frank, aber du musst was machen.«

Während Salvatore ihn in die Einfahrt drängte, spähte Swann durch die wuchernde Hecke aus Jasmin und Hardenbergia, konnte aber nicht erkennen, auf wen ihn sein Nachbar mit heimlichen, verschwörerischen Bewegungen aufmerksam machte.

»Hinter dem Frangipani. Ein großer schwarzer Bursche. Du musst was machen.«

Swann bedankte sich und steckte den Autoschlüssel in die Hosentasche, dann ging er zum Haus. Auf der Veranda, hinter den knorrigen Ästen und dicken Blättern des Frangipani vom Wind geschützt, saß Marion in einem Rohrstuhl neben Gerry Tracker. Beide rauchten und hatten Gläser mit Rum und Eis in der Hand. Marion lächelte, als Swann sie auf die Stirn küsste. Der Duft von Kiefernnadeln und Hautcreme.

Gerry erhob sich und hielt ihm die Hand entgegen. Er roch nach Benzin und Schmiere, der Overall war ölfleckig. Das hieß, er war bald nach der Demonstration wieder in seine Werkstatt gefahren. Tracker war ein großer Mann, untersetzt und mit breiter Brust, was ihn in der Dunkelheit noch massiger wirken ließ. Seine Arme waren muskulös und tätowiert, die langen schwarzen, teilweise ergrauten Haare hatte er sich hinter die Ohren geschoben. Der Händedruck gewohnt kräftig.

Er kam sofort zur Sache. »Swann, grad hab ich's Marion erzählt. Heut Vormittag vor Sister Prue wollte ich's nicht erwähnen, obwohl sie'n guter Mensch ist.«

»Ich hatte auch das Gefühl, dass du mir was sagen wolltest. Kleinen Moment, bitte. Noch 'nen Schluck? Marion, du auch?«

Beide nickten, und Swann ging ins Haus, um sich einen Drink zu machen. Drinnen war es still. Keine Schallplatte lief, niemand saß am Küchentisch und redete, keine seiner Töchter hing am Telefon.

Swann warf ein paar Eiswürfel in sein Glas und nahm die Flasche Captain Morgan mit nach draußen.

Auf der Veranda bemerkte Swann Marions amüsierte Miene. Er drehte sich um und sah Salvatore, der inmitten der Rosen stand und zu ihnen herübersah, ohne zu merken, wohin er mit dem Schlauch spritzte. Swann schüttelte den Kopf, und Salvatore nickte und ging fort. Gerry starrte grinsend in sein Glas. Als Schwarzer war er es gewohnt, in der Stadt immer unter Beobachtung zu stehen.

»Was hast du auf dem Herzen, Gerry?«

Gerry Tracker blies Rauch durch seine Nasenlöcher. »Bei der Brauerei wollt ich nicht drüber reden, weil da so viele nette Leute waren, und auch andere, aber ich hab's Marion grad erzählt. Mein Junge, Blake ... er ist aus Longmore abgehauen. Blakey hatte noch 'ne Woche, dann wär er aus'm Jugendknast nach Freo gekommen. Aber vor paar Tagen ist er nachts über die Mauer. Und seither hab ich nichts von ihm gehört.«

Gerry sprach ruhig, sein Blick war sanft. Doch es lag auch Verwirrung darin. Und Verletztheit.

»Ich weiß schon, was alle denken. Dass Blakey sich vor der

harten Zeit drücken will, der richtigen Strafe im richtigen Knast. Dass er's nicht durchsteht. Aber die kennen ihn nicht so wie ich ... Er hat eine Männertat getan, jetzt muss er eine Männerstrafe absitzen. Die Cops schleichen Tag und Nacht bei uns ums Haus, aber von meinem Jungen hab ich nichts gehört.«

Das war es. Es ging weniger darum, dass Blake Tracker, wie viele andere vor ihm, aus der Jugendanstalt getürmt war, sondern dass er sich nicht gemeldet hatte.

»Das ist erst ein paar Tage her, Gerry«, sagte Marion. »Vielleicht braucht er noch etwas Zeit, ehe er sich meldet.«

Gerry sah sie an und nickte. »Kann sein. Aber ich glaub's nicht. Er war schon bei mir im Haus. Vorgestern Nacht, als ich geschlafen hab. Er weiß, wo der zweite Hausschlüssel liegt. Den hat er mitgenommen und Essen und Geld und paar Klamotten von sich. 'nen Schlafsack.«

Swann zündete sich eine Zigarette an und schenkte erst Gerry und Marion, dann sich selbst nach. Jetzt wusste er auch, worauf das hier hinauslief. »Bei dir in der Gegend gibt's 'ne Menge Busch. Hast du da gesucht?«

»Yep. Bin gestern durchs ganze Sumpfland im Süden gelaufen. Um jeden einzelnen See in den Beeliar Wetlands bis Murdoch. Nichts. Aber wenn ich ihn finde ...«

»Das kann ich für dich machen, Gerry. Kein Problem. Aber je eher er wieder auftaucht, desto leichter wird's für ihn.«

Marion sah Swann und Gerry verständnislos an. Sie wusste, dass Blake Tracker wegen Autodiebstahl und tätlichem Angriff auf einen Polizisten verurteilt worden war, aber das war nicht alles. Der Detective, den Blake nach einer Verfolgungsjagd durch Como und Melville zusammengeschlagen und entwaffnet hatte, war durch diesen Vorfall gedemütigt worden. Dass ein fünfunddreißigjähriger Detective Sergeant von einem fünfzehnjährigen Aboriginal-Jungen verprügelt wurde, der ihm auch noch die Dienstwaffe abnahm, ihn damit bedrohte und sich dann aus dem Staub machte, hatte zu einem Disziplinarverfahren geführt. Vermutlich würden dieser Detective und seine Freunde Himmel und Hölle in Bewegung setzen, um Blake Tracker in die Finger zu kriegen. Außerdem war die Waffe nicht aufgetaucht, was zu Blakes harter Strafe beigetragen hatte – vier Jahre Haft, die bis zur Volljährigkeit im Jugendarrest zu verbüßen waren, die restliche Zeit im Erwachsenenvollzug im Fremantle Prison. Also würde man jetzt nach einem Aboriginal-Jungen mit Pistole fahnden, Blake Tracker galt als bewaffnet. Letztlich würde der Junge sich stellen müssen, aber nach dem Geschehenen konnte es über Leben und Tod entscheiden, wem er sich stellte.

»Ich geb Blakey niemand andrem als dir. Ich weiß, du bist nicht mehr bei dem Verein, aber Blakey ist jetzt erwachsen. Und der Cop, den sie damals rausgeschmissen haben, der steckt jetzt in 'ner Gefängniswärteruniform. Der ist Schluse im East Perth Lockup … Hab mich umgehört, er hat grad Nachtschicht.«

»Hat Blake keine Nachricht hinterlassen, irgendwas? Das bleibt natürlich unter uns.«

Gerry Tracker schüttelte den Kopf. Swann hatte Gerry kämpfen sehen und auf die harte Tour erfahren, welch zäher Gegner er war. Er würde auf alle Fälle zu seinem Sohn stehen. Daher bedeutete Ärger für Blake auch Ärger für Gerry – und möglicherweise eine weitere lange Haftstrafe.

Gerry trank den Rest seines Rums und zerbiss die letzten Eiswürfelstücke. Dann erhob er sich und gab Swann und Marion die Hand. Die beiden sahen ihm nach, als er wegging. Vor dem Zylinderputzerstrauch, dessen Äste über die Einfahrt hingen, duckte sich der massige Körper geschmeidig. Er hatte die Fäuste tief in die Overalltaschen gestopft, die langen Haare hüpften auf seinen Schultern.

Swann ließ sich wieder in seinen Rohrstuhl sinken, legte den Kopf in den Nacken, saugte am Eis und spürte, wie der Alkohol seinen Körper leicht machte. Im Osten ging der Mond auf, auf dem Garten lag ein seidiger Schimmer. Marion seufzte und nippte an ihrem Rum. »Meinst du, dass der Junge in ernsten Schwierigkeiten steckt?«

»Ja, tut er. Sobald die ihn irgendwo sehen, rufen sie ein TRG-Kommando. Und die knallen ihn einfach ab. Es sei denn, er stellt sich jemand, der Mitleid mit ihm hat. Oder wir kommen an die Waffe.«

»Du kannst da aber nichts tun, oder?«

Er hörte Besorgnis in ihrer Stimme, die aber auch ein Stück weit seiner Erschöpfung galt. »Im Augenblick nicht ...«

Plötzlich spürte Swann ein Gewicht auf seinem Schoß, einen von Marions Füßen. Er setzte sein Glas ab, nahm ihren Knöchel und hob den ganzen Fuß in die Höhe, dann begann er, mit der Faust die Innenseite ihrer Sohle zu rubbeln, kräftig, so wie sie es liebte. Im Gegenzug hob Marion seine Beine eins nach dem anderen vom Boden auf, zog ihm Schuhe und Socken aus und streichelte ihrerseits seine Fußriste, dabei drückte sie, was er besonders mochte, ihm um die Zehen herum immer wieder die Nägel in die Sohle.

»Wollen wir heute ins Capri zum Abendessen?«, fragte sie. Immer wenn Swann ihr die Füße massierte und die seidige Haut ihrer Wade streichelte, klang ihre Stimme tiefer, samtiger. Früher einmal hatte diese Frage auch impliziert, dass sie besser noch warteten, bis die Mädchen schliefen oder ausgegangen waren, aber diese Zeiten waren vorbei. Marions Nägel kitzelten ihn. Es wäre schön, wenn sie sich trotz seiner Erschöpfung unter dem Deckenventilator im Schlafzimmer lieben würden. Seine Gedanken waren ruhig, aber seine Sinnlichkeit war geweckt. Sie hatten auch keine Eile, standen schon an der weichen, flaumigen Grenze zum Schlaf. Davor noch eine Flasche vom roten Hauswein und das verlockendste Tagesgericht im Capri. Und eine kalte Dusche und frische Kleidung. Er spürte, wie das Gewicht von seinem Schoß gehoben wurde, und folgte Marion mit Blicken. Auch sie lächelte und kniff ihn im Vorbeigehen kurz ins Ohr, während er die Hand nach ihren nackten Beinen ausstreckte.

16

Vom Schlaf benebelt wachte er auf. Er war entspannt, nur sein Kiefer schmerzte vom nächtlichen Knirschen. Die Sonne war erst vor wenigen Minuten aufgegangen, aber es war jetzt schon heiß. Der Ostwind aus der Wüste brachte Hitze mit. Swann rollte sich aus dem niedrigen Bett, kratzte sich an den Schienbeinen, am Bauch. Noch war er das frühe Aufstehen nicht gewohnt und konnte auch nicht eher einschlafen als bisher. An den leeren Kinderzimmern vorbei trottete er durch den leeren Gang, setzte den Wasserkessel auf und starrte in den Garten, ohne etwas zu sehen, ganz in Gedanken an die Aufgaben des kommenden Tags. Erst ins Büro des Premiers, dann Besuche bei den schweren Jungs, an die sich ein Geschäftsmann außer Rand und Band mit einem Mordauftrag wenden könnte. Diese Liste war nicht lang, aber kaum einer der Männer darauf war einfach so zu sprechen.

Der Statesman schnurrte. Auf der Zufahrt zur Canning Bridge drückte Swann aufs Gas und schlängelte sich auf dem Freeway zwischen kleineren Fahrzeugen durch, bis er einen LKW-Konvoi auf dem Rückweg von der Baustelle in Burswood erreichte. Seit Wochen schon fuhren sie diese Strecke, hundertfach und meist nachts. Vielleicht um dem Berufsverkehr auszuweichen, dachte er, obwohl er keine Ahnung hatte, woher das ganze Material für die Landaufschüttung kam. Als er die ersten Laster mit hoher Geschwindigkeit überholte, blickte er zu den Fahrern. Alle trugen die gleiche graue Kappe und graue Arbeitshemden, nur auf den Fahrzeugen selbst fand sich kein Firmenlogo. Weil die Schütten auf den Ladeflächen leer waren, schepperten sie gegen die Bordwände, und der Wind blies das verbliebene Schüttgut durch die Gegend. Swann schloss die Fenster, damit ihm die fliegende Erde nicht den Arm sandstrahlte. Er hatte schon ein Dutzend Laster überholt, ein weiteres gutes Dutzend fuhr noch vor ihm. Bald würde die Aufschüttung abgeschlossen, der Grund neugestaltet sein, und dann konnte über die ausgeschriebenen Projekte entschieden werden. Nach dem letzten Lastwagen ließ er die Fenster wieder nach unten gleiten, und der Ostwind trug den Geruch von heißem Kalkstein und verrottenden Algen zu ihm herein. Am Ufersaum von South Perth flatterten Fähnchen und Wimpel im Wüstenwind.

Er nutzte die Gelegenheit und rief Terry Accardi in der Central Police Station an. Es war bereits ein paar Tage her, seit er sich bei ihm gemeldet hatte. Swann hatte Accardi unter seine Fittiche genommen, als der noch ein halbstarker Bengel aus der Nachbarschaft gewesen war. Diese Mentorenrolle hatte er nach Accardis Eintritt in die Polizei beibehalten, obwohl er da selbst schon in Ungnade gefallen war und ihre Treffen heimlich stattfinden mussten. Inzwischen profitierten sie aber beide von dieser Freundschaft. Als junger Detective war Accardi eine gute Informationsquelle für Polizeiinterna. Er war ehrgeizig und fähig, aber auch klug genug, sich nicht zu sehr in den Vordergrund zu drängen und sich keiner Clique anzuschließen. Dank Swanns Tipps wusste Accardi, wann und wo er die Ohren spitzen musste, beim wem er anklopfen konnte und wen er besser mied. Dass er das gnadenlose Ränkespiel in der Polizei nicht nur aushielt, sondern sogar weiterkam, war ein Beleg dafür, wie clever er geworden war.

Accardi hob ab. Er klang müde und gestresst, aber seine Stimme wurde klarer und deutlicher, als er Swann erkannte, der sich mit seinem üblichen Decknamen »Peter Drake« gemeldet hatte. Swann gab ihm seine Nummer durch und wartete auf den Rückruf über eine sichere Leitung. Gleich darauf klingelte das Autotelefon, und Swann berichtete Accardi über das Auftauchen Des Foleys und dass der von Foley Beschattete nicht die Polizei einschalten, sondern ein Kopfgeld aussetzen wollte.

Swann hatte nichts gegen Foley, aber wenn der meistgesuchte Mann des Landes so dumm war, nach Perth zurückzukehren und sich verhaften zu lassen, dann wollte er, dass Terry Accardi den Coup landete. Zwar war Terry Mordermittler, aber bei so einer Drohung konnte er sich durchaus damit befassen. Über den Geschäftsmann, der Foleys Kopf wollte, konnte Swann nichts sagen, aber jeder westaustralische Cop kannte Foley. Wenn die Biker und die Italiener hinter ihm her waren, dann war die Wahrscheinlichkeit hoch, dass es Tote gab. Wenn sie Foley erwischten, würde man ihn verschwinden lassen, aber wenn Foley schneller war, würde er die Leichen der Angreifer öffentlich zur Schau stellen, als Warnung für alle anderen. Das allein würde garantieren, dass ausreichend Polizeikräfte für den Fall abgestellt würden, ganz zu schweigen vom Presserummel, der sich unweigerlich einstellte, sobald es Gerüchte über Foleys Rückkehr nach Perth gab.

Swann berichtete auch, dass sich die Amtseinführung des Commissioners verzögerte, aber das war für Accardi nicht neu. Der neue Commissioner sollte ja kommen, um mit der Korruption in der Polizei aufzuräumen, aber laut Terry verzögerte sich die Ankunft vor allem deswegen, damit diese Leute mehr Zeit hatten, belastendes Material verschwinden zu lassen. Überall fehlten auf einmal Akten, gingen Arbeitsaufträge plötzlich verloren. Mögliche Zeugen wurden bedroht, im Gefängnis wie draußen. Und koordiniert wurde alles vom Chef des CIB, Ben Hogan. Wenn der neue Commissioner sein Amt antrat, würde es nichts mehr zu untersuchen geben. Swann konnte es sich gut vorstellen, auch wenn Heenan und der Premier wohl enttäuscht sein würden.

Mehr hatte er Accardi nicht zu erzählen. Swann legte auf, als er auf den Parlamentsparkplatz einbog. Er stellte den Statesman neben den verlassen wirkenden Commodore; die Schicht aus Staub und lila Blüten darauf war noch dichter geworden. Swann nahm seinen Mitarbeiterausweis und die Werkzeugtasche und ging unter einem Geschwader Flötenvögel, die den Rasen um Parliament House unsicher machten, zur Arbeit.

17

Das Büro des Premiers war dunkel, roch nach Holzpolitur und Filterkaffee, durch die schwere Tür drangen Ganggeräusche nur gedämpft in den Raum. Swann kniete mit dem Funksignalmesser in der Hand auf dem Boden und ließ den Fühler über den Holztisch gleiten, sparte aber das Telefon aus, weil der Premier noch einen Anruf entgegennahm. Dann fuhr er über die Wände und die mittlerweile vertrauten Gemälde – so viele vom Gin gerötete Gesichter mit breiten Koteletten und glänzenden Augen – sowie über

Türblenden und Fensterrahmen. Heenan war noch nicht da, war vielleicht im Auftrag des Premiers woanders, und den Mann selbst schien es nicht zu stören, dass Swann sein Telefonat mithörte. Wer auch immer am anderen Ende der Leitung war, der Premier bombardierte ihn in einer Charmeoffensive mit Lob und Komplimenten, auch wenn der Blick Swann verriet, dass er nicht wirklich bei der Sache war.

Farrell Junior klang jedoch ehrlich, als er die Vorteile aufzählte, in deren Genuss sein Gesprächspartner kommen würde, vor allem der Prestigegewinn, den die Nähe zu einem derartigen Projekt brachte, aber auch die Befriedigung, etwas für den Staat tun zu können. Swanns und Farrells Blicke kreuzten sich, und Farrell zwinkerte ihm zu. Wen auch immer der Premier an der Strippe hatte, er sollte offenkundig eine Kröte schlucken. Am Ende erlag der andere Farrells Charme, der Premier legte auf und schrieb etwas in ein schwarzes Notizbuch, das er in der obersten Schreibtischschublade verstaute. Danach sah er kurz zu, wie Swann den Fühler über die Beleuchtungskörper gleiten ließ, holte aber gleich wieder das Notizbuch heraus und schlug es erneut auf. »Frank ... ich kann Sie doch Frank nennen, oder? Ach nein, Heenan hat mir ja gesagt, Swann ist Ihnen lieber.«

Über die Schulter reckte ihm Swann den Daumen entgegen, und der Premier fuhr fort: »Ihre Frau, Marion, Heenan meint, dass sie ... dass sie Gemeindeschwester ist. Stimmt das?«

Swann schaltete das Messgerät ab, das wie eine Mischung aus Kleiderbügel und Fernsehantenne aussah, klappte die Arme ein und legte es in seine Werkzeugtasche. Dann drehte er sich zu Farrell und nickte. »Ja, das ist richtig. Das ist ein gutes Programm, das bewirkt wirklich was.«

Farrell legte die Fingerspitzen zu einem Dach aneinander und sah Swann verschmitzt an. »Muss auch für Sie ganz gut sein, oder, bei der Arbeit, die Sie machen? Da muss man doch immer gut informiert sein, sich überall umhören. Sie müsste ziemlich gut wissen, was in manchen halbseidenen Kreisen los ist, oder?«

Das Gespräch nahm eine seltsame Richtung. »Klar.«

»Und wie steht's mit Ihnen, Frank? Sie haben fast das ganze Leben mit Kriminellen zu tun gehabt, da haben Sie doch sicher eine Meinung. Mich würde Ihre Haltung interessieren, weil das für die aktuelle Diskussion über den politischen Rahmen für Recht und Gesetz relevant ist. In der Gesellschaft gibt es immer den Wunsch, alle Verbrecher wegzusperren und gleich noch den Schlüssel wegzuwerfen. Als ob eine Resozialisierung völlig aussichtslos wäre. Also, was meinen Sie? Ist es Veranlagung, oder liegt's an den äußeren Umständen? Wenn Verbrechen Ausdruck charakterlicher Schwäche sind, kann man wirklich wenig tun, außer Kriminelle aus dem Verkehr zu ziehen. Aber wenn es die Umstände sind, dann besteht doch immer Hoffnung ...«

Farrells Hände lagen bewegungslos auf der Ledereinlage des alten Jarrah-Schreibtisches. Er schien ernsthaft an dem Thema interessiert. Aber bei jemandem, der eigentlich »aus dem Volk« kam, wirkten solche Fragen eigenartig. So etwas erwartete man eher von Absolventen eines katholischen Knabeninternats, die dem Debattierclub der Schule angehört hatten und gleich danach zum Jurastudium aufs College gegangen waren.

»Meine Erfahrung ist«, begann Swann, »dass die meisten Kriminellen, jedenfalls diejenigen von ihnen, die im Gefängnis sitzen, entweder dumm sind, Pech haben oder nur wild um sich schlagen. Die meisten davon sind eigentlich nicht gefährlich. Aber die Gefährlichen, die gehören natürlich ins Gefängnis.«

»Also kein ernstzunehmender Gegner für einen intelligenten Ermittler ...«

Swann ignorierte die Bemerkung, weil ihm das Anbiedernde in Farrells Blick nicht gefiel. Ganz klar, der Premier wollte etwas von ihm.

»Aber was ist mit den Männern, mit denen Sie's in letzter Zeit zu tun hatten«, sagte Farrell, »motiviert Sie bei denen die Jagd oder das Geld, oder beides? Es ist doch sicher nicht so befriedigend, einen Unternehmensvorstand zu Fall zu bringen, wie einen Bankräuber hinter Schloss und Riegel?«

»Nachdem ich gesehen habe, wer welchen Schaden anrichtet, wär ich da anderer Meinung.«

Im Kinn des Premiers spannte sich ein kleiner Muskelstrang an. »Ich bin überrascht, so was aus dem Mund eines ehemaligen Polizisten zu hören. So milde gegenüber Dieben, Schlägern und Gewalttätern, und gegenüber den Leistungsträgern aus unserer Wirtschaft so bitter. Männer, die Unternehmen aufbauen, Jobs schaffen und Wohlstand ...«

Der Premier war aufgestanden, wirkte ratlos. Doch genauso plötzlich setzte er sich wieder, strich sich über die Haare, sah Swann an und lächelte. Es war kein freundliches Lächeln, aber lag es auch keine Aggression darin.

»Tut mir leid, Frank. Ich bin einfach müde. Hab letzte Nacht nicht geschlafen. Und jetzt hab ich 'nen harten Tag vor mir. Harte Jahre.«

»Kann ich denn was für Sie tun?«

Der Premier lehnte sich zurück und strich sich wieder über die Haare. »Sehr aufmerksam, Frank. Also, die Sache ist die – ich hab mich ja noch nicht mal bedankt, dass Sie vorgestern das mit meinem Vater geregelt haben. Aber das war prima, und daher wollte ich fragen, ob … ob Ihre Frau, Marion, vielleicht bei ihm vorbeischauen könnte? Natürlich nur im Rahmen ihrer Tätigkeit als Gemeindeschwester. Er will nämlich auf keinen Fall in ein ›Siechenhaus‹, wie er's nennt. Obwohl es sichtbar mit ihm bergab geht. Er achtet nicht mehr auf sich. Sie täten mir einen persönlichen Gefallen.«

Swann schloss die Tasche und hob sie auf. »Stormie … Ihr Vater liegt eigentlich nicht in Marions Zuständigkeitsbereich, aber ich frag sie mal.«

Als Swann zur Tür ging, wurde die Klinke gedrückt, und Heenan stürzte mit puterrotem Gesicht herein. »Herrgott, Premierminister, das müssen Sie sich anschauen. Und dich wird das auch interessieren, Swann. Oder noch besser, du fährst gleich zum Barracks Arch und versuchst, das zu stoppen …«

Heenan ging zu dem zur Innenstadt blickenden Erkerfenster und riss die schweren Vorhänge auf. Sowohl der Premier als auch Swann kniffen im grellen Licht die Augen zusammen. Heenan schüttelte den Kopf und starrte hinüber zum Barracks Arch, nur ein paar hundert Meter südlich auf der anderen Seite des Freeways. Swann trat zu ihm und sah Übertragungswagen, eine Versammlung von Schaulustigen und Journalisten und vor ihnen einen Block aus vier Bikern in Jeans und Lederkluft, die sich den Kameras präsentierten. Er erinnerte sich, was er Gus Riley geraten hatte. »Oh Shit«, murmelte er.

»Weißt du denn irgendwas darüber?«, fragte Heenan.

»Nein, mir ist nur aufgefallen, dass sie alle ihre Kutten tragen. Das sind die Präsidenten der Nongs, der Bad Breed, der Barbarians und der Dingo Jacks. Nur ein Club fehlt, nämlich die Junkyard Dogs. Und sie stehen nebeneinander, ohne sich an die Gurgel zu gehen. Da muss ich hin, das muss ich mir anschauen.«

18 Es dauerte nur wenige Minuten, um zu Fuß auf der Brücke über den Freeway zu gelangen und sich zur Menge vor dem Barracks Arch zu gesellen. Swann war alt genug, sich zu erinnern, wie das wuchtige Tor noch der Eingang zu den Pensioner Barracks war, einem großen Kasernengebäude aus den 1850er Jahren, das Sträflinge für ihre Wachleute und deren Familien errichtet hatten. Inzwischen hatten die alten Wohngebäude dem Freeway weichen müssen, aber das Tor war geblieben und stand da wie der Überrest einer Burgmauer.

Swann schob sich durch die Touristenmenge, die sich um einen in der Nähe der Sehenswürdigkeit geparkten Bus drängte und die vier Reiter der Apokalypse knipste, die in Gestalt der vier Rockerclubpräsidenten erschienen waren. Die Kameras der lokalen Fernsehsender surrten, die Moderatoren davor machten ihre Ansagen, und Zeitungsjournalisten hockten auf dem Boden, um die vier einschüchternd großen Männer vor dem martialischen Backsteinbau in Untersicht noch massiger erscheinen zu lassen. Gus Riley nickte den anderen kurz zu, trat einen Schritt vor, und grüßte Swann, als er ihn in der Menge entdeckte, mit einem kleinen Augenzwinkern. Ein Mikrofon hatte er nicht nötig. Das jahrelange Anbrüllen gegen röhrende Harley Davidsons hatte ihm eine bühnentaugliche Stimme beschert. Und offenkundig genoss er diesen Auftritt, die Aufmerksamkeit. Mit einer Kopfbewegung schleuderte er sich die rotblonden Haare aus dem Gesicht und wiederholte dröhnend: »ICH DANK EUCH ALLEN! Danke. Ich werd hier nicht lang rumlabern und euch die Zeit klauen. Ich weiß, ihr habt Unwichtigeres zu tun. Also mach ich's kurz. Meine Brüder neben mir und ich, wir sind Outlaws. Ihr mögt uns nicht und findet uns nicht gut, aber hoffentlich habt ihr zumindest Angst vor uns ...« Riley grinste schief, was bei einigen Journalisten verlegene Lacher hervorrief. »Genau so soll's sein. Jedenfalls verzapf ich euch nicht die übliche Sülze, dass wir immer falsch verstanden werden und eigentlich nur Gutes wollen und uns für die Gesellschaft engagieren und uns mehr als 'nen Scheißdreck um euch und eure Spießerleben scheren. Das ist alles Kacke. Wir sind Outlaws, und wir leben so, weil wir das wollen. Dafür entschuldigen wir uns nicht, es macht uns Spaß, und wir haben unsere eigenen Regeln. Wenn ihr euch aus unseren Angelegenheiten raushaltet, halten wir uns auch aus euren raus. Aber es kommen immer wieder Zeiten, in denen eure Interessen und unsre dieselben sind. Und jetzt ist es wieder mal so weit ...«

Riley hielt inne, um die Worte wirken zu lassen, und drehte sich zu den drei Männern neben ihm, die zustimmend nickten. »Meine Brüder hier, und alle anderen von uns. Wir stammen von hier. Wir sind hier geboren und aufgewachsen. Wir gehören zur selben Gemeinschaft wie ihr. Wir alle haben hier Verwandte, ganz brave, stinknormale Westaustralier wie ihr. Schwestern und Töchter und Mütter. Wenn ich euch also sage, dass 'ne neue Bikergang sich bei uns in Perth breitmachen will, die nicht von hier kommt, die nicht mal aus'm Osten kommt, sondern – noch schlimmer – aus'm Ausland, und wie eine schwarze Flut über die Drecks-Tasmansee zu uns rüberschwappt, eine Gang, die so feige und widerwärtig ist, dass eine Vergewaltigung bei denen zum Aufnahmeritual gehört; die sich im Gegensatz zu uns einen Scheiß darum schert, ob ihre Leute an der Nadel hängen; die Herointüten wie Bonbons verteilt, und deren Mitglieder vor wenigen Generationen sogar verdammte Kannibalen gewesen sind – dann sag ich euch, dass der Kampf gegen diese Scheißtiere, in den wir bald ziehen, auch ein Kampf in eurem Namen ist. Und warum? Das sag ich euch: weil unsere Cops hier, die euch eigentlich beschützen sollten, das alles haargenau wissen und keinen Finger krumm machen, um das zu verhindern. Und warum nicht? Das ist die Frage. Das ist die Frage, die ihr euch selbst mal stellen solltet. Oder ihr stellt sie mir, im Privaten und ohne Lauscher ...«

Riley grinste Swann an. Um seiner Botschaft Nachdruck zu verleihen, trat er zurück und schloss wieder die Reihen mit den anderen Clanchefs. Sie standen Arm in Arm, mit gerecktem Kinn und eingezogenem Bauch, herrisch und ohne Antwort auf die Zwischenrufe und Fragen. Swann verzog sich an den Rand der Zuschauermenge und wartete. Er musste zugeben, dass der Auftritt effektvoll gewesen war, ein Clou, der eine Menge Aufregung und Druck verursachen würde. Riley hatte das sehr geschickt gemacht. Jetzt gaben sich die vier Biker die Hand, dann machten sie sich auf den Weg zu ihren unter dem Arch geparkten Harleys. Rileys Knucklehead war die niedrigste, schmalste und am besten polierte von allen.

Einige Journalisten um Swann gaben die sinnlose Fragerei auf und wandten die Köpfe, erstarrten und glotzten wie eine Gruppe Erdmännchen in eine Richtung. Ein einzelner Ford LTD kam mit aufgesetztem Blaulicht, aber ohne Sirene angefahren, schlängelte sich durch die Touristen auf der St Georges Terrace und hielt neben den Harleys. Alle vier Türen wurden gleichzeitig aufgestoßen. Hinter dem Fahrer stieg, in einem schwarzen Leinenanzug mit Schulterpolstern und hochgeschobenen Jackettärmeln, CIB-Chef Benjamin Hogan aus. Er strich sich die schwarzen Haare glatt, rückte die Pilotenbrille auf seiner Nase zurecht und schlenderte zu den Journalisten. Die anderen Detectives, alles Stellvertreter Hogans, hatten noch lange Haare und trugen die beigen oder grauen Sportjacketts und Freizeithosen aus den Siebzigern. Sie versammelten sich hinter ihrem Chef, der das Wort ergreifen wollte. Inzwischen hatten sich alle Journalisten und Fernsehteams von den vier Bikern abgewandt und vor den Detectives versammelt.

»Es ist eine Schande, eine echte Schande!«

Hogans Worte beendete jegliches Plaudern und Reden. Riley und die anderen Clanchefs nickten sich zu, drängten sich durch die Menge, stiegen auf ihre Bikes, starteten sie und ließen die Motoren dröhnen. Hogan lief rot an, verbarg seinen Ärger aber unter einem schiefen Grinsen. Mit einer wegwerfenden Handbewegung schien er zu sagen: *Lasst den Kindsköpfen ihre Freude*. Das Motorengedröhn wurde noch lauter, schwoll zum Donner, wirbelte Abgaswolken und Staub auf. Dann ließen die vier die Kupplung kommen und knatterten mit hochgereckten Mittelfingern auf der Malcolm Street in Richtung Kings Park davon.

Hogan schüttelte nachsichtig den Kopf und wartete, bis der Lärm abgeebbt war. Er ließ den Blick über die Gesichter in der Menge schweifen und blieb bei Swann hängen. Seine Augen wurden schmal, sein Körper straffte sich. Er starrte Swann so lange an, dass auch die Journalisten es merkten und sich umdrehten. Als Hogan das sah, machte er ein abfälliges Gesicht, das im nächsten Moment den Ausdruck von Empörung annahm. Swann kannte diesen Blick genau – jeder Wachhabende hatte ihn drauf, wenn er irgendwen zur Sau machen wollte.

»Eine echte Schande ist das! Nur gut, dass mein Kollege

Jeffrey das Funkgerät anhatte. Das hat uns die Chance gegeben, ein paar Dinge wieder zurechtzurücken. Weil ich Ihnen sagen muss, dass dieses reine Medienspektakel, das Sie sich gerade angesehen haben, samt den verleumderischen Behauptungen über die angebliche Untätigkeit der Polizei, nicht nur laufende Ermittlungen gegen die verbrecherischen Aktivitäten der ganz zu Recht so genannten Outlaws torpediert hat, sondern auch das Leben von zwei verdeckten Ermittlern in Gefahr gebracht hat. Deswegen mussten wir in aller Eile unsere Operation Golliwog anlaufen lassen, ohne den Fall für die Staatsanwaltschaft ordentlich vorbereiten zu können. Im selben Augenblick, in dem ich hier spreche, findet eine Razzia statt, und wir hoffen, einiger Verdächtiger habhaft zu werden. Aber wegen dieser Gauklershow, die Sie alle gesehen haben und – leider muss ich das sagen – bei der Sie alle auch mitgemacht haben, werden wir wohl nur kleinere Vergehen aufdecken, mit denen wir dann gerichtlich gegen diese Eindringlinge von der anderen Seite der Tasmansee vorgehen können. Ich kann nur hoffen, dass sich ein paar von Ihnen zumindest dafür schämen, bei was für einem Schmierenstück Sie hier mitgespielt haben, denn das hat die Fähigkeit und Schlagkraft der Polizei, unsere wunderbare Stadt zu schützen, erheblich geschwächt. Das wär's. Keine weiteren Fragen.«

Hogan setzte die Sonnenbrille auf und blickte selbstbewusst in die Kameras. Journalisten belagerten ihn mit Fragen, doch er winkte ab. Eine Frage kam immer wieder, genährt von der Gier nach der nächsten Schlagzeile. »Wo findet die Razzia denn statt?«

Swann zündete sich eine Zigarette an und wippte auf den Zehenspitzen. Sicher gab es keine Razzia. Keine Ermittlungen, und schon gar keine verdeckten Ermittler. Aber Hogan hatte sie das glauben gemacht, und Swann musste zugeben, dass dieser Auftritt seinen Vorgesetzten gefallen musste, vom Premier ganz zu schweigen. Was hatte der Journalist in *Der Mann, der Liberty Valance erschoss* gemeint, nachdem er seine Notizen zerrissen hatte? »Das ist der Westen ... wenn die Legende zur Wahrheit wird, druck die Legende.«

Swanns Beeper begann sein durchdringendes Zirpen. Er musste gar nicht hinsehen, um zu wissen, dass es Heenan war, der erfahren wollte, was hinter der ganzen Sache steckte.

19

Swann parkte vor dem griechischen Café in der James Street, dessen Tische mit Musikern in Lederjacken und kartenspielenden Männern mit Fedoras vollbesetzt waren. Im Hauseingang vor einem nahen Nachtclub hockte ein Penner und versuchte, sich aus der grellen Sonne zu halten. Swann bückte sich, steckte ihm einen Dollarschein zu und bat ihn, das Auto im Auge zu behalten. Er zündete zwei Zigaretten an und reichte dem Mann eine, dann sah er einer Gruppe jugendlicher Nyungars in Jeans, engen T-Shirts und Flanellhemden hinterher, die auf der Straße in Richtung Bahnhof liefen. Er fragte sich, ob Blake Tracker unter ihnen war, aber es kam ihm unwahrscheinlich vor, dass er in der von der Western Australia Police am häufigsten kontrollierten Straße rumspazierte, auch wenn jetzt helllichter Tag war.

Swann nahm einen tiefen Zug, um den Geruch von Pommes und Frittierfett aus den Burgerläden zu übertünchen. Auf dem Weg zu Corvo seniors Spielsalon an der nächsten Ecke nickte er einigen bekannten Gesichtern zu. Insgeheim verfluchte er Heenan, der Hogan über Rileys Auftritt informiert haben musste. Vor allem eine Sache brachte ihn ins Grübeln: Wie viel wusste Heenan über Hogans Verbindung zu Riley? Auf Heenans Rat hatte sich der CIB-Chef nicht nur vor die Medienmeute gestellt, sondern auch von der Verantwortung des Premiers und der Polizei abgelenkt, indem er von einer erfundenen Ermittlung schwadroniert hatte.

Aber er hatte keine Zeit, sich Gedanken zu machen, vor ihm lag eine Aufgabe. Stormie Farrell. Swann sah den Thunderbird schräg auf zwei Parkplätzen stehen. Das Cabriodach war zu, und als er in den Wagen sah, entdeckte er das Kaninchen und den Hahn halbtot auf der Rückbank. Er öffnete die Tür und kurbelte die Fenster etwas nach unten, um Luft hineinzulassen.

Die Holzdielen im dunklen Gang, der zum Casino von Corvo senior mit dem hochtrabenden Namen *Mediterranean Club* führte, waren frisch gewischt und rochen nach Reinigungsmittel und schimmligem Wischmopp. Swann stieg auf knarrenden Stufen in den ersten Stock und klopfte an die Vorraumtür neben dem eigentlichen Casinoeingang. Gregory Corvo öffnete und ließ Swann herein. Er sah nicht sehr glücklich aus. Mit einer Handbewegung deutete er auf die Couch, auf der Stormie Farrell saß und aus einer Karaffe Rotwein trank. Statt eines Grußes rülpste Farrell senior, dann wischte er sich mit der Hand über den Mund, zwinkerte und grinste.

Auf einem Kieferntisch stapelten sich volle Aschenbecher, eine Tüte weinfleckiger Tischtücher lag neben einem Eimer mit Mopp und einer Flasche Reinigungsmittel, doch im Raum roch es nur nach Stormie Farrell. Er war barfuß und trug immer noch den alten Tropenanzug.

Corvo grunzte. »Der hat auf meiner Couch übernachtet. Meine ... Partner wollten ihn schon zur Hintertür rausschaffen und verdreschen, einer schlug sogar anzünden vor, aber als ich erfahren hab, wer er ist ...«

»Danke, Greg, das war besser so.«

»Falls du dich wunderst, warum er ein blaues Auge hat ... er hat einem meiner Rausschmeißer an die Hose gepinkelt. Wir wollten ihn nicht reinlassen, er war ja barfuß.«

»Verdammt, ich bin Moslem! Übergetreten. Das gehört jetzt zu meiner Religion.«

Ohne auf Farrell senior zu achten, nahm Swann Corvo am Arm und führte ihn raus in den Gang.

»Und was ist die andere Sache?«

»Ach ja. Es ist schon schlimm genug, dass wir für den CIB und den Stadtrat blechen müssen. Aber diese Woche – zwei Mal schon – kam ein alter Sack daher, der behauptet, dass er von deinem Boss ist, und hat die Hand aufgehalten. Grad als wir zumachen wollten, tanzte der mit 'nem großen braunen Umschlag an, den er bitteschön bis morgen gefüllt haben wollte. Dann würd er ihn abholen, und er sollte auch ja schön voll sein, wenn wir weitermachen wollen. Meinte, ist 'ne Parteispende.«

»Hat er sich irgendwie ausgewiesen?«

»'türlich nicht.«

Drinnen gab es einen lauten Knall. Stormie Farrell hatte versucht aufzustehen und war gegen die Wand geknallt.

»Ihr Halunken, ich hör euch. Du, Swann, sperrst mich hier ein, weil du für meinen Sohn arbeitest, und dann kennst du meinen kleinen Bruder nicht? Graham, das schwärzeste Schaf der Familie. Da ist Spritzwasser aus der Gosse in meine Ma reingeschlüpft!«

Farrell torkelte zur Tür und hielt sich am Rahmen fest. »Hatte der Idiot gefärbte Haare? So zehn Jahre jünger als ich? Mit 'ner fetten Riesenplauze?«

Corvo musterte Farrell von Kopf bis Fuß. »Schwer zu sagen, wie alt du bist, Alter. Du siehst aus wie 'ne Scheißmumie.«

Farrell lachte. »Wenn man bei jedem schlechten Witz scheißen müsste, hättest du immer Durchfall, Kleiner. Also, Scheißer, beantworte meine Frage. Sah der Kerl aus wie diese Dumpfbacke Barry McKenzie nach 'ner sechstägigen Sauftour? In 'nem Anzug, der ihm drei Nummern zu klein ist? Ein Fettsack in Schuluniform? Schleimiger als Schneckenschmodder?«

Corvo winkte ab und wandte sich an Swann. »Der dürfte um die sechzig gewesen sein. Ein Fettsack. Mit 'nem genauso fetten Goldring.«

»Ha, das isser. Graham. Sein Ring. Den muss man küssen, wenn man was von ihm will.«

Corvo verzog das Gesicht, ohne Farrell anzusehen. »Was meinst du, sollen wir tun? Mein Vater hat gesagt, ich soll dich fragen.«

»So wie's klingt, könnte es stimmen. Ich krieg das raus. Inzwischen tust du mir einen Gefallen und hörst dich um, ob er noch bei anderen Leuten in der Straße aufgeschlagen ist.«

»Soll ich ihm Geld geben?«

»Überlass das mir. Und danke dafür, dass du dich um Stormie gekümmert hast. Ihm geht's nicht gut.«

Corvo nickte und ging durch die mattierten Glastüren ins Casino. Swann führte Stormie die Treppen hinunter und hinaus in den glühenden Sonnenschein. Er lehnte ihn ans Schaufenster eines Tattoostudios, dann öffnete er die Motorhaube des T-Bird und hob die Verteilerkappe. Der Zündverteiler fehlte immer noch.

Mit triumphierender Miene hob Stormie die Hand zum Victory-Zeichen.

»Und, wie hast du's gemacht, Stormie?«

»Fick dich selber!«

Swann ließ die Motorhaube zufallen. Darauf wackelte der

ganze Wagen, der Seitenspiegel auf der Fahrerseite klappte weg, und die vordere Stoßstange rutschte ein Stück nach unten.

Swann sah auf die Uhr. »Mach mal locker, Stormie. Ich kann dich auch hierlassen, wenn's dir lieber ist. Oder ich geb dir ein Bier aus und du erzählst mir, wie du diesen halbversenkten Straßenkreuzer durch die halbe Stadt gekriegt hast.«

Stormies Augen blitzten. »Du bist echt abgebrüht, Swann. Aber ein Bier zum Nachtisch käm mir schon recht.«

»Was sollen wir übrigens mit dem Karnickel und dem Gockel machen? Die können wir ja nicht hierlassen.«

»Mit denen? Hä? Hör auf, dir was einzubilden. Die gibt's bloß in meinem Kopf. Hat jedenfalls dieser Seelenklempner gemeint. Aber ich schick die beiden mit der Karre heim.«

»Verrätst du mir's also?«

»Das macht der Royal Automobile Club für mich, Mann. Als Mitglied kann ich mich fünf Mal pro Jahr abschleppen lassen. Ich hab Ihnen erzählt, dass ich hier wohne.«

Swann schüttelte den Kopf. »Wir rufen vom Pub aus an und lassen die Kiste zurückschleppen.«

Die Aussicht auf ein Bier ließ Stormie aufleben. Er straffte sich, spuckte in die Hände und glättete seine Haare.

»Ins Great Western, oder?«, sagte er und deutete auf die Bar aus der Goldrauschzeit auf der anderen Straßenseite. »Weißt du, eigentlich hab ich da Hausverbot. Nur weil ich zum Wirt gesagt hab, dass er ein Gesicht macht wie 'ne Bulldogge, die Pisse von einer Brennnessel geschleckt hat. Der wusste natürlich nicht, wer ich bin. Kein Mensch in dieser Stadt erinnert sich überhaupt noch an irgendwas. Lauter Hirntote, mit totalem Gedächtnisverlust.«

Swann führte Stormie über einen Nebeneingang in den dunklen Pub und brachte ihn an einen Tisch weit von der Bar entfernt, wo niemand seine nackten Füße sah. Dann bestellte er am Tresen zwei Bier und wählte die Nummer des RAC, um Stormies T-Bird abholen zu lassen.

20

Kurz vor Fremantle, auf der Brücke über den Swan River, rief Swann Heenan an. Im Hafen lagen viele Containerschiffe, Tanker und Frachtschiffe voller neuer weißer Flottenfahrzeuge für die Bergbauunternehmen. Swann hatte Stormie Farrell bei zwei alten Freunden aus Kalgoorlie gelassen, die einen Geschäftserfolg feierten. Die Partner verdienten ihren Lebensunterhalt damit, dass sie immer ein Auge auf die Pachtverträge der örtlichen Goldminen hatten. Lief ein Vertrag aus, was oft aus bloßer Nachlässigkeit geschah, erwarben sie die Konzession für wenig Geld. Und gestern hatten sie die Konzession von einer großen Bergbaugesellschaft übernommen, die ein Stück Land betraf, unter dem tatsächlich Gold lag. Jetzt verhandelten sie mit dem Unternehmen, um ihm die Konzession für ein kleines Vermögen zurückzuverkaufen.

Swann hatte definitiv den falschen Job. Er hatte sich bei Heenan rückversichert, dass Stormies kleiner Bruder und Onkel des Premiers offiziell als hauptberuflicher Spendeneintreiber für die Partei unterwegs war. Früher war Graham Farrell im Immobiliengeschäft tätig gewesen, hatte zeitweise Luxusyachten importiert oder Gold in den Mittleren Osten verkauft. Swanns Erläuterung von Graham Farrells Vorgehen – Ganoven wie Corvo auszunehmen – schien Heenan nicht sonderlich zu beunruhigen. Darüber brauche sich Swann keine Gedanken zu machen, alles sei sauber, ganz legal. Klar, manchmal würde Graham übers Ziel hinausschießen, aber als Spendensammler war er erste Sahne. Er wusste, wie man

Gelder beschaffte, die Partei konnte sich glücklich schätzen, ihn an Bord zu haben. Doch weil Swann nicht glaubte, dass Graham Farrell das aus Idealismus tat, musste er noch fragen, was für den Onkel des Premiers dabei raussprang? Die Antwort: eine Kommission von fünfundzwanzig Prozent auf jeden Spendendollar.

Swann war schon in seiner Straße in South Fremantle, als Heenan endlich zum Punkt kam. »Vergiss fürs Erste die Sache mit den Überwachungskameras. Ich weiß ja nicht, was du heute früh zum Premier gesagt hast, aber er meint, er braucht dich für was anderes.«

Swann brachte den Statesman auf dem roten Teppich zum Stehen, der sich unter den gebeugten Ästen eines blühenden Zylinderputzerstrauchs auf dem Asphalt gebildet hatte.

»Und das wäre?« Swann stellte den Motor ab und lehnte sich zurück. Er dachte an den Strand. Marions Datsun 120Y stand in der Einfahrt, die Sonne auf seinem Gesicht und seinen Armen war heiß. Er öffnete die Tür einen Spalt, um Luft hereinzulassen, und wartete.

»Also, es geht um die Projektangebote über die Erschließung von Burswood. Die sind eingegangen, und der Premier will, dass du dich drum kümmerst.«

»Ich hätte gedacht, für so was sind die Ministerien und die Verwaltung zuständig – zur Gewährleistung einer neutralen und unabhängigen Bewertung.«

»Stimmt schon. Aber er traut der Verwaltung nicht ganz. Die meisten Leute dort sind irgendwie mit den Liberals verbandelt und haben so ihre Beziehungen zu den Unternehmen, die diese Angebote abgegeben haben. Ist sicher alles ganz korrekt, aber vorsichtshalber hätte er gerne, dass du dir die Unternehmen mal ansiehst, damit wir nicht übern Tisch gezogen werden.«

Es war fast zu schön, um wahr zu sein. Swann hatte damit gerechnet, dass es Monate oder Jahre dauern würde, bis er so nah an den Premier herankam und solches Vertrauen genoss. Am liebsten hätte er augenblicklich Ja gesagt, wollte aber nicht zu gierig wirken. »Und die Wanzensuche jeden Morgen um sieben? Die findet weiter statt?«

»Ja, klar.«

»Ich bin überrascht, dass die Angebote schon fertig sind. Bei so einem großen Projekt braucht man dafür doch Monate.«

»Ach, Frank, sei nicht so naiv. Um die Wahl zu gewinnen, mussten wir die Bosse doch mit ins Boot holen. Die haben wir schon vor gut einem Jahr über das Vorhaben informiert und sie gebeten, sich vorzubereiten und die Chance zu nutzen, bevor's die Leute aus dem Osten oder ausländische Gangster tun. Da ist nichts verwerflich dran. Wir haben sie auf unsere Seite gezogen, und manche – ich sag dir aber nicht, wer – haben uns im Wahlkampf massiv unterstützt. So viele Leute, wie du brauchst, Frank. Auch sonst alles, was du willst ... aber: absolute Diskretion.«

»Verstehe.«

»Außerdem will der Premier, dass ich dich zu 'ner Grillparty einlade. Am kommenden Wochenende – ich weiß nicht mehr genau, an welchem Tag, aber ich geb Bescheid.«

»Eigentlich sind die Wochenenden frei, Heenan. Die sind für das, was man Leben nennt. Vielleicht erinnerst du dich noch, das war, als wir noch in kurzen Hosen rumliefen.«

Heenan lachte auf. »Das ist doch keine Arbeit, Frank. Reines Vergnügen.«

»Für dich vielleicht. Ich überleg's mir.«

Doch auch jetzt zierte sich Swann nur. Was er sich lange gewünscht hatte, war ihm einfach in den Schoß gefallen.

Er legte auf und ging zum Haus. Der schwarze Welpe tapste und stolperte aus dem Schatten auf ihn zu, schnupperte an seinen Schuhen und leckte ihm die Hände. Swann kniete sich auf den Boden und kraulte dem Hündchen den Kopf, dann sah er auf und erblickte Marion auf der Veranda. Sie hatte bereits einen Bikini an. Sie hielt seine verschossene alte Fußballhose in die Höhe und ließ sie auf das Handtuch zu ihren Füßen fallen. Allerdings wirkte sie etwas durcheinander.

»Stimmt was nicht?«

»Eigentlich ist alles in Ordnung. Nur – ich bin befördert worden. Befördert und auf eine neue Stelle versetzt, auf die ich mich gar nicht beworben habe. Du weißt nicht zufällig was darüber, oder?«

»Lass mich raten. Die neue Stelle ist im Bezirk South Metropolitan?«

»Also weißt du Bescheid?«

Der Premier hatte, ohne zu fragen, gehandelt und Marion versetzen lassen, damit sie sich um Stormie Farrell kümmern konnte. Swann fragte hoffnungsvoll: »Dann ist es eine gute Beförderung?«

Marion schüttelte unschlüssig den Kopf, schien aber nicht völlig unzufrieden. »Verwaltungsarbeit. Mit viel Bürokram. Eigentlich bin ich dafür nicht qualifiziert. Aber finanziell lohnt sich's.«

»Und, nimmst du an?«

»Erzähl mir lieber erst mal, wie's dazu kam.«

Für einen Wochentag war der Strand ziemlich voll. Swann und Marion lagen am Fuß der Dünen, Swann in der alten Fußballhose, Marion in ihrem lila Bikini, während ihre

Tochter Sarah und der kleine Jock im seichten Wasser beim Riff herumplantschten und Korallenstücke für Jocks Muschelgarten sammelten. In den Rockpools, in denen Swann seinen Töchtern das Schwimmen beigebracht hatte, machte eine nächste Generation von Kindern im Vorschulalter dasselbe, was seine Mädchen getan hatten und bewarf sich mit Seegras, schnorchelte und ließ sich von den Wellen herumwirbeln. Swann stieß Marion mit dem Ellbogen an. Sie öffnete die Augen und blickte über die Ränder ihrer Sonnenbrille. Jock jagte und sammelte immer noch nach Sarahs genauen Anweisungen, aber sie war mit ein paar Kindern und einer jungen Mutter am Rand des Riffs ins Gespräch gekommen. Auf Sarahs Frage hin rieb sich die Frau über ihren dicken Bauch, dann rubbelte sie durch Jocks Haare. Marion stöhnte. »Wir sind Großeltern! Gibt's denn keine Gnade?«

Swann rollte sich zu ihr, nahm ihre Hand und legte sie sich auf die Hüfte. Dann küsste er sie auf die Nase, die Lippen. »Na, Omi, Lust, mit mir in den Dünen zu verschwinden?«

Marion küsste ihn ebenfalls auf die Nase und streichelte eine seiner Brustwarzen, bis sie hart wurde. Dann erhob sie sich und schlenderte in schwingendem Gang zum Wasser, sicher, dass Swann ihr nachsah. Sie schwamm über die ersten flachen Wellen hinaus und drehte sich dann auf den Rücken, um ihn anzusehen. Als junges Paar hatten sie nicht viele Orte für ihre Zweisamkeit gehabt. Einer davon war das Meer gewesen, nachts.

South Beach lag nur ein kurzes Stück unter dem Hafen von Fremantle, aber für Swann fühlte er sich an wie jeder andere der tausend einsamen Stränden entlang der Küste. Die Sonne und der weite Horizont beruhigten seine Nerven und milderten die Aufregung, die seine neue Aufgabe mit sich brachte. Er hatte nicht erwartet, dass Heenan ihn die Angebote prüfen lassen würde, und obwohl das eine interessante Aufgabe war, verspürte er dabei ein Kribbeln im Bauch. Marion war der einzige Mensch, der wusste, dass er Accardis Spürhund war und Accardi auch für die Bundespolizei in Canberra ermittelte. Für alle anderen hatte Swann einfach wieder einen geregelten Job.

Marion hatte weder die Beförderung noch die Versetzung in einen anderen Stadtbezirk gewollt. Sie wollte nur das, was auch er wollte: Geld genug für ein ruhiges Leben, vielleicht irgendwo weiter unten an der Küste. Sich um ihre drei Kinder kümmern und jetzt auch um die Enkel. Swann rollte auf den Rücken und schloss die Augen. Doch Schlaf wollte nicht kommen.

21

Blake Tracker kniete im Dunkeln neben dem Datsun Truck seines Vaters. Er griff in den hinteren Radkasten und suchte tastend die Stelle, wo die Fahrwerksfeder an der Karosserie befestigt war. Dort hatte sein Vater normalerweise einen Ersatzschlüssel kleben, doch jetzt war keiner da. Also wusste Pops Bescheid und rechnete mit ihm.

Blake hatte bis nach Mitternacht gewartet, ehe er aus dem Gestrüpp der Banksien in den Beeliar Wetlands aufgebrochen und die fünf Kilometer von seinem Camp hierhergelaufen war. Dort schlief er tagsüber im Schatten zweier verwachsener, blühender Banksien, die sich wie ein rangelndes Brüderpaar ineinander verschlungen hatten. Er machte kein Feuer und aß nur kalt. Wartete. Am Tag hielt er das Alleinsein im Busch gut aus, aber nachts war es unerträglich. Die Grasbäume mit den speerartigen Blütenständen. Die Banksien mit den holzigen Samenständen, in denen die Kerne bei jedem Windstoß rappelten. Der modrige Grabesgeruch des nächtlichen Sumpflandes. Das Mondlicht, das die Wolken schimmern ließ und auf dem grauen Sand tanzte. Die jagenden Füchse und Katzen, deren Augen im Dunkeln rot leuchteten. Die Todesschreie erbeuteter Kaninchen. Der Geruch erloschener Lagerfeuer, Liedfetzen im Wind. Das war zu viel für ihn, und deswegen war er nachts unterwegs. Auf stillen Straßen durch den Busch, immer auf dem weißen Mittelstreifen, immer bereit wegzulaufen und sich ins Unterholz zu schlagen, sobald ein Auto kam. Sich in die Vororte zu schleichen, durch mondbeschienene Gärten zu huschen, in Angst vor Hunden, Waffen, der Polizei.

Essen holte er sich aus Mülltonnen hinter Supermärkten: Tomaten, altes Brot, angeschlagenes Obst. Aus geparkten Autos stahl er Kleingeld. Manchmal ruhte er auf Spielplätzen von Vorstadtschulen aus. Die über den Himmel wandernden Sterne sagten ihm die Zeit. Vor Sonnenaufgang marschierte er zurück zu seinem Schlafsack unter den Banksien, zog sich das T-Shirt übers Gesicht und schlief.

In der dritten Nacht war er losgezogen, um die Kanone auszugraben. Sie war noch in das Stück LKW-Plane gewickelt, das er irgendwo herausgeschnitten hatte. Er hatte sie tief vergraben und hoffte insgeheim, dass sie nicht mehr da war, dass jemand sie gefunden und der Polizei übergeben hatte. Aber sie war da. Ein Revolver, sogar geladen. Er öffnete die Trommel und nahm die zwei Patronen darin heraus. Sie schienen nicht angerostet. Er steckte sie wieder hinein. Die Waffe war schwerer, als er sie in Erinnerung hatte. Er musste sie in der Hand tragen. Der Gummizug der Jogginghose war zu schwach, um sie im Bund zu halten, sie würde runterfallen. Den Lauf auf den Boden gerichtet, wanderte er durch den Busch. Er hatte noch nie eine Waffe abgefeuert, auch nie eine besitzen wollen. Aber jetzt hatte er sie, hielt sie in der Hand.

Seit der Flucht aus Longmore hatte er mit niemandem mehr gesprochen. Manchmal redete er mit sich selbst, flüsterte nur, aber sogar das kam ihm laut vor. Er sang die Lieder, die ihm seine Mutter vorgesungen hatte; allerdings kannte er nicht immer den ganzen Text. Dann summte er, doch die Tonhöhe des Summens störte ihn, es klang falsch.

Blake schlich auf die Rückseite des Hauses, wo zwei seiner Onkel schliefen. Er holte tief Luft und drückte das Schiebefenster an der Hintertür vorsichtig nach oben, beugte sich hinein und zog den Türriegel auf. Im Haus war es dunkel und still. Er meinte, seinen Herzschlag zu hören, dachte, dass sein Vater ihn in seinen Träumen ebenfalls hören konnte. Vaters Brieftasche lag wie immer auf dem Kühlschrank, außer Reichweite irgendwelcher Kinder. Hausschlüssel, Autoschlüssel, Werkstattschlüssel, alle an einem Ring, aufgefächert wie silberne Blüten. Vorsichtig hob er den Schlüsselbund hoch, nahm sich das Geld aus der Brieftasche und verschwand auf dem Weg, den er gekommen war.

Er setzte sich ans Steuer des Datsun, ließ aber die Autotür offen. Weil er schon öfter verfolgt worden war, wusste er aus Erfahrung, dass die Leute vom Türenschlagen aufwachten. Er schob den Zündschlüssel ins Schloss und drehte ihn ein Stück, so dass die Armaturenbeleuchtung anging. Im Tank reichlich Diesel. Wie sein Vater ihm gezeigt hatte, wartete er, bis das Vorglühzeichen erlosch, dann drehte er den Schlüssel weiter zum Zünden. Aus dem Radio dröhnte jetzt ein Charlie-Pride-Song, aber der Motor machte keinen Mucks. Sogar der Anlasser blieb tot. Blake drehte den Kopf und sah einen Mann, der eine Waffe auf ihn richtete. Ohne ein Wort schaltete der Mann mit einer raschen Bewegung das Radio aus und zog den Schlüssel ab. Er sah Blake seltsam an, dann erkannte Blake ihn.

Die Lichter vor dem Haus gingen an, dann stand sein Vater vor der Tür. Er hatte den Axtstiel in der Hand, die Haare fielen ihm auf die Schulter. Er winkte kurz mit der freien Hand, und der Mann, dessen Name Blake nun einfiel – Des Foley – und den nie, niemals zu erwähnen er Pops hatte versprechen müssen, packte ihn am Handgelenk und zog ihn aus dem Truck. Als der Mann den Revolver sah, den Blake auf die Sitzbank gelegt hatte, steckte er ihn in die Tasche seiner Jeansjacke.

Blakes Vater kam über den struppigen Rasen zu ihnen und umarmte Blake. Damit hatte er nicht gerechnet. »Willkommen daheim, Junge. Nur leider kannst du nicht hierbleiben.«

Pops führte Blake seitlich am Haus vorbei, hinter ihm ging Foley, so dass er zwischen den beiden Männern eingeklemmt war. Er bemerkte den typischen Geruch seines Vaters – Portwein und Tabak, ein guter Geruch. Der Mann hinter ihm war still, aber seine Anwesenheit war deutlich spürbar, fast so, als wäre ein Wachmann hinter ihm, der ihn keine Sekunde aus den Augen ließ. Sein Vater zog vier Latten von dem Jarrah-Zaun zum Nachbargarten ab, duckte sich, schlüpfte durch das Loch und wartete auf der anderen Seite, bis Blake nachkam. Im Mondlicht glänzte der Schweiß auf Blakes Armen, die vergraute Holzverschalung und das Blechdach des Nachbarhauses schimmerten silbern. Blake wartete im Dunkeln, bis Foley die Zaunlatten wieder angebracht hatte und ihm bedeutete, seinem Vater zu folgen, der schon zum Nachbarhaus schlich. Zwei miteinander verbundene Bretter waren von der Verschalung abgenommen worden, und Blake sah, dass ein Stahlgriff sie zusammenhielt. Blakes Vater kroch in den Bodenraum unter dem Haus und verschwand. Mit der Waffe bedeutete Foley Blake, er solle folgen. Kühler Erdboden und der Geruch von Kreosot. Die alten Jarrah-Stelzen – wie riesige Knochenstümpfe des Hauses – und die staubige Unterseite der Dielenbretter. Das Mondlicht hinter ihm erlosch, als Des Foley die Verschalung wieder komplettierte. Blakes Vater knipste eine Taschenlampe an und schlängelte sich über eine kleine Aufschüttung. Gleich danach tauchte sein Kopf wieder auf, um Blake den Weg zu leuchten. Blake kletterte zu ihm in einen Keller, der in den Kalkstein gegraben war. Das ausgehobene Gestein war für die Aufschüttung verwendet worden, durch die der Kellerraum für alle, die unters Haus blickten, unsichtbar war. In einer Ecke des Lochs standen eine Schaufel und eine Spitzhacke, eine Matratze und ein Schlafsack lagen auf dem Boden. In einer anderen Ecke waren ein Kerosinbrenner, eine Schachtel mit Essensdosen und eine Kerze in einer Bierflasche.

Als Blake ein Kind gewesen war, hatte Des Foley von Zeit zu Zeit bei ihnen gelebt, manchmal in der Gartenhütte, im Winter auch in Blakes Zimmer. Er war kein liebenswerter Mensch, aber er und sein Vater hatten sich im Fremantle Prison kennengelernt, und waren seither gute Freunde. Viel mehr wusste Blake nicht, außer dass die Polizei Foley suchte und Blake niemandem davon erzählen durfte, nicht mal seinen besten Freunden. Als Junge hatte er Pops im Gefängnis besucht, einem fürchterlichen und stinkenden Ort. Ein paar seiner Onkel waren darin gestorben, und Blakes Vater sagte, wenn er es je irgendwem erzählte, dann müsste Foley wieder hinein und den Rest seines Lebens drinbleiben. Auf Foley war eine große Belohnung ausgesetzt, und es gab zu viele Spitzel, Verräter und Schwätzer auf der Welt. Blake hatte erlebt, was eine achtjährige Haft aus seinem Vater gemacht hatte.

Ansonsten taten die beiden Männer immer so, als wäre das alles nur ein Witz. Machten sich lustig über die Cops, die jeden Stein umdrehten, um Foley zu finden, aber nie auf die Idee kamen, direkt vor ihrer Haustür nachzusehen. Sie konnten sich nicht vorstellen, dass ein Weißer bei einem Schwarzen Unterschlupf fand.

Aber warum dann das Erdloch, noch dazu unter dem Haus eines Nachbarn? Daran war Blake schuld. Er wurde gesucht. Der Nachbar, der alte Tom Pickett, war ein Weißer, Kriegsveteran und ein ehemaliger Häftling, der gut mit Pops auskam. Pickett war einverstanden, Foley für den einen oder anderen Karton Bier unter seinem Haus zu verstecken.

Blakes Vater packte ihn am Oberarm und drückte ihn, fest. »Ab jetzt bleibst du hier. Bis wir reden. Ich muss zurück ins Haus. Die *munatj* waren vor ungefähr zwanzig Minuten hier und haben alles auf den Kopf gestellt. Wär nicht gut, wenn sie zurückkommen und ich bin nicht da. Wir sehen uns morgen. Bis dahin machst du, was Des sagt.«

Blake ließ sich von Pops umarmen, von seinem warmen, säuerlichen Geruch umhüllen, von seinen heißen, kräftigen Händen die Schultern drücken. Des Foley folgte Pops zu den losen Schalbrettern, während sich Blake in dem Erdloch umsah. Es gab nur eine Matratze, aber sie war groß genug für zwei Schläfer. Er setzte sich in einer Ecke auf den nackten Kalksteinboden, lehnte sich an die Wand, spürte Sand über seinen Rücken und seine Arme rieseln. Aber er war so müde, dass es ihm egal war.

22

Swann parkte am Parliament House neben dem Commodore, dessen Pfirsichton unter Staubschlieren, lila Blütensprenkel und Vogelkot zu verschwinden begann. Swann sah in die Jacaranda-Bäume hinauf, entdeckte einen Schwarm Kakadus darin und legte den Rückwärtsgang ein, um den Statesman woanders zu parken. Er zündete sich eine Zigarette an, und sobald seine Armbanduhr 6:45 anzeigte, wählte er die Nummer der Telefonzelle an der Raststätte in South Australia. Dennis Gould ging beim ersten Klingeln ran.

»Mann, Frank, du musst mich hier rausholen. Ernsthaft, ich kann keine Baked Beans oder Chiko Rolls mehr riechen. Letzte Nacht hab ich von Spanferkel geträumt. Wie ich da in meinem kratzigen Bett lag, war das ein echter Glückstraum – ich hab einfach dem Schwein beim Grillen zugesehen. Dieser Duft! Der Bratensaft! Die knusprige Haut! Und dann bin ich aufgewacht. Mein Nachbar hatte schon wieder 'nen Topf Wittlinge aufm Herd. Das ist, was diese Croweater hier mit Fisch machen. Einfach in Salzwasser kochen. Das ist doch nicht zu fassen!«

»Klingt doch nicht schlecht. Wittlinge schmecken prima.«

»Wart mal, bis du einen riechst. Was gibt's Neues?«

»Du willst, dass ich dich raushole? Dann ist das Neueste, dass ich deine Hilfe brauche. Wegen dem neuen Job – ich hab mehr zu tun, als ich alleine schaffe. Fahr nach Adelaide und nimm den nächsten Flug hierher. Wir halten die Füße still. Braucht ja niemand zu erfahren, dass du zurück bist. Ich hol dich ab. Dann tafeln wir erst mal ordentlich. Ruf mich an, wenn du am Flughafen bist.«

Swann beobachtete Heenan, wie er sich auf der Betonrampe, die zum Gebäude führte, mit zwei schweren Schultertaschen und zwei Kartons abmühte. Swann rief in der Central Police Station an und wurde als Peter Drake zum CIB durchgestellt.

»Mr Drake, was kann ich für Sie tun?«

»Wir müssen uns sehen. Am üblichen Treffpunkt, in einer Stunde.«

Swann legte auf, packte seine Werkzeugtasche und stieg aus dem Statesman. Es war erst kurz nach sieben, doch die Sonne glühte bereits, spiegelte sich grell in den Glasschluchten der City und ließ die Abgase, die aus dem Betongraben des Freeway stiegen, vor Hitze flirren. Im Vergleich dazu war es kühl in den Korridoren der Macht. Das Quietschen seiner Gummisohlen auf dem polierten Parkett hallte dezent durch die Gänge. Er zeigte dem Wachmann am Eingang zum Sicherheitsbereich seinen Ausweis und gelangte zum Premier, der hinter seinem riesigen Schreibtisch auf dem Teppich auf und ab ging, während er einer Stimme am Telefonlautsprecher zuhörte. Sie gehörte Maitland Conlan, der laut und prahlerisch schwadronierte. Swann zeigte dem Premier seinen Funksignalmesser, der nickte, setzte sich und legte einen Fuß auf den Schreibtisch. Swann machte sich an die Arbeit, hörte aber, wie Conlan von einem feuchtfröhlichen Mittagessen erzählte, das er kürzlich mit einem japanischen Fabrikdirektor gehabt hatte und bei dem Sushi und Champagner auf einer Nutte namens Sal serviert worden waren. Genüsslich schwelgte Conlan in den Details und zeichnete das Bild eines anfangs zurückhaltenden Investors, der sich am Ende aber von Suff und Sex hatte überzeugen lassen. Die Geschichte schloss mit der bekannten Moral, dass am Ende jeder zu kaufen war. Als er zum Premier schielte, sah Swann zu seiner Überraschung, dass Conlans Gaunercharme auch bei ihm anschlug. Ihm war klar, dass die Hemdsärmeligkeit der Conlans wie eine frische Brise durch zugeknöpfte Vorstandsetagen fegen konnte. Dass ihnen ihr Arbeiterklassenwitz half, bieder-bürgerliche Geschäftsleute, die sonst vor allem höfliche Floskeln gewohnt waren, für sich einzunehmen. Aber er konnte kaum glauben, dass sich auch im Gesicht des Premiers faszinierte Begeisterung widerspiegelte.

Immerhin war sein Vater Stormie Farrell. Im Gegensatz dazu war Maitland Conlan eine windige Figur – es sei denn, der Premier hätte die Räuberpistolen, die über die Conlans kursierten, auch gern von sich erzählt. Kichernd wischte er sich die Augen und griff sich in den Schritt, ohne sich darum zu kümmern, dass seine Zigarettenasche auf den Teppich fiel.

Swann ließ den Fühler über dieselben Stellen gleiten wie jeden Morgen: Scheuerleisten, Türblenden, Fensterrahmen, Beleuchtungskörper. Der Vollständigkeit halber schwenkte er den Fühler auch über das Telefon und war verblüfft, als es piepste. Er sah den Premier an und schwenkte den Fühler erneut über das Telefon. Wieder piepste es. Er legte den Fühler auf den Schreibtisch und drehte das Telefon um. Auf der Bodenplatte war nichts von einem Eingriff zu sehen. Conlan sprach weiter, ohne die Miene des Premiers sehen zu können – ein Ausdruck zwischen Empörung und Faszination. Conlans Stimme näherte sich der Pointe, die prompt kam, als Swann mit einem Kreuzschlitzschraubenzieher die Bodenplatte löste und in die Verkabelung blickte. Die Wanze war direkt in die Leitung eingesetzt worden – eine Profiarbeit. Er blickte zum Premier: Sollte er die Verbindung trennen? Der Premier schüttelte den Kopf. Conlan schlug vor, ein Kaufangebot für die Swan River Electric and Gas Company zu machen – er kenne den Direktor und könne einen guten Preis aushandeln. Ob der Premier wolle, dass er was unternehme?

Swann trat einen Schritt zurück und wartete. »Ja, schau mal, was geht. Ich muss jetzt Schluss machen, Maitland.«

Swann unterbrach die Verbindung. Er hörte Heenan hinter sich schnaufen und trat zur Seite. Der Anblick des Telefons mit der offenliegenden Verkabelung ließ Heenan erstarren. Sein Blick wanderte von Swann zum Premier. Der

Premier wollte das Wort ergreifen, aber Swann hob die Hand. Er griff in seine Tasche, holte eine Zange heraus, knipste das Kabel links und rechts der Wanze durch und ließ sie auf den Schreibtisch fallen. Sie war etwa so groß wie eine Fünf-Cent-Münze. Dann deutete er auf die Tür, die beiden Männer folgten ihm. Er hielt ihnen die Tür auf und schloss sie, als sie draußen waren.

»Vielleicht sind noch Fingerabdrücke drauf, obwohl ich das bezweifle. Das ist ein hochwertiges Gerät, das von einem Profi eingebaut wurde.«

Der Premier hatte die Hände in die Hüften gestemmt und betrachtete Swann in dem engen Gang aus der Nähe. Sein Atem roch nach Eiersandwich und Tabakrauch, trotz der gekühlten Luft stand feiner Schweiß auf seiner Haut. »Überlass das uns, Frank. Wir kümmern uns drum.« Er sah Heenan so scharf an, dass dieser schwieg.

»Wollen Sie nicht wissen, wie das Ding funktioniert? Was man tun muss, um den Rekorder zu finden?«

»Doch. Schieß los.«

»So ein Funkempfänger hat eine Reichweite von circa 50 Metern. Das heißt, der Rekorder muss irgendwo hier im Gebäude sein, oder draußen ganz in der Nähe. Ich kann ihn aufspüren.«

Der Premier schüttelte den Kopf und trat von einem Bein aufs andere. »Nein. Wenn er in einem der offiziellen Büros der anderen Partei ist, bräuchten wir Durchsuchungsbeschlüsse, oder?«

»Vermutlich. Wenn Sie niemand Speziellen im Verdacht haben. Und vielleicht sollten Sie sich an die Polizei wenden. Wär mein Rat.«

Trotz dieser offenen Worte verhielt sich der Premier für Swann eigenartig und vermied Augenkontakt mit ihm. »Nein.

Dann kommt das in die Presse. Überlass das uns. Aber gute Arbeit. Sehr gut sogar. Wie werd ich das Ding los?«

»Spülen Sie's im Klo runter. Aber das Teil war gestern noch nicht da. Wie lang stand der Raum letzte Nacht leer? Er wird doch abgesperrt, oder? Zum Einbau braucht man ungefähr zehn Minuten. Ich muss mit der Gebäudesicherheit sprechen – den Putzleuten und so.«

Der Premier sagte knurrend: »Machen wir, Frank, machen wir alles. Heenan, dein Job, aber sei vorsichtig. Zurückhaltend. Ist ja nichts passiert, oder? Du hast das Ding ja rechtzeitig erwischt, Frank.«

Heenan und der Premier besprachen sich auf dem Gang, während Swann seine Tasche aus dem Büro holte. Heenan tat so, als sei er besorgt, aber Swann nahm ihm das nicht ab. Er war fast schon um die Ecke, als Heenan ihm nachrief: »Frank, die Akten. Um zehn hast du sie auf dem Schreibtisch. Ich lass sie grad fotokopieren.«

Die Sonne brannte auf die weite Bronzefläche des Flusses herab, der sich wie eine Ebene vor der Stadt ausbreitete. Swann hielt neben Terry Accardis weißem Ford Falcon, einem Modell der neuen Baureihe. Accardi stieg aus und warf das Einwickelpapier eines Hamburgers in einen nahen Mülleimer. Alle Möwen am Ufer von South Perth kreisten näher. Der kleine Parkplatz vor einem Hain aus Myrtenheiden war ein beliebter Junkie-Treff, und die beiden Männer auf den Vordersitzen eines alten Holden HK Kombi zwei Plätze weiter waren augenscheinlich auf einem Trip. Aus einem anderen Kombi sahen Jugendliche immer wieder nervös zu Swann und Accardi herüber, während sie die Einfahrt im Auge behielten, um ihren Dealer nicht zu verpassen.

Accardi stieg zu Swann in den Wagen und machte es sich auf dem Leder des Beifahrersitzes bequem. Er trug einen schlichten blauen Wollanzug, Lederstiefeletten und gelbe Socken, alles italienische Mode. Er zog einen Beutel *Drum* heraus und fing an, sich eine Zigarette zu drehen.

»Schon Nachrichten gehört?«, fragte er und fuhr fort, ohne Swanns Antwort abzuwarten: »Das Gnadengesuch von Clifford und Welsh ist endgültig abgelehnt. Sie werden nächste Woche gehängt.«

»Hab's gehört.«

Eine Möwe landete auf der Motorhaube des Statesman. Swann hupte. Die Junkies im Nachbarauto wachten auf, gerieten kurz in Panik, drifteten aber gleich wieder weg. Auf der anderen Flussseite glitzerte die Stadt. Als sich eine Wolke vor die Sonne schob, gewann das Licht eine unheimliche Klarheit. Der Ausblick war unwirklich – eine Traumstadt an einem Traumfluss.

Dann verzog sich die Wolke. Swanns Arm begann zu brennen.

»Da haben wir ja die neue Schlagzeile. Die nächsten zwei Wochen beherrschen Clifford und Welsh alle Kommentarspalten und füllen die Leserbriefseiten. Dürfte etwas Druck aus der Des-Foley-Story nehmen.«

Swann kannte den jungen Clifford, er war mit Blonny, seiner Jüngsten, in die Schule gegangen. Ein pfiffiger Junge, nur etwas wild. Aber nicht anders als Swann in dem Alter. Und bald würde er hängen. Swann fragte sich, ob er jetzt auspacken würde, nachdem die Aussicht auf Begnadigung verschwunden war, die Beteuerung seiner Unschuld nichts mehr brachte. Es würde eine unruhige Woche für Tommaso Adamo, Leo Ajello und ihre Leute. Sie konnten nur hoffen, dass Clifford und Welsh den Mund hielten und sich in ihr

Schicksal fügten. Bislang hatte keine der hiesigen Zeitungen und Sender die naheliegende Frage gestellt – für wen das Heroin eigentlich bestimmt war. Bei keinem der Jungen konnte man davon ausgehen, dass sie eine solche Menge Stoff selbst in Umlauf bringen wollten. Es war nur eine Frage der Zeit, bis ein Journalist endlich laut überlegte, wer hinter der Sache steckte.

Swann zündete sich eine Zigarette an und berichtete Accardi von Heenans Auftrag, die Angebote für das Projekt in Burswood zu prüfen. Dann erzählte er ihm von der Wanze im Telefon des Premiers und der Rückkehr von Dennis Gould, um ihm bei der Prüfung der Projektunterlagen zu helfen. Wie Swann vermutet hatte, war Accardi davon ziemlich angetan.

»Ich geb dir eine Kopie der Unterlagen«, sagte Swann. »Ich brauch vermutlich auch Hilfe von der Börse. Aber bis es so weit ist – schon was Neues von Foley und dem Kerl, den er beschattet?«

Accardi biss auf einen Tabakfaden, zog ihn zwischen seinen Zähnen heraus und schnippte ihn aus dem Fenster. »Wir überwachen alle Straßen, die bekannten Orte. Mir schleierhaft, was Foley von dem Kerl will. Ergibt für mich keinen Sinn. Mostel ist Buchhalter, Foley macht Raubüberfälle, das passt nicht zusammen. Wahrscheinlich steckt was Persönliches dahinter. Und es gibt keine Belege für den Verdacht, dass Foley hinter ihm her ist. Hast du das draußen platziert?«

»Ich hab Greg Corvo gesteckt, dass es unklug wäre, sich auf Mostels Angebot einzulassen – dass er überwacht wird. Und heute Nachmittag treffe ich Gus Riley, allerdings wegen was anderem.«

»Gut. Wenn ich was vom Boss höre, lass ich's dich wissen.«

Accardi war unverheiratet und hatte keine Kinder. Er war

fast dreißig, aber Swann sah in ihm immer noch den Jungen, den er mit großgezogen hatte. Keine dreißig und schon bei Homicide – der Kleine ging seinen Weg. Zwar war es langfristig keine gute Idee, sich zwischen alle Stühle zu setzen, aber wenn er verwertbare Belege über Verbindungen von lokaler Polizei, organisierter Kriminalität und Geschäftswelt zutage förderte, dann war er ein Kandidat für die Bundespolizei. Dann hätte er den Feds gezeigt, dass er für die kleine trübe Welt des CIB von Western Australia eine Nummer zu groß geworden war. Es konnte allerdings auch ins Auge gehen. Für Swann selbst war die Zusammenarbeit mit Accardi zwar auch von Vorteil, doch auf den Jüngeren aufzupassen war ihm noch wichtiger. Er nahm Accardi Arbeiten ab, durch die dieser in die Schusslinie geraten und als Spitzel entlarvt werden konnte. Außerdem waren das Dinge, die sowieso zu Swanns Job gehörten: die Leute zu beobachten, die er immer im Auge hatte. Alltagsgeschäft.

»Schau dir diesen Clown an«, sagte Accardi, als er seinen *Drum*-Beutel einsteckte und die Tür öffnete. Einer der Junkies war mit einem Finger in der Nase gegen die Autoscheibe gesackt.

Accardi klopfte Swann auf die Schulter und stieg aus. Er ging zu dem Junkie, beugte sich zum Fenster und brüllte: »Viel Glück, Goldgräber!«

Der Junkie zuckte zusammen und riss die Augen auf.

Swann wartete neben einem Teich, in dem zwei schwarze Schwäne durch das trübe Wasser paddelten. Es schien ihnen nichts auszumachen, dass in ihrer Nähe Düsenjets mit ohrenbetäubendem Lärm über den Asphalt rollten. Swann sah, wie die Passagiere beim Aussteigen über die mobile Treppe aus der Boeing der Trans Australia Airlines einer nach dem anderen vom Wind gebeutelt wurden. Dennis Gould war an seinem ausgeprägten Hinken zu erkennen, das er einem Überfall zu verdanken hatte, bei dem ihm mit einem Hammer eine Kniescheibe zertrümmert worden war. Allerdings war seine Tarnkleidung, bestehend aus Fischerhut, Hawaiihemd, braunen Polyestershorts und Flipflops, ebenfalls unübersehbar. Ein solches Outfit konnte fast nur aus dem Shop einer Raststätte in der Nullarbor-Wüste stammen.

Die Freude über die Heimkehr war Gould ins sonnenverbrannte Gesicht geschrieben. Er warf den Fischerhut in den erstbesten Mülleimer, hinkte zu Swann, schüttelte seine Hand und lächelte in die Sonne. Das Lächeln wurde zu einem breiten Grinsen, als er den Statesman sah. Er zog einen Flachmann aus der Tasche und prostete dem Wagen zu, ehe er sich auf den Beifahrersitz fallen ließ.

Swann musste Goulds Magen mit Essbarem versorgen, und so hob er den Deckel der Mittelkonsole, zeigte Gould das Telefon und schlug vor, Bernie anzurufen und ihnen was zu Mittag zu bestellen. Kurz darauf verlangte Gould fünf Steak-Sandwiches »ohne Kaninchenfutter« und eines mit allem für Swann.

Gould wohnte in der obersten Etage eines alten Art-déco-Hauses in Subiaco, dessen rosa Stuckfassade von der Sonne ausgebleicht war; die Wasserflecken auf dem Gebäudesockel sahen aus wie getrocknetes Blut. Das Gerede von seinem Heißhunger war nicht übertrieben gewesen – als sie bei Gould ankamen, hatte er seine Steak-Sandwiches bereits verputzt. Sein lahmes Bein war zwar kräftiger als früher, dennoch trug Swann die Kartons mit den Akten die vier Stockwerke hinauf. Der Gestank in Goulds Apartment verschlug ihm den Atem: saure Milch auf der Arbeitsplatte der Küchenzeile und eine ungespülte Toilette. Er wartete, bis Gould die Tür zu einem kleinen Balkon und die Küchenfenster geöffnet hatte und die Meeresbrise in das Apartment wehte. Swann setzte sich auf die alte Couch und zündete sich eine Zigarette an. Die Toilettenspülung ging. Er legte die sechs Kostenvoranschläge, abgestempelt von Mitarbeitern des Ministry of Development, in der von Heenan angegebenen Reihenfolge auf dem Couchtisch aus – erst das günstigste und vermeintlich beste Angebot und zuletzt das teuerste und damit schlechteste.

Nachdem Gould etwas Wasser in sein sich schälendes Gesicht gespritzt hatte, kehrte er ins Wohnzimmer zurück. Den leeren Flachmann stellte er demonstrativ in die Spüle. Bis er sich ein gutes Stück durch die Akten gearbeitet hatte, gäbe es keinen Alkohol mehr. Bei früheren Ermittlungen hatte er bis zu sechzig Stunden am Stück durchgearbeitet. Angeregt von Kaffee und Zigaretten, war ihm dabei nie etwas entgangen.

Gould rülpste und machte ein zufriedenes Gesicht. »Also, nur dass wir uns richtig verstehen: Das hier ist das größte Stadtentwicklungsprojekt im Bundesstaat, und der Premier traut seinem eigenen Ministerium nicht? Na prima. Das klingt schon mal spannend.«

Swann nickte. »Wir suchen nach den üblichen Verdächtigen. Dragic mag im Ausland sein, aber sein Geld könnte trotzdem drinstecken. Such also nach Dingen, bei denen er oder jemand anderes die Finger im Spiel haben könnte. Nach Namen und Gestalten, die nicht ins Bild passen. Die Feds interessieren sich fürs Heroingeschäft, das Geld hinter Konsorten wie Clifford und Welsh, und für mögliche Verbindungen zum CIB, aber wir sollten das Ganze etwas breiter anlegen, tiefer graben.«

»Mensch, tut das gut, wieder in der alten Bude zu sein. Mehr braucht man doch gar nicht!« Gould wedelte mit den Armen, der stolze Besitzer einer Schuhschachtel mit Blick auf eine Krankenhausmauer. Ein Bett, ein Dach überm Kopf, Alkohol und Zigaretten. Und Arbeit. Der Mann war mit sich im Reinen.

Swann erhob sich, und Gould begann, den Boden frei zu räumen, Couch und Couchtisch an die Wand zu schieben, um auf dem staubigen braunen Teppich Platz für die losen Blätter des ersten Angebots zu schaffen. Er hatte beinahe schon vergessen, dass Swann da war.

Swann saß an Gus Rileys Küchentisch und nippte an einem Kaffee aus einer importierten Espressomaschine, serviert in einer winzigen Glastasse. Riley lebte in einem Doppelhaus am Rand von Chinatown. Dank dicker Kalksteinmauern und hoher Decken waren die Räume des Hauses im Federation-Stil angenehm kühl und dunkel. Zigarre rauchend stürzte Riley seinen Espresso in einem Schluck hinunter, dann beugte er sich über den Spiegel und zog eine weitere Linie Koks durch einen Fünfzig-Dollar-Schein. »Fuck, wie ich diesen Dreck liebe. Ich könnte einfach immer weiterschnuppern. Es ist einfach zu geil, genau wie die süße Karen hier. Von der krieg ich auch nicht genug, obwohl ich da auch immer meinen Rüssel reinstecke, was, Karen?«

Karen war Swann als Rileys Sekretärin vorgestellt worden, die im Büro in einem der vorderen Zimmer arbeitete. Dort gab es einen Computer, ein Fax, einen Drucker, eine Jukebox und einen Flipper. Karen, eine Mittzwanzigerin in Bleistiftrock und Kostümjacke mit weit ausgestellten Schultern, zeigte Riley den Mittelfinger und sortierte weiter einen Stapel Papiere, den sie schließlich in eine Ledermappe steckte. Dann deutete sie auf ihre Uhr, schüttelte ihre blondierte Dauerwellenmähne, warf Riley einen Kuss zu und verließ das Zimmer.

Swann kam sie bekannt vor, er wusste nur nicht woher.

»Nein, Swanny, der Feger kommt aus keiner der Bumsbuden in der William Street, sie ist eine verfickte Buchhalterin mit Diplom. Sie kümmert sich um Papierkram und solche Dinge. Na, und eben um mein Ding.«

Das Kokain machte Riley glotzäugig. »Das Leben ist echt ein Fest. Hab meine Spenglerei an meinen Kumpel Snotty verkauft. Vielleicht hast du schon gehört, dass ich ins Baugeschäft einsteig. Na ja, eher Abbruch. Und Entsorgung. Hab 'nen Auftrag für die städtischen Wohnungen in East Perth. Die Jungs packen das schon. Die meisten von denen haben zwar noch nie richtig gearbeitet, aber die Kohle stimmt.«

Swann ließ Rileys Redefluss über sich ergehen, ließ das Kokain schwallen. Sie kannten sich schon seit den Sechzigern, als Riley sich vom kleinen Vorstadtschläger zur Rockerlegende mauserte. Er war das Aushängeschild der Nongs, der für einen Biker gut aussah, sich aber wegen seines mörderischen Zorns und seiner heimtückischen Schläue einen Ruf erworben hatte, der dem Club auch bei den speziellen Anforderungen des Drogengeschäfts sowie Erpressungen, Einschüchterungen und Schlimmerem half – während er zugleich gute Kontakte zum CIB pflegte. Riley sprach wie unterste Schublade, doch stellte er sich nur dumm.

»Hat man denn schon gefunden, was an dem Ohr noch so dranhing?«, fragte Swann.

Grollend suchte Riley nach Spott in Swanns Blick. Als er keinen entdeckte, nickte er. »Ja, ja, der gute Stiggs. Die haben ihn laufen lassen, als die Cops zur Razzia kamen. Dabei kam raus, dass es nicht mal Stiggs' Ohr war! Das musst du dir mal geben: Die hatten *'ne ganze Tüte voll Ohren* aus Neuseeland mitgebracht, nur zu dem Zweck. Krass clever, diese Fucker.«

»Jedenfalls originell. Aber was meinst du, woher haben die 'ne Tüte Menschenohren? Überfallen die Bestattungsinstitute? Oder machen die auf Grabräuber?«

»Anscheinend gab's bei denen mal so'n Aufnahmeritual. Da musste man sich'n Ohr von 'nem andren Bikerclan besorgen. Black Power, Hells Angels und so. Als das aus dem Ruder lief, griffen sie zu Zivilisten, die bei ihnen Schulden hatten, und schnitten denen ein Ohr ab, zur Warnung.«

»Und das alles haben sie Stiggs erzählt, als er bei ihnen gefangen war?«

»›Gefangen‹ trifft's nicht ganz, Swann. Der war die meiste Zeit besoffen und stoned, und dazwischen bekam er schön einen geblasen. Der Trottel hat sogar zu mir gesagt, die Brownies wären gar nicht so übel. War aber nicht persönlich gemeint. Egal, diese Kiwis sind jetzt jedenfalls von der Bildfläche verschwunden. Bin sogar persönlich zu ihrem Clubhaus und hab nachgesehen. Schaut aus wie in einem B-Western. Fehlen nur noch die Steppenroller.«

»Daraus schließe ich, dass Stiggs bei den Ermittlungen der Polizei keine große Hilfe ist?«

»Welche Ermittlungen denn? Die haben die Maori-Knaben nur ein bisschen verdroschen, um rauszukriegen, warum sie hier sind.«

»Meintest du nicht, sie wollen ins Drogengeschäft?«

»Dacht ich, aber da scheint nichts dran. Laut Hogan waren sie wegen eines Patch-overs mit den Junkyard Dogs hier.«

»Patch-over? Warum sollten die wollen, dass die Junkyard Dogs die Kutte wechseln und sich ihnen anschließen? Von den Junkyards gibt's doch kaum noch zwei Dutzend. Die spielen fast keine Rolle mehr.«

»Kann ich dir auch nicht sagen«, sagte Riley ausweichend. »Ist sowieso gegessen. Jetzt herrschen wieder die alten Verhältnisse – dank dir.«

Swann beließ es dabei, auch wenn Rileys Blick ihm verriet, dass er mehr wusste.

»Na, dann bist du mir ja was schuldig«, meinte Swann. »Ich hätte da auch 'ne Frage. Einer meiner ... Mitarbeiter. Er hat auf der Aktionärsversammlung einer Firma von Dragic unbequeme Fragen gestellt, ehe wir den Mistkerl Trevor aus dem Verkehr ziehen konnten. Der Mann wurde am selben Abend geschnappt, in den Wald gefahren, wo man ihm 'ne Schaufel in die Hand gedrückt hat ... Du weißt, was ich meine?«

»Hab davon gehört. Armes Schwein. Aber wart mal, woher weißt du denn davon? Wie und was da passiert ist?«

»Woher weißt du es denn?«

»Erzählt man sich so auf der Straße, Swanny. Jedenfalls war's keiner von meinen Jungs, wenn du das meinst. Nicht mal im Nebenjob. Wir achten auf Disziplin – wenn jemand vermöbelt wird, und erst recht wenn's heftiger wird, dann muss ich das absegnen.«

»Klingt, als wärst du da stolz drauf.«

»Ich bin stolz auf die Disziplin, Swanny. Aber mir gefällt dein Ton nicht. Ich dachte, wir haben ... wie sagt man ... eine unvoreingenommene Beziehung?«

Swann trank seinen Kaffee aus, klopfte eine weitere Zigarette aus dem Päckchen und zündete sie an.

»Mein Gott. Es tut mir in der Lunge weh, wenn ich nur sehe, was du da rauchst, Swann. Versuch's mal mit Zigarren. Ich seh, dass dich das echt mitnimmt. War's ein guter Kumpel, der arme Verschiedene?«

Also wusste Riley nicht, dass Dennis Gould lebte. »Ich will nur wissen, von welcher Gang die Schweine waren.«

»Na, in dem Fall hab ich kein Problem, dir's zu sagen. Wir hatten's ja schon von ihnen. Das waren natürlich die Junkyard Dogs. Es sind vielleicht nicht mehr viele, aber das liegt nur daran, dass sie ihre kleinen Freizeitbiker rausgeschmissen haben – und bei Neuaufnahmen schauen sie auch ziemlich genau hin. Ich hab gehört, dass sie deinen Kollegen erledigt haben.«

»Und du bist nicht auf die Idee gekommen, mir das früher zu sagen?«

»Du hast ja nicht gefragt. Ansonsten geht mich das nichts an. Und jetzt hab ich's dir erzählt, also sind wir quitt …«

Swann nahm einen weiteren tiefen Zug, der die Zigarette fast zum Erlöschen brachte. »Namen?«

»Nope. Nur, dass sie's waren.«

Swann erhob sich und drückte die Zigarette aus. »Eins noch. Du hast vielleicht gehört, dass jemand ein Kopfgeld auf Des Foley ausgesetzt hat. Gestern. Lass die Finger davon. Nimm die Kohle, egal, aber der Kerl, der das will, wird überwacht. Die kriegen dich am Arsch. Okay?«

»Hätt ich sowieso nicht gemacht. Des war'n Kumpel von mir, ganz früher. Ich hab's den Jungs schon gesteckt.«

»Die Disziplin in deiner Organisation. Hab ich ganz vergessen.«

Riley tat beleidigt. »So was ist echt überflüssig, Swann. Auch wenn ich nicht in Des' Haut stecken möchte. Nach allem, was ich gehört hab, ist der Kerl, der seinen Kopf will, ziemlich dick im Geschäft. Der persönliche Finanzmensch der Conlans. Und er hat auch eigene Dinge am Laufen. Ich schätz mal, dem tun manche gern 'nen Gefallen.«

»Wenn du was hörst, sag Bescheid.«

Riley lachte. »Ist das jetzt unser Verhältnis, Swann? Wenn ich was höre, sag ich dir Bescheid?«

»Schaden würd's dir nicht.«

»Schon klar. Du sitzt bei der Nummer eins am Ohr.« Riley nahm den zusammengerollten Fünfziger. »Aber jetzt reicht's mir mit den Ohren. Zeit fürs Näschen, finde ich.«

Swann ging durch den kühlen, dunklen Gang zur Haustür. Draußen im grellen Licht traf ihn die Hitze wie ein Schlag.

23

Des Foley rollte den Kopf in den Nacken und ließ die Schultern kreisen, dann hielt er das Gesicht in den Südwind und schnupperte: Jasmin, frisch gemähtes Gras, Grillfleisch, faulender Müll in den Tonnen der nahen Läden. Seine Beine waren steif, sein Rücken tat weh, aber er war bereit. Der Junge war im Versteck und las mit der Taschenlampe Comics. Der alte Tatterer über ihnen hatte Schlafprobleme und taperte nachts auf knarrenden Dielen hin und her, patrouillierte mit seiner .303er von Zimmer zu Zimmer und hielt Ausschau nach dem Feind. Anfangs hatte Foley gedacht, er würde wirklich Wache schieben, aber Gerry Tracker hatte erzählt, dass der alte Pickett das jede Nacht tat. Einer von vielen alten Soldaten, die das Erlebte nicht aus dem Kopf bekamen – so lange, bis er sich am Morgen mit Schnaps wegschoss und dann den Tag durchschlief.

Gerrys Junge, Blake, hatte kein Problem damit gehabt, das Versteck mit einem älteren, ihm beinahe unbekannten Mann zu teilen, aber Des war nicht sicher, wie lange er durchhalten würde. Mittlerweile hatte sich seine Flucht rumgesprochen, und gestern Abend waren ein paar Freunde von ihm vorbeigekommen, hatten am Straßenrand geparkt und gerufen, Gerry solle Blake rausschicken. Die Musik und die lachenden

Mädchen auf dem Rücksitz hatten gereicht, den Jungen hibbelig zu machen. Dies und die täglichen Besuche der Polizei zu allen möglichen Zeiten machten allmählich auch den armen Gerry mürbe. Er hatte schon genug an den Hacken. Deswegen hoffte Des, dass er Mostel bald erwischen konnte, um dann aus Perth, Western Australia oder vielleicht sogar ganz aus dem Land abzuhauen. Doch bis dahin würde ihn Gerry Tracker niemals verraten oder bitten zu gehen. Als Dank dafür, dass Gerry ihn in der Vergangenheit versteckt hatte, hatte Des eine beträchtliche Summe zum Kauf seines Hauses beigesteuert. Eine Zeitlang hatten sie auch gemeinsam Überfälle gemacht, ehe Gerry die Verantwortung für Blake übernommen hatte. Wegen des Jungen hielt er sich jetzt auch an Recht und Gesetz, und dafür bewunderte ihn Des sogar.

Des klopfte sich den Kalkstaub von der Hose. Zum Abendessen hatte er mehr als ein halbes Kastenbrot gegessen, ausgehöhlt und mit einer Dose Zwiebelfleisch gefüllt; den Rest hatte der Junge verputzt. Des war das Leben im Untergrund gewohnt – einmal hatte er acht Tage und Nächte im Speicher einer Grundschule verbracht, wo er tagsüber dem Geschnatter und Gesinge der Kinder zugehört und nachts zu schlafen versucht hatte. Ernährt hatte er sich von Erdnüssen und getrockneten Aprikosen, zur Unterhaltung hatte er zwanzig Mal einen Zane-Grey-Western gelesen. Er hatte in einen Eimer gepinkelt und in einen Gefrierbeutel mit Zip-Verschluss gekackt. Es erstaunte ihn, wie weit er seinen Geist in solchen Phasen schweifen lassen konnte, ohne dass ihm Hitze, Gestank oder Einsamkeit etwas ausmachten. Und das Ganze hatte sich gelohnt. Als er aus seinem Versteck gekommen war, war sein Foto nicht mehr in den Zeitungen gewesen, und die Straßensperren auf dem Weg aus der Stadt waren verschwunden.

Der gestohlene Falcon stand noch dort, wo er ihn abgestellt hatte: in der Einfahrt eines leerstehenden Faserzementhauses. Bevor Foley sich näherte, setzte er sich in den Schatten eines Pfefferminz-Eukalyptus und hielt Ausschau nach Verdächtigem. Schließlich schloss er den Wagen kurz, stieß zurück in die ruhige Straße und machte sich auf den Weg nach Norden über den Fluss.

In einem Akaziengestrüpp versteckt, beobachtete Foley Mostels Wohnblock, um einen Weg hinein zu erkunden. Hügelabwärts sah er den Fluss im Mondlicht glänzen, draußen in der Crawley Bay blinkten die Lichter der Shrimpsfischer, immer wieder trug der Wind leise Gesprächsfetzen der Männer herauf. Der Block war ein zwanzigstöckiger Turm mit vier Wohnungen auf jeder Etage, zu jeder gehörte einer der umlaufenden Balkone. Die Vordertür war mit einer Kamera gesichert. Doch Foley wollte ungesehen ein- und ausgehen.

Eine Wohnung im ersten Stock war dunkel, in allen anderen brannte Licht. Er sah die Umrisse der Bewohner hinter hohen Glasfenstern und -türen. Um herauszufinden, welche Wohnung im Dunkeln lag, ging Foley zum Parkplatz – der Stellplatz von Nummer sieben war leer. Leise kehrte er in die Grünanlagen zurück und schlich unter den Erdgeschossbalkon. Von dort aus müsste er die Bodenplatte des Balkons im ersten Stock erreichen. Er griff in das Loch der Regenwasserdrainage und prüfte, ob er sein Handgelenk darin drehen konnte. Es ging. Er hielt sich darin fest und kletterte mit den Beinen an der Hauswand empor, bis er mit dem Körper auf der Höhe der Bodenplatte des zweiten Balkons war. Er machte einen Schritt zur Seite – die Belastung für die eingeklemmte Hand war beinahe unerträglich –, dann konnte er ein Bein über die Balkonbrüstung schwingen, die Hand aus dem Drainageloch ziehen und sich auf den Balkon hangeln. Im nächsten Moment stand er auf dessen kühlem Fliesenboden. Wie erhofft, war die Schiebetür zur Wohnung nicht abgesperrt. Er drückte sie auf, schlüpfte durch schwere Vorhänge hinein, schob die Balkontür wieder zu und schlich zur Wohnungstür.

Er hatte es nur vermutet, als er über die Feuertreppe nach oben stieg, aber es stimmte: Als er im fünfzehnten Stockwerk mit Mostels Wohnung ankam, sah er, dass die Decke im Gang aus quadratischen Faserplatten bestand, die auf einem gestrichenen Metallrahmen lagen. Das ganze Gebäude war klimatisiert, so dass über die Klimakanäle ein Zugang zum Dach möglich sein musste – was er sich auch bei den meisten Banküberfällen zunutze machte. Im Gang gab es auf den ersten Blick nichts, was er zum Hinaufsteigen benutzen konnte, also prüfte er, ob das kleine Metallkästchen mit den Knöpfen für den Lift sein Gewicht trug. Es schien zu halten. Mit den Zehen auf dem Kästchen drückte er die nächste Deckenplatte nach oben und kletterte ins Dunkel. Er hatte sich in der Wohnung im zweiten Stock den ungefähren Grundriss eingeprägt und kroch über den Metallrahmen, bis er an eine tragende Wand kam, und von dort weiter zu Mostels Wohnung. Die Wand war staubig, der Platz darüber knapp, aber er konnte bis zu der Außenwand robben, an die der Balkon anschloss. Sie war etwas breiter als die Trennwände zwischen den Zimmern und am weitesten von den Schlafzimmern und der Küche entfernt. Unter sich hörte er Jazzmusik und Fernsehlachen. Ab und zu wurde etwas gemurmelt. Foley sah auf die Uhr. Kurz nach Mitternacht. Er legte sich auf den Rücken und schloss die Augen.

Foley erwachte mit den ersten Morgengeräuschen. Er hatte Durst und fror, aber das blendete er aus. Er trank vor jedem Job so wenig wie möglich – nichts war schlimmer als eine volle Blase. Kälte dagegen verhinderte, dass er zu lange schlief.

Die Stimmen unter ihm klangen gereizt. Ein Mann fuhr eine Frau scharf an. Eine Frau nörgelte an zwei Teenagern, einem Jungen und einem Mädchen, herum. Die Kinder sagten zu allem, worum die Frau bat, Nein oder antworteten patzig. Hin und wieder schrie die Frau, dann brüllte der Mann, und bisweilen plärrten alle vier durcheinander. Unweigerlich verglich Foley Mostels Familie mit seiner liebevollen Mutter und ihren nicht zu bändigenden Söhnen, die aber aus einer unausgesprochenen Übereinkunft heraus wenigstens immer so taten, als habe ihre Mutter das letzte Wort.

Als die letzte Stimme die Wohnung verließ, blickte Foley auf die Leuchtziffern seiner Uhr. Dann drehte er sich auf den Bauch, krabbelte über die tragende Wand zu den Metallrahmen für die Deckenplatten und robbte darauf vorsichtig über Kabel und Kanäle weiter bis zu einer Wartungsklappe. Sie war an einem Scharnier befestigt und absperrbar, aber das zu tun hatte keiner für nötig befunden. Foley tastete an den Rändern entlang, dabei streiften seine Knöchel an Leder. Er zog seine Taschenlampe heraus, und als er gleich neben der Klappe eine Aktentasche entdeckte, schnalzte er mit der Zunge. Die Lampe zwischen die Zähne geklemmt, öffnete er die Tasche. Travellerschecks. Ein Pass mit einem Foto von Mostel, aber mit anderem Namen. Weitere falsche Dokumente. Der Schlüssel zu einem Schließfach bei der Harrowgate Bank. Ein Samtsäckchen, dessen Inhalt sich wie Diamanten anfühlte. Und Bargeld, mit Papierstreifen umwickelte Zwanziger und Fünfziger – es mussten mehrere tausend Dollar sein. Foley steckte alles zurück in die Aktentasche, zog die Klappe auf und schob den Kopf wie ein umgekehrtes Periskop in den darunterliegenden Raum, um nachzusehen, ob die Luft rein war. Er ließ die Aktentasche auf eine Ledercouch fallen und spuckte in die Hände, um sich den Dreck abzuputzen – er wollte keine Schmutzspuren auf der Wartungsklappe hinterlassen. Schließlich schob er die Beine vorsichtig, um möglichst keinen Staub mitzunehmen, in die Öffnung, legte sich die Klappe mit sauberen Fingern auf die Schulter und ließ sich gut zwei Meter auf die Couch hinunterfallen. Die Klappe fiel mit einem dumpfen Knall wieder zu.

Foley achtete nicht auf den kleinen Terrier, der vom Balkon hereingerast kam und zu kläffen begann. Mit einem Blick nach oben versicherte er sich, dass auf der Wartungsklappe kein Schmutz zu sehen war, dann kontrollierte er die Couch auf Staub. Zufrieden lächelnd sah er auf die Uhr. Er hatte Hunger und musste aufs Klo, auch eine Dusche wäre nicht schlecht. Foley wusste nicht, in welchen Geschäften Mostel die Finger hatte, aber kein Mensch, der ein anständiges Leben führte, hielt einen falschen Pass und Diamanten in einer Notfalltasche bereit. Irgendwo in der Wohnung war sicher auch ein Safe. Er hatte nicht die Werkzeuge, um ihn zu knacken, aber bei einem Kombinationsschloss konnte er ja sein Glück versuchen. Zuerst allerdings brauchte er was in den Magen. Mit Sicherheit war Mostels Kühlschrank gut gefüllt. Zwar wollte er keine Spuren hinterlassen, aber etwas zu essen und kurz frisch machen war durchaus drin. Der Hund strich nun um seine Waden. Foley kniete sich hin, kraulte den Terrier hinter den Ohren und las auf der Marke, dass das Tier Ruth hieß. Mit hoffnungsvollem Blick folgte Ruth ihm in die Küche.

24 Am Vormittag war alles glattgegangen. Weder Heenan noch der Premier hatte die Wanze von gestern erwähnt, Swann wollte sie ebenfalls nicht ansprechen. Der Premier hatte außerdem seinem Vorschlag zugestimmt, nach einer Vollzeitpflegekraft für Stormie Farrell zu suchen. Marion hatte dafür Janey Simpson, eine junge Frau aus Fremantle im Auge, die in einem heruntergekommenen Frauenhaus in der Pakenham Street lebte. Aber Janey fühlte sich dort nicht sicher, weil ihr Ex sie noch immer belästigte. Swann hatte Janey über den grünen Klee gelobt – und vorsichtshalber nicht erwähnt, dass sie erst ein Jahr ihrer praktischen Schwesternausbildung absolviert hatte. Allerdings sollte sie auch nur verhindern, dass Stormie sich in Schwierigkeiten brachte, und Swann anrufen, wenn Ärger drohte. Er hatte das Gefühl, dass die zwei gut klarkämen, und versprach dem Premier, Janey am Abend Stormie vorzustellen, damit sie sich beschnuppern konnten.

Außerdem hatte Dennis Gould angerufen, frühmorgens, als das erste Licht durch die verschossenen Vorhänge funkelte. Er hätte was Interessantes entdeckt, tief im ersten Angebot verborgen. Das könnte man sich mal genauer ansehen.

Jetzt sperrte Swann mit dem Zweitschlüssel die Tür zu Goulds Apartment auf. Von lauter klassischer Musik beschallt, lief Gould rauchend und sich am Bauch kratzend hin und her. Seit Swann ihn verlassen hatte, war anscheinend das Einzige, was er in Richtung Nachtruhe unternommen hatte, sich die Hose auszuziehen. Seine unbehaarten Beine leuchteten im Halbdunkel fast so weiß wie seine Unterhose. Er sah Swann in der Tür, winkte und wäre beinahe über einen Kaffeebecher gestolpert.

Swann setzte sich in die Küchennische und wappnete sich für den Sturzbach aus abgehackten Sätzen und schlechtem

Atem. »Das erste Angebot, Exetar, das ist Maitland Conlans größte Firma, die hat er vor zwei Jahren übernommen. Solides Unternehmen, bis dahin zumindest. Alle Projekte pünktlich fertig und im Kostenrahmen. Der Hafen in Port Hedland ist von denen. Auch die meisten Bergbaustädte in Pilbara. Ihr erster Großauftrag war die Verkehrsinfrastruktur rund um die Aluminiumhütte in Kwinana, danach kamen zwei Bürohäuser an der Terrace. Aber Burswood wär ihr bisher dickster Fisch.«

Swann war in die äußerste Ecke der Küchennische gerutscht. Mit aufgerissenen Augen blickte Gould umher, fahrig, an den Mundwinkeln getrockneter Speichel. Swann legte ihm die Hand auf den Unterarm, damit er ihm nicht noch mehr auf die Pelle rückte. »So weit, so gut. Aber wo ist jetzt der Haken?«

»Die Dienstleister, die sie angeben, sind alle okay, die liefern wie bestellt. Die kommen oft sogar von Unternehmen, die Conlan in letzter Zeit für Exetar gekauft hat. Um Kosten zu senken natürlich – Verwaltung schlanker, Projektmanagement straffer und so. Bevor Conlan sie geschluckt hat, waren das angesehene Firmen, gibt also keine Hinweise auf krumme Touren, auch wenn ich die neuesten Unternehmenszahlen nicht gesehen hab. Auch die meisten Geschäftsführer scheinen anständig – früher, als Makler, kannte ich paar von denen sogar persönlich. Die meisten sind von hier. Richtig suspekt ist keiner. Ich hab auch ein bisschen tiefer gegraben, nirgends Pleiten oder Vorstrafen. Ein paar haben der Liberal Party dick gespendet, aber manche haben auch der jetzigen Truppe was zugesteckt. Vermutlich als Rückversicherung ...«

»Und?«

»Und jetzt kommt's. Wenn man sich die Subunternehmer

mal ansieht, den nervigen Kleinkram durchgeht – wer liefert die Mobilklos, wer bewacht die Baustelle, von wem kommen die Kräne, die Containervermieter, Bauzaunbauer, Entsorger und so weiter. Da taucht ein Name auf, an den du dich garantiert erinnerst – ausgerechnet als Chef einer Sicherheitsfirma. Hat fürs Angebot vielleicht nichts zu bedeuten, aber der Name ... ist Gary Quinlivan.«

Swann hatte keinen Platz für eine überraschte Bewegung, aber er machte ein entsprechendes Gesicht. »Ich dachte, der ist tot?«

»Da bist du nicht allein. Willst du Kaffee?«

Gary Quinlivan. Heroindealer und Schmuggler auf derselben Route wie Clifford und Welsh, die jetzt hängen sollten. Sohn eines Richters. Absolvent der besten Privatschulen. Millionär und mit einundzwanzig bankrott. Mitglied eines Goldkonsortiums aus korrupten Cops, windigen Buchmachern und den Northbridge-Gangstern Leo Ajello und Tommaso Adamo, das nach einem wilden Feuergefecht mit einem toten Cop und einem toten Buchmacher zusammengebrochen war. Quinlivan war noch am Tatort verhaftet worden, dann aber aus dem East Perth Lockup verschwunden. Es wurde gemutmaßt, dass Benjamin Hogan, damals ein hochrangiger Detective, ihn umgebracht hatte, weil er zu viel wusste.

Seither waren vier Jahre vergangen. »Weiß man denn, wo er war?«, fragte Swann.

»Nein, aber ich freu mich schon, das rauszukriegen.«

Der Wasserkessel kochte. Ein Windstoß fuhr ins Zimmer, wirbelte einen Teil der auf dem Boden ausgebreiteten Blätter durcheinander, wehte Zigarettenasche aus den Untertassen.

»Ich auch. Aber wir müssen vorsichtig sein.«

25

Des Foley zog die Schiebetür auf, die auf den Balkon im ersten Stock führte, und wartete, bis sich seine Augen an das Licht gewöhnt hatten. Er war nicht allein in der Wohnung. Eine Putzfrau hatte die Wohnungstür angelehnt gelassen und saugte jetzt im Nachbarzimmer. Er schlüpfte auf den Balkon und ließ den Blick über die Grünanlagen streifen, die bis an den Kings Park mit seiner wilden Vegetation heranreichten. Sein Rucksack war vollgestopft mit Vorräten aus Mostels Wohnung – Fischdosen, Pastrami, vier Sorten Käse, verschiedene Kekse und Trockenfrüchte. Das reichte für vier Wochen und hatte den zusätzlichen Vorteil, dass er keine Zeit in Läden verbringen musste, wo man ihn erkennen konnte. Er beugte sich über die Brüstung und ließ den Rucksack auf einen wolligen Busch fallen, der beim Aufprall des Gewichts zusammensank. Dann sprang er selbst und landete auf dem Jarrah-Mulch um den Strauch herum. Er blieb kurz in der Hocke, bis der Schmerz in seinen Knöcheln abgeebbt war, dann schulterte er den Rucksack und machte sich auf den Weg in das schützende Buschland. Und da sah er sie – und merkte, dass sie auch ihn gesehen hatten. Ein Hüne in Lederkluft mit Helm auf dem Kopf, der auf einer für seine Größe zu kleinen Enduro kauerte. Und ein junger Kerl mit Sonnenbrille und rosa Hemd in einem Alfa Romeo, der auf der flusszugewandten Straßenseite stand.

Beides keine Cops.

Im Laufen tastete Foley nach seiner Pistole. Er hörte, wie das Motorrad gestartet, der Gang eingelegt wurde. Er erreichte den Rand des Buschlandes, ein dichtes Gestrüpp aus Wildhafer, jungen Kasuarinen, niedrigen Sträuchern und Kriechpflanzen, über die er auf seinem Weg tiefer ins Unterholz stieg. Von Mostels Balkon aus hatte er einen Hubschrauber bei der Rasterfahndung über dem Vier-Millionen-

Quadratmeter-Park gesehen – es lag nahe, ihn und sein Lager dort im Gestrüpp zu vermuten. Dass die Polizei ihn suchte und nichts darüber verlautbaren ließ, bedeutete, dass man eine Nachrichtensperre verhängt hatte. Aber es war fraglich, ob sie lange halten würde.

Foley erreichte eine kleine Anhöhe und stellte sich unter eine Gruppe Stier-Banksien. Lauerte. Er hörte die Enduro den Weg hinaufröhren und sah sich nach etwas Schwerem um. Fand keine Steine oder Äste. Er zog seine Pistole und entsicherte sie. Als das Motorrad nah genug war, trat er auf den Weg, legte an, und sobald das Bike um die Ecke bog, drückte er ab und schoss dem Fahrer dreimal in die Brust. Das Knallen der .22er ging im Röhren des Zweitaktmotors unter, der jedoch erstarb, als der Fahrer herunterfiel, über den Weg rollte und still auf dem grauen Boden liegenblieb. Foley kniete sich auf den Rücken des Mannes, blickte nach oben und suchte den Himmel nach dem Hubschrauber ab, sah dann zurück auf den Weg, auf dem vielleicht noch der Alfa-Fahrer zu Fuß käme. Die Pistole ins Genick des Mannes gedrückt, durchsuchte er dessen Taschen. Er fand ein Polizeifoto von Foley, aufgenommen während seiner letzten Haft in Pentridge. Wer auch immer dieses Foto besorgt hatte, verfügte über beste Kontakte. Es war das neueste Bild von ihm, auch wenn es mittlerweile zwei Jahre alt war. Es musste aus Polizeiakten stammen. Stöhnend kam der Biker wieder zu Bewusstsein. Die kleinkalibrigen Kugeln hatten die Brust des Mannes nicht durchschlagen können, sondern waren wohl im Brustkorb an den Rippen abgeprallt und steckten irgendwo fest. Je nach Schutzengel überlebte er oder nicht.

Foley war wütend über sich selbst, dass er sich hatte entdecken lassen. Dass die Bullen Mostels Wohnung nicht überwacht hatten, bedeutete, dass die Schweine keinen Zusammenhang sahen – noch nicht. Der Biker unter ihm war nicht mehr jung, wohl gute vierzig. Foley zog den Reißverschluss seiner Lederjacke auf, sah den Patch der Junkyard Dogs auf der Jeansjacke und verstand. Mostel hatte auf ihn ein Kopfgeld ausgesetzt. Der junge Spacko im Alfa war vermutlich ein Späher für einen Typen wie Leo Ajello und sollte Foley bis zu seinem Versteck verfolgen, um dann die schweren Jungs für die Hinrichtung zu holen.

Eine Tasche voller Diamanten, Bargeld und falschen Ausweisen. Auf jemand wie Foley ein Kopfgeld aussetzen. Mostel plante offensichtlich einen großen Coup.

Je größer, desto besser. Denn das hieß, er hatte umso mehr zu verlieren.

Foley zog dem Biker Lederjacke und Stiefel aus. Sie waren ungefähr gleich groß. Das Arschloch konnte seinetwegen in der Unterhose zur Hauptstraße kriechen oder hier sterben. Foley schlüpfte in die Sachen, schulterte den Rucksack und hob die Enduro auf. Er klappte die Sitzbank hoch und sah den Schaft einer abgesägten .303er. Dann kickstartete er die Maschine und fuhr vom Pfad ab ins Gelände, weg von dem Alfa-Fahrer und über die verlassenen Wanderpfade zur Subiaco-Seite des Kings Park. Er verließ den Park kurz vor der Rokeby Road und mischte sich in den Verkehr in Richtung Karrakatta Cemetary und Armeekaserne, um auf der Küstenstraße nach Süden zum Fluss und weiter heim nach Coolbellup zu fahren.

26

Swann parkte im kühlen Schatten eines Pfefferminz-Eukalyptus. Abgesehen von der Baumreihe an der Royal Street war dieser Teil East Perths nicht wiederzuerkennen. Verschwunden die alten Mietshäuser und die vom Kohlenstaub stets schmutzigen Industriegebäude, die Wellblechhütten und holzverkleideten Häuschen, sogar die alten Myrtenheiden am Claisebrook Canal gab es nicht mehr. Der Kanal selbst war abgezäunt – zu verdreckt, um Kinder darin spielen zu lassen. Die von Exetar betriebene Baustelle war riesig, ein laservermessenes Gelände. In dichten Wolken stieg grauer Staub auf, während LKWs unablässig kontaminiertes Erdreich aus dem Bereich abtransportierten, wo das abgerissene Kraftwerk gestanden hatte. Swann hielt sich das Fernglas vor die Augen und erkannte, dass die Lastwagen zum selben Fuhrunternehmer gehörten wie jene, die nachts auf dem Freeway unterwegs waren und das Auffüllmaterial für das Neubauprojekt in Burswood anlieferten. Die Wagen waren nicht gekennzeichnet, aber die Fahrer trugen alle die gleiche Uniform aus grauem Hemd und Kappe. Er schwenkte das Fernglas über die Abbruchfläche und blieb an einem Überseecontainer auf Jarrah-Schwellen nahe dem Bauzaun hängen. Es war das Büro der Bauaufsicht, auf allen vier Wänden stand ein handgepinseltes SECURITY. Ein alter Land Rover parkte unter einem improvisierten Schutzdach auf vier Stahlstangen. Der Container hatte Aircondition und eine Telefonleitung, und seit einer halben Stunde war niemand hinein- oder hinausgegangen.

Swann zündete sich eine Zigarette an, stieg aus dem Statesman und schritt den Zaun ab, bis er an den Container kam. Er zog den Draht auseinander und zwängte sich durch. Vor dem Container blieb er stehen und lauschte. Drinnen telefonierte ein Mann, erkennbares Oberschichtenaustralisch mit einem Anflug von Queen's English. Der Mann redete mit einem Börsenmakler, so viel verstand Swann. Mal fielen die Namen von Bergbauunternehmen, die Swann noch nie gehört hatte, mal ging es um Aktienpakete.

Vor zehn Jahren wäre es unvorstellbar gewesen, dass ein Baustellenaufseher mit einem Börsenmakler sprach, doch jetzt war jeder auf den Aktienzug aufgesprungen. Erst heute Morgen hatte Swann in einem Sandwichladen bei sich im Viertel gehört, wie sich Brendan, der Ladenbesitzer, mit einem älteren Mann in Busfahreruniform darüber unterhalten hatte, welche Aktien zurzeit heiß waren. Swann kam es vor, als sprächen zwei Zocker über Pferdewetten.

Allerdings lag in der Stimme im Baucontainer nicht dieselbe Aufgeregtheit wie bei Zockern. Sie erteilte dem Broker sogar Ratschläge, statt sich Tipps abzuholen. Die Anzahl der Aktien, von der die Rede war, war schwindelerregend.

Aus dem Augenwinkel sah Swann von links einen Toyota Pick-up mit blinkendem gelbem Licht auf der Kabine heranfahren. Er klopfte an die dünne Containertür und trat ein.

Gary Quinlivan. Auch wenn er ihm den Rücken zuwandte, war es der junge Mann, von dem Swann geglaubt hatte, er sei ermordet worden: teure Kleidung, frisch ausrasierter Nacken, die Haare seitlich gescheitelt, gegelte Tolle. Die Ledersohlen seiner Halbschuhe lagen auf dem Schreibtisch.

Ohne sich umzudrehen, hob Quinlivan den Zeigefinger, um zu bedeuten, er sei in einer Minute so weit. »Deine Zeit, kurz bevor die Londoner Börse schließt ... ja ... hier ist es dann zehn Uhr abends. Fax mir die Orders, wenn der Kurs auf fünf Pence steigt. Ansonsten sprechen wir morgen. Danke, Benny.«

Quinlivan sprach tatsächlich über die miese Leitung eines handbeschrifteten Containers auf einer staubigen australischen Baustelle mit einem britischen Broker über Transaktionen von mehreren zehntausend Pfund. Er wandte sich zu Swann, und kurz flackerte sein Blick, doch seine alte Selbstsicherheit blieb unberührt. Er trug die Hose eines Nadelstreifenanzugs und rote Hosenträger über einem gestärkten weißen Hemd, keine Krawatte. Ein Mann, der mit Anfang zwanzig kiloweise Heroin an seinen Körper geklebt und es aus Ländern geschmuggelt hatte, in denen darauf die Todesstrafe stand. Der als Edeldealer von Leo Ajello den Stoff an Perths Jeunesse dorée aus den westlichen Vororten verscherbelte. Und der zuletzt gesehen worden war, als er, von zwei Uniformierten aus einem Polizeigefängnis eskortiert, in einen Gefangenentransporter stieg, mit Ben Hogan am Steuer.

»Wie kann ich Ihnen helfen? Sind Sie der Herr, der gestern angerufen und sich beklagt hat, dass angeblich giftiger Staub auf Ihre Tomatenpflanzen fällt? Wenn, dann entschuldige ich mich, ich war nicht im ... Büro.«

Er sprach in verbindlichem Ton, plaudernd, ein Anflug von Spott in der Stimme. Swann hörte Stiefelpoltern, spürte die Anwesenheit eines Gorillas hinter sich. Und dieser Gorilla wartete auf ein Zeichen von Quinlivan, dessen Augen vergnügt funkelten.

»Lass die Klugscheiße, Klugscheißer. Sag lieber deinem Wachhund hinter mir, dass er mal zum Tierarzt gehen und sich die Zähne saubermachen lassen soll.«

Quinlivan nickte. »Ach ja ... Swann war der Name, nicht wahr? Was wollen Sie? Wie Sie sehen, habe ich zu tun.«

»Ich brauche eine Aufstellung aller Angestellten, aktuell und in der Vergangenheit. Und ich will wissen, wo Sie in den letzten Jahren waren.«

Quinlivan lachte. »Aber gern, Mr Swann. Nur ob ich in der Lage bin, in den Aktenschrank hinter mir zu greifen, hängt auch davon ab, ob Sie einen Durchsuchungsbeschluss haben.«

»Ich arbeite für das Büro des Premierministers. Wenn's Ihnen lieber ist, lasse ich Sie gerne vorladen, dauert keine

Stunde. Aber wollen Sie das? Vermutlich ist dem Vorstand von Exetar viel daran gelegen, dass Sie kooperativ sind. Es geht immerhin um das Angebot für das Burswood-Projekt.«

»Nun, wenn das so ist ...«

Quinlivan stieß sich mit dem Stuhl vom Schreibtisch ab und rollte zum Aktenschrank in der Ecke. Ohne aufzustehen, griff er in die zweite Schublade und zog eine Akte heraus. Er rollte zum Schreibtisch zurück und reichte sie Swann.

»Die bräuchte ich aber wieder – es gibt nur die.«

»Sie haben in Ihrem Hauptsitz keinen Durchschlag?«

Quinlivan grinste schief. »Das ist der Hauptsitz. Wir wollen die Verwaltungskosten niedrig halten. Ein entscheidender Vorteil in einem scharfen Wettbewerb.«

»Affen mit Schlagstöcken haben immer Konjunktur. Wenn ich in der Akte blättere, stoße ich nicht zufällig auf Männer mit Vorstrafen wegen Körperverletzung oder Raub, oder?«

»Gott behüte.«

»Wie kommt denn eine Klitsche wie die hier mit dem Conlan-Konzern ins Geschäft?«

»Es gab Diebstähle, teures Gerät wurde beschädigt, Material verschwand von der Baustelle, andere unangenehme Vorfälle. Der ehemalige Wachdienst bekam das einfach nicht in Griff. Aber wir haben's jetzt geschafft.«

»Da wurde nicht zufällig nur ein selbstgeschaffenes Problem beseitigt? Und Sie, wie kommen Sie überhaupt hierher?«

Der Stuhl knarrte, als sich Quinlivan zurücklehnte und mit den Fingern unter den Hosenträgern entlangfuhr. »Sie meinen, wo ich in den vergangenen Jahren gewesen bin, als mich alle für tot gehalten haben? Ich wurde zu dem Doppelmord, über den Sie ja gut Bescheid wissen, verhört und entlassen. Danach hielt ich es für sinnvoll, außer Landes zu gehen. Ich war in London als Analyst und Berater für verschiedene Brokerfirmen tätig, als Spezialist für australische Aktien. Und bevor Sie fragen – zurückgekommen bin ich wegen der Chancen, die sich hier auftun. Ich will einen sehr vielversprechenden Markt von Anfang an mit aufbauen.«

»Und mit dem Aufbauen meinen Sie tatsächlich das Büro einer Baustellenaufsicht? Sie sind Geschäftsführer – wo finde ich den Inhaber? Wenn ich recht informiert bin, gehört die Firma einem Mr ... Calloun?«

»Ah, Mr Calloun unternimmt eine längere Auslandsreise, soweit ich weiß. Wenn Sie mir einen Kontakt dalassen, informiere ich mich gerne –«

»Danke, aber den finde ich auch selbst.«

Beim Zurücktreten stieß Swann gegen den Schläger und drehte sich so um, dass er ihn mit Ellbogen und Schulter rammte. Er hörte ein kleines Stöhnen und blickte dem rotbärtigen Koloss in das sonnenverbrannte Gesicht, die Augen mit den geplatzten Äderchen. Die Visage kam ihm vage bekannt vor, aber er konnte sie niemandem zuordnen. Swann klemmte sich die Akte unter den Arm und rempelte den Mann noch einmal an, um sich den Weg zur Tür freizuschieben.

Swann verließ East Perth über den Causeway und kam, begleitet von Lastwagen, die den kontaminierten Abraum aus der Stadt brachten, nach Victoria Park. Mit einer Zigarette zwischen den Lippen blätterte er bereits beim Fahren in Quinlivans Unterlagen, hielt einzelne Blätter gegen das Lenkrad. Es war ein *Who's Who* von Perths Unterwelt – aus Gangs ausgestoßene Biker, Raufbolde aus der Fischereiflotte, die außerhalb der Fangsaison Geld verdienen wollten, Möchtegerngangster aus den Vororten und abgewrackte Boxer und Türsteher der schäbigsten Pinten im Nachtleben. Keine richtigen Schwerverbrecher, aber Swann vermutete, dass nur wenige von ihnen die gesetzlichen Anforderungen für das Sicherheitsgewerbe erfüllten – keine Vorstrafen. Doch um das zu belegen, benötigte er mehr Zeit. Eigenartig war außerdem, dass die meisten Angestellten ihre Arbeitsverträge erst vor vier Wochen unterschrieben hatten, obwohl die Firma schon vor sechs Monaten den Zuschlag für East Perth erhalten hatte. Entweder war die Belegschaft im großen Stil ausgewechselt worden, oder es hatte eine Firmenübernahme gegeben. Das würde Swann rausbekommen, dazu musste er nur den Unternehmensgründer Calloun ausfindig machen.

Wenn es bei den anderen Angeboten ähnlich war, bedeutete das monatelange Arbeit – aber Swann hatte nur wenige Wochen. Zunächst wollte er jedoch den Job als Babysitter für Stormie Farrell abschließen. Bis auf das Flüstern des Windes in den Kasuarinen war es in der Straße von Farrell Senior ruhig, jedenfalls bis er sich dessen Haus näherte. Er parkte an der Einfahrt, von wo er Stormie und Janey im Thunderbird sitzen sah. Janey schien Stormie die Zehennägel zu lackieren. Aus dem Radio kam laute Rockabilly-Musik – Wanda Jacksons »Funnel of Love« –, auf dem Armaturenbrett stand ein Karton Billigwein. Beide hatten Sonnenbrillen auf, sangen und kicherten, wie bei einer Spritztour ins Glück. Janey war Marions allererster Vorschlag gewesen, und zunächst hatte Swann bloß gelacht: Eine ehemalige Prostituierte als Pflegekraft für den Vater des Premiers klang nicht danach, als könnte sich Heenan für die Idee begeistern, auch wenn Janey jetzt eine Pflegeausbildung begonnen hatte. Für sie jedoch war es ein attraktives Angebot, bei einem alten Mann einzuziehen und sich darum zu kümmern, dass er sich wusch, genug aß und nicht zu viel trank.

Swann stieg gar nicht erst aus. Janey war auf ihren Sitz gesprungen und tanzte, ihr buntes Kleid wirbelte in der Sonne. Stormie hatte eine Hand auf das Lenkrad gelegt und ließ den anderen Arm lässig über die Tür nach draußen hängen, dazu klopfte er im Rhythmus auf die Fahrertür. Beide genossen es offenbar, wie zwei Teenager ihre Rock'n'Roll-Träume auszuleben.

27

Ein paar Häuser vor der verlassenen Faserzementhütte stellte Des Foley den Motor der Enduro ab, um sie den restlichen Weg zu schieben. Im Garten hinter der Bruchbude legte er sie auf eine betonierte Terrasse, nahm die abgesägte .303er unter dem Sitz heraus, wischte die Maschine sorgfältig ab und bedeckte sie mit einer Plastikplane. Weil ihm in der Lederjacke des Bikers warm war, zog er den Reißverschluss auf, dann verstaute er das Gewehr in seinem Rucksack und machte sich auf den Weg zum Haus von Gerry Tracker. Die Nacht kühlte schnell ab, der Südwind fegte durch leere Straßen, aus stillen Arbeiterhäusern wehte der Geruch von Buletten, Shrimps, billigen Würsten und Kohl. Nach dem Einbiegen in Trackers Straße hielt er sich in der Nähe des von Unkraut überwucherten Sperrmüllhaufens aus alten Elektrogeräten, Hohlblocksteinen, Schubkarren und Fahrrädern. Er duckte sich am Straßenrand und schickte einen routinemäßigen Kontrollblick die Straße hinauf. Entsetzt stellte er fest, dass neben Gerrys Datsun ein Gefangenentransporter parkte. Die Scheinwerfer waren aus, aber er sah ein rotes Glühpünktchen, das mal heller, mal schwächer in der Dunkelheit leuchtete, je nachdem, ob der Raucher vor Gerrys Haus an der Zigarette zog. Wie es sein Plan für solche Fälle vorsah, zog Des sich zurück. Er schlich in die Gasse hinter der Häuserreihe. Dort lagen herabgefallene Äste, es gab improvisierte BMX-Rampen und Baumabschnitte der Jarrahs ringsum, doch im Mondlicht sah er, dass sie menschenleer war.

Es konnte ihm niemand gefolgt sein, denn der Transporter stand ja bereits da. Auch dürfte es keine Falle für ihn sein, denn dann wäre der Transporter versteckt gewesen – die Bullen wären garantiert in Zivilfahrzeugen gekommen. Und wenn sie ernsthaft Des Foley in der Gegend vermuteten, würde bestimmt eine ganze Bullenherde rumtraben, am Himmel würden Hubschrauber kreisen, in den Straßen wäre Festbeleuchtung, und die Nachbarn stünden gaffend herum – mit Sicherheitsabstand, falls es zur Schießerei käme.

Nein, es mussten dieselben Cops sein, die hier schon nach dem Jungen gesucht hatten. Jetzt wartete einer draußen, der andere stellte mal wieder Gerrys Haus auf den Kopf. Dennoch war die Lage heikel. Foley überlegte, ob er für die Nacht in das leerstehende Haus sollte, aber er kannte die Nachbarn nicht und wollte nicht riskieren, beim Einbruch in die mit Brettern vernagelte Hütte beobachtet zu werden. Foley schlich geduckt an der Reihe von Gartenzäunen aus rostigen Wellblech- und Asbestplatten entlang, lauschte nach Hunden, achtete auf Taschenlampen. Wenn er vorsichtig war, konnte er in den Garten des alten Pickett schlüpfen und unters Haus kriechen. Außerdem würde die Nachrichtensperre über seine Anwesenheit wohl bald aufgehoben werden, dann mussten die Cops überall nach ihm suchen – in leerstehenden Häusern und Parks, im Sumpfland und in den Schlupfwinkeln früherer Kumpel. Die Belohnung für seine Ergreifung war hoch genug, dass auch Freunde in Versuchung geraten könnten, ihn zu verpfeifen. Foley kannte Pickett nicht gut genug, aber Gerry Tracker vertraute dem Alten, also war Des wohl fürs Erste hier sicher.

Foley drückte den Zaun aus Wellblech ein Stück in Picketts Garten hinein, schlüpfte durch den Spalt und stand auf der staubigen Erde. Er war schon auf halbem Weg Richtung Haus, als nebenan Gebrüll losbrach. Gerry Trackers Stimme, zwei, drei empörte Schreie, dann das Geräusch von Fäusten, die auf jemanden einschlugen, Körper, die gegen Holzwände prallten. Glas splitterte, Gipskarton brach, die Haustür wurde aufgestoßen, dann das Geräusch eines Schlagstocks, der auf Knochen traf. Foleys Fäuste ballten sich, er dachte an die Waffen in seinem Rucksack, verwarf jedoch den Gedanken. Gerry würde das nicht wollen. Er wollte seinen Jungen schützen. Dieser Gedanke ließ Foley sich umdrehen – und er sah, wie sich die zwei untersten Schalbretter bewegten, dann den Jungen mit einem .38er Revolver in der Hand. Im nächsten Moment war Foley bei ihm, schmiss sich auf ihn, legte ihm eine Hand auf den Mund, die andere auf den Revolver, drückte Blakes Körper auf den Boden, deckte ihn mit seinem zu, hielt ihn fest.

Sie atmeten stoßweise. Über ihnen ging Licht an. Der lange Schatten des alten Pickett mit dem Gewehr quer vor der Brust fiel in den Garten. Die Türen des Transporters wurden knallend zugeschlagen, der Motor startete, der Wagen fuhr los.

In den Augen des Jungen waren Tränen, er zitterte vor Wut, vor unterdrückter Gewalt. Als sein Atem ruhiger wurde, nahm Foley die Hand von seinem Mund und deutete auf den Eingang zu ihrer Höhle, ihrem Refugium.

Der Junge nickte und ließ den Revolver los.

28

Swann saß Dennis Gould gegenüber. Das Radio war aus, aber die Worte hingen noch in der Luft, machten die heiße Raumluft noch stickiger. Swann wusste aus jahrelanger Erfahrung, dass Berichte über Gewalt Gould nach der Flasche greifen ließen. Wenn das Apartment ruhig und abgesperrt war, waren sechzig nüchterne Stunden für ihn kein Problem. Aber Swann hatte den Fehler gemacht, das Radio anzuschalten.

Die Topmeldung der Neun-Uhr-Nachrichten handelte von einem halbnackten Mann, dem dreimal in Brust und Bauch geschossen worden war und der trotzdem noch aus dem Kings Park auf den Riverside Drive hatte krabbeln können. Dort sei er beinahe überfahren worden, wäre der herankommende Autofahrer nicht ausgewichen, hätte angehalten und den Notarzt gerufen.

Der Mann liege in kritischem Zustand im Charles Gairdner Hospital, die fortgeschrittene Sepsis mache sein Überleben fraglich. Aufgrund seiner Tätowierungen sei er als Mitglied des Junkyard Dogs Motorcycle Club identifiziert worden. Wie üblich wolle sich der Clubpräsident nicht äußern.

»Das geht vermutlich aufs Konto von Des Foley. Nicht weit von dem Abschnitt des Riverside Drive liegt Mostels Wohnung.«

Gould reagierte nicht auf diese Bemerkung, sondern starrte mit in die Taschen gestopften Händen ins Leere – kein Drink in Aussicht. Es waren Junkyard Dogs, die Gould sein Grab hatten schaufeln lassen, erschüttert hatte ihn aber vor allem eine andere Nachricht. Swann hatte ihm vor einer Stunde erzählt, dass der Baustellenleiter des Exetar-Projekts in East Perth einen Anruf erhalten hatte und aufgefordert worden war, aus dem Fenster zu blicken. Der Mann hatte das anfangs für einen Scherz gehalten, allerdings nur, bis sein

Mercedes 190 als Feuerball in die Luft katapultiert wurde, der auch die auf der Veranda schlafende Katze verkohlte. Die Druckwelle ließ alle Fenster bersten und riss die Blätter von den Bäumen. Bei dem Mann verursachte sie schwere innere Blutungen, die umherfliegenden Glassplitter hatten ihm die Haut geradezu perforiert. Er lag jetzt ebenfalls in kritischem Zustand im Charles Gairdner Hospital. Ein Anruf Swanns bei Terry Accardi hatte ihm diese Informationen verschafft. Der Baustellenleiter wisse nicht, warum die Bombe gelegt worden war, es habe keine Drohungen gegeben. Accardi glaubte ihm.

»Man muss zugeben, dass das Exetar-Angebot auf tönernen Füßen steht.« Goulds Worte waren kaum mehr als ein Flüstern. »Dein Kumpel Accardi kann sich freuen. Dass einem amerikanischen Baustellenleiter anscheinend grundlos das Auto in die Luft gesprengt wird, deutet doch direkt auf kriminelle Machenschaften innerhalb des Unternehmens hin. Organisierte Kriminalität, die sich wie ein Maulwurf von unten nach oben arbeitet und alles aushöhlt. Und wenn's dabei gar nicht um diesen Baustellleiter ging, dann war das ganz klar an Maitland Conlan adressiert.«

Swann sah auf seine Hände. Auch er hätte jetzt gern einen Schluck getrunken. Stattdessen zündete er sich eine Zigarette an und dachte über Goulds Bemerkung nach. »Von Gary Quinlivan ganz zu schweigen. Allein seine Anwesenheit auf der Baustelle rechtfertigt unser Interesse an Exetar.«

»Eine Firma von der Größe Exetars ist allerdings nicht der beste Kandidat zum Geldwaschen. Was genau will Accardi denn?«

»Material für eine nächste Royal Commission. Alles über organisierte Kriminalität, korrupte Polizisten und Politiker.«

»Was er hinter dem Angebot für Burswood vermutet.«

»Möglicherweise. Aber das Wahlergebnis konnte er ja nicht vorhersehen. Oder dass es der Premier mit dem Projekt so eilig hat.«

Swann drückte die Zigarette aus. Starrte in den Aschenbecher.

Dennis Gould hatte mit London telefoniert und sich bestätigen lassen, dass sich Gary Quinlivan als Analyst und Broker auf australische Aktien, insbesondere Bergbauaktien spezialisiert hatte. Was Quinlivan Swann gegenüber nicht erwähnt hatte, war sein Erfolg. Es waren zwar nur Gerüchte, aber Gould hatte von britischen Freunden aus der Finanzwelt erfahren, dass Quinlivan inzwischen sehr reich war. Er war Teileigentümer eines namibischen Diamantenproduzenten, auf den DeBeers ein Auge geworfen hatte, und er besaß mehrere Schweizer Konten. Jahrelang hatte er täglich eine erhebliche Anzahl von Aktientransaktionen getätigt – er schien ein gutes Näschen für Entwicklungen gehabt zu haben, bevor diese eintraten.

Nicht schlecht für einen Ex-Junkie, Bankräuber und Dealer aus der einsamsten Großstadt der Welt. Quinlivan wusste im Detail über die kriminellen Machenschaften von Benjamin Hogan Bescheid, ebenso wie er die Unterweltimperien von Leo Ajello und Tommaso Adamo von innen kannte, die er in finanzieller Hinsicht jedoch längst überflügelt hatte. Allerdings bezweifelte Swann, dass er sich völlig von ihnen gelöst hatte. Aus irgendeinem Grund hatte Hogan Quinlivan leben lassen, obwohl er viel zu viel über seine Betrügereien und Morde wusste. Und Hogan war nicht für Milde bekannt. Dass er Quinlivan gestattet hatte, ins Ausland zu gehen und reich zu werden, deutete auf etwas anderes hin. Hogan hatte Quinlivan weiter in der Hand, und vielleicht steckte auch noch mehr dahinter. Hogan musste sein Geld waschen. Als

Chef des CIB konnte er nicht unbegrenzt Reichtümer anhäufen, auch nicht im Namen seiner Frau und Kinder.

Swann war am Grübeln. Er bemerkte, dass Gould ihn ansah. »Du hast gesagt, Quinlivan ist zurückgekommen, um den Markt von Anfang an aufzubauen. Er ist doch so ein Superschlaumeier, der glaubt, dass man es für eine Lüge hält, wenn er einem die Wahrheit sagt. Ich glaube, der meint, was er sagt.«

Swann nickte. »Das könnte stimmen. Beide Parteien wollen den Staat modernisieren, alle sind Vollgas auf Fortschritt. Quinlivan kennt sich mit Gold und Diamanten aus, aber in dem Geschäft geht's nur ums Kaufen und Verkaufen. So wie der Bergbau boomt, steckt das große Geld derzeit jedoch im Baugeschäft. Der ganze Nordwesten wird für den Erzbergbau erschlossen. Dafür braucht man Schienen, Straßen, ganze Städte. Außerdem Dienstleistungen. Fluglinien. Aber vor allem Bauunternehmen. Es heißt, Projekte für Milliarden von Dollar stehen an. Die Japaner können gar nicht genug Stahl kriegen. Und angeblich will sich auch China dem Westen öffnen und eine andere Zukunft bauen. Die werden Stahl brauchen, sehr viel Stahl. Und dafür benötigen sie Eisenerz.«

»Du meinst, Typen wie Ajello, Adamo und Hogan wollen's auf die legale Tour versuchen?«

»In gewisser Weise ja. Aber die sind Riesenprofite gewohnt. Die Wahnsinnsaufschläge aus dem Drogengeschäft. Langfristig verdient man auf legale Weise immer mehr, aber sie wollen den Rahm abschöpfen, der bei jedem Bauvorhaben anfällt. Höhere Angebote. Kostenexplosionen. Staatliche Subventionen.«

»Das meinte er dann wohl mit ›den Markt von Anfang an aufbauen‹«, sagte Gould.

»Genau. Der ganze Prozess der Auftragsvergabe. Genau hier lässt sich am besten Rahm abschöpfen. Die größten Profite einstreichen. Man muss nur den Prozess zu den eigenen Gunsten umbiegen, durch Einschüchterung und Erpressung zum Beispiel. Durch Bestechen oder Drohen. Die Erfolgsrezepte von der Straße werden einfach in die Vorstandszimmer mitgenommen. Oder ins Parlament. Weil die aktuelle Regierung ein bisschen was von dem Rahm abbekommt, als legale Parteispende.« Swann zündete sich eine Zigarette an, er konnte sich nicht länger beherrschen. Er zog eine kleine Flasche Brandy aus der Jackettasche, nahm einen Schluck und reichte sie Gould.

Gould trank davon, dann wischte er sich den Schnaps von seinem ingwerfarbenen Dreitagebart. Sein Blick war hohl und erschöpft. »Hogan war doch immer dick mit den Conlan-Brüdern, die haben damals zusammen Pferdewetten verschoben. Warum will er über Quinlivan ausgerechnet Exetar destabilisieren, wenn das der Lieblingskandidat des Premiers ist?«

Gould hielt ihm den Brandy entgegen, ließ die Flasche aber nicht aus den Augen. Swann bedeutete ihm mit einem Nicken, dass er sie behalten konnte. »Die Conlans sind hochgekommen, weil sie immer ihre Kumpels mitgenommen haben. Aber vielleicht sind sie jetzt so weit oben, dass sie das vergessen haben.«

Gould nahm einen weiteren Schluck, der die Flasche beinahe leerte. Er hob sie zum Prost in die Höhe und trank sie mit feuchtem Blick aus. »Und ich hock in South Australia am Strand und beklag mich, dass die Typen da unten den Fisch immer nur kochen.«

29 Des Foley hatte immer gespürt, dass etwas nicht in Ordnung war. »Du bist *anders*, aber das ist schon in Ordnung«, hatte seine Mutter gemeint, aber Des war sich sicher. Er empfand keine Angst, Schmerz machte ihm nichts aus. Der Anblick von Blut und das Leid anderer rührten ihn nicht. Das höchste seiner Gefühle war Übelkeit, ein flaues Gefühl im Magen und Druck auf den Augen, aber auch erst, wenn es zu Tränen kam. Er empfand kein Mitleid, wenn andere litten, eher eine Art Widerwillen.

Des Foley legte dem Jungen die Hand auf die Schulter, aber das erschreckte diesen nur. Er saß auf dem Boden, die Arme um den Körper geschlungen. Der Junge verströmte einen starken Geruch, wie heißer Rauch. Seine langen Haare fielen ihm ins Gesicht. Wunden dort, wo er sich die Arme geritzt hatte, als er dachte, Foley schliefe – lange Streifen Rot, wie blutige Regentropfen, roter Stacheldraht.

Des Foley hatte ihm die Rasierklinge weggenommen und sie unter sein Kissen gelegt. Jetzt streckte er die Hand nach dem Revolver des Jungen aus, der ihn ihm bereitwillig gab. Zum ersten Mal, seit die Bullen seinen Vater mitgenommen hatten, sagte er etwas. »Kannst das Scheißteil gerne haben. Hab nichts als Ärger deswegen.«

»Wie das?«, fragte Foley.

Der Junge erzählte, wie er den Detective Sergeant verkloppt und ihm die Kanone abgenommen hatte. Foley hätte am liebsten laut gelacht und ihm gratuliert, aber er dachte an seinen Freund Gerry Tracker. Wie es wohl war, Vater zu sein – das eine zu empfinden und etwas ganz anderes sagen zu müssen, vom ersten Tag an seine Kinder anzulügen und zu verschweigen, wer man wirklich war. Ihnen zu verheimlichen, was auch aus ihnen werden würde.

»Die schieben ihm doch was unter, oder?«

»Ziemlich sicher. Aber er hat dich nicht verraten.«

Wieder flossen Tränen. Foley begriff, dass er zu ehrlich gewesen war. Er sprach beruhigend. »Es bringt nichts, wenn du dich ritzt. Dein Dad fänd das sicher nicht gut.«

»Ich bin den ganzen Ärger doch gar nicht wert! Das weißt du genauso wie ich!«

Foley gab keine Antwort. Der Junge sollte sich ruhig selbst bemitleiden. Er war eigentlich stabil. Das sah man an seinem offensichtlich gebrochenen Handgelenk, geschwollen und blau, wie es war. Er hatte es mit Messern und einer Socke selbst geschient. Auch seine Rippen schienen angeknackst oder sogar gebrochen. Doch er weinte, Tränen glänzten auf seinen Wangen.

»Was meinst du, wo halten sie ihn fest? Könnten wir ihn nicht raushauen? Wir haben zwei Waffen.«

Er meinte, was er sagte, und Foley musste ein bewunderndes Lachen unterdrücken. In dem Alter war er genauso gewesen. »Auf gar keinen Fall, denn genau das wollen sie ja. Das soll nur ... provozieren ... damit wollen sie dich aus der Deckung locken.«

»Soll ich mich stellen?«

»Ja, solltest du. Aber erzähl erst mal, warum du ausgerückt bist. Als Junge war ich auch mal in Longmore. War damals gar nicht so schlimm.«

Mit hochgezogenen Brauen hörte sich Foley Blakes Geschichte an. Sie ergab Sinn, aus Sicht der Wachleute konnte die Sache funktionieren, und wenn's schiefging, war es so lächerlich, dass man alles abstreiten konnte und den Erwischten als Lügner hinstellen.

Der Plan dahinter war, sich kriminelle Familien wie die Trackers vorzuknöpfen. War einer von ihnen hinter Gittern, dann konnten die korrupten Schließer, die den Schwarzmarkt im Knast kontrollierten, die Familie draußen zum Schmuggeln zwingen. Im Falle eines Falles war es immer besser, wenn die Familie des Kriminellen erwischt wurde und nicht ein Wachmann. Und wenn ein Häftling bestraft werden sollte, konnten sie sich auch jemand draußen vorknöpfen. Ein guter Plan, um immer das Heft in der Hand zu haben.

»Und du wolltest deinen Dad da nicht reinziehen? Hey Kumpel, du musst echt noch viel lernen. Klar, die Wichser haben dich dann in der Hand, aber du hast auch Vorteile. So läuft das eben im Knast. Wenn du nicht mitmachst, hilft dir keiner. Von draußen kann jedenfalls keiner was für dich tun. Und du selbst auch nicht.«

»Du meinst, ich hätte –«

»Dein Dad hätt's verstanden. Er hat diese Scheiße ja selbst erlebt. Er weiß, wie's läuft.«

Keine Tränen mehr. »Ich wollt nur nicht, dass er wieder Ärger kriegt. Ich weiß noch, wie ich als Kind ...«

»Kumpel, dein Dad ... ich kenn ihn wirklich. Der hält durch, und zwar weil er nicht nur an sich denkt. Im Bau geht das nicht, genauso wenig wie im Leben. Er ist schlau und denkt voraus, aber vor allem kann man sich auf ihn verlassen. Weißt du das denn nicht? Die meisten Väter sind so. Die stecken allen möglichen Scheiß weg und finden's sogar prima, wenn's nur der Familie hilft. Dir zu helfen, deinen Schlusen 'nen Gefallen zu tun, wäre für ihn so was gewesen.«

»Redest du jetzt von meinem Vater oder von deinem?«

»Mein Vater war ein Arsch. Dem ging's nur um sich selbst. Deswegen ist er auch alleine verreckt. War kein Schaden.«

»Ich dachte, du würdest sagen, ich soll abhauen. Aber okay – ich werd mich stellen. Und ihm zeigen, dass ich auch für ihn da bin.«

»Gut. Aber erst mal langsam. Du musst es clever angehen. Dein Dad hat grad einen Cop aufgemischt. Wenn du jetzt reinstiefelst, kannst du davon ausgehen, dass sie euch beide dabehalten. Und seine Abreibung kriegt er so oder so – die hauen ihm wahrscheinlich in diesem Moment eins auf die Mütze.«

Wieder traten Tränen in die Augen des Jungen, doch sie flossen nicht. »Ja, Scheiße! Wie krieg ich ihn dann frei?«

»Mit Geld, Kumpel. Nur Kohle eist deinen Dad los. Du musst dem Detective, den du zum Trottel gemacht hast, Geld geben, und die Knarre sowieso. Und du musst die Schlusen schmieren, bevor du dich stellst, so als Entschädigung. Sonst statuieren sie an dir ein Exempel. Die Probleme, die ihnen deine Flucht gemacht hat – dass sie deswegen blöd dagestanden sind. Die hängen dich in deiner Zelle auf. Ich hab das erlebt – die machen das wirklich. Du musst ... Vertrauen wiederherstellen. Sie wollen Geld – es geht immer nur ums Geld.«

Der Junge nickte, wischte sich die Tränen aus den Augen, spannte den Kiefer an. »Ich kann dir ja helfen, mit den Banküberfällen. Als Fahrer. Ich will nur so viel, dass es für die Bestechung reicht.«

Foley schüttelte den Kopf. »Keine Chance. Dein Vater ist wie ein Bruder für mich, aber ich hab auch Angst vor ihm. Das würde er mir nie verziehen. Außerdem arbeite ich immer allein. Immer.«

Foley griff nach der Aktentasche neben seinem Kissen, öffnete sie und kippte den Inhalt auf seinen Schlafsack. Die Diamanten hatte er bereits in einem morschen Pfeiler unter dem Haus versteckt. Er nahm die Pässe, Bankbücher und Akten und schob sie wieder in die Tasche. Dann zählte er das verbliebene Geld. Viertausenddreihundert Australische

Dollar in verschiedenen Scheinen und zweitausend US-Dollar in Fünfzigern. Das Yankee-Geld nutzte dem Jungen nichts – das steckte Foley ebenfalls in die Tasche zurück. Er zählte dreizehnhundert Dollar für seine Mutter ab, zog die Banderolen von den restlichen Bündeln und reichte dem Jungen zweitausend Dollar. »Das sollte für den Cop reichen, dem du eins draufgegeben hast. Kennst du jemand, dem du vertrauen kannst und der rausfindet, wo er wohnt und der ihm die Waffe und das Geld nach Hause bringt?«

Kopfschüttelnd starrte Blake Tracker auf den Geldstapel. »Nope.«

»Hm, ich selbst kann's schlecht machen. Wie ist es mit deinem Vater? Hat er Freunde, Onkel oder Tanten, die das für uns erledigen können? Überleg mal. Es muss aber jemand sein, auf den man sich hundert pro verlassen kann. Da kann man nicht bloß an der Tür klingeln und abhauen. Das muss der Detective persönlich kriegen.«

Blake Tracker wirkte jetzt niedergeschlagen, Erschöpfung schien ihn zu überfallen. Foley zuckte die Achseln. »Okay, wir brauchen sowieso noch einen Batzen für die Wachleute. Einen ziemlich dicken Batzen. Wenn wir das Geld zusammenkriegen, wär's vielleicht ganz schlau, wenn du's dem Detective selbst gibst. Er wird dich zwar grün und blau prügeln, aber das Geld nimmt er. Und er kann sagen, er hätte sich die Waffe bei der Arbeit wiedergeholt. Dann steht er gut da. Stimmt was nicht?«

Blake erinnerte sich an die Miene des Detectives damals, nur sie beide im Sumpf. Davon hatte er weder dem Richter noch Pops erzählt. Er hatte den Cop nicht nur niedergeschlagen und die Knarre genommen. Der Kerl hatte bereits gezogen und wollte schießen. Nur der Ruf einer Frau nach ihrem Hund hatte ihn abgelenkt. In dem Moment hatte Blake ihn übertölpelt, ihm mit Glück einen Ellbogen reingerammt, dabei fiel ihm die Waffe aus der Hand. »Der Typ bringt mich um. Irish Pete, einer der Wachen aus Longmore ... er hat da was läuten hören. Der einzige Grund, warum das Arschloch es nicht schon dort geschafft hat, war, dass er nicht genug Kohle hatte. Aber er hatte öfter gefragt, wie viel wollt ihr, damit dieser Abo-Bastard hängt?«

»Schlau von dir, dass du das nicht deinem Vater erzählt hast. Der hätt ihn sich vorgeknöpft.«

»Ich weiß. Aber was sollen wir machen? Ich muss Pops da rausholen.«

»Auf die Schnelle geht gar nichts, Kumpel. Der muss seine Zeit absitzen. Bevor die Schläge verheilt sind, kommt er nicht mal vor'n Richter. Am besten, du legst dich jetzt aufs Ohr. Wenn wir da müde rangehen, kommt nur Mist raus. Schlaf dich aus, dann reden wir weiter. Aber hab ich schon 'ne Idee.«

Foley dachte an Mostels Sachen in der Aktentasche, den Schlüssel zum Harrowgate-Schließfach. Er musste an tausenden Cops vorbei. Auftragskillern aus dem Weg gehen. Die Junkyard Dogs würden ihren Kameraden rächen wollen. Die Kacke war wirklich am Dampfen. Und heute würden Zeitungen und Fernsehen die Nachricht von Foleys Heimkehr bringen. Die Banken in der Stadt würden nachts die Schotten vollkommen dicht machen, wie üblich zusätzliches Wachpersonal anheuern. Arme Ma: Weder die Cops noch die Journalisten würden sie in Ruhe lassen.

30

Die Ankunft von Australiens meistgesuchtem Verbrecher in Perth hatte die bleichen, elenden Gesichter Cliffords und Welshs wie nichts von den Titelseiten gefegt. Statt ihrer hängenden Köpfe tauchte das letzte bekannte Foto von Des Foley auf, ein Archivbild der Victoria Police, auf dem ein Mann spöttisch und optimistisch dreinblickte, obwohl ihm eine zehnjährige Haft bevorstand – im gefürchteten Hochsicherheitstrakt Jika Jika, dem »Gefängnis im Gefängnis« des Pentridge Prison. Kurz darauf hatte Foley Abflussreiniger getrunken, um ins Krankenhaus verlegt zu werden, und war, noch mit verätztem Magen, aus einem Fenster im zweiten Stock gesprungen und getürmt.

Swann kannte Foley aus der Zeit seiner beruflichen Anfänge. Er hatte ein paar Einbrüche in Bankfilialen und zwei Überfalle auf Geldtransporte hingelegt, aber für einen Verbrecher mit Grips und Ehrgeiz waren die lokalen Möglichkeiten zu einer adäquaten Betätigung bald ausgereizt gewesen.

Swann trank den Rest Kaffee, goss sich frischen nach, sah auf die Uhr. Sechs vorbei. Der Morgenchor der Flötenvögel und Honigfresser wurde mit Sonnenaufgang leiser, schwere Hitze begann ins Haus zu drücken. Er zündete seine Morgenzigarette an, schlug die Titelseite der Zeitung auf in der Erwartung, jetzt wieder Clifford und Welsh zu sehen. Stattdessen zwei Fotos: eins von der Demonstration vor der Old Swan Brewery, das zweite vom Premier mit Sam Mostel, Letzterer mit Stift in der Hand über einen Vertrag gebeugt. Der Deal war unter Dach und Fach, die Brauerei für eine ungenannte Summe an Mostel verkauft. Sein Plan sah eine wirtschaftliche Nutzung des Grundstücks vor – ein Hotel mit einzigartigem Ausblick auf den Fluss. Sowohl Mostel als auch der Premier sahen zufrieden aus. Jetzt verkündete der Premier, dass die Erlöse aus dem Verkauf an eine staatliche Entwicklungsgesellschaft fließen sollten, die neue Großprojekte fördern würde.

Auf der gegenüberliegenden Seite stand ein kurzer Artikel über den angeschossenen Rocker »Piggy« Taylor, Inhaber einer auf Custombikes spezialisierten Werkstatt: mittlerweile in stabiler Verfassung, nachdem man ihm einen großen Teil seines Magens entfernt hatte. Er behauptete, bei einem Spaziergang im Kings Park von einem Unbekannten angeschossen worden zu sein. Der Täter habe sich hinter einem Baum versteckt, unmöglich zu erkennen, wer es war. Der Autor beschwor das Schreckgespenst eines drohenden Rockerkriegs herauf, verwies dazu auf Rileys Rede in der vergangenen Woche und spekulierte über mögliche neue, auch internationale Biker-Bündnisse.

Marion kam in die Küche, kraulte Swann am Kopf, beugte sich zu ihm und küsste ihn auf die Wange. »Gute Nachrichten?«

Er brummte, küsste den angebotenen Mund, schmeckte Minze. »Für Satiriker vielleicht. Was Neues von Janey?«

»Alles gut. Sie hat gestern spätabends angerufen. Etwas betrunken, aber glücklich. Sie hat gesagt, sie konnte Stormie etwas Spargelsuppe aus der Dose und Toast verabreichen. Seinen Wein hat sie leicht verdünnt; so hat sie ihm wenigstens ein bisschen was Alkoholfreies eingeflößt. Er würd's wohl auch gern bei ihr probieren, aber nicht so nachdrücklich, dass sie nicht damit umgehen könnte.«

»Hat sich ihr Ex schon blicken lassen?«

»Nein. Seit zwei Tagen hat er weder die anderen Mädchen belästigt, noch ist er im Frauenhaus aufgekreuzt.«

»Na, hoffentlich zieht das Gerücht, und der Dreckskerl hockt mit kaputter Karre in der Nullarbor-Wüste und muss sein Kühlwasser saufen.« Swann sah auf die Uhr. »Mist.« Er warf die Zeitung in den Mülleimer. Jetzt blickte Foley spöttisch zwischen Blumenkohlblättern heraus.

Die nächste Parlamentssitzung fand erst am Nachmittag statt, und ohne Ministerialbürokratie und Schaulustige wirkte das Gebäude öde und verlassen wie ein Festsaal am Morgen danach. Das Büro des Premiers war leer. Ein Wachmann, der an Lurch aus der Addams Family erinnerte, begleitete Swann ins Büro und überwachte ihn bei der Arbeit. Swann ging als Erstes zum Telefon, schraubte die Bodenplatte ab und sah nach – dieselbe Wanze. Swann wusste nicht, ob er sie ohne Heenans Einverständnis entfernen sollte, und als er die Platte wieder einsetzte, fiel ihm der kleine Schraubenzieher zu Boden. Er kniete sich auf den tiefen Teppich, um ihn aufzuheben, und sah eine Baumwolltasche unter dem Sekretär. Er tat, als müsste er auch dort etwas kontrollieren, und öffnete die Tasche. Sie war voller Bargeld. Einhunderttausend Dollar, mindestens. Auf der Tasche selbst war kein Schriftzug oder eine Markierung. Kein Conlan-Logo. Swann schloss die Tasche wieder, tat, als habe er die Arbeit beendet, und stand wieder auf – gerade rechtzeitig, um zu sehen, wie Heenan auf dem Gang heranschnaufte. Lurch trat zur Seite, knöpfte sein Jackett zu und machte eine kleine Verbeugung.

»Alles paletti?«, fragte Heenan und blickte betont aufs Telefon. Swann bemerkte die falsche Munterkeit in seiner Stimme und die halbvolle Baumwolltasche unter seinem Arm, zuckte die Achseln und erwiderte: »Klar. Alles wie immer.«

»Du kannst uns jetzt allein lassen, Kyle«, sagte Heenan zu Lurch, der nickte und ging. »Das Ding zeichnet nur eingehende Anrufe auf, stimmt's?«

»Stimmt.«

Heenan sah aus, als könnte er jeden Moment zusammenklappen. Schweiß stand auf seiner Stirn, die Augen quollen hervor. »Kennst du dich mit Briefmarken aus, Frank?«

Swann schüttelte den Kopf. »Ich weiß nur, dass sie nicht gut schmecken. Warum?«

»Oder mit Kunst? Wie sieht's mit Kunst aus? Oder dämlichen Perserteppichen? Oldtimern? Den Vervielfältigungsrechten für die beknackte Beatles-Backlist?«

Swann ließ Heenan weiterschimpfen. Über die Besprechung, aus der er gerade kam. Mögliche staatliche Investitionen in Sammelobjekte mit langfristigem Wertsteigerungspotenzial. Es waren Anrufe aus der ganzen Welt eingegangen. Schwindler und Gauner, die irgendwelches Zeug loswerden wollten. Swann trat etwas von dem Sekretär zurück, als Heenan davor niederkniete und weiteres Bargeld in die Baumwolltasche stopfte, während seine Stimme zwischen zynisch und anbiedernd changierte. Ächzend kam er wieder in die Höhe, zog die oberste Schublade auf und holte eine Flasche Jameson heraus. Mit einem Knirschen öffnete sich der Deckel und Heenan trank einen Schluck.

»Ich dachte, der Premier hat dem Schnaps Adieu gesagt?«

»Das ist meine. Und ich brauch das jetzt echt. Können wir?«

Swann sah Heenan verständnislos an, der stöhnte. »Hab ich dir nichts gesagt? Statt der Grillerei am Wochenende, auf die du so wenig Lust hattest, sollen wir heute Vormittag auf das Boot von irgendeinem Idioten, um auf den Verkauf der Brauerei anzustoßen. Wir nehmen dein Auto. Ich bin schon zu blau zum Fahren. Ja, ich weiß. Du hast Besseres zu tun, ich auch. Aber du hast Fragen. Antworten kann ich dir keine geben, aber im Auto können wir drüber reden.«

Swann schloss seine Werkzeugtasche, streckte eine Hand aus, um Heenan zu stützen, der kurz in die Knie gegangen war. »Mein Scheißblutdruck. Geht rauf und runter wie 'ne Achterbahn.«

Den ersten umjubelten Knall eines Champagnerkorkens hörte Swann auf dem Parkplatz des Yachtclubs. Zeitgleich versuchte Heenan ächzend, sein Jackett zu schließen, aber er brachte die Knöpfe über seinem Bauch nicht zu und sah noch unglücklicher drein. Die Morgensonne lag auf dem weiten Blau der Flussschlinge und wurde vom weißen Sand der Crawley Bay silbern reflektiert. Die Yachten der Schönen und Reichen schaukelten an den Stegen. Der Royal Perth Yacht Club war der exklusivste der Stadt: kurzgeschorener Rasen, hohe Zäune, die Clubräume mit dunklem Glas abgeschirmt. Swann folgte Heenan durch das Gewirr der Anlegestege bis zum letzten Liegeplatz. Watschelnd zog sich Heenan dabei mehrmals die Hose hoch und fuhr sich mit beiden Händen durch das schütter werdende Haar. Er wirkte wie ein vom Fluss ausgespuckter unförmiger Meeressäuger, der an Land keine gute Figur machen konnte. Im ruhigen Wasser unter Swann trieben hunderte brauner und weißer Quallen; kleine Kardinalbarsche flitzten hin und her, zwischen den Stegpfosten blitzten Westliche Weißlinge auf. Auf der Fahrt hatte sich Heenan beruhigt, in den stillen Straßen im Kings Park nickte er sogar ein. Auf Swanns Frage hatte er zugegeben, dass die Wanze auf Wunsch des Premiers platziert worden war und der Rekorder in einer Schublade des Sekretärs lag. Warum, sei doch klar – die Schonfrist für den Premier ging zu Ende, es gab Druck wegen der Proteste vor der Swan Brewery, wegen dem flüchtigen Des Foley, Unsicherheit unter Hinterbänklern, wohin die neue Politik führen würde. Auch einige seiner engsten Minister, die potenziell lukrative Deals gern selbstständig verhandelt hätten, machten Druck. Und die Lobbyisten scharrten schon mit den Hufen, um die Dividende für ihre Wahlkampfunterstützung einzustreichen. Information war ein wertvolles Gut, konnte wie eine Geldanlage Zinsen abwerfen. Ja, das schwarze Notizbuch in der obersten Schublade war ein Schmutzbrevier, voller Klatsch, Tratsch und Schlimmerem. Noch riefen die Abgeordneten den Premier direkt an, genau wie er es wollte, aber das würde nicht ewig so bleiben. Bald würden sie auch untereinander telefonieren und nach einem geneigten Ohr für ihr Maulen und Jammern suchen. Viele waren in der Hand von aggressiven Lobbyisten, das war dem Premier klar, und jetzt mussten sie liefern. Wenn es so weit kommen sollte, dass der Premier für diese korrupten, machtgeilen Arschkriecher einen Zaunpfahl zum Winken brauchte, dann hatte er diese Bänder.

Als Heenan Swann ansah, verriet sein Blick, dass er sich verplappert hatte, und er wollte sich nicht mehr äußern, wer die Wanze platziert hatte. Swann wies ihn darauf hin, dass die meisten Privatdetektive nicht vertrauenswürdig waren – bei vielen handelte es sich um Ex-Cops, die wegen ihrer zu offensichtlichen Korruption aus dem Dienst geflogen waren oder zu labil und zu gewalttätig waren, und das sollte was heißen. Heenan winkte ab. »Zerbrich dir darüber mal nicht den Kopf, Frank.«

Ein junger Mann in schneeweißem Admiralsanzug samt Mütze, goldenen Epauletten und goldbesticktem Jackett führte sie an Bord. Heenan ging voran und ließ sich schwer und mit einem leisen Stöhnen auf das Hinterdeck der Vierzig-Meter-Yacht plumpsen, Swann sprang ihm hinterher. Gut zwanzig Männer mit Biergläsern und Champagnerflöten. Swann erkannte Larry und Maitland Conlan, die in bestechender Brüderlichkeit – beide in Skippermontur mit Polohemden, weißen Shorts, Bootsschuhen und sonnenverbrannten Beinen – an der Reling lehnten, die gleichen Zigarren rauchten und je eine Dose Swan Export in der Pranke hielten; Mostel, der immobilienentwickelnde Buchhalter, im ernsten Gespräch mit einem Swann unbekannten Mann; Baulöwe Coleman verstand sich offenbar prächtig mit Gewerkschaftsboss Mattock; Engle, Richter am High Court, und Staatsanwalt Peter Spratt steckten die Köpfe zusammen; und da der Premier. Als er sich umdrehte und Swann erblickte, blitzten seine Augen kurz auf, und er funkelte Heenan an, ehe er Swann die Hand reichte und überschwänglich begrüßte. Swann begriff: Der Premier hatte ihn nicht eingeladen und war auch nicht erfreut über seine Anwesenheit. Ein Pfiff ertönte, hinter Swann wurde gekichert, dann murmelten die Männer an Deck anerkennend. Er drehte sich um und sah drei Paar lange Beine und sonnengebräunte Arme, strahlendes Lächeln und toupierte Frisuren an Bord kommen – Prostituierte in bunten Sommerkleidern, Mädchen aus dem Stall von Dot Coulter. Der Schiffsmotor ließ den Yachtrumpf vibrieren, noch mehr angetrunkenes, erwartungsvolles Gemurmel, galante Männerarme streckten sich den Damen entgegen, um die auf ihren hohen Absätzen Taumelnden zu stützen.

Swann stellte sich neben Heenan an die Reling und zündete sich eine Zigarette an. »Was hast du eigentlich vor?«

Heenans Antwort wurde vom dröhnenden Innenborder übertönt, der die Yacht aus dem ruhigen Wasser hob, um nur fünfhundert Meter weiter in der Bucht vor dem Riverside Drive wieder zu verstummen und das Schiff geräuschlos auf die Anlegestelle vor der Old Brewery zugleiten zu lassen. Nun toasteten alle Mostel zu, der in die Runde grinste. Die hunderte von Demonstranten am Ufer mussten den Toast gehört haben. Heenan verließ Swann, um den Premier in die Holzkajüte zu bringen, falls sich auch Fernsehteams unter den Protestierenden aufhielten, die beim Anblick des Schiffes jetzt zu buhen begannen.

»Ein Bier, Sir?«

Swann wandte sich dem Tablett mit Getränken zu, das ihm eine der Frauen anbot. Sie hatte das Sommerkleid abgelegt und trug einen Bikini. »Cathy, stimmt's?«, fragte er. Dabei beobachtete er aus dem Augenwinkel, wie Heenan dem zum Parteikassierer aufgestiegenen Bruder Stormie Farrells einen wattierten Umschlag zusteckte.

»Mr Swann? Mit der Sonnenbrille hab ich Sie gar nicht erkannt! Wie geht's Marion?«

»Der geht's gut, Cathy. Ich sag ihr, dass du dich nach ihr erkundigt hast. Das wird sie freuen. Ich lass dich mal weiterziehen, gibt ja viele durstige Kehlen hier. Aber vielleicht reden wir später noch mal.«

Cathy hörte Schritte hinter sich und setzte ein falsches Lächeln auf. »Aber gerne, ich schau gleich nach. Aber ich glaube, wir haben nur weißen.«

Um Swann hatte sich eine Art Sicherheitskordon gebildet, er als Außenstehender wurde von Rücken abgeschirmt. In den leeren Raum dazwischen polterte Heenan, pflanzte sich auf die Reling und verschränkte die Arme vor der Brust. Genau wie Swann stand auch er außerhalb. »Jede Party 'ne Geschäftsbesprechung, jede Geschäftsbesprechung 'ne Party – so läuft das in Western Australia.«

Swann bemühte sich nicht um Antwort, ließ das Schweigen für sich sprechen. Einmal senkte Heenan die Arme, verschränkte sie aber gleich wieder. »Komm schon, Frank. Du arbeitest doch für mich. Du sollst mir den Rücken freihalten. Er überlegt schon, ob er mich loswerden soll, das spür ich. Ich will nur, dass du mir den Rücken freihältst.«

Während er das sagte, starrte Heenan auf Cathys Hintern. Swann sah ihn an. Nicht die übliche Gier eines unattraktiven Mannes. Etwas anderes. Swann überlegte, was es sein konnte, als ihm der Name des alten Mannes einfiel, der mit Mostel plauderte. Es war der Richter am Supreme Court, der den Fall Dragic abgewiesen hatte. His Honour Justice Roberts, kaum zu erkennen ohne gepuderte Perücke und Robe.

Der Anwalt, den Swanns Mandanten beauftragt hatten, stammte aus Melbourne; die Beweise waren erdrückend. Für den Mann war es unfassbar, dass das Gericht auf nicht schuldig urteilte, und er fühlte sich auch auf den Schlips getreten. Immerhin hatte er bei Dragic und seinem angeblichen Bankrott erstklassige Arbeit geleistet und die von Swann entdeckten Geldflüsse Schwarz auf Weiß belegt. Aber Justice Roberts blieb davon unbeeindruckt. Erst als die Mandanten den Fall vor ein Zivilgericht gebracht hatten, bekamen sie Recht, weil der junge Richter dort die Beweislast als erbracht ansah und von einer betrügerischen Absicht Dragics ausging. Das Gesicht, das Dragic daraufhin machte, war unbezahlbar. Als Kaution wurden einhunderttausend Dollar angesetzt, die Revision gestattet. Aufgrund von Dragics Flucht wurde die ganze Summe als Vertragsstrafe einbehalten.

Swann bemerkte den kleinen Schubs von Conlans Hand auf Cathys unterem Rücken, der sie in Richtung Justice Roberts bugsierte. Sie blickte im selben Moment zu Swann wie Conlan, der hämisch grinste. Der Schiffsmotor erwachte wieder zum Leben. Einige Demonstranten waren unter den Anfeuerungsrufen ihrer Freunde vom Ufer losgeschwommen.

31

Swann hatte den Autoschlüssel noch nicht ganz aus der Tasche gezogen, als die Männer ins gleißende Mittagslicht traten. Es waren drei: zwei in Uniformhosen, Stiefeln, weißen Hemden mit hochgekrempelten Ärmeln und locker gebundenen Krawatten. Und ein Detective im Baumwollanzug mit absurd weit ausgestellten Schultern. Er hielt Swann seine Marke vor die Nase. Schmale blaue Augen, Sonnenbrand auf der Nase, die feuchten Lippen glänzten in der grellen Sonne. »Wir sind von Major Crimes. Wir möchten Sie bitten, mit uns zur Central zu fahren. Nur zu einem kurzen Gespräch. Erst mal auf freiwilliger Basis.«

Für seinen Rang war der Detective recht jung, also wohl einer aus Hogans Kreis. Den Bewegungen nach kein Schläger, und er sah auch nicht danach aus. Seit Swanns Ausscheiden aus der Polizei waren fast acht Jahre vergangen; inzwischen tat eine neue Generation Dienst. Der Junge hätte zu seiner Zeit noch Uniform getragen – und die Geschichten über Swann hätte er mitbekommen, in der Sache selbst aber keine Rolle gespielt.

»Na, heute mal als Geheimagent getarnt?«

Der Junge ging nicht drauf ein. »Wie gesagt, zum jetzigen Zeitpunkt wäre das ein Gespräch auf freiwilliger Basis. Wir würden Ihnen hinterherfahren.«

Swann war neugierig. Vor ein paar Jahren wäre der Gang in den Zellentrakt unter der Central Police Station wohl ein Weg ohne Wiederkehr gewesen. Vielleicht sollte er mal testen, wie viel die Entspannung der letzten Zeit wert war.

»Okay, fahren wir.«

Sie folgten ihm in einem cremeweißen Commodore; drei große Männer in einem zivilen Mittelklassewagen. Beim Losfahren rief Swann vom Autotelefon aus bei sich an. Hinterließ auf dem Anrufbeantworter eine Nachricht für Marion und löste den Rekorder unterm Dach aus. Er berichtete kurz, was er vorhatte, gab das Kennzeichen des Commodore durch, nannte den Namen des Detectives und beschrieb die beiden anderen Männer. Dabei ließ er das Trio hinter sich das Autotelefon sehen.

Er parkte auf dem Parkplatz direkt an dem hoch aufragenden konkaven Polizeigebäude, sperrte ab und steckte den Schlüssel in den Schlitz zwischen Windschutzscheibe und Motorhaube. Wenn ihm etwas zustieß, mussten sie den Wagen abschleppen lassen. Das würde vielleicht Aufmerksamkeit erregen.

Swann zündete sich eine Zigarette an und wartete an den Wagen gelehnt, bis die drei Männer aus dem unterirdischen Dienstparkplatz kamen, sich ihre Sonnenbrillen aufsetzten und die Krawatten zurechtrückten, um dann in Keilformation mit dem Anzugträger voran zu ihm zu kommen.

Der Mann lief an Swann vorbei zum Empfang, und während die beiden anderen warteten, trug er sich in die Dienstliste ein. Vor zehn Jahren war Swann Superintendent der uniformierten Polizei gewesen – und das hier seine Dienststelle, sein kleines Reich. Er hatte zweihundert Officers unter sich. Junge Detectives wussten das, und was sie noch über ihn wussten, war ihnen aus Hogans Sicht vermittelt worden – dass Swann nach dem Mord an Ruby Devine seine Nase in die Angelegenheiten des CIB gesteckt und so die lukrativen Nebeneinkünfte aus Bordellen, Wettbüros und Spielhallen, von akzeptierten Drogendealern und geduldeten Bankräubern und Autoschiebern gefährdet hatte, die wöchentlich mehr einbrachten, als ein höherer Detective im Jahr verdiente. Selbst wenn man das Geld im Purple Circle der gut zwei Dutzend Eingeweihten teilen musste, war das einer der bestbezahlten Jobs im Staat. Im Zentrum dieser korrupten Gruppe stand inzwischen Benjamin Hogan, seit zwei Jahren Chef des CIB.

Hogan trat aus dem Lift und fuhr sich mit der Hand durch die schwarzen Haare, dann schob er die Ärmel seines schwarzen Leinenanzugs nach oben. Er sah eher aus wie ein französischer Schauspieler als ein abgebrühter Cop.

Hogans Grinsen und sein lässiges Auftreten verrieten die alte Feindschaft. Er winkte kurz in Richtung der Büros im Sicherheitsbereich. Letztes Jahr hatte sich ein Jugendlicher mit umgeschnallter Sprengstoffweste in der Lobby in die Luft gejagt. Seinen Kopf hatte man auf dem Parkplatz gefunden. In diesem Jahr war ein TRG-Kommando wegen eines Jugendlichen angefordert worden, der mit einem Gewehr hereingekommen war – ein geistig Verwirrter, der im Kugelhagel der Polizei hatte sterben wollen. Was ihm auch gelang: mit dreiundneunzig Kugeln aus elf verschiedenen Handfeuerwaffen im Körper.

Hogans Entscheidung für den Raum ihres Gesprächs machte Swann noch neugieriger. Das betriebsame Einsatzzentrum war ein entschieden öffentlicher Ort, kein Verhörzimmer. In einer Ecke hing auch eine Überwachungskamera, dazu gab es einen einfachen Schreibtisch und mehrere Plastikstühle. Swanns drei Begleiter postierten sich vor der Tür – falls Swann Hogan attackierte, nicht andersherum.

Hogan setzte sich an ein Tischende, Swann ans andere. Beide zündeten sich Zigaretten an. Kalte Blicke. Als Erster ergriff Hogan das Wort.

»Gute Arbeit, wie du Dragic drangekriegt hast. Den Affen mocht ich nie. War zu gierig, selbst nach meinen Maßstäben.«

Unausgesprochen schwang mit: Hogan hatte es zugelassen. Swann wartete, dass er weitersprach. »Du hast sicher gehört, dass er Geld auf deinen Kopf ausgesetzt hat. Von diesem Scheiß-Jugoslawien aus.«

»Hab ich. Ich weiß gar nicht, welche Währung es da gibt, aber er muss sich beim Wechselkurs vertan haben. Zweitausend Aussie-Dollars – also ehrlich ...«

Hogan grinste. »Wir haben überlegt, ob wir nicht aufstocken, damit's reicht.«

»Aber?«

»Ich weiß nicht, Frank. Ich finde, es läuft alles gut so. Du wohnst draußen in Freo, machst dein Ding in deinem kleinen Häuschen, hältst den Ball immer hübsch flach. Ich leite 'nen großen Betrieb und hab dringendere Dinge zu tun ...«

Hogan sah auf seine perfekt manikürten Nägel, kratzte sich kurz über die Handflächen. »Und heute bist du mitgekommen. Ganz freiwillig. Gutes Zeichen. Vielleicht entwickelt sich's ja, würd mich freuen. Du hast dir auch ein hübsches Pöstchen geangelt, unter den Fittichen des Premiers. Vor so was hab ich Respekt, selbst bei 'nem Gegner.«

Sie wussten beide genau, wie Verhöre geführt werden, alles hier lief nach Drehbuch. Hogans falsche Freundlichkeit, dieses lässige Gehabe.

Swann ging dazwischen. »Was hast du für mich? Bevor wir mit dem Drohen anfangen.«

Hogan lachte mit echter Fröhlichkeit. »Ich hab's ja gewusst, ein würdiger Gegner. Die Antwort ist – Dragic. Unser gemeinsamer Feind. Ein Stück Scheiße an meinen Hacken. Ein öffentliches Ärgernis. Und wieder mal jemand, der dich gern tot sähe. Aber einer von 'nem anderen Kaliber, wie du sicher zugestehst.«

»Dafür habt ihr doch die beiden anderen Trottel angeheuert.«

In Hogans Augen blitzte Unsicherheit auf. Er wusste nicht, ob seine Männer ihn auf Wanzen geprüft hatten. Zum Beweis seiner Selbstherrlichkeit pfiff er auf jegliche Vorsicht. »Ich glaube ja, wenn Riley wirklich gewollt hätte, dann hätte die Bombe dich auch erledigt.«

»Der erzählt dir wirklich alles, oder?«

»Wie du weißt, steckt unter seiner muffigen Kutte ein blitzsauberer Spitzel. Dem verzeih ich kleine Anfälle von ...

Sentimentalität. Aber Dragic steht menschlich ein paar Stufen drunter. Genau wie diese Albaner, mit denen er sich umgibt. Widerlich. Und deswegen hab ich dich hergebeten. Bevor das alles ... albanisch wird.«

»Und weiter?«

Hogan schniefte. »Also, zum Geschäft. Was *ich* will, ist, dass du den kleinen Gary Quinlivan in Ruhe lässt. Keine Besuche auf der Exetar-Baustelle mehr. Der Junge macht mich sehr, sehr reich. Das Leben ist schön, Frank, aber du kennst ja die alte Pommie-Weisheit – immer Champagner ist auf Dauer auch langweilig. Ich will was Neues, also lass deine Pfoten aus meinen Geschäften.«

»Und was hab ich davon?«

»Ich verrat dir ein kleines Geheimnis. Über das Kopfgeld. Die läppischen zweitausend. Das ist nur eine Finte. Ein Köder ohne Haken. Du wusstest, dass Dragic sich rächen würde. Und jetzt – schau, wie so eine alberne Summe dich in Sicherheit wiegt. Aber ich hab gehört, dass deutlich mehr drin ist. Um die fünfzigtausend, und die gibt's nicht für eine saubere Sache. Diese Slawen sind nicht wie wir, Frank. Im Grunde sind das wilde Tiere. Das Geld, die fünfzigtausend, sind für deine Frau, oder für eine oder zwei deiner Töchter. Ein Überfall, Vergewaltigung und ab in die Grube. So tief, dass du sie nie wiederfindest. Und nie erfährst, wer oder wie. Frank?«

Hogan hatte den Deal auf den Tisch gelegt und musste nicht mehr den Cop spielen, der Swann einen Ausweg aus seiner Klemme vorgaukelte. Aber Hogan war ein erfahrener Lügner, und Swann sah, dass er wirklich belustigt war – er hatte den Blick, mit dem man Kriminelle ansah, die man ausmanövriert hatte und zum Aufgeben überlistet hatte.

»Wem hat er den Job denn gegeben?«

»Demselben Kerl, der schon deinen Kumpel Dennis

Gould beseitigt hat. Ein Junkyard Dog mit Patch auf der Kutte.«

Also wusste auch Hogan nicht, dass Gould davongekommen war. »Hat er 'nen Namen?«

»Nope. Und bevor du auf die Idee kommst – du kannst nicht losziehen und einen ganzen Club Bikies zusammenfalten. Swann, ich weiß, dass du das tun würdest, aber das lass ich nicht zu.«

»Woher willst du wissen, dass ich das täte?«

Hogan lachte. »Du bist doch vollkommen irre. Du bist mit dem Mord an meinem Boss durchgekommen. Das verzeih ich dir nie. Auch wenn ich deswegen ein paar Jahre früher meine Chance bekommen hab.«

Davon hatte Hogan also auch keine Ahnung. Nicht Swann hatte Casey erschossen. Er wusste überhaupt nicht, wer es gewesen war, und es war ihm auch egal.

Hogan klopfte mit der flachen Hand auf den Tisch. »Aber ich kann dir Dragic bieten. Der Idiot ist gar nicht in Mazedonien. Er hat nämlich Flugangst. Dieser Schwachkopf hockt oben in Wanneroo. Wartet, dass der Job erledigt wird. Und wenn er sich an deinem Leid sattgesehen hat, will er deinen Kopf. Schau nicht so überrascht, Frank. Du hast ihn erledigt, als er fast schon legal war und ich ihm gesagt hab, er soll bei seinem Heroinschmuggel bleiben. Grad als er fast 'nen Ruf hatte und sein Daddy stolz auf ihn war, hast du ihn abgesägt. Wusstest du, dass sein Dad ihn, als er klein war, hat Tauben fressen lassen? Während die anderen Jungs im Park waren und Fußball gespielt haben, war er irgendwo im Sumpf und hat sich Tauben zum Abendessen geschossen. Steht in seiner Jugendstrafakte, solltest du dir mal anschauen. Fängt an mit Führen einer Waffe in der Öffentlichkeit.«

Swann erhob sich. »Die Adresse.«

Hogan grinste. »Die hab ich doch zufälligerweise hier aufm Zettel.«

»Ich brauch sie nicht schriftlich. Sag's mir einfach.«

Hogan hob einen Papierstreifen in die Höhe und grinste, als läse er den Spruch in einem chinesischen Glückskeks. »Wattle Grove Smallholdings in der Wanneroo Road. Das ist 'ne dämliche Gemüsegärtnerei. Weißkohl, Blumenkohl, Brokkoli und so was. Der dumme Sack hat sogar Dope zwischen die Tomaten gepflanzt, um wieder ins Geschäft zu kommen. Und pass auf die Dobermänner auf. Die sehen hungrig aus. Aber noch mal, Swann: Finger weg von Gary Quinlivan und Exetar. Misch dich nicht in meine Geschäfte.«

Swann nickte. Die Sache schien klar. Aber genau wie in Hogans Augen, in deren Oberfläche sich das Licht spiegelte, schimmerte darunter noch etwas Dunkles, Gefährliches.

32

Während Pendler ihrer gewohnten Wege gingen, Mitarbeiter der Stadtgärtnerei unter der klaren Frühlingssonne Bäume stutzten und Kinder aus der Schule kamen, fuhr Swann wie betäubt dahin. Vielleicht hatte Hogan gelogen, vielleicht auch die Wahrheit gesagt. Er würde es wissen, wenn er Dragic – und sei's nur eine Minute – von Angesicht zu Angesicht sah. Der Statesman schnurrte immer mit genau siebzig dahin, weil Swann nicht rausgewunken werden wollte. Nichts und niemand sollte ihn aufhalten. Die nicht registrierte und eine registrierte Pistole lagen mit einer Schachtel Munition auf dem Beifahrersitz. Er rauchte zum Fenster hinaus, während er im Kopf alle Szenarien durchspielte. Hogan hatte offenbar einen Grund, warum Swann Dragic töten sollte. Danach hätte Hogan allerdings die Chance, Swann zu erledigen; zumindest hätte er ihn auf alle Zeit in der Hand. Aber vielleicht war die Behauptung, seine Familie wäre bedroht, nur eine Finte, um Dragic und Swann aufzuhetzen und von ihrer wahrscheinlich gewaltsamen Auseinandersetzung zu profitieren – egal wie sie ausging. Und wenn Swann überlebte, wäre es wie zuvor auch: Hogan hätte ihn wegen Mordes am Haken.

Der Cop in ihm legte sich bereits Alibis zurecht, dachte sich Strategien aus, wie er alles abstreiten konnte, aber er war zu erregt. Seine Wangen glühten, das Rauschen in seinem Kopf war unüberhörbar, trotz des Motorengeräusches, trotz des Verkehrslärms. Was auch dahintersteckte, das Ganze erreichte eine neue Dimension. Wenn es stimmte, dass Dragic für den Tod Marions oder einer seiner Töchter Geld bot, dann war für Swann die rote Linie überschritten. Es war eine Sache, wenn sich Konzernlenker Rocker als Schläger anheuerten, und eine andere, die Ermordung eines querschießenden Aktionärs zu verlangen. Das hatte immerhin noch was mit Geschäften zu tun. Doch die Ermordung völlig Unbeteiligter?

Swann fragte sich, ob er Marion und die Kinder anrufen sollte, aber er wollte sie nicht beunruhigen und in das hineinziehen, was nun geschah. Besser, er tat das Notwendige, egal was und egal, dass Hogan die Fäden zog und erwartete, er würde sofort zur genannten Adresse fahren. Also rief Swann statt Marion Gould an, den alle für tot hielten – einen Geist würde niemand suchen. Gould verdiente zu erfahren, dass er nur mit Glück davongekommen war und dieses Glück zu Ende ging. »Hey Kumpel, fang schon mal das Packen an, und zwar für eine längere Reise. Ich bin auf dem Weg zu Trevor Dragic. Wenn du in der nächsten Stunde nichts von mir hörst, schnapp dir deine Sachen und dreh dich bloß nicht um ...«

»Muss ich nicht. Ich hab das Zeug vom letzten Mal gar nicht ausgepackt. Geduscht hab ich übrigens auch noch nicht ... Aber, Frank – in der Exetar-Sache kommt Druck auf den Kessel. Es wurden Lastwagen entführt, und heute früh wurde jemand getötet – gleich vor Burswood wurde ein Umweltfachmann tot im Fluss gefunden. In der Firma gibt's deutliche Anzeichen für eine sehr feindliche Übernahme, da frisst sich jemand von unten rein. Was hältst du davon –«

»Lass Exetar erst mal stehen und mach dich abmarschbereit. In einer Stunde. Bin gleich da.«

Als ob Swann mit einem Kind spräche. »Stimmt schon. Exetar ist nicht der Kern des Problems – da gibt's klare Hinweise auf organisierte Kriminalität. Ich schau mir erst mal das nächste Angebot an. Hercules Construction. Außerdem – ich hab Kontakt zu Calhoun, dem Besitzer des Wachschutzes, in dem Quinlivan mitmischt. Näheres folgt ...«

Swann ließ ihn machen. Zu seiner Linken versank die Sonne, dennoch stach sie noch auf Gesicht und Armen. Der Abendwind rauschte über die Kalksteinhügel, Sumpfgeruch wehte in die letzten Überreste des ursprünglichen Buschlandes. Die Stadt lag jetzt hinter ihm, es wurde ländlicher, man sah Farmen und Gärten mit handgemalten Schildern und unbefestigten Einfahrten. Am Straßenrand riesige Marris und Tuart-Bäume, dahinter gepflügte Felder und gepflegte Obstgärten, Glashäuser und Vietnamesinnen mit Kegelhüten und farbenfrohen Tüchern. Vor sich sichtete Swann das Schild: Wattle Grove Smallholdings. Die Buchstaben waren mit roter Farbe auf ein Jarrah-Brett gepinselt. Dahinter wand sich eine staubige Piste durch Goldakazien und Banksien.

Er passierte den Abzweig und suchte nach einem Platz für den Wagen, der von der Straße und der Farm nicht einzusehen war. Zweihundert Meter weiter führte eine Stichstraße in einen kleinen Hain aus Kasuarinen und Goldakazien. Auf der Anhöhe darüber türmten sich sechs gigantische Granitfelsen zu einer Pyramide, die wie Würfel angemalt waren: weiße Flächen mit schwarzen Punkten – ein Warnzeichen für Fahrer auf der Bindoon Road. Kein Verkehr. Swann bog ab und steuerte den Statesman über den festgefahrenen Schotter und stellte ihn unter den natürlichen Sichtschutz einer Goldakazie. Von der Straße aus wäre der Wagen noch zu sehen, aber nur, wenn man danach suchte. Er stellte den Motor ab, klopfte kurz auf das Armaturenbrett, um sich Glück zu wünschen, prüfte, ob seine Hände zitterten, schluckte mit trockenem Mund. Noch nie hatte er im Sinn gehabt, einen Menschen zu töten. Noch nie hatte er jemanden quälen müssen, um einen Namen zu erfahren und ihn danach zu töten. Ihn anschließend in eine Decke wickeln. Weit weg fahren und an einer Stelle vergraben, an der er nie gefunden würde. Eine ganze Folge von Taten, die kein Ende fand, sondern erst der Anfang war.

Doch eins ließ Swann weitermachen – wenn es das Kopfgeld wirklich gab und wenn er den zweiten Namen erfuhr, würde dieser Zweite abspringen, sobald Dragic tot war. Er hatte das bewiesen, indem er Gould hatte laufen lassen. Wenn Dragic tot war, gab es keinen Auftrag mehr, und für den Killer war es sinnlos weiterzumachen. Diese Überlegung ließ Swann mit beiden Pistolen und der Munitionsschachtel in der Jacke aus dem Auto steigen. Die Schirmmütze zog er sich tief ins Gesicht.

Über einen schlaffen Drahtzaun stieg er in ein vorbereitetes Feld mit rötlicher Erde, umrahmt von grauem Sand, Schotter, Geröll. Das Farmhaus lag dahinter, ein Sprinkler wässerte eine große Tomatenpflanzung. Selbst aus der Ferne erkannte Swann das irreale Grün der viel höheren Marihuanapflanzen zwischen den Tomatenstöcken. Auf der Vorderseite des Grundstücks gab es keine Deckung, deswegen schlich Swann weiter am Busch entlang. Er rechnete damit, dass sich die Hunde jeden Augenblick auf ihn stürzten, und hielt seine nichtregistrierte Beretta bereit – das Geräusch einer .22er wäre in diesem kaninchenverseuchten Gebiet nicht allzu auffällig. An der Rückseite des Farmhauses standen mehrere Schuppen und Schiffscontainer, die ihm beim Anschleichen besseren Schutz boten. Stille, gespannte Aufmerksamkeit, er lauschte auf geringste Warnzeichen, die Augen fast schmerzhaft fokussiert. Zikaden lärmten, Insekten summten überlaut. Er hoffte, dass Dragic ihn kommen sah, auf ihn losging und er ... – Notwehr. Und dass kein anderer im Haus war. Keine Zeugen, keine weiteren Opfer. Noch immer kein Anzeichen von den Hunden. Swann schlich von hinten an das Haus heran. Die Fliegentür war offenbar nicht abgeschlossen. Er stupste mit dem Fuß dagegen. Von drinnen kein Geräusch, keine Hunde. An den Angeln der Tür glänzte Schmiere. Er zog sie auf und schlüpfte hinein, gab seinen Augen Zeit, um sich an die Dunkelheit zu gewöhnen. Es roch nach Paprika, gekochtem Kohl, Schweineschmalz, Hund. Mit der vorgestreckten Pistole von Raum zu Raum. Sein Puls raste. Das Blut rauschte, der Druck im Kopf stieg immer weiter. Unerträgliche Stille. Jetzt ins Wohnzimmer. Er sah Dragics Hinterkopf, die schwarzgefärbten Haare. Zurückgelehnt in einem Sessel, den Blick auf die Felder gerichtet, auf die neue Zukunft. Noch immer keine Hunde. Nur Fliegensummen. Dann roch er es. Geronnenes Blut. Wie Roheisen, so süßlich-rostig. Er drückte sich an der Wand entlang um den Stuhl herum, entdeckte das Einschussloch in Dragics Augenhöhle, aus der gallertartige Masse und Blut ausgetreten waren. Das andere Auge starrte Swann leer an. Dragics nackte Füße ragten bleich aus einer schwarzen Hose, auf dem dunklen Teppich eine samtige Blutlache. Drei Zehen des rechten Fußes abgetrennt; in der Nähe eine Gartenschere, krustige Blutblasen dort, wo die Zehen gewesen waren.

Der Tatort ohne Verwüstungen. Der Mörder kühl kontrolliert. Keine Anzeichen eines Gewaltausbruchs. Nur so viel Folter wie nötig, um die erforderliche Information zu erhalten. Nichts Persönliches. Im Schädel kein Austrittsloch – eindeutig Kaliber .22, vermutlich mehrere Schüsse in dasselbe Auge.

Fast so, als hätte Swann es selbst getan.

Doch es war nur halb zu Ende gebracht. Hogans Plan. Um sich abzusichern. Er hatte es nicht auf Dragic abgesehen, sondern auf Swann. Seit der Bergbau boomte, wollten alle Drogendealer auch Geschäftsleute sein. Doch Dragic hatte sich nicht an die Regeln gehalten, war ungeduldig gewesen, unfähig, hatte sich nicht unter Kontrolle gehabt – Swann hatte es vor Gericht belegt.

Dafür war Dragic bestraft worden, Swann belohnt. Doch die Belohnung war zugleich Strafe. Und wiederum eine Chance.

Hogans Gesetz.

Wenn Swann einfach weglief, würden Hogans Leute ihn suchen. Das angebliche Kopfgeld, das Dragic ausgesetzt hatte, genügte als Motiv dafür, dass Swann ihn umgebracht hatte. Und Hogan hatte sicher noch einen Trumpf in der Hinterhand. Swann wusste nicht, welchen – nur, dass er einen haben musste.

Jetzt gab es nur ein weiteres Vorgehen: Er musste so tun, als hätte er den Mord begangen. Noch einen Schritt näher an die Leiche, und er hätte ohnedies der Mörder sein können. Er erwartete Sirenen. Wurde er von der Straße aus beobachtet? Wieder im Freien der Duft des Meeres im Wind, das Flüstern der Banksien; Dämmerlicht und lange Schatten, die jedes Objekt scharf umrissen, beinahe lebendig machten. Knirschende Erde unter seinen Stiefeln auf dem Weg zu den Schuppen. Eine blaue Plane. Eine Schaufel. Der Schlüssel, der in einem Datsun Ute steckte.

Swann merkte, dass er stockend atmete, immer nur kurz Luft holte, um die Vorstellung von der Ankunft von Hogans Leuten nicht an sich ranzulassen. Er atmete kräftig aus, beugte sich vor, legte die Hände auf seine Knie und spürte, wie sich die Erde drehte. Sah zu, wie das Licht um seine Füße verschwand.

33

Zum ersten Mal seit Wochen war Swann froh, früh aufstehen zu müssen. Er hatte schlecht geschlafen, die Aussicht auf Arbeit war wohltuend. Vor manchen Dingen kann man sich am helllichten Tag besser verstecken. Gleich nach der Abfahrt von Dragics Haus hatte Swann Dennis Gould angerufen, ihm die Situation geschildert und erklärt, dass er sich auf Flucht einstellen müsse. Hogan könnte ihn abpassen und verhaften wollen, wenn er die Leiche begrub. Doch auf der ganzen Strecke in den Kiefernforst nördlich von Wanneroo – dem nächstgelegenen Stück freiem Land, in dem man auch gut mit dem Auto fahren konnte – tauchten keine Scheinwerfer im Rückspiegel auf. Wie alle Kiefernforste hatte er bei Nacht etwas von einem Friedhof. Swann war froh, dass es weder Unterholz noch Wanderpfade und Anwohner gab. Er entschied sich für eine Senke mit weichem, sandigem Boden zwischen den Baumreihen, unzugänglich für das schwere Gerät, das die Bäume fällte, schälte, aus dem Wald schleppte und das Wurzelwerk herausriss. Der Mond schien hell genug, um zu graben. In der Senke stand feuchte Hitze. Schweiß troff Swann von der Nase, Staub, den er beim Graben aufwühlte, blieb an seiner feuchten Haut kleben. Nach einem halben Meter Tiefe wurde das Erdreich kompakter. Swann hoffte inständig, nicht auf eine Schicht Tamala-Kalkstein zu stoßen, doch das Schaufelblatt arbeitete sich problemlos über einen Meter in die Tiefe. Dann stieg er selbst in das Loch und grub weiter, bis er auf Augenhöhe mit dem Boden war. Und noch weiter, bis sein Kopf nicht mehr zu sehen war. Schließlich hob er Dragic aus dem Wagen, um ihn ins Grab gleiten zu lassen.

Nach der Rückkehr zur Farm stellte er den Ute an die alte Stelle, spritzte die Schaufel ab, schloss die Türen. Suchte auf dem ganzen Weg zurück zum Statesman den Boden nach seinen Fußspuren ab und verwischte sie an fraglichen Stellen mit den Blättern am Ast einer Goldakazie. Er fuhr mit seinem Wagen zur Straße, lief zurück, um auch die Reifenspuren zu verwischen, und warf den Ast in den Straßengraben.

Auf dem Heimweg war Swann bis in die Außenbezirke von Perth allein auf der Straße, aber dann begegnete sein Statesman Taxis, anderen Autos, Polizeiwagen, und alle, bemerkte er, blickten zu ihm hinter den getönten Scheiben. Früher hatte er selbst Männer, wie er jetzt einer war, gejagt. Eine weitere Rolle, die er spielen musste. Auf Einzelheiten achten, die Indizien sein konnten – die rote Erde im Profil der Reifen, die abgespritzt werden mussten, genau wie seine Schuhe. Als er endlich neben Marion im Bett lag, empfand er eine große Kluft zwischen ihr und sich. Einschlafen war unmöglich. Immer wieder ging er das Geschehene durch. Alles musste wieder normal sein. Als ob nichts geschehen wäre. Und dann ging er erneut alles von vorne durch.

Swann lag hellwach im Bett und sah immer wieder auf seine Armbanduhr. Die Minuten vergingen quälend langsam. Fast alle dachten, dass sich Dragic nach Mazedonien abgesetzt hatte. Auf dieses Gerücht musste Swann setzen, es verstärken und als wahr erscheinen lassen. Aber es gab ein paar, die es besser wussten. Hogan und der Mann, den Dragic angeheuert und womöglich auf seine Familie angesetzt hatte. Laut Hogan war es einer der Junkyard Dogs. Eine Anzahlung war geleistet. Die Biker mussten es irgendwie erfahren. Langsam erhob sich die Sonne über den Darling Scarp, Flötenvögel und Honigfresser besangen den neuen Morgen. Swann stand auf, setzte den Kessel auf, machte für sich und Marion Tee, duschte – nahm die tägliche Routine wieder auf. Auf der Schreibtafel neben dem Kühlschrank war eine Nachricht von Marion. Gerry Tracker war in U-Haft im Fremantle Prison. Ein Freund aus dem Justizdienst hatte sich bei ihr gemeldet, offenbar auf Trackers Wunsch.

Swann ließ Marion weiterschlafen, stellte nur den Deckenventilator eine Stufe höher, ehe er leise die Tür hinter sich schloss. Seine erste Station war ein Münztelefon an der Ecke von Market und High Street in Fremantle. Dort war niemand außer zwei Betrunkenen, die aus den Dünen gekommen waren und sich in Decken gehüllt auf der Bank fläzend von der Morgensonne wärmen ließen. Swann steckte eine Zwanzig-Cent-Münze in den Schlitz des Apparats, blickte zu Boden, sah alte Blut- und Ölflecken, die in den offenporigen Beton gedrungen waren, darüber eine feine, vom Wind herangetragene Sandschicht, dazu dutzende Zigarettenkippen. Der Anruf barg ein Risiko, weil Riley Hogans Spitzel war. Doch Swann ließ es klingeln. In Rileys Haus mit den hohen

Decken und Kalksteinmauern würde das Telefon laut hallen. Trotz der frühen Stunde hob Riley schnell ab. Als Clubpräsident immer im Dienst. »Riley. Ich brauch die Nummer des Präsidenten der Junkyard Dogs. Die private. Jetzt.«

Durch die Leitung war ein Feuerzeug zu hören, das Geräusch von Rileys Lippen, die sich um die erste Zigarre des Tages schlossen. Das Klappern einer Rollkartei. »Clem Gunston. Zwei, sechs, sechs, drei, fünf, drei, eins. Von mir hast du sie nicht.«

Swann legte auf, warf eine weitere Münze ein, wartete. Es bestand die Möglichkeit, dass einer der Junkyard Dogs Dragics Auftrag auf eigene Faust übernommen hatte und Clem Gunston nichts davon wusste, aber Dennis Gould war immerhin von vier Männern in die Wüste gefahren worden.

»Gunston. Ich hoffe für dich, dass es wichtig ist.«

Ehe er sprach, legte Swann einen Ärmel über seinen Mund. »Ich sag's nur ein einziges Mal. Dragic ist unter der Erde.«

Eine Pause, entspannt. »Gibt's Beweise?«

»Versuch mal, ihn zu finden. Keine Chance. Und als kleines Extra: Das Gras draußen in Wanneroo gehört dir.«

»Keine Ahnung, von was du sprichst, Kumpel.«

»Das Geld, das du bekommen hast, ist ebenfalls deins. Aber mehr gibt's nicht.«

»Woher hast du meine Nummer?«

Swann drückte die Gabel herunter, legte den Hörer auf und lehnte die Stirn gegen das Telefon. Spürte, wie die Anspannung nachließ, kribbelnd seinen Rücken hinauflief und über seinen Hinterkopf in die Luft entwich.

Auf der Fahrt in die Stadt war der Freeway leer. Die Pendler würden erst noch kommen, doch jetzt schon trabten dutzende Jogger, Musik im Ohr, flappende Walkman-Kabel, in neonfarbenen Sportklamotten auf den Uferpfaden dahin. Im Westen lag der Fluss reglos da. Als Swann sich Perth näherte, erschienen die ersten Lastwagen mit verdellten Seiten, staubigen Reifen und Fahrern in identischen grauen Hemden und Kappen auf der Narrows Bridge. Das Telefon im Wagen klingelte. Er hob ab. Marion. Ihre Stimme klang verschlafen, warm, wie an jedem Morgen. »Ich wollte nur sichergehen, dass du die Nachricht von Gerry gekriegt hast? Sein Freund, er wollte keinen Namen nennen, hat gesagt, dass Gerry nach dir gefragt hat. Er will mit keinem andren reden.«

Swann wollte antworten, verschluckte sich aber. Er hustete, sprach dann mit belegter Stimme. »Danke, ich plan den Besuch ein. Ich liebe dich.«

»Ich weiß. Du klingst müde. Mach doch früher Schluss heute, dann fahren wir zum Strand. Ich liebe dich auch.«

Swann wich einem Lastwagen aus, der auf seine Spur zog, und sah das erschrockene Gesicht des Fahrers. Er nahm die Ausfahrt West Perth, ließ die Fenster herunter, und während er auf der kurvigen Straße dahinfuhr, genoss er die Morgensonne auf seinem Gesicht und den Geruch nach heißem Asphalt. Doch vor Augen hatte er das Bild von Dragics Grab, im Kopf die Erinnerung an den Kieferduft und das schimmernde Mondlicht auf seinen schwitzenden Armen.

34

Eigentlich war die Situation beschissen. Des Foley suchte auf der Matratze nach einer Position, die seiner Hüfte weniger wehtat. Es war eine alte Verletzung, die er sich bei einem Sturz mit einer gestohlenen Yamaha zugezogen hatte. Nichts zu machen, damit musste er leben. Dass sie ihm auffiel, hieß aber, dass sich seine Laune verdüsterte. Der Junge ihm gegenüber befand sich in einer Stimmung, die er an jungen Männern hasste – überschüssige Energie und Bockigkeit. Dann wusste man nie, was diese Idioten als Nächstes taten. Im Gefängnis wollten diese Jungspunde immer etwas beweisen. Wollten sich einen Namen machen und zogen doch nur die Aufmerksamkeit von Perversen auf sich.

Der Junge sollte es besser wissen, er hatte schon eine Zeit gesessen. Die gemeinsamen Jugendheimerinnerungen waren längst ausgetauscht. Der Hofgang, das Fußballspielen, das Wegdösen im Unterricht. Alles andere – Gruppenwichsen, der allgegenwärtige Spermageruch und die Blowjobs, wenn man mit einem anderen Mann im Loch hockte – waren zu heikle Themen. Er wollte nicht, dass der Junge auf falsche Gedanken kam. Aber verdammt, es war echt anstrengend. Foley fühlte sich, als wäre er sein Aufpasser. Was er in gewisser Weise auch war.

Der Junge wollte sich bewegen, etwas in Bewegung setzen, rausgehen und handeln – völlig idiotisch. Gerry Tracker würde den ersten Schritt machen, das hatte Des ihm erklärt. Gerry würde sie wissen lassen, was er brauchte und von ihnen wollte. Das Einzige, was sie tun konnten, war warten. Die Zeit ruhig absitzen. Entweder redete man mit seinem Zellengenossen, auch wenn's immer der gleiche Scheiß war. Oder – noch besser – man dachte nach, hörte in sich rein, war ehrlich zu sich und traf Entscheidungen, beschloss Veränderungen, die einen stärker und kräftiger machten. Oder man träumte vor sich hin, glotzte in den inneren Fernseher, den einem die Natur eingebaut hatte, zappte durch die eigenen Vorstellungen der kommenden guten Tage und schmückte sich das schöne Leben aus, das man irgendwann wieder führen würde.

Aber nein, der Junge hing irgendwo dazwischen – war weder bei sich noch außer sich. Mit dem unsteten, unablässig wandernden Blick wirkte er manchmal weinerlich, dann wieder wütend und wild. Verdammt, er zappelte sogar mit den Beinen. Atmete durch den Mund. Immer wieder huschte der Blick zur Knarre in der Tasche neben Foleys Kissen. Es konnte nicht mehr lange dauern, bis er explodierte, dann musste Foley ihn ruhigstellen. Oder Schlimmeres. Zwar fühlte er sich seinem alten Kumpel Gerry Tracker verpflichtet, aber auch sich selbst. Wenn der Kleine Amok lief, war das für Foley ebenfalls gefährlich.

Wenigstens war es im Haus über ihnen still. Bis zum Abend würde der alte Mann seine ginschweren Träume träumen. Foleys Hüftschmerzen machten sich wieder bemerkbar, er müsste sich dehnen und bewegen, aber dafür war es zu eng.

Die meisten Jungen in dieser Situation würden bitten und betteln, bis Des ihnen endlich von den Banken und seinem Leben auf der Flucht erzählte, von Gefängnissen und Nutten, Waffen und Autos, ihnen alle möglichen Informationen, Tipps und Tricks verriet. Aber Gerrys Kleiner schien sich nicht dafür zu interessieren. Und Foley würde garantiert nicht von sich aus damit anfangen.

Wieder begann Des, auf seiner Decke Karten zu legen. Im Grunde war er auch ganz froh, dass der Junge nichts fragte, er war sowieso schon gereizt. »Das dämliche Spiel hier heißt übrigens Patience.«

Die meisten Blackfellas, die Foley kannte, waren fröhlich und lachten gern, besonders Gerry Tracker. Im Gefängnis war er hart gewesen und hatte heftige Dinge getan, um zu überleben, aber bewundert hatten die Leute seinen Witz und Humor, selbst die Schlusen und die Skinheads. Aber der Junge fragte überhaupt nicht nach seinem Vater. Das ging

Des einfach nicht in den Kopf. Sein eigener Vater war ein Arschloch erster Güte gewesen, der sie bei seinen Besuchen beklaut hatte und beim geringsten Anlass an die Decke gegangen war. Hätte Des einen Vater wie Gerry Tracker gehabt, der in gewissen Kreisen fast eine Legende war, dann hätte er mehr über ihn wissen wollen. Aber der Junge offenbar nicht.

Eigentlich wollte Des nicht wie seine Mutter klingen, die ihren Söhnen gesagt hatte, sie sollten sich zusammenreißen und nicht von den anderen Idioten unterkriegen lassen, nie die Flinte ins Korn werfen. Aber vielleicht konnte er den Jungen anders aufmuntern. Er musste es versuchen. »Ich war eigentlich nie draußen in den Goldfeldern. Erzähl doch mal vom Land deiner Mutter. Wie ist's da draußen um diese Jahreszeit?«

Der Junge sah kurz auf, starrte gleich wieder auf seine Füße, aber er begann zu reden. »Jetzt ist es am schönsten ... in der Nacht ist es noch kalt, es gibt nicht so viele Fliegen. In dem einen Namma-Loch ist auch noch Wasser, das ist wie'n großes Schwimmbad, nur voller Kaulquappen ...«

Foley hätte es sich denken können. Ruhm und Heldentaten interessierten den Kleinen nicht. Er war nicht kriminell, sondern ein guter Junge, der auf die schiefe Bahn geraten war. Kinder wie er gehörten woandershin. Redend taute er auf und brauchte nur hin und wieder einen Stupser von Foley. »Gibt's diese Little People da draußen eigentlich wirklich?«

Der Junge nickte. »Klar, die sind überall. Kleine Kerle, die echt nicht gut riechen, fast so wie hier drin. Die können einen austricksen und sich verwandeln. Stellen alles Mögliche an. Entweder sie mögen dich oder nicht ...«

Mit leuchtenden Augen fing der kleine Tracker an, von seinen Erlebnissen mit den Little People zu erzählen. Es dauerte jedoch lange, bis er auf den Hauptgrund für seinen

Schmerz zu sprechen kam, den frühen Tod seiner Mutter. Als er so weit war, hörte Foley aufmerksam zu bis zu dem Punkt, als Gerry Tracker in den Busch kam, um seinen Sohn zu holen. Plötzlich trat ein entsetzter Ausdruck in den Blick des Jungen, seine Stimme zitterte. »Irgendwas war da. Dad schlief noch, die Sonne ging grad auf. Ich bin hinten in den Garten raus, der war mit Maschendraht eingezäunt. Auf dem ganzen Zaun saßen große schwarze Krähen, alle dreißig, vierzig Zentimeter eine, so fünfzig insgesamt, und alle sahen mich an. Das waren die Alten. Ich hab Dad geweckt, er kam, und als er sie sah, sind wir sofort weg. Er wollte nie wieder zurück, nicht mal zu Besuch ...«

Des Foley sah sich um, blickte auf die Stützpfosten, zwischen denen sie saßen, die Holzverschalung, hinter der helles Licht gleißte, die ewige Dunkelheit unter dem Haus. Er war nicht so leicht zu beeindrucken und hatte eigentlich vor nichts Angst, aber die Geschichte von den Krähen und Gerry Trackers Flucht vor einem Gesetz, das Foley nicht kannte, machten ihm Gänsehaut.

35

Swann arbeitete sich mit dem Fühler des Funksignalmessers durch das Büro des Premiers, ohne dass ihn Lurch, der Wachmann, eine Sekunde aus den Augen ließ. Um den mit der Telefonleitung verbundenen Rekorder zu finden, suchte er auch die Schubladen im Sekretär ab. Lurch machte Anstalten, etwas zu sagen, und trat von einem Fuß auf den anderen, doch ein Blick von Swann hielt ihn davon ab. Swann besah den Rekorder mit dem silbernen Gehäuse von allen Seiten: klein, modern, teuer. In Perth gab es nur wenige Privatdetektive, die mit einem so hochpreisigen und technisch anspruchsvollen Gerät arbeiten wollten und konnten. Er musste erfahren, wer – die meisten Ermittler waren ehemalige Cops. Swann missfiel der Gedanke, dass er möglicherweise auch in dieser Sache einen Gegenspieler hatte. Außerdem bemerkte er, dass der Beutel mit Bargeld noch voller geworden war und Geldrollen aus der Öffnung lugten. Vermutlich sollte ihn Lurch deswegen im Auge behalten.

Draußen auf dem Parlamentsparkplatz zündete sich Swann eine Zigarette an und blickte zur Innenstadt, die immer belebter wurde – die Rushhour hatte eingesetzt, Fußgänger eilten über die Gehwege der Hay Street, unablässig karrten die Busse aus den Vorstädten neue Männer in Anzügen, Frauen in Kostümen und Kinder in Schuluniformen heran. Er rief Dennis Gould an, der beim vierten Klingeln abhob und mit tonloser, müder Stimme sofort seine Erkenntnisse über das zweite, von Hercules Construction abgegebene Angebot zusammenfasste. Sah gut aus, oberflächlich betrachtet – ein lokales Unternehmen, das schon viele öffentliche Aufträge ausgeführt hatte und zu einer Holding des Baumagnaten Robert John gehörte; alter Geldadel, im Goldrausch der 1890er zu Reichtum gekommen, hatte er einen Großteil des regionalen Schienennetzes, die meisten Häfen sowie die Narrows Bridge und die Fremantle Traffic Bridge gebaut. Hercules war für Exetar ein Konkurrent auf Augenhöhe, aber das Angebot lag preislich höher, vor allem weil – soweit Gould sehen konnte – Hercules für die Fertigstellung zwei Monate länger angesetzt hatte. Welcher Zeitrahmen realistischer war, war für Swann belanglos, das mussten die Stadtplaner und Ingenieure im Ministerium beurteilen. Bislang jedenfalls waren keine Ungereimtheiten zu entdecken – die Hercules-Zahlen waren solide, keiner der aufgeführten Namen ließ Alarmglocken läuten.

Was Exetar betraf, so gab es nur noch wenige offene Punkte, bis sie ein Häkchen unter dieses Angebot setzen konnten. Gould hatte Tommy Calhoun, den Leiter der Wachschutzfirma, in der Gary Quinlivan das Ruder übernommen hatte, ausfindig gemacht. Swann notierte sich Adresse und Telefonnummer, rief aber gar nicht erst an.

Calhouns Haus, solides Zweischalenmauerwerk mit Ziegeldach, stand in Thornlie. Die Veranda war von mächtigen Kasuarinen beschattet, deren dunkle Nüsse und harzige Nadeln überall in der Einfahrt und im Vorgarten lagen. Swann parkte hinter einem neueren Holden Kombi, dessen Goldmetallic-Lack auf Hochglanz poliert war. Davor stand das ausgebrannte Gerippe des gleichen Modells, darunter Gummifetzen, Glassplitter und geschmolzenes Plastik auf dem Asphalt. Das Haus, gleich einer Festung in den Hang über dem Fluss gebaut, war dunkel und still. Hinter einem Asbestzaun quietschte eine alte Schaukel im Wind. Unübersehbar das handbeschriebene Schild *Mind the Dog*. Swann klopfte an die Tür, trat einen Schritt zurück und wartete. Klopfte erneut, lauter und länger. Schritte waren zu hören, eine Sperrkette bewegte sich, dann ging die Tür auf.

»Tommy Calhoun?«

Der Mann blickte an Swann vorbei nach links und rechts, während er mit einem kräftigen Arm einen schwarzen Mastiff am Halsband hielt, der hechelnd und mit hervorquellenden Augen nur auf den Hinterpfoten dastand.

»Was wollen Sie?«

»Nur mal reden.«

Swann stellte sich vor und erklärte, warum er gekommen war. Der Hund hörte auf zu jaulen und begann zu knurren, tief und bedrohlich, was im Widerspruch zu seinen freundlichen Augen stand und vermuten ließ, dass das Knurren letztlich wohl die wichtigere Botschaft war. Calhoun schnalzte mit der Zunge, der Hund hörte auf. Wie der Hund, so der Herr. Calhouns Blick und seine Körpersprache passten nicht zueinander. In den Augen Stolz und Trauer, aber die Schultern hingen nach unten, der Rücken war resigniert gebeugt.

»Dann mal rein, Sie Lebensmüder. Wenn Sie unbedingt wollen, dass man uns umbringt.«

Im ganzen Haus waren die Jalousien heruntergelassen, aus der Küche kam der Geruch von Kohleintopf, Koteletts, Aschenbechern und schalem Bier. Hinweise auf einen alleinlebenden Mann, doch die Spuren einer weiblichen Hand waren nicht alle getilgt: Fotos und Kunstdrucke an den Wänden, das wohnliche Arrangement der Ledercouches mit bunten Kissen, ein flauschiger weißer Teppich. In einer Wohnzimmerecke Kinderspielzeug, ordentlich gefaltete Kinderkleidung auf dem Esstisch.

Doch nichts wies darauf hin, dass Calhouns Familie da war. Swann konnte es sich denken. Frau und Kinder waren bei der Mutter oder Schwester untergeschlüpft oder hatten sich auf einem Campingplatz einquartiert, bis alles vorbei war.

Calhoun versteckte sich in seinem eigenen Haus. Swann warf einen Blick in das fensterlose Schlafzimmer, das an die Küche anschloss, und sah ein halbautomatisches Gewehr, einen Gurt mit amerikanischen Granaten, einen Kanister Tränengas und Munition in Schachteln und Clips – bereit fürs letzte Gefecht.

Calhoun sah seinen Blick. Zuckte bloß mit den Achseln. »Auch 'n Bier?«

Swann sah ihm an, dass er nicht gewohnt war, eingesperrt zu sein, keinen Kontakt zur Außenwelt zu haben. Er war nicht mehr ans Telefon gegangen. Hatte nachts wach im

Dunkeln gesessen. Zur Sorge gesellte sich Einsamkeit. Zur Scham gesellte sich Sorge. Zur Wut gesellte sich Scham.

Warten.

Er war zu stolz, um sich mit der Familie eine Auszeit zu nehmen. Hielt lieber die Stellung, leistete sinnlosen Widerstand. Die Welt der Sicherheitsfirmen war klein, Stärke war alles, was zählte. Der Ruf. Privatarmeen aus ehemaligen Polizisten, Soldaten, Kriminellen und Schlägern. Calhoun hatte eine der größten aufgebaut, jetzt war sie ihm genommen worden.

»Ich will nur ein paar Namen«, sagte Swann. »Ich hab Gary Quinlivan getroffen. Der schüchtert niemand ein. Wer waren die anderen? Und warum?«

Mit einem Stöhnen ging Calhoun an Swann vorbei in die abgedunkelte Küche, eine geflieste Höhle. Er nahm ein Bier aus dem Kühlschrank, öffnete es und schlürfte davon, dann wischte er sich den Schaum vom Schnauzbart, sah Swann mit wütenden, glasigen Augen an. »Zahlen Sie was dafür?«

Swann schnaubte. »Ich ermittle in einer augenscheinlich feindlichen Übernahme Ihrer Sicherheitsfirma. Wenn Sie nichts dazu sagen wollen –«

Calhoun hob die Hand, um ihn zu unterbrechen. »Feindliche Übernahme. Scheiße, das klingt richtig gut. Wenn die mir das so erklärt hätten, hätt ich sogar mitgemacht.«

»Wie wurd's Ihnen denn erklärt?«

Calhoun legte einen Zeigefinger an seine Stirn und machte ein Schussgeräusch. »Die hätten mich genauso gut öffentlich in den Arsch ficken können – danach sieht's jedenfalls für meine Konkurrenz aus. Und für meine Leute und meine Frau auch.«

»Namen.«

»Klar. Und was ist mit meinem Namen? Zwei Monate, haben die Arschlöcher gesagt. Aber das kauf ich denen nicht ab. Ich war früher Scharfschütze. Ein Schuss und Schluss. Und genau das werd ich machen ...«

Calhoun sah Swann entschlossen an, aber überzeugend wirkte er nicht.

»Ist vielleicht gar nicht nötig. Erzählen Sie doch erst mal, wie's losging«, sagte Swann. »Ganz am Anfang.«

Mit hängenden Schultern und fahrigen Händen begann Calhoun zu erzählen. Seine Stimme klang blechern und glitt ins Jammern ab, doch er fing sich, als er sein Selbstmitleid bemerkte. Der erste Schritt war Sabotage auf der Baustelle gewesen, Bagger und Raupen wurden fahruntüchtig gemacht, Baustellenfahrzeuge und Sprengstoff wurden gestohlen, und er stand dumm da. Als Exetar Erklärungen verlangte, sah er genauer hin. Es war vor seinen Augen passiert: die Laster und ihre Fahrer. Die Leute waren alle ohne Vorwarnung ausgetauscht worden. Als Sabotage und Diebstähle nicht aufhörten, kam der Baustellenleiter und beschwerte sich bei Calhoun, der ihm von dem neuen Transportunternehmen berichtete. Der Baustellenleiter zog Erkundigungen ein und protestierte. In derselben Nacht flog ihm daheim ein Molotow-Cocktail durchs Fenster, seine Frau und Kinder, die fernsahen, blieben durch puren Zufall unverletzt. Als Calhoun am nächsten Tag einen Fahrer aus seinem LKW zerrte und mit einem Rohr verprügelte, schlugen ihn die anderen Fahrer gemeinsam zusammen und jagten ihn vor allen anderen mit Tritten von der Baustelle. Und in derselben Nacht flog sein Kombi in die Luft. Drei Männer mit Sturmhauben drangen in sein Haus, verprügelten seine Frau und hielten ihm eine Pistole an den Kopf. Er und alle seine Mitarbeiter sollten zwei Monate Urlaub nehmen. Ab sofort. Feindliche Übernahme? Verdammte Scheiße, nein, das war eine Kriegserklärung.

Und was die Namen betraf – da konnte er Swann Perths halbe Unterwelt aufzählen. Calhoun war zwar auch kein Waisenknabe, aber wenn möglich, hielt er sich ans Gesetz. Keiner seiner Mitarbeiter hatte je einen Raubüberfall gemacht. Tätlichkeiten ja, das konnte gut sein, aber immerhin bot seine Firma Männern, die wegen ihrer robusten Art Probleme mit dem Gesetz gehabt hatten, eine zweite Chance in einem geordneten Umfeld, ein regelmäßiges Einkommen. Diese neuen Typen waren Berufsverbrecher: Rocker, Schläger, Bastarde. Italiener aus dem Dunstkreis von Leo Ajello. Niemand aus der Gewerkschaft. Selbst die wollte solche Typen nicht.

»Weiß denn die Betriebsleitung von Exetar Bescheid?«

»Viel können die nicht machen. Ach was, gar nichts können die machen.«

»Dann will ich mal raten: Seit Quinlivan übernommen hat, gibt's keine Diebstähle, Drohungen oder Beschädigungen mehr?«

»Ja, alles vorbei.«

»Was ich nicht kapiere«, fuhr Swann fort, »warum sollte man sich in ein Bauprojekt reinboxen, das fast fertig ist? Damit man ein paar Leute mehr auf die Gehaltsliste kriegt? Das ist für die Bikies oder Gangster wie Leo Ajello doch Kleinkram.«

Calhoun wusste es nicht. Er stierte nur mit leerem Blick auf seine Hände, seine Wurstfinger tappten auf den Tisch. Auch von Exetars Angebot für Burswood hatte er keine Ahnung. Dass der Premier Steuergelder hineinpumpen wollte. Die Chance, von Anfang an dabei zu sein, vom ersten Tag an abzukassieren und die Staatskasse zu melken. Es würde Jahre dauern bis zum Abschluss des Projekts in Burswood. Jetzt begriff Swann. Gus Riley hatte erwähnt, dass seine Leute schon jetzt auf der Baustelle als Fahrer arbeiteten. Sie übten für den nächsten Job: Burswood. Swann sah die Schlagzeilen vor sich, die in ein paar Jahren die Zeitungen füllen würden. Kosten für Burswood aus dem Ruder gelaufen. Fertigstellung verzögert. Budget vielfach überzogen. Ein heimlicher Aufschlag bei allen Ausgaben, Steigerungen bei allen Kosten – tausendfacher Profit. Perths Unterwelt streckte die Finger nach Baufirmen aus. Und um Baustellen unter ihre Kontrolle zu bringen, nutzte sie ihre Kernkompetenzen – Einschüchterung, Drohung, Gewalt. Exetar wurde von innen aufgefressen. Aber wer war der Drahtzieher? Wie beim Burswood-Angebot von Exetar stand hinter den Arbeiten in East Perth Conlan-Geld. Aber auch hinter den anderen Angeboten steckte Conlans Harrowgate Bank. Swann überlegte. In einer Welt, in der billiges Geld im Überfluss zur Verfügung stand, musste es vorher eine Abmachung, eine Bedingung gegeben haben, aber wer hatte sie eingefordert? Das musste der Premier gewesen sein, der zusammen mit Heenan bereits vor der Wahl die Angebote abgestimmt und dabei den Schwerpunkt auf ansässige Firmen und lokale Jobs gelegt hatte. Gut für den Arbeitsmarkt, das Beste für alle.

Swann ließ Calhoun in seiner abgedunkelten Küche zurück. Der Mastiff folgte ihm bis zur Tür und blickte auf die leere Straße hinaus, trat aber nicht über die Schwelle.

36

Terry Accardi parkte vor einer Gruppe Myrtenheiden am Rand eines vernachlässigten Parkplatzes voller Schlaglöcher. Der Ort war ein beliebter Junkie-Treffpunkt, vielleicht fand er es witzig, hier mit seinem Holden Belmont aufzutauchen, der selbst ohne Markierung eindeutig nach Polizeifahrzeug aussah. Am Ufer joggten sonnenbebrillte Männer und Frauen mit Arm- und Stirnbändern vor dem Fluss, dessen breite Wasserfläche in der schrägstehenden Sonne glitzerte. Der Verkehr auf der Narrows Bridge summte wie ein wütender Bienenschwarm. Swann parkte neben Accardi, zündete sich eine Zigarette an und ließ kurz den Blick schweifen. Ehe er von Calhoun weggefahren war, hatte er sein Auto auf Wanzen oder Peilsender abgesucht – nach den Ereignissen der vergangenen Nacht, vielleicht auch wegen des Schlafmangels, hatte ihn der Verdacht beschlichen, dass Hogan ihn überwachen lassen könnte. Was Hogan damit bezweckte, ihn an den Schauplatz von Dragics Ermordung zu schicken, war Swann noch unklar. Auch deswegen wollte er sich mit Accardi treffen und das Geschehene zu Protokoll geben.

Ein abgewrackter brauner Datsun 120Y bog in den Parkplatz, drehte beim Anblick der beiden Holdens jedoch sofort um. Swann stieg aus, sah sich noch einmal um und stieg zu Accardi in den Belmont, nachdem er eine Papiertüte vom Beifahrersitz genommen und auf die Rückbank voller Asservatentüten gelegt hatte.

»Ist das alles von dem Toten aus dem Fluss?«

Swann sah eine Jeans, Sandalen, Socken, ein Hemd, alles nass. Außerdem eine Brieftasche, Zigaretten, ein goldener Ehering.

»Ich komm grad von der Autopsie. Ist ziemlich eindeutig, würde ich meinen, alles spricht für Ertrinken. Er war noch nicht tot, als er ins Wasser kam. Ich muss das alles in die Zentrale bringen, dann zur Frau des Verstorbenen fahren und noch mal mit ihr sprechen, schließlich zu seinen Kollegen. Was hast du für mich?«

»Erzähl mir was über den Toten.«

Accardi sah ihn unwillig an, seine Zeit war knapp. Swann drehte sich um und wartete, bis sein Schweigen Erfolg hatte.

Schließlich nickte Accardi. »Michael Cassidy, geboren im April sechsundvierzig. Hat ganz in der Nähe gelebt, etwas mehr in Richtung Zoo. Verheiratet, keine Kinder. Diplombotaniker. Umweltexperte im Ministry of Development. Wie gesagt, als er ins Wasser kam, hat er noch gelebt. Laut seiner Frau war er ein guter Schwimmer. Die toxikologischen Untersuchungen kommen noch. Sein Auto stand in der Nähe der Mündung des Claisebrook Creek, dort ging's vermutlich ins Wasser. Die Leiche wurde von der Strömung auf die Sandbänke bei Burswood getrieben. Das ist so weit alles.«

»Hatte er im Ministerium was zu sagen? Etwas Einfluss?«

»Interessante Frage. Hat das mit deinen Ermittlungen zu den Angeboten für Burswood zu tun?«

»Könnte sein. Wenn ich mich im Fluss ertränken wollte, dann würd ich nicht diese Stelle wählen. Da ist keine Brücke, wenig Strömung, alles recht flach.«

»Guter Punkt. Seine Kollegen werden's genauer wissen. Jetzt sag schon, was ist los?«

Swann skizzierte ihm die Lage, das Chaos bei Exetar. In diesem Zusammenhang erschien der Tod des Umweltexperten nur wenige hundert Meter vom Bauplatz entfernt in neuem Licht. Accardi packte das Lenkrad fester. Allerdings wurde es auch kniffliger. Die Parasiten, die Exetar aussaugten – momentan Leo Ajello, Rileys Nongs und Gary Quinlivan –, würden perfekt zu Accardis anvisiertem Aufgabengebiet bei der Bundespolizei passen: herauszufinden, wie Geld von der organisierten Kriminalität in legale Unternehmen floss. Als Detective bei Homicide führte ihn die Untersuchung des Todes eines Umweltexperten fast zwangsläufig zu seiner parallel laufenden, bundespolizeilichen Ermittlung, an der er inoffiziell und ohne konkrete Vorgabe beteiligt war und für die er Swann als zusätzliches Paar Augen und Ohren nutzte.

Swann sah, wie Accardi die Angelegenheit im Kopf durchging. Wenn der Ertrunkene ermordet worden war, konnte Accardi seine Ermittlungen breiter anlegen, lief aber auch Gefahr, Kollegen vor Ort vor den Kopf zu stoßen und persönlicher Ziele verdächtigt zu werden. Wenn Ben Hogan nur den leisesten Verdacht schöpfte, Accardi könnte die Fühler in eine andere Richtung ausstrecken, dann wäre seine Karriere im Eimer. Und die Bundespolizei würde ihn ebenfalls fallenlassen.

»Da ist doch noch was. Was?«

Swann zögerte. Er wusste, jetzt war es so weit. Seine jahrelange Polizeierfahrung, seine Jugenderlebnisse auf der Straße, seine ganze Ausbildung und Lebenserfahrung sagten ihm, dass es nicht besonders klug war, einem Mordermittler von seiner Verstrickung in einen Mord zu erzählen, egal wie gut er Accardi kannte. Swann arbeitete Accardi zu, der wiederum der Bundespolizei zuarbeitete. Ben Hogan konnte Swann festnehmen lassen, wann immer er wollte, und ihm einen Mord anhängen. Und das konnte vielleicht sogar auf Accardi zurückfallen. Swann erzählte ihm die Geschichte so, wie sie passiert war, und Accardi rückte immer weiter von ihm ab wie von etwas Schmutzigem. Swann sprach mit monotoner Stimme. Wollte von der Bestattung erzählen, doch Accardi hob die Hand. »Mehr will ich gar nicht wissen, Frank. Nur, ob dir jemand gefolgt ist. Es gibt keine Leiche, also ...«

»Hogan hat die Tatwaffe. Zeugen findet er problemlos.«

»Solche Spielchen sind eigentlich nicht seine Art. Was zum Teufel will er bloß?«

»Hat er nicht gesagt. Aber das kommt schon noch.«

Sie sahen zur Innenstadt, die in flirrender Hitze auf der anderen Seite des schimmernden Flusses lag, darüber der weite, makellos blaue Himmel. »Wissen die Feds von mir?«

»Nein, nichts.«

Swann klopfte Accardi auf die Schulter, drückte sie väterlich, vielleicht ein bisschen länger als nötig. Ein Abschied wie alle anderen, oder war er diesmal endgültig? Das würde die Zukunft erweisen.

Die offizielle Besuchszeit im Fremantle Prison war vorbei, doch Swann kannte den Wachleiter der Nachmittagsschicht. Tony McIlroy war ein fast zwei Meter großer Schotte, der in Swanns Straße lebte und ein kleines Feldstein-Cottage bewohnte, das eher nach Zwergenbau aussah statt nach Hünenbehausung. Swann hatte vorher angerufen und um einen Besuch bei Gerry Tracker gebeten. Nein, er musste Tracker nicht in seiner U-Haftzelle sehen – ein normaler Besuchsraum wäre okay. Für Tracker war das zwar unangenehmer, weil er davor und danach warten müsste und durchsucht würde, aber Swann wollte die Bekanntschaft mit McIlroy nicht über Gebühr beanspruchen.

Hoch ragten die massiven Gefängnismauern vor dem Parkplatz auf, warm leuchtete der Kalkstein in der Nachmittagssonne. Die stählernen Eingangstüren standen für eine Lieferung offen, ein Posten mit Gewehr überwachte sie von einem Laufgang aus. Es war ein heißer Tag gewesen, und an den Blicken der Wachleute sah Swann, dass Unruhe herrschte. Die Spannung in der Luft konnte, musste aber nicht von einem speziellen Ereignis herrühren – die Wut und der Hass im Gefängnisinneren stiegen immer mit der Außentemperatur. Der Bau glich einer mittelalterlichen Burg, die einzige Änderung seit den Anfängen in den 1850er Jahren war, dass die Zellen heute noch voller waren. Viele von Swanns Kindheitsfreunden waren dort gelandet, entweder als Wachen oder als Insassen, er kannte ihre Geschichten gut. Die Wachleute unterhielten ein eigenes System, bei dem ein Zirkel korrupter Wachen Überstunden manipulierte und einen Teil des Gefängnishandels kontrollierte – allerdings war das nicht allzu überraschend. Im Warteraum sitzend wälzte Swann den bedrückenden Gedanken, dass Ben Hogan ihm einen Mord anhängen konnte und vielleicht auch Marion, seine Töchter und Enkel hier einmal warten mussten, um ihn zu besuchen. Er begriff, warum manche Männer in der Haft jeden Kontakt mit ihrer Familie abbrachen – das war möglicherweise leichter.

Gerry Tracker war geschlagen worden: Sein rechtes Auge war zugeschwollen, die Lippen aufgeplatzt, auf seiner Nase klaffte ein tiefer Schnitt. Ein Handgelenk war verbunden, und beim Hereinkommen humpelte er, wenn er mit dem linken Bein auftrat. Sein Blick war leer, als er auf Swann zuging. Sobald er sich ächzend und mit schmerzverzerrtem Gesicht auf einen Stuhl gesetzt hatte, bot ihm Swann eine Zigarette an. »Spürst du's auch? Diese Dreckskiste ist am Explodieren.«

Swann nickte und warf einen Blick auf die beiden Wachen. Junge Männer, die aufmerksam hersahen. »Irgendein besonderer Grund?«

»Nicht dass ich wüsste. Bin im Isoliertrakt, aber ich spür's sogar durch die Mauern. Danke fürs Kommen, Frank.«

»Die hatten wohl keine Lust mehr, auf Blake zu warten, oder?«

»Nehm ich an. Ich weiß, dass du nicht viel tun kannst, aber einer von denen hat so 'ne Bemerkung gemacht.«

»Über die Waffe?«

»Ja, und noch was. Über die Karre, die Blakey geklaut hat. Nichts davon kam vor Gericht zur Sprache, aber diese

Typen … die waren zu alt, um noch in Frischlingsuniform rumzulaufen. Und sie wussten, wie man zuschlägt. Entweder Ex-Detectives, die zurück in die Uniform mussten, oder richtige Detectives auf uniformierten Abwegen. Ich weiß ja, wie's in Verhörzimmern zugehen kann, aber diese Typen waren absolute Spezialisten, jeder Schlag ein Treffer. Ich glaub, in zwei, drei Tagen seh ich die wieder.«

»Warum halten sie dich fest?«

»Nicht der Rede wert. Aber mit meinen Vorstrafen …«

Swann bot Gerry eine weitere Zigarette an, die dieser mit der Glut seiner ersten anzündete, dann die Spitze abzwickte und sich den Stummel in den Ärmel schob.

»Was von Blake gehört? Wir brauchen die Waffe.«

Gerry stieß den Rauch aus. »Das ist genau der Punkt, Frank. Da musst du mir helfen …« Gerry beugte sich vor und begann zu flüstern, unterbrach seine Botschaft aber immer wieder mit Klagen über das Essen, die Hitze, die Zustände.

Als er fertig war, lehnte sich Swann zurück und zündete sich eine weitere Zigarette an. »Großer Gott. Gerry, sag, dass das nicht wahr ist.«

»Ist es aber.«

Er versteckte nicht nur seinen flüchtigen Sohn, sondern auch den meistgesuchten Mann Australiens. Swanns erste Aufgabe war, die beiden zu trennen. Blake musste weg von Des Foley. Dann musste der Sergeant seine Waffe wiederbekommen.

Gerry Tracker beugte sich wieder vor, um zu flüstern. Er beschrieb Swann das Arrangement unter dem Nachbarhaus und erklärte, wie er sich nähern konnte, ohne dass auf ihn geschossen wurde. Was er zu Blake sagen sollte. Wegen der Knarre, die er Swann anvertrauen sollte, um sie anonym zurückzugeben und Gerrys Botschaft zu überbringen. Des Foley konnte auf sich selbst aufpassen. Aber Blake musste Swann sagen, was er über das Auto wusste. Irgendwas daran stimmte nicht. Je nachdem, was Blake erzählte, würde Swann wissen, was zu tun war. Falls nicht mehr dahintersteckte, sollte Blake sich stellen und seine Strafe absitzen. Aber wenn etwas faul war, sollte er am besten in die Goldfelder gehen und bei Verwandten seiner Mutter untertauchen. Gerry würde nachkommen, sobald er raus war.

Scham lag in Gerrys Blick, weil er wusste, wie viel er Swann abverlangte, aber er hatte keine Wahl. Für seinen Sohn ging es um Leben und Tod. Blakes Zukunft lag in Swanns Händen. Gerrys Augen waren feucht, das ließ ihn blinzeln.

Swann erhob sich und reichte Gerry die Hand. Gerry Tracker konnte nicht wissen, in welchen Schwierigkeiten Swann selbst steckte und dass er diese zusätzliche Aufgabe so dringend brauchte wie ein Loch im Kopf. Er war müde, seine Füße so geschwollen, dass er meinte, auf Schaumstoff zu gehen. Er schenkte Gerry seine Zigaretten. Die Wachleute würden zwar versuchen, sie zu konfiszieren, aber Gerry kannte Mittel und Wege.

37

Swann stand vor dem Gartenzaun und wartete, bis der alte Mann mit dem quer vor der Brust gehaltenen Gewehr von den Fenstern des Sommerschlafraums wegging. Gerry hatte ihn gewarnt, dass der alte Knabe nicht mehr gut sah, sein Gehör aber noch perfekt funktionierte. In den letzten Jahren hatte er mehrmals einen Schuss abgefeuert, aber keiner der Nachbarn hatte die Polizei geholt – niemand wollte, dass Tom Pickett ins Heim kam. Als Picketts Schatten im Haus verschwunden war, stieg Swann über den

Zaun, zog und entsicherte seine Pistole. Des Foley war ein Hitzkopf, und er wollte beim Ziehen nicht zweiter Sieger sein, wenn der Flüchtige zur Waffe griff. Alte Polizistendenke. Im Hinterkopf auch die Überlegung, dass Accardi, wenn Swann Foley schnappte und dem jungen Detective übergab, für den Rest seines Lebens und seiner Karriere davon zehren konnte und in Zukunft über jeden Zweifel erhaben war. Und wenn Swann den meistgesuchten Mann Australiens Hogan gab, waren möglicherweise die alten Rechnungen beglichen.

Der Mond warf fahles Licht auf seinen Unterarm, als er sich am Haus im Wildhafer duckte. So nah am Boden war er für den alten Mann oben nicht zu sehen. Er schnupperte, aber unter dem Haus drangen keine Essensgerüche hervor. Auch keine Gesprächsfetzen waren zu hören. Aber es war zu früh, als dass die beiden schliefen. Und ausgeflogen konnten sie auch nicht sein. Swann wartete, bis das Schlurfen über ihm sich entfernt hatte, dann klopfte er zweimal an die Holzverschalung – laut und deutlich. Wartete. Klopfte erneut zweimal. Wartete. Noch mal.

Er hörte, wie die Bretter bewegt wurden, und blickte gleich darauf in Blake Trackers Gesicht. Hoffnung, die im nächsten Moment in Hass umschlug. Als Swann sah, dass Blake hinter seinem Rücken ein Zeichen machte, begann er mit ruhiger, klarer Stimme, die Nachricht von Blakes Vaters zu flüstern. Ob er sich an Swann erinnerte?

Blake sah Swann scharf ins mondbeschienene Gesicht. »Der Typ mit dem Holden EK? Der Differenzialprobleme hatte?«

Swann nickte. Nach dem Wink, dass Swann ihm folgen sollte, verschwand Blake in der Dunkelheit. Swann krabbelte hinter ihm auf Händen und Knien durch eine in den sandigen Kalkstein gegrabene provisorische Rinne und erreichte ein in völliger Dunkelheit liegendes Loch. Plötzlich blendete ihn das Licht einer Taschenlampe, dahinter Des Foley mit einer Browning, ein geisterbahnwürdiges Schattenspiel. Swann sah, wie sich in Foleys schmalen Augenschlitzen Erkennen breitmachte. Foley presste die Lippen aufeinander, legte die Pistole zur Seite, zückte ein Filetiermesser und verlagerte sein Gewicht.

Swann begann zu sprechen, leise, aber ohne Unterbrechung, ohne die Messerhand aus dem Auge zu lassen. Foleys Oberkörper war nackt, dünne Blutfäden liefen ihm über die Brust. Blake hatte ihn tätowiert, indem er ihm die Haut aufgeritzt und Kugelschreibertinte in die inzwischen angeschwollenen Schnitte gerieben hatte. Auf Foleys Brust ergaben sie den faustgroßen Umriss eines Australian-Kelpie-Kopfes. Foleys andere Gefängnistätowierungen beschränkten sich auf Bauch, Rücken und die Oberarme. Er hatte schon früh gewusst, welchen Weg sein Leben nehmen würde, und wollte keine allzu sichtbaren Erkennungszeichen tragen.

Foley hörte aufmerksam zu, als Swann Gerrys Botschaft überbrachte. Gerrys Wünsche für Blake. Er achtete darauf, Foley nicht unter Druck zu setzen. Das Tätowieren war ein Zeichen von Vertrautheit, die Swann vorsichtig machte – Foley wollte Blake vielleicht demonstrieren, wie man mit einem Ex-Cop umging, wenn man mit dem Rücken zur Wand stand. Swann hatte seine Waffe wieder ins Holster geschoben. Als er alles gesagt hatte, wartete er und sah sich im Versteck um. So sauber und aufgeräumt wie in einer Gefängniszelle; alles verstaut, aber griffbereit.

Foley verlagerte erneut das Gewicht. Es war nur eine kleine Bewegung, aber eine deutliche Geste der Entspannung. Nur seine Augen funkelten weiter im Licht der Taschenlampe, das einzig Helle in einer Maske aus Schatten. Mit einer knappen Kopfbewegung deutete er auf eine Kerosinlampe, worauf Blake nickte, sich hinkniete, ein Streichholz anrieb. Dann den Docht hochdrehte, bis das Erdversteck in warmes Licht getaucht war. Danach setzte sich der Junge mit dem Rücken an die Wand und wartete – sein Schicksal lag weiter in fremden Händen.

Foley schaltete die Taschenlampe aus und setzte sich auf einen umdrehten Eimer, um die Optionen zu bereden. Ja, besser, wenn Blake mit Swann ginge. Am besten wäre es, die Waffe zurückzugeben. Foley zeigte ihm das Geld, das die Rückgabe versüßen sollte. Forderte Blake auf, Swann von den Wachleuten zu erzählen, und übergab ihm mit einer Handbewegung das Wort.

Blake Tracker sprach leise. Swann bemerkte, dass der Junge immer wieder verstohlen zu Foley sah, der ihn mit einem Nicken zum Weitersprechen ermunterte. Swann wusste nicht, wie lange Gerry Tracker mit Des Foley bekannt war, aber sie mussten sich sehr gut kennen. Blake berichtete, wie ihn die Wachleute in die Mangel genommen und verlangt hatten, dass er Gerry zum Schmuggeln brachte. Foley hatte recht, es würde eine Stange Geld kosten, bis sie Blake die Flucht verziehen.

Der Junge war wohl zu stolz gewesen, um seinen Vater um Hilfe zu bitten, wollte ihn vielleicht auch nicht in neue Schwierigkeiten bringen. Hatte gehofft, dass sich alles mit der Zeit regeln würde. Swann unterbrach: »Gerry ... dein Dad hat gemeint, dass die Polizisten bei seiner Verhaftung von einem Auto gesprochen haben. Nicht von der Waffe, sondern von diesem Auto. Was weißt du davon?«

Blake verzog das Gesicht. Knetete seine Hände. Hielt die Luft an.

»Blake? Sag's dem Mann. Er hilft dir.«

Blake Tracker ließ den Kopf hängen und schloss die Augen. Der Junge hatte schon einiges erlebt, aber diese spezielle Sache musste er sehr tief in sich vergraben haben. Er hielt sein Gesicht im Dunkeln, wo die beiden anderen seine Miene nicht sahen, nur ein leichtes Kopfschütteln wahrnahmen.

Swann versuchte es anders. »Der Detective, der hinter dir her war. Dem du die Waffe abgenommen hast. Weißt du, wie der hieß?«

Kurzes Nicken, dann flüsterte er heiser: »Den Namen vergess ich nie. Detective Sergeant Carter.«

»Fuck.«

Swann sah Foley an. »Du kennst ihn?«

Foley zog die Nase hoch und spuckte aus. »Ist ein echtes Arschloch. Den gab's doch schon zu deiner Zeit, oder? Als du noch bei dem Verein warst?«

»Ich war bei den Uniformierten, er beim CIB. Einer von Don Caseys Geldeintreibern. Armed Robbery. Daher kennst du ihn.«

»Genau der. Damals hat er mich gefragt, ob ich für ihn arbeiten will. Ich hab ihm gesagt, er soll sich selber ficken. Danach war's aus mit unsrer Freundschaft.«

Swann und Foley begriffen es gleichzeitig und sahen Blake an, der noch immer mit hängendem Kopf dasaß. Swann sprach als Erster. »Blake. Wem hast du das Auto geklaut?«

Der Junge zuckte die Achseln. »Wo hast du's geklaut? Weißt du das noch?«, bohrte Swann weiter.

Foley knurrte: »Und was zum Henker war *drin*?«

Der Junge straffte die Schultern. Sah auf und ballte die Fäuste. »Im Kofferraum waren sie. Ein altes Paar, Rücken an Rücken. Nackt und gefesselt und die Gesichter grün und blau geprügelt. Die waren schon tot.«

»Weißt du, wer sie waren?«, fragte Foley.

»Hab's später erfahren. Stand in der Zeitung. Die zwei, die vermisst wurden. Den Namen konnt ich nie aussprechen. Was mit Gr.«

Swann ergänzte. »Die Grednics. Marko und Agata. Marko Grednic war Buchhalter bei Conlan. Geschäftsführer bei einem seiner Immobilienentwicklungsunternehmen. Wurde letztes Jahr von der Costigan Royal Commission vorgeladen, weil man ihn zur Steuerhinterziehung im Konzern befragen wollte. Ist aber nie erschienen.«

»Oh, Fuck, Blakey. Da hast du echt die falsche Karre geknackt. Woher hattest du die denn?«

»War'n Benz. Bin noch nie 'nen Benz gefahren. Hab ihn in East Perth gesehen, er stand beim Kricketstadion. Auf 'nem Hügel. Ich bin von hinten hin und hab gesehen, dass der Schlüssel aufm Hinterreifen lag. Also bin ich rein. Hab die Karre erst mal gar nicht angelassen, bin nur dringesessen, da hör ich die Sirenen – direkt hinter mir. Also hab ich den Wagen doch gestartet und bin abgehauen. Über den Causeway auf den Canning Highway, weiter auf den Freeway, und die ganze Zeit hängt der beschissene Belmont hinter mir, ich konnt ihn einfach nicht abhängen. Ich wollte zu mir in die Gegend, damit ich zu Fuß abhauen kann. Aber mit der Kiste war irgendwas nicht okay, die Kupplung vielleicht. Also bin ich in den Busch, um den Cop im Sumpf abzuhängen, aber in 'ner Kurve hat's mich rausgetragen, und ich bin gegen 'nen Baum. Und da ging der Scheißkofferraum auf. Und hinter mir der Bulle mit der Knarre in der Hand, voll auf hundertachtzig.«

»Carter, das Schwein, hätte Blakey doch gar nicht verhaftet. Der hätt ihn gleich erschossen«, fügte Foley hinzu.

»Und ich weiß auch warum. Echt beschissenes Timing,

Blakey. Carter macht Feierabend und fährt nach der Schicht dahin, wo er oder ein andrer ein Auto für ihn abgestellt hat. Sein üblicher Job – ein loses Ende abschneiden. Er muss die Grednics getötet haben oder war zumindest dabei. Seine nächste Aufgabe ist, die Leichen zu entsorgen. Deswegen kommt er mit gezogener Waffe auf dich zu – und du nimmst sie ihm weg. Aber warum bist du danach wieder mit dem Benz los?«

»Der Belmont stand ein bisschen weiter weg. Der Motor lief, und ich wusste nicht, ob der Bulle allein war. Deswegen hab ich den Benz wieder gestartet, ihn zurückgesetzt, noch mit offenem Kofferraum. Der Deckel ist dauernd auf und ab gehüpft. Ich kenn die Gegend da auswendig. Normalerweise hätte ich die Kiste ja angezündet, aber das konnt ich nicht – ich konnt's einfach nicht mit den beiden hinten drin.«

»Was hast du dann mit dem Auto gemacht, Blake?«

Blake sah Swann an. Schweiß stand auf seiner Stirn. Davon hatte er noch keinem Menschen erzählt. Weder seinem Vater noch seinem Pflichtverteidiger, noch seinen Zellengenossen. »Ich bin nicht mehr weit gefahren. Wusste ja nicht, wie viele Cops unterwegs waren und mich gesucht haben. Ich hab den Kofferraum zugemacht, bin zum Lake Bibra – da gibt's 'nen Landungssteg. Über den drüber bin ich ins Wasser. Hab den Sicherheitsgurt grad noch aufgekriegt, als er unterging, und bin an Land geschwommen.«

»So viel zum Abschneiden von losen Enden«, meinte Foley. »Mann, dieser Carter ist wirklich ein Trottel. Aber Ben Hogan nicht, dem dürfte das gar nicht gefallen. Das könnte ihm den schönen Plan kaputtmachen.«

Swann schwieg. Aber Foley hatte recht. Die eigentliche Frage war, warum der Autodiebstahl bisher kein Thema gewesen war. Im Gefängnis wäre der Tracker-Junge leicht greifbar gewesen. Warum suchten sie erst jetzt nach dem Wagen?

»Blake, war da noch was anderes im Kofferraum außer den Leichen? Denk nach, das ist wichtig.«

Blake nickte. »Ein Haufen Zeug. Der Kofferraum war riesig. Taschen. Ein Koffer. Auch paar Kartons.«

Foley klopfte Blake Tracker auf die Schulter. Der Junge sah erschöpft aus. Höchste Zeit, dass er in ein richtiges Bett kam. Swann wandte sich an Foley, ohne zu wissen, was er vorhatte. Ohne zu wissen, ob er ihn wiedersehen würde. »Erzähl mal von Mostel. Warum bist du hinter ihm her? Das macht doch keinen Sinn.«

Foley zuckte die Achseln. »Klar, gibt schon noch was zu bereden. Aber vorher sagst du mir, warum du das wissen willst? Und du, Blake – sei so gut und warte draußen. Das gehört dir.« Foley reichte Blake Tracker den Schlafsack. Kein Abschied. Swann reichte er den Revolver des Sergeanten, nachdem er die Trommel geöffnet und ihm gezeigt hatte, dass noch zwei Schuss darin waren.

Als Blake Tracker durch die Öffnung in der Verschalung ins Freie gekrochen war, zündete sich Swann eine Zigarette an und bot Foley ebenfalls eine an. Der lehnte ab. Das Knarren der Dielen über ihnen verriet, dass der alte Pickett durch den Gang schlurfte. »Bewacht er dich?«

Foley schüttelte den Kopf. »Ich glaub, er schiebt immer noch Wache für seine Kameraden, in irgendeinem Unterstand am Kokoda Track. Man gewöhnt sich dran. Nicht viel anders als im Knast, da hört man auch nächtelang andre brüllen und heulen.«

Im warmen Licht der Kerosinlampe war Foleys Gesicht gut zu sehen. Nichts ließ erkennen, ob er befürchtete, Swann könnte die Waffe gegen ihn richten oder sein Versteck verraten. Er blickte ihn geduldig, aufmerksam und leicht amüsiert an – zwei erwachsene Männer in einem Erdloch unter dem Haus eines verwirrten Kriegsveteranen.

Als ob er Swanns Gedanken gelesen hätte, sagte Foley: »Schon komisch, oder? Vor ein paar Jahren hätten wir uns ohne langes Nachdenken übern Haufen geschossen. Wie kommt ein Kerl wie du überhaupt zu den Bullen? Ich wusste gar nicht, dass Gerry Tracker Kumpel in der Herde hat. Obwohl's mich nicht überrascht, ist ja ein umgänglicher Typ. Aber er würd mich nie verraten, für keine Kohle der Welt. Er is'n echter Freund.«

Mehr musste Foley nicht sagen – mit seinen letzten Worten stand die Frage unausgesprochen im Raum. Was für ein Mensch war Swann? Einer von der Sorte, die den meistgesuchten Mann Australiens verriet, um die Belohnung einzustreichen, oder war er das Vertrauen eines gemeinsamen Freundes wert?

Um Foley zu beruhigen, erzählte Swann ihm die Geschichte, wie er und Marion sich kennengelernt hatten – sie, Tochter eines Detectives, und er jemand, der sich zu diesem Zeitpunkt in jede Richtung hätte entwickeln können. Swann hatte das Gefühl, dass Blake Tracker nicht sehr gesprächig gewesen war, denn Foley schien ganz begierig, alles zu erfahren, und zog die Geschichte durch sein Nachfragen in die Länge. Irgendwann überkam Swann jedoch die Erschöpfung. Er lenkte das Gespräch wieder auf Mostel und Foleys Motive. Statt einer Antwort zog Foley eine kleine Ledermappe heraus und zeigte Swann die falschen Dokumente, die US-Dollar, die US-Staatsanleihen.

»Der Typ hält sich für den Allerschlauesten, was?«

Foleys Interesse an Mostel war rein persönlich. Mostels Reaktion, eine Prämie auf Foleys Kopf auszusetzen – total idiotisch. Als wollte er sich einen Namen machen, die große Nummer sein. Die meisten Gangster in Perth wollten raus aus dem Drogengeschäft und dem Glücksspiel und stattdessen auf Wirtschaftskriminalität umsatteln, wo wesentlich mehr Geld zu holen war. Mostel schlug genau die andere Richtung ein. Swann erläuterte, warum er sich für den Mann interessierte, wie er zur neuen Politik des Premiers passte. Foley hörte nickend zu, wischte sich das getrocknete Blut von der Brust, blickte bewundernd auf den tätowierten Hundekopf, rollte den Kopf. Unnötig, es auszusprechen. Gemeinsame Feinde schmiedeten die unwahrscheinlichsten Allianzen. Sie konnten sich gegenseitig helfen. Foley grinste. »Na, du weißt ja, wo du mich findest. Ich weiß noch nicht wie, aber das Arschloch mach ich fertig.«

Sie gaben sich die Hand, dann stand Swann auf, duckte sich und kroch hinaus in die Dunkelheit außerhalb des Kellerlochs.

38

Der Junge. Mit rasendem Puls fuhr Swann im Bett hoch. Im Kopf die Nachbilder eines Traums, in dem er in schlammige Tiefen tauchte, den Kofferraum des Mercedes öffnete, Skeletthände hervorschossen, ihn an Armen und Beinen packten und unter Wasser festhielten.

Swann sah auf den Wecker – eben neun vorbei. Vier Stunden hatte er geschlafen. Er hörte Marion in der Küche hantieren, Eier wurden verkleppert, Butter zischte, der Kessel begann zu pfeifen. Er schwang die Beine über den Bettrand, legte den Kopf in die Hände, spürte eine furchtbare Schwere. Er zwang sich aufzustehen, schlurfte durch den Gang, sah nach: Blake Tracker schlief in Sarahs altem Zimmer. Er lag ins Betttuch gewickelt, die Beine über den Bettrand hängend, und schnarchte leise. Der Welpe lag neben ihm auf dem Boden.

Als Swann das zweite Glas Leitungswasser trank, spürte er Marions Blick im Rücken. Er legte einen Arm um ihre Taille und küsste sie, dann nahm er den Holzlöffel und schlug die Eier weiter. Als sie ihm den Kopf auf die Schulter legte, murmelte er: »Du, ich muss dir was sagen.«

»Dacht ich mir. Aber erst essen wir.«

Sie setzten sich an den alten Holztisch mit Brandflecken und den Spuren der Kinder und gingen, nachdem sie ihre Teller leergegessen hatten, mit den Kaffeebechern auf die Veranda, um sich mit Blick in den Garten in die Sonne zu setzen.

Swann erzählte ihr alles. Sprach über Dragics Leiche und was er damit gemacht hatte. Accardis Ermittlungen und was sie über Exetar herausgefunden hatten. Die Begegnung mit Des Foley und Blake Tracker vergangene Nacht und Blakes Bericht über die beiden Toten. Was er heute tun wollte, um die Sache zum Abschluss zu bringen und alles zu erledigen. Die Unsicherheit, was Hogan mit dem Mord an Dragic bezweckte – vermutlich wollte er Swann zwingen, Quinlivan und Exetar in Ruhe zu lassen, was er auch liebend gern täte.

»Heut ist mein turnusmäßiger freier Tag, ab morgen hab ich Nachtschicht«, sagte Marion. »Ich kann mich also um den Jungen kümmern. Wenn du heute Abend nicht heim kannst, bitte ich Blonny, dass sie ihm Gesellschaft leistet. Er muss ja wieder ins Gefängnis, oder?«

»Sobald er dort sicher ist, ja. Ich ruf dich an.«

»Schau mal bei Janey vorbei, okay? Sie hat gestern Abend nicht angerufen. Wahrscheinlich ist nichts, aber trotzdem …«

»Mach ich.«

Als sie sich küssten, fuhr ihm Marion kurz und kräftig durchs Haar und kniff ihn in den Arm. Hinten am Gartenzaun spazierte die Nachbarkatze vorbei, ein Hund bellte. Der Tag würde heiß werden. Drinnen klingelte das Telefon. Heenan vermutlich, der sich wunderte, wo er blieb. Swann ließ es klingeln und zog sich mit brennender Zigarette im Mund an.

Im Parliament House erwartete ihn Heenan auf dem Premierstuhl sitzend. Keine Spur von Wachmann Lurch. Heenan wurde blass, als er Swanns Miene sah, und hörte auf zu telefonieren.

»Es gibt Ärger«, sagte er zur Begrüßung. »Die Einpeitscher müssen einen Abweichler in der Partei auf Linie bringen.«

»Kommt nicht ganz zufällig, oder?«

Heenan gab seine ausweichende Haltung auf. »Ich muss mich bei dir nicht entschuldigen. Ich hab echt viel um die Ohren, nein, ich reiß mir den Arsch auf. Zur Schadensbegrenzung. Ein paar mächtige Lobbyisten machen Druck. Und einige Minister sind – wie soll ich sagen? – leicht zu beeindrucken ...«

»Du meinst, sie haben sich kaufen lassen oder sind auf dem Weg dahin. Rutsch mal.«

Swann zog den Funksignalmesser aus der Tasche und schwenkte den Fühler über den Schreibtisch. Er schlug an. »Schau, da ist sie wieder. Wer platziert die Wanze denn da immer wieder? Weiß schon, geht mich nichts. Mach mal Platz, damit ich auch euren Beutel voll Cash prüfen kann.«

»Komm schon, Swann, entspann dich. Ist ja nicht so, dass –«

»Heenan, ich hab dich immer gemocht. Aber siehst du

nicht, worauf das rausläuft? Mir jedenfalls reicht's, ich kündige. Jetzt und auf der Stelle.«

»Aber Frank, die Angebote!«

Swann begann, seine Sachen einzupacken. »Ja, die Angebote für Burswood. Als Erstes rat ich dir, Exetar von der Liste zu streichen, mit einem dicken roten Strich. Ein Unternehmen, bei dem der Wachschutz aus Bikern besteht. Dessen Bauleiter fast in die Luft fliegt. Du bist zu jung, um zu wissen, wie die Conlans früher waren. Aber Leute wie die ändern sich nicht, Heenan. Ich kann dir nur raten, lass die Finger von Exetar und den Conlans. Aber der Premier, der weiß doch gar nicht, dass du mich drauf angesetzt hast, oder? Dieser ganze Quatsch von wegen, er traut seinen Beamten nicht.«

»Okay, du hast recht. Das war ich. *Ich* traue den Beamten nicht. Aber darüber hinaus ...«

»Du traust *ihm* nicht. Deinem Boss. Du willst ihn vor sich selber schützen. Du willst, dass ich ihn einfange, bevor es zu spät ist. Bevor er oder die Conlans mit den Fingern in den Geldtöpfen erwischt werden.«

»Und, kannst du? Kannst du ihn einfangen?«

»Heenan, du willst nicht mal in der Nähe sein, wenn die Scheiße hochkocht. Und du willst auch nicht, dass ich's bin. Was deinen Ministern passiert, ist mir auch grad passiert. Jetzt liegt mein Schicksal in den Händen eines Mannes, der mich schon einmal umbringen wollte. Frag nicht nach Einzelheiten. Wenn ich jetzt Schluss mache, überleb ich vielleicht.«

Heenan sackte in sich zusammen. Knetete seine Hände. »Das tut mir leid. Ich versteh dich. Ich mein ... aber hör dir das mal an.« Heenan griff in die Schublade des Sekretärs, holte den Rekorder heraus und spulte zurück. Als die Kassette am Ende war, drückte er auf Start.

Swann kannte die Stimme. Ein ehemaliger Premier. Erst bat er, dann forderte er für seine Unterstützung zwanzigtausend Dollar. Insbesondere für den Gefallen, den Mund gehalten und nichts getan zu haben. Der aktuelle Premier antwortete kühl und knapp, das könne er sich abschminken. Der nächste Anruf war nicht so kühl und knapp zu beantworten. Wieder kannte Swann die Stimme. Ein Minister verlangte ein Treffen, war aber vorsichtiger als der Ex-Premier. Er sprach ausweichend, nannte weder Namen noch Summen. Man hätte Versprechen gemacht, die man auch halten müsste. Es ging immerhin um eine erkleckliche Parteispende. Der Ruf stand auf dem Spiel.

Swann schloss seine Werkzeugtasche.

»Wir sehen uns, Heenan. Schick jemand, der den Statesman abholt. Ist zwar schade drum, aber was soll's.«

39

Um die letzte Fahrt im Statesman zu genießen, drehte Swann die Klimaanlage noch einmal richtig hoch. Er schaltete das Radio ein. Nachrichtenzeit. Der Premier war nach dem heute Vormittag erfolgreich abgeschlossenen Kauf der Fremantle Fuel Company von dem Unternehmer Sam Mostel für geschätzt zwanzig Millionen Dollar nun auf Werbetour für eine Diamantenmine in Kimberley. Laut Korrespondentenbericht sahen Clifford und Welsh ihrem Schicksal gefasst ins Auge. Die Hinrichtung war für übermorgen angesetzt, es deutete nichts darauf hin, dass der malaysische Premierminister sie noch begnadigen würde. Ein Autodieb, der notorische Porsche Boy, hatte sich in einem gestohlenen Porsche mit der Polizei ein Rennen durch die südlichen Vororte geliefert. Es war mittlerweile das zehnte in diesem Monat, und die Polizei hatte einräumen müssen, dass man die Verfolgung abgebrochen hatte, weil ihre Holdens nicht schnell genug waren. Angeblich war Des Foley in Toodyay gesehen worden. Es hieß, er habe dort in der Nähe eines bekannten Unterschlupfs von Moondyne Joe, Perths berühmtestem Bushranger, campiert. Der britische Popsänger Boy George und seine Band Culture Club kamen Anfang nächsten Jahres nach Australien, die genauen Tourdaten würden später bekanntgegeben. Boys Single »Do you really want to hurt me ...«

Swann schaltete das Radio aus, zündete sich eine Zigarette an und ließ die Fenster herunter. Die Klimaanlage blies ihm kalte Luft ins Gesicht, warmer Fahrtwind traf auf seinen Arm, bis der Verkehr um den Riverside Drive ins Stocken geriet, weil wieder Demonstranten die Straße blockierten. Swann fuhr nahe der Jacob's Ladder rechts ran und wollte wenden, als das Telefon klingelte. Er hob ab und hielt gegenüber einem künstlichen See, in dessen Mitte eine kleine, sich aneinanderdrängende Entenfamilie schwamm.

»Frank?«

»Terry, was kann ich für dich tun?«

Swann hörte Fahrstuhlmusik im Hintergrund und vermutete, dass Terry Accardi aus einer Telefonzelle in einer Shoppingmall anrief. »Frank, ich hab keine Zeit für ein Treffen, aber diese Leitung, die ist doch sicher, stimmt's?«

»Weiß ich nicht, Terry. Ich würde mich lieber treffen.«

Terry atmete tief ein. Pause. »Geht heute nicht. Der Tote, von dem wir gesprochen haben. Blutergüsse an der Schulter. Dazu mehrere Schnittwunden an den Handgelenken. Die stammen kaum von Schwimmkrabben.«

Wie Swann vermutet hatte, war der Wissenschaftler in der Nähe der Sandbänke des Claisebrook Creek in den Fluss gelangt. Dort musste man einen Widerstand leistenden

Mann mit gefesselten Händen nicht weit schleppen, bis man in hüfttiefes Wasser kam, um ihn zu ertränken. Anders als der Wissenschaftler hatten die Täter nicht viel Ahnung vom Fluss und seinen Strömungen, der abseits des Hauptkanals fast ein stehendes Gewässer war. Das hatte dazu geführt, dass die Leiche nicht wie erwartet fortgetrieben worden war.

»Ich bin auf dem Weg ins Labor. Bin schon gespannt, was die neuen Untersuchungen ergeben –«

Swann unterbrach ihn. »Wir müssen reden, Terry, aber persönlich. Es tut mir leid, aber ich muss deine Kollegen in Canberra enttäuschen. Die Umstände haben sich komplett geändert. Ruf an, wenn du Zeit hast.«

»Alles klar.« Kein Anzeichen von Aufregung oder Enttäuschung, obwohl Accardi sicher etwas empfand.

Auf der Fahrt in die Stadt bremste das Schuldgefühl Swanns Gedankenfluss. Das alte Rätsel: Wie konnte er mit Furcht, aber ohne Scham leben? Sein taktischer Rückzug fühlte sich wie eine Niederlage an, obwohl die Entscheidung richtig war.

Aber zunächst musste er ein paar lose Enden verknoten. Er fuhr auf den kleinen Parkplatz hinter Fast Eddy's Café und wartete, dass ein junger Mann in Baggy Shorts, übergroßen Turnschuhen, Basketball-Shirt und Kappe aufhörte, Münzen in ein Telefon zu stecken und etwas von einem gestohlenen BMX-Rad in den Hörer zu brüllen – er wisse genau, wer's gewesen sei, gleich würd er losziehen und dem Arsch die Fresse polieren, würd vielleicht zu spät zum Abendessen daheim sein.

Swann schritt ein, als der junge Mann anfing, den Hörer fluchend gegen die Ziegelwand zu dreschen und mit dem Fuß gegen die Wand trat. Ohne ein Wort drehte Swann ihn um und blickte in hasserfüllte Augen, sah einen scheußlichen kleinen Schnauzbart. Der Junge ließ den Hörer fallen, straffte die Schultern und nahm eine Kung-Fu-Stellung ein. Swann ignorierte ihn, steckte ein paar Münzen in den Schlitz und war froh, dass er das Freizeichen hörte. Der Junge trat einen Schritt zurück und zog mit zitternden Händen ein kleines Messer aus der Gesäßtasche. Swann starrte ihn an, verlor aber gleich wieder das Interesse und konzentrierte sich stattdessen auf das klingelnde Telefon. Der Junge verschwand maulend aus seinem Gesichtsfeld, wobei er die verlorene Würde dadurch zurückzugewinnen versuchte, dass er brüllte und gegen Mülleimer und geparkte Autos trat, bis er abdampfte, um sein Elend woanders kundzutun.

»East Perth Lockup«, sagte eine harte Stimme. Swann fragte nach Sergeant Carter und erfuhr, dass er Nachtschicht hatte. »Versuchen Sie's ab zehn.«

Dass Carter von zehn Uhr abends bis sechs Uhr morgens Dienst hatte, hieß, dass er jetzt daheim war und schlief. Swann ging zum Statesman zurück und setzte sich hinein, ließ aber die Füße auf dem Parkplatz. Beim Blättern im Telefonbuch spürte er die Hitze vom Asphalt aufsteigen. Carter war ein häufiger Name, Xavier allerdings nicht. Nur ein X. Carter in Inglewood, nicht mal sehr weit.

Es war ein Haus im kalifornischen Stil, der Klinkersockel vom eigenen Brunnenwasser blutrot verfärbt, die Bleiglastür zurückversetzt unter einer schattigen Veranda. Xavier Carter hatte es weit gebracht. Das Haus stand auf einem weitläufigen Grundstück inmitten eines gepflegten Gartens, das Dach war mit Terrakottaschindeln neu gedeckt, die Giebel mit skandinavisch wirkenden Schnitzereien verziert.

Swann parkte unter einem blühenden Zylinderputzerstrauch auf der gegenüberliegenden Straßenseite zwischen den Autos der Gäste eines Pubs um die Ecke. Eine schwere

Papiertüte mit dem Revolver und zweitausend Dollar in bar in der Hand, ging er über die Straße und lief auf dem Gartenweg zur Veranda. Sobald er sein Päckchen auf der Sisalmatte deponiert hatte, kehrte er zum Statesman zurück.

Überraschenderweise ging Carter schon beim ersten Klingeln ans Telefon. Noch überraschter war Swann, dass er ihn nicht unterbrach.

»Auf Ihrem Fußabtreter liegt eine Papiertüte mit etwas, das Sie vor zwei Jahren verloren haben, dazu ein hübscher Anreiz, die weiteren Umstände zu vergessen. Was Sie hoffentlich tun, Xavier.«

Carter gab keine Antwort, legte aber auch nicht auf. Swann sah, wie die Haustür einen Spaltbreit aufging und eine dickliche Hand durch den Schlitz gestreckt wurde, die die Papiertüte nach innen zog.

Papier raschelte, dann Carters Raucherstimme, genau wie Swann sie in Erinnerung hatte.

»Sagen Sie dem kleinen Darkie, dass das ’n guter Anfang ist. Noch besser wär’s, wenn ich ihn jetzt noch persönlich zurückbringe. Dann lernt er seine Lektion und sitzt die Zeit ab, und ich krieg meine Marke wieder.«

»Geht leider nicht. Er hat die Wachleute ausgetrickst und sie schlecht aussehen lassen. Dafür hängen sie ihn auf, das wissen Sie. Deswegen will ich zweierlei. Erstens, Sie sorgen dafür, dass sein Vater rauskommt. Ohne weitere Prügeleien. Er weiß nicht, wo dieser Mercedes ist. Ich schon. Und zweitens sorgen Sie dafür, dass das Urteil gegen den Jungen aufgehoben wird. Dafür sage ich Ihnen, wo der Wagen ist. An einem Stück. Mit dem Inhalt des Kofferraums. Dem kompletten.«

Carter überlegte. »Das Urteil kann nur ein Richter aufheben. Und bei einem Abo glaub ich das nicht.«

Swann sprach scharf. »Sie sagen Ihrem gekauften Richter, die Aussage, dass der Junge bei der Verhaftung Widerstand geleistet hat, war nicht ganz korrekt. Und dann lassen Sie sich was einfallen, wie Sie Ihre Dienstwaffe wiedergefunden haben. Die Akten können Sie hinterher ja als Verschlusssache klassifizieren und für die nächsten fünfundzwanzig Jahre verschwinden lassen. So erfährt keiner was davon.«

Carter würde das mit seinen Vorgesetzten abstimmen müssen. Dabei stand Ben Hogan ganz oben in der Hackordnung. Aber Carter war die Selbstherrlichkeit schon in Fleisch und Blut übergegangen. Er antwortete wie im Reflex. »Und was für einer sind Sie? So'n negerfreundlicher Anwalt und Bürgerrechtler? Zu viel Kohle haben Sie ja offensichtlich.«

Swann zögerte mit der Antwort. Als hätte Carter mit seiner Vermutung den Nagel auf den Kopf getroffen. Und dann bestätigte er sie. »Das geht Sie gar nichts an. Wenn das korrekt abläuft, kriegen wir beide, was wir wollen.«

»Yeah, ein Scheißanwalt. Wie erreich ich Sie?«

»Tun Sie, was ich sage. Ich melde mich.«

Swann legte auf, stieß mit dem Heck des Statesman zurück auf den Parkplatz des Pubs. Er hörte Gelächter, das Klackern von Billardkugeln, aus der Jukebox dröhnte Michael Jacksons »Beat it«.

40

Swann wählte beim Fahren. An der Charles Street nahm er den Freeway, wechselte auf die Überholspur und fuhr an Parliament House vorbei, ohne es zu sehen. Auf der Narrows Bridge staute sich der Verkehr nach Norden, Männer und Frauen gestikulierten im dunstigen Smog. Unter der Brücke schimmerte der Fluss in der windstillen Hitze, dennoch schauderte Swann, als er an den Umweltexperten dachte, der mit dem Kopf in das dunkle schlammige Wasser gedrückt worden war und als Letztes die Stiefel seiner Mörder gesehen hatte.

Das Bild verschwand vor seinem inneren Auge, als Dennis Gould ans Telefon ging. »Sorry, Swann, bin grad erst heimgekommen. Hab's schon draußen im Gang läuten hören.«

»Dennis, ich komm später vorbei. Wir müssen reden. Mach Schluss mit der ganzen Sache. Das, was ich früher mal erwähnt hatte. Ich wollte dich anrufen, aber –«

»Ich hab Neuigkeiten. Ich war den ganzen Tag an der Börse. Bei 'nem alten Kollegen, der auf Auslandsmärkte spezialisiert ist. Auch da gab's seltsame Bewegungen, die ich mir nicht erklären konnte. Bei ihm ist zwar auch einiges seltsam, aber nicht weil er jetzt Hosenträger anhat und seine Schuhe so sehr poliert, dass man beim Hinschauen blind wird.«

»Dennis, ich bin gleich bei dir. Gönnen wir uns 'nen Drink.«

»Na, dann ist's wirklich was Ernstes.«

»Ja, ist es.«

Swann fuhr an der Manning Road ab und sah auf die Uhr. Drei vorbei. Das Autotelefon klingelte, und Swann stellte sich auf Heenans betrunkenes Säuseln ein, aber stattdessen hatte er Ben Hogan dran – Befehlston, die Stimme kalt und verächtlich, das Kommandieren gewohnt. »Fahr rechts von der Manning Road ab, dann weiter zum Golfclub. Beim siebten Fairway hältst du.«

Swann sah in den Rückspiegel und entdeckte einen weißen Holden Belmont voller Anzugträger. Hogan, der gefahren wurde, war auf der Rückbank nicht zu sehen.

»Woher hast du diese Nummer?«

Hogan lachte schnaubend. »Fairway sieben.«

Er drückte es ihm rein. Auf dem siebten Fairway war Ruby Devine ermordet worden, hier traf die Consorting Squad ihre Spitzel.

Swann parkte, den Freeway auf einer Seite, die großen, mit Maschendrahtzaun abgetrennten Flächen der Fairways und Greens auf der anderen, und direkt vor ihm kleine Gruppen von Marris und Teebäumen zur Markierung des Platzverlaufs. Sekunden später stoppte der Belmont mit einem effektvollen Rutscher, einer kontrollierten Einschüchterung. Swann stieg aus, zündete sich eine Zigarette an und sah vier Männern beim Aussteigen zu. Hogan hatte ihn schon einmal auf ähnliche Art überfallen. Damals war er erst geschlagen, danach in eine Zelle gesteckt worden.

Diesmal keine Schläge. Die drei anderen Detectives hielten sich im Hintergrund. Hogan lehnte sich gegen den Statesman und fuhr sich mit der Hand durch die Haare, dann schob er sich die Jackettärmel hoch. »Was zum Teufel glaubst du, was du tust?«

»Hier? Das frag ich mich auch.«

»Du tust überhaupt nichts, solang *ich's* dir nicht sage. Du kündigst nicht einfach deinen Job beim Premier. Ich will, dass du bleibst!«

Mit einem abschätzigen Blick auf Hogan nahm Swann einen Zug von seiner Zigarette; die Abneigung war wechselseitig. »Du siehst nicht richtig frisch aus, Hogan, trotz der schicken Klamotten. Leg ruhig ab, wenn's dir hilft.«

»Kapierst du's immer noch nicht, du Trottel? Ich will, dass du zurückgehst. Augen und Ohren offen hältst. Du weißt, was sonst passiert. Also, falls du nicht –«

Swann schnippte die Zigarette vor Hogans Füße, kleine Funken stoben davon. »Mein Gott, musst du verzweifelt sein.« Hogan trat einen Schritt auf ihn zu. Swann roch sein

Parfüm, seinen Minzatem. Den Blick über Swann gerichtet, flüsterte er: »Lieber 'nen bekannten Teufel als unbekannte Dämonen. Du warst mal mit im Boot, Swann. Seit Urzeiten halten wir diese Arschlöcher klein. Was glaubst du, passiert, wenn es keine Cops wie mich mehr gibt? Dann bleiben nur noch Gestalten wie Leo Ajello, die Corvos und die Adamos – und die Bikies, oder nicht? Jetzt arbeitet dieser Abschaum für mich. Sie halten sich an die Regeln. Sie wissen, wo sie hingehören. Wenn diese Schweine ans Ruder kommen, dann ist ziemlich klar, wohin die Reise geht. Und es sind nicht nur die: Dann kriegen wir das Gesocks von überallher.«

»Erzähl von Ruby Devine. Du warst doch dabei, als das passiert ist.«

»Das war rein geschäftlich. Eine politische Entscheidung. Nichts Persönliches.«

»Na, für ihre drei Kinder schon.«

»Halt dein dummes Maul und hör zu. Ich bin hier, um dir 'ne Chance zu geben. Aber ich warne dich. Da läuft ein richtig übles Ding gegen dich. Erstaunlicherweise hab ich derzeit das Gefühl, ich sollte dazwischengehen, weil du mir nützlich bist. Aber sobald das nicht mehr so ist ...« Hogan schnippte mit den Fingern.

Swann beugte sich zu ihm. »Meinst du, du kommst zu kurz? Bleibst außen vor? Worum auch immer es geht, kauf dich doch einfach ein.«

»Um Premier Farrell mach ich mir keine Sorgen. Das läuft alles bald wieder normal.«

Swann beschloss, den Versuch zu wagen. »Dieser Freund von mir. Der wurde zum letzten Mal gesehen, als ihn Bikies geschnappt haben. Wer hat ihn erledigt?«

»Versuchst du's jetzt auch von hinten? Gould ist nicht tot. Ich weiß, dass er in seinem Loch hockt. Vorläufig ...«

»Du scheinst ’ne ganze Menge zu wissen. Vielleicht solltest du sagen, was du nicht weißt.«

»Das kommt schon noch, glaub’s mir.«

Hogan trat zur Seite und schnippte mit den Fingern. Die drei Detectives stürzten so schnell heran, dass Swann ein Gedanke kam – sie arbeiteten nicht nur für Hogan. Sie sollten ihn auch *beschützen*.

Ein weiteres Fingerschnippen, und der erste Detective zog einen Plastikbeutel aus der Jacketttasche. Darin ein mattes graues Etwas. Beweisstück A. Die Tatwaffe, mit der Trevor Dragic erschossen worden war, samt den Patronenhülsen.

Auf der Fahrt zu Stormie Farrell war Swann wie auf Autopilot. Er achtete nicht auf die vorbeiziehenden Stadtansichten und merkte kaum, dass die Luft am schattigen Flussufer kühler war. Hogan hatte ihn eiskalt erwischt, und jetzt verschaffte ihm der von Marion erbetene Besuch bei Stormie und Janey Zeit zum Nachdenken.

Der Thunderbird stand noch immer dort in der Einfahrt, wo ihn der Abschleppdienst abgestellt hatte, nicht weit von den verkohlten Überresten Stormies früherer Kapriolen. Swann sah, dass sich ein Vorhang leicht bewegte, sonst keine Anzeichen von Leben. Keine Rockabilly-Musik, kein Gelächter, keine eingebildeten Spritztouren. Selbst fortgeschrittene Trinker wie Stormie brauchten ab und zu eine Pause.

Swann war fast die gesamte Einfahrt hinaufgelaufen und wollte um eine seltsame Barrikade aus durcheinandergewürfelten Möbelstücken – umgedrehte Stühle, Tische, eine Couch – gehen, als er zu Boden blickte und auf Knöchelhöhe eine in der Sonne schimmernde Angelschnur sah. Sie war gespannt und führte in jeder Richtung zu einer leeren, mit

Ziegelsteinen beschwerten Bananenkiste. Swann ging zu der Kiste neben der Haustür. Die Schnur war durch die Kistengriffe geführt worden und lief anschließend senkrecht nach oben zum Dach. In der Regenrinne stand eine schief platzierte Sherryflasche in einem labilen Gleichgewicht – Stormies improvisiertes Frühwarnsystem.

Swann trat über die Stolperfalle und hob die Hand, um zu klopfen, als Stormie die Tür aufriss, ihn am Arm packte und ins Haus zog. Der Blick wild, die Augen wässrig vor Anstrengung.

»Dieser Feigling ist wieder aufgetaucht, Swann. Und dran bist nur du schuld!«

Swann folgte Stormie in die Küche. Sie war leergeräumt, um vor der Gartentreppe auf der Veranda eine zweite Barrikade aus Tisch, Stühlen und Küchenkästen zu bilden.

»Ich bin zu alt, um Sandsäcke zu füllen. Und eine verdammte Bren hab ich auch nicht. Okay, eine Owen-Maschinenpistole tät's auch. Damit könnt ich wenigstens einmal über die Verteidigungslinie streichen, wenn dieser Schwachkopf seine Rübe zeigt.«

Swann war sprachlos. Stormie stand vor ihm, aufgekratzt wie ein Jack Russell im Jagdfieber. Auf Handrücken, Wangen und Stirn hatte er Schmiere von brauner Schuhcreme.

Janey kam in die Küche. Sie wirkte müde und besorgt.

»Janey, was ist denn hier los?«

»Ich hab dir doch gesagt, was los ist, Frank!«, brauste Stormie auf.

Janey trat neben ihn und legte ihm die Hand auf die Schulter. »Danke, Stormie, aber ich kann für mich selber sprechen. Kann mir schon denken, wie das aussieht, Mr Swann. Muss seltsam wirken.«

»Da kann ich nicht widersprechen.«

Aber Stormie ließ sich nicht bremsen. Seine Hand schoss in die Höhe wie auf einer Patrouille. »Ich sag dir, was los ist. Die kleine Janey hat 'ne Freundin angerufen, eine Dame der Nacht, die unten in der Beaufort Street Dienst schiebt. Anscheinend hat sich Janeys Ex, dieser feige Köter, wieder aus der Deckung gewagt und nach ihr gefragt. Er hat erfahren, dass du sie aus dem Frauenhaus geholt hast, und jetzt glaubt er, du bist ihr Neuer. Der platzt fast vor Eifersucht und ist mit 'ner Beschreibung von dir zu allen Mädchen. Hat 'nen Zwanziger für deinen Namen geboten. Ist nur 'ne Frage der Zeit, bis eine der Puppen plaudert, dann bist du geliefert.«

Swann sah Janey fragend an, und sie nickte mehrmals kurz. »Und deswegen macht ihr aus dem Haus ein verdammtes Fort Alamo? Nur weil der Kerl vielleicht meinen Namen erfährt? Kumpel, das ist nicht das, was Janey im Augenblick braucht.«

»Und das ist jetzt dein Dank? Aber ich hab's dir gesagt, Janey! Hab ich's gesagt, oder hab ich's nicht?«

Wieder sah Swann Janey an. »Wovon redet er?«

Janey öffnete den Mund, aber Stormie war schneller und schüttelte zur Bekräftigung die Faust. »Gibt's hier keine echten Männer mehr? Überhaupt keine? Nicht mal einen einzigen? Hättest du diese Pfeife plattgemacht, Frank, dann wären wir nicht hier. Ich, ich halt dir den Rücken frei, Mann, und das ist der Dank?«

»Janey?«

»Ich hab Stormie die Nummer nicht gegeben. Er hat dieses Ding im Telefon, mit dem er Nummern zurückverfolgen kann. Er hat meine Freundin Mel angerufen und gesagt, sie soll ihm seinen Namen und seine Adresse nennen.«

Stormie machte ein grimmiges Gesicht und streckte das Kinn vor. »Vor Abschaum wie dem läuft man nicht weg,

Frank. Man lädt ihn auf 'ne Tasse Tee ein, und bevor er um Zucker bittet, bläst man ihm die beschissene Rübe weg.«

Swann schüttelte den Kopf. »Deine Freundin Mel, ist die so zuverlässig, dass sie eine Nachricht richtig weitergibt?«

Janey schüttelte kurz den Kopf, so schnell und leicht, dass Stormie es nicht sah. Swann bemühte sich, seine Erleichterung zu verbergen. Janey hatte bei Stormies Unfug mitgemacht, auch wenn Swann nicht an ihren guten Absichten zweifelte. Er nahm einen Stift, schrieb die Nummer des Autotelefons auf und gab sie Janey. »Unter der Nummer kannst du mich jederzeit erreichen. Und ruf bitte Marion an, Janey, und sag ihr, wie's dir geht. Sie macht sich Sorgen.«

Janey umarmte Swann so schnell, wie sie sich wieder von ihm löste. Die Furcht vor dem eifersüchtigen Freund steckte ihr noch in den Knochen. »Wenn du was brauchst, ruf an«, schärfte ihr Swann noch einmal ein.

Stormie wippte auf den Zehen. »So eine Bren wär wirklich prima. Aber auch 'ne kleine Owen würd schon helfen. Ja, okay, ist wahrscheinlich zu viel verlangt, oder? So ein bisschen logistische Unterstützung von dem hohen Tier.«

Swann ließ sie stehen. Wenn es stimmte, was Janeys Freundin Mel erzählt hatte, dann war Janey bei Swann nicht mehr sicher. Er musste mit Marion sprechen und nach einem anderen sicheren Versteck für sie suchen.

41

Swann klopfte an die Tür zu Goulds Apartment, schob aber gleich darauf den Schlüssel ins Schloss und sperrte auf. Als Gould aufsah und bemerkte, dass er keine Flasche in der Hand hatte, machte er ein enttäuschtes Gesicht. Er zog einen der schweren Vorhänge zurück. Ein Rechteck rauchiges Licht fiel auf den Teppich, der mit Papierstapeln, vollen Aschenbechern und leeren Kaffeebechern übersät war. Dennis Gould selbst war makellos: blauer Nadelstreifenanzug, auf Hochglanz polierte Schuhe, strahlend weißes Hemd, frisch rasiert und gekämmt.

»Du musst ziemlich Eindruck gemacht haben, Dennis. Du siehst Jahre jünger aus.«

»Anders hätte die mich gar nicht reingelassen, jedenfalls nicht zum Haupteingang. An der Börse dreht sich alles um den Auftritt, Frank. Die Hälfte der Makler weltweit hat von nichts Ahnung, genau deshalb achten sie drauf, eine gute Figur zu machen, schlau daherzureden und fein zu riechen. Was mich aufs Thema bringt – du wolltest, dass ich zu arbeiten aufhöre, aber jetzt hast du nichts zu trinken dabei.«

Swann knöpfte sein Jackett auf und zog eine Flasche Jameson heraus. Dabei sah Gould auch die Pistole im Holster, und wie immer, wenn er eine Waffe sah, fing er an zu zittern. Swann schraubte die Flasche auf und reichte sie weiter. Gould trank sie an, wischte sich mit dem Handrücken über den Mund, stieß geräuschvoll den Atem aus und bekreuzigte sich.

»Wo ist das Problem?«, fragte er.

»Es scheint durchgesickert, dass du zurück bist. Hogan jedenfalls weiß es.«

»Ich war nur einmal für 'ne Stunde draußen.«

»Daran liegt's nicht. Hogan hat es immer gewusst. Keine Ahnung, woher.«

Goulds fragender Blick wurde von einem weiteren Schluck weggespült. »Das ist einer dieser Fälle, bei denen man immer einen Schritt hinterher ist, oder?«

Swann nickte. »Für mich fühlt sich's jedenfalls nicht an, als wär ich richtig im Bild, das steht fest.«

»So was in der Art wollte ich dir auch zeigen. Beim zweiten Angebot, dem von Hercules Construction. Die sind, wie gesagt, eine Holding für verschiedene regionale Firmen – groß und erfahren, wenngleich nicht ganz auf dem Niveau von Exetar. Alles paletti, was Vorstände, Subunternehmer und so weiter betrifft, da gibt's nichts zu mäkeln. Hercules scheint liquide und stark genug, um es in die nächste Runde zu schaffen. Als ihr wichtigster Geldgeber ist Conlan angeführt, aber nach ein paar Anrufen hab ich erfahren, dass Conlan jetzt finanziell den Stecker gezogen hat. Gestern erst. Auch 'nen Schluck?«

Swann schüttelte den Kopf, als Gould ihm die Flasche anbot. Es fiel ihm schwer, sich richtig für Goulds Nachforschungen zu interessieren. Er fragte sich vielmehr, warum Hogan ihn im Umfeld des Premiers haben wollte. Aber der Whisky hatte ein Funkeln in Goulds Augen gebracht, das Swann missfiel. Entweder arbeitete Dennis Gould, oder er trank, und wenn er einmal zu arbeiten aufgehört und zu trinken begonnen hatte, war kaum ein sinnvolles Wort aus ihm herauszubekommen. Deswegen ließ Swann ihn weiterreden.

»Es war schon ziemlich ungewöhnlich, dass ich überhaupt nachgefragt habe. Du weißt ja, dass Conlans Bank beide Angebote finanziert. Wer auch immer gewinnt, das Projekt in Burswood wird auf jeden Fall mit Conlan-Geld gebaut. Warum also will er Hercules plötzlich kein Geld mehr geben? Ich hab meinen Freund an der Börse besucht. Er wusste nichts davon, deswegen haben wir uns die Transaktionen näher angesehen. Und da stellt sich raus, dass ein Teilnehmer im Markt im großen Stil Hercules-Anteile kauft. Sicher, dass du nicht doch einen Schluck willst?«

Swann sah zu, wie Gould die Flasche leertrank und sie auf die Couch warf. Dann wusste er nicht mehr, wohin mit seinen Händen, und sah sich nach Nachschub um. »Und weiter, Dennis? Ich hör zu, auch wenn ich's noch nicht ganz kapiere.«

»Es sind immer nur kleine Aktienpakete von Hercules, aber insgesamt ist das Handelsvolumen hoch.«

»Weiß man, wer kauft?«

»Das ist es ja. In den letzten zwei Tagen mehr Trades als im ganzen vergangenen Jahr. Hat meinen Kumpel richtig fuchsig gemacht. Als würd er was übersehen. Da hat er ganz vergessen, dass ich da war. Hat die Namen der Händler zurückverfolgt und ein paar Mal mit London telefoniert. Immer wieder, alle Spuren haben dorthin geführt. Hat etwas gedauert, bis er die ganzen Mantelgesellschaften aufgestöbert hatte, die haben ihre Firmensitze überall, aber irgendwann war's klar. Auf die eine oder andere Weise gehörten alle Firmen zum selben Konzern, Handos PLC. Und dessen Besitzer ist ein gewisser Graham Greylands.«

»Grim Greylands! Den kenn sogar ich.«

»Weil er ein echter Schweinehund ist. Goldminen. Pharma. Brauereien. Es gibt Gerüchte, dass er Söldner in Afrika finanziert, um Regierungen zu stürzen. Und jetzt ist die große Preisfrage –«

»Warum kauft sich ein Schwergewicht wie Greylands in eine Baufirma in Perth ein?«

»Exakt. Wir wissen es nicht. Und vielleicht erfahren wir's nie. Aber was wir durch ein paar Anrufe in London rausgebracht haben, ist, dass sich Maitland Conlan bei seiner weltweiten Einkaufstour über Exetar auch bei Handos eingekauft hat. Und zwar in großem Stil. In sehr großem. Und die Sicherheiten hat natürlich sein Bruder gestellt.«

»Also ist es eine Retourkutsche? Kauft sich Greylands deswegen bei einem Konkurrenten von Exetar ein? Und sobald Conlan davon erfährt, zieht er seine Gelder ab?«

»Exakt. Mit welcher Absicht Greylands Exetar auf die Füße tritt, ist mir noch nicht klar –«

»Vielleicht ist genau das die Absicht? Er tritt ihm nur auf die Füße, weil er der größere Elefant ist. Einfach nach dem Motto ›Meiner ist dicker als deiner‹? Nur, warum kauft er sich nicht direkt bei Exetar ein? Das könnte er locker, mit seinem Hintergrund.«

»Frank, genau das ist die Frage. Die alles entscheidende Preisfrage. Vielleicht weiß er auch, genau wie wir, dass die organisierte Kriminalität in die Firma will, oder er weiß was anderes über Exetar, von dem wir keine Ahnung haben? Aber egal, mit den Summen, die er in Hercules gesteckt hat, hat er eine Sperrminorität. Er ist noch nicht Mehrheitseigner, aber viel fehlt nicht mehr.«

Swann begriff. »Wenn Hercules den Zuschlag erhält, kauft er weiter und übernimmt die Mehrheit. Und wenn nicht, verkauft er alles wieder und hat keinen Schaden.«

»Exakt«, sagte Gould. »Also, was denkst du, soll ich tun? Ich mein, worauf soll ich mich konzentrieren?« Händeringend suchte Gould nach etwas zu trinken.

Eigentlich konnte es nicht schaden. Für Swann jedenfalls änderte es nichts. »Wirf noch mal einen Blick auf Exetar. Aber sei vorsichtig. Hogan und Quinlivan sind beide engagiert, ganz an der Basis. Also schau mal weiter nach oben. Und wenn Hogan weiß, dass du hier bist, könnten es andere auch wissen.«

»Aber – Trevor Dragic, der ist kein Thema mehr, oder? Endgültig?«

Swann nickte. »Ja, endgültig.«

42

Es war fast Mitternacht, als Swann Perth verließ. Im Autoradio lief wieder derselbe Klassiksender wie am ersten Tag. Hogan würde sicher bald anrufen, schließlich lag in dem versunkenen Mercedes etwas, was er wollte, ein mögliches Druckmittel. Doch auch Swann benötigte dieses Material, um die Trackers freizubekommen. Allerdings wollte er sich den beiden Leichen nicht nähern, solange Hogan ihn beobachten konnte – nachts schon gar nicht. Beim Fahren rief er im East Perth Lockup an, die klassische Musik im Hintergrund bot eine gute Tarnung für einen Anwalt. Er bekam Carter mitten in seiner Schicht ans Telefon. Er versicherte Swann, dass die Abmachung galt, wollte aber etwas von dem Material im Mercedes sehen. Swann lehnte mit heiserer Stimme ab; vorher musste das Urteil aufgehoben und der Vater aus dem Gefängnis entlassen werden, sonst liefe nichts. Er würde sich morgen wieder melden. Wenn bis dahin nichts passiert war, würde er an die Presse gehen und bekannt geben, wo die Leichen, der Mercedes und die Dokumente zu finden wären.

Swann roch die eukalyptusgeschwängerte Hitze, die vom Kings Park durch die offenen Fenster in den Wagen strömte. Zu hören war nichts außer dem schnurrenden Achtzylindermotor und den jammernden Geigenklängen, die ein Cello zu umkreisen schienen. Swann ließ sich in den Sitz sinken und bemerkte, dass der brackige Geruch des warmen Flusses immer stärker wurde. Plötzlich klingelte das Telefon. Swann schob das mit zwei Waffen beschwerte Jackett von der Konsole und hob ab.

»Accardi hier. Lass uns morgen treffen. Ich hab ein paar interessante Neuigkeiten, die dich … hm, deine Entscheidung vielleicht noch mal überdenken lassen. Morgen Vormittag am üblichen Ort?«

Swann willigte ein, legte auf und entfernte sich weiter von der schwarzen Weite des Flusses und der dunklen Flanke des Mount Eliza. Es wäre gut, alles an Accardi zu übergeben und ihn weitermachen zu lassen. Und es wäre auch in Swanns eigenem Interesse. Wenn Hogan ihm wirklich den Mord an Dragic anhängen wollte, könnte Accardi auch dann, wenn er nicht in dem Fall ermittelte, Beweisstücke verschwinden lassen, vor allem die Tatwaffe und die Patronen. Dadurch dass Hogan von ihm verlangt hatte, die Arbeit beim Premier fortzusetzen, hatte er ihn auch in die Lage versetzt, Accardi zu helfen. Gegebenenfalls würde Swann dem jungen Detective einen Hinweis geben, wo die Leichen der Grednics zu finden waren.

Das Telefon läutete wieder, als Swann in Claremont an einer Ampel hielt. Er sah betrunkene sonnengebräunte Mädchen in Shorts und Trägerhemden und Jungs in Jeans und Hemden die Bayview Terrace entlangschwanken. Er hob ab. Schreie. Ein Mann schrie – Heenan, hysterisch, nicht aus Schmerz. Weil hinter ihm keine anderen Autos waren, blieb Swann stehen, als die Ampel auf Grün schaltete, und hörte Heenan beim Schluchzen zu, wartete, bis er zu sich kam.

Die Tür stand offen. Heenan saß in seinem Apartment im zwanzigsten Stock zusammengesunken auf der Bettkante, ein Häuflein Elend, regungslos. Tränen liefen ihm über die Wangen. Sein rosa Lacoste-Hemd war bereits feucht, was seine Brustwarzen und Speckrollen sichtbar machte. Hinter ihm lag eine nackte Frau mit dem Gesicht nach unten, den Kopf seltsam verdreht, die silberne Perücke verrutscht. Swann schob Heenan mit dem Knie beiseite, legte den Finger an den Hals der Frau, zog ihn zurück, prüfte noch mal.

»Sie lebt noch, du Idiot.«

Zwischen Swanns Beine gekauert und halb erstarrt vor Schock und Erschöpfung, rang Heenan pfeifend nach Atem. Er holte tief Luft, straffte sich wie ein aufgepumpter Ballon und rappelte sich auf. Swann ließ den Finger auf dem Hals der Frau, spürte den schwachen, aber regelmäßigen Puls, die Bewusstlosigkeit einer Überdosis. Verständlich, dass Heenan sie für tot gehalten hatte. Sie atmete nur schwach ein, etwa alle zehn Sekunden, kaum wahrnehmbar.

»Ruf sofort den Notarzt.«

»Nein, Frank, das geht nicht –«

Swann packte Heenan bei den Haaren und riss ihm den Kopf zurück. Er stieß gegen den Nachttisch, und die Lampe darauf polterte zu Boden. Die Frau gurgelte, ihre Lunge schien zu kollabieren, das Herz stehenzubleiben. Swann begann eine Herzdruckmassage, um sie zu stabilisieren. Er hörte, wie Heenan wegschlurfte, telefonierte, dann zum Wasserhahn lief und sich Wasser ins Gesicht spritzte, während er die Frau beatmete, immer weiter, immer weiter. Allmählich wurde ihm selbst schwindlig, er merkte, dass er zu hyperventilieren anfing. Trotzdem machte er weiter, sah Sternchen, spürte den Schwindel. Dann eine Hand auf seiner Schulter. Ein Notarzt. Er trat zur Seite, sackte zu Boden. Holte kurz Luft und hielt den Atem an, spürte seine Lunge flattern, atmete aus und wiederholte das Ganze. Jetzt konnte er wieder aufstehen. Er ging zu Heenan in die Küche, der mit aufgestützten Händen auf die Marmorarbeitsplatte starrte.

Heenans Stimme war kaum mehr als ein Flüstern. »Die war noch nicht so, als wir gekommen sind, Frank. Ich war total betrunken, ich hab nicht mal mehr einen hochgekriegt. Bin einfach eingepennt. Und als ich aufgewacht bin, lag sie so da. Total reglos. Ich hab gedacht ...«

»Ist sie von Dot Coulter?«

Heenan blickte auf. »Woher weißt du das?«

»Auf der Yacht neulich hab ich eins von Dots Mädchen erkannt.«

Heenan nickte. »Conlan bucht sie nur bei Dot. Wir waren auf 'ner Party hier in der Nähe. Anfangs rein geschäftlich, ein Umtrunk im Vorstandszimmer von Maitland Conlan. Aber das hat sich zu 'ner regelrechten ... oh mein Gott!«

»War der Premier auch dabei? Hast du was mitgekriegt, was du nicht mitkriegen solltest?«

Heenan überlegte. Er war noch wacklig auf den Beinen, immer noch stark betrunken. »Nein, da war nichts Besonderes, ich hab sie schon öfter in dem Zustand gesehen. Sozusagen *flagrante delicto*. Deswegen mach ich ... mach ich ja mit. Damit sie sehen, dass ich nicht anders bin. Und sie nicht –«

»Was denn dann? An was erinnerst du dich? Das Mädchen – ich hab in ihrer Handtasche nachgesehen, da war kein Besteck drin, kein nächster Schuss. Es muss also jemand hier gewesen sein und ihr was gespritzt haben.«

Heenan schüttelte den Kopf und runzelte die Stirn. Wieder traten Tränen in seine Augen, der Atem kam stoßweise. Dann presste er hervor: »Es war nichts, was ich gesehen habe, sondern was ich gesagt habe, Frank. Was ich gesagt habe.«

»Und das war?«

»Ich hab's zu Larry Conlan gesagt. Ich hab gesagt ... das, was du mir gesagt hast. Über Exetar. Dass ihr Angebot nicht so solide aussieht. Er weiß natürlich nicht, dass ich dich –«

»Hast du meinen Namen erwähnt?«

»Ja, Frank. Tut mir leid. Ich war sauer. Ich hatte es satt, dass er mich immer behandelt wie, wie ... also hab ich ihm auch mal eins reingedrückt. Aber nur so ein bisschen.«

»Das ergibt doch keinen Sinn! Bei der Macht, die er über den Premier hat. Er könnte doch einfach dafür sorgen, dass du rausfliegst.«

Heenan sackte wieder zusammen. »Das hat er ja gesagt. Und daraufhin hab ich gesagt ...«

»Spuck's schon aus.«

»Was du erzählt hast. Über die Kriminellen, die überall reindrängen. Die Bikies und das Exetar-Angebot. Ich hab doch gar keine Details genannt.«

»Hat aber offenbar gereicht. Das Projekt in Burswood ist fast einhundert Millionen Dollar schwer. Glaubst du, Conlan würde dafür nicht auch jemand umbringen?«

»Ich war betrunken, Frank.«

Die Notärzte kamen in die Küche, ein junger Mann und eine ältere Frau. Ihre Gesichter verrieten, dass sie schon vieles gesehen hatten. Mit Blick auf Heenan sagte die Frau kühl: »Sie ist stabil, weigert sich aber, mit uns ins Royal Perth zu fahren, gegen meinen ausdrücklichen Rat. Sie muss einiges gewohnt sein.«

Swann bedankte sich. Heenan sah weg.

»Hoffentlich haben Sie sie gut bezahlt«, sagte sie zu Heenan, der ihr noch immer nicht in die Augen sehen wollte.

»Wo hat sie sich denn gespritzt?«, fragte Swann.

Eine ungewöhnliche Frage, aber die Frau war unbeeindruckt. »Anscheinend direkt in den Nacken. An ihren Armen sind die Venen schon ziemlich kaputt, und vermutlich woanders auch.«

Swann begleitete die beiden zur Tür und schloss ab. Dann wandte er sich an Heenan. »Wie viel Bargeld hast du? Arbeiten kann sie hier nicht mehr. Nicht nach dem, was sie gesehen hat.«

»Nicht viel. Nicht ... so viel«

Swann nickte, als Heenan überlegte. Das Geld im Büro des Premiers.

»An deiner Stelle würde ich auch die Schlösser austauschen.«

Swann ging zu der Frau, die auf wackligen Beinen ihre High-Heels anziehen wollte. Sie musste ein Aufputschmittel bekommen haben, das ihr Herz anregte, aber ihr Blick war verschwommen, der Reißverschluss ihres Satinkleids stand offen, die Perücke saß schief auf dem Kopf. Swann kniete sich vor sie, schloss die Schnallen ihrer Schuhe. Zog den Reißverschluss zu, rückte die Perücke zurecht, half ihr aufzustehen und reichte ihr die Handtasche. Blickte in ihre Augen.

»Keine Sorge«, nuschelte sie. »Dot hat mich aus St. Kilda geholt. Hier bleib ich nicht. Und weil Sie nicht fragen, sag ich's Ihnen. Es waren zwei. Gesichter hab ich nicht gesehen, aber die Stiefel. Motorradstiefel. Aus Leder.«

Swann nahm ihren Arm. Heenan wartete in der Küche. Er hatte sich das Polohemd in die Hose gestopft und eine Schirmmütze aufgesetzt. In der Hand einen Autoschlüssel.

In der Küche brannte noch Licht. Swann schlich ums Haus und spähte hinein. Marion und Blake Tracker saßen teetrinkend und kartenspielend am Resopaltisch. Auf dem Plattenteller Charlie Pride, eine Platte seines Stiefvaters. Die musste Blake ausgesucht haben. Die Hintertür war nicht abgeschlossen. Er holte beide Waffen aus den Taschen, nahm das Schulterholster ab, wickelte alles ins Jackett und legte den Packen auf ein hohes Regal in der Waschküche. In der Küche hatte Blake schon den Wasserkessel in der Hand, doch Swann schüttelte den Kopf und nahm sich was Besseres oben vom Kühlschrank – dunklen Matusalam-Rum. Er griff die Flasche, holte sich ein Glas aus einem Regalfach, küsste Marion aufs Ohr und sah auf ihr Blatt. Sie spielten Black Jack. Blake zog eine Karte und wackelte mit den Augenbrauen, was Marion lachen ließ. Beide waren müde, fanden aber keinen Schlaf, und keiner der beiden wollte reden. Swann goss sich drei Fingerbreit ein, verstöpselte die Flasche und trank das Glas zur Hälfte aus. Er ließ sich auf einen Stuhl fallen – und wäre fast umgekippt. Er hielt der Runde seine Zigaretten hin, zündete sich eine an und atmete mit geschlossenen Augen aus.

Er spürte, wie Marions Finger nach seiner Hand griffen, er nahm sie, behielt aber die Augen geschlossen und trank einen weiteren Schluck. Schon vor vielen Jahren hatte er mit Marion händchenhaltend an diesem Tisch gesessen, während ihr Vater, George Monroe, von seiner Arbeit erzählt hatte, um Swann auf den Polizeidienst einzustimmen.

Anfangs war es eine ungewöhnliche Liaison gewesen – der abgebrühte Detective und Swann, ein wilder Jugendlicher und Gelegenheitskrimineller, der in die Tochter eines Polizisten verliebt war. Marion hatte erzählt, dass ihr Vater in Swann etwas sah. Aber die Wahrheit hatte er erst später erfahren, als Swann mit ihm allein am Tisch gesessen hatte, rauchend und Bier trinkend. Sein zukünftiger Schwiegervater hatte ihm ins Gesicht gesagt, dass Marion stärker wäre als Swann und er ihn deswegen akzeptieren könnte. Aber was Marions Vater in Swann sah, war nicht nur gut; auch die schlechtesten Seiten seiner eigenen Persönlichkeit, noch kaum gezügelt. Swann hatte sich bemüht, respektvoll zu bleiben – ihm war klar gewesen, dass er viel zu lernen hatte. Aber er wusste nicht genau, was dieser Mann mittleren Alters meinte, der ihm im weißen Rippunterhemd und mit Narben und Tätowierungen auf den Armen, mit kantigem, noch ganz gutaussehendem Gesicht gegenübersaß – und dessen Blick die Dunkelheit zu durchbohren schien.

Unerwähnt blieb das Titelfoto in der Morgenzeitung, das Detective Sergeant George Monroe in Anzug und Schlips zeigte, auf der Schulter das Gewehr, mit dem er einen Polizistenmörder erschossen hatte. Die Leiche war nicht im Bild – es war ein junger Mann in Swanns Alter gewesen, der geprahlt hatte, er würde einen Cop töten, und das in der Einfahrt zum Haus seiner Mutter in Bentley auch getan hatte, um danach in eine Hütte in den Bergen zu fliehen und zu warten, bis die Hölle über ihn hereinbrach. Wie die meisten seiner Kollegen hatte Marions Vater im Zweiten Weltkrieg gekämpft und empfand keinerlei Freude am Töten, aber er war innerlich hart geworden, weil er schon Menschen das Leben genommen hatte, ehe sie es bei ihm konnten.

Marions Vater hatte seine eigenen Gründe zu trinken, aber als er Swanns Glas immer wieder füllte und ihn so allmählich völlig betrunken machte, folgte er einer alten schottischen Tradition, veranstaltete einen gründlichen psychologischen und emotionalen Test. Sie tranken zwölf Stunden durch. Der Boden unter Swanns Füßen bot ihm längst keinen Halt mehr, aber sein Blick blieb an den dunklen Augen und ihrer entschlossenen Nüchternheit haften, die den anderen nie verließ, ganz egal wie viel er trank. Zwischen den Anekdoten erteilte ihm der Ältere Ratschläge, meinte, dass eine Familie Swann mehr Halt geben würde. Dann würden Schlägereien, Stehlen und Rumvögeln in einem anderen Licht erscheinen, seine schlimmsten Impulse gezügelt. Natürlich würde Swann so oder so kein normales Leben führen, aber sich zu disziplinieren, indem man Verantwortung übernahm, war eine Überlebenstechnik, die ihm ein längeres Leben sichern und seinem Umfeld weniger Kollateralschäden zufügen würde. Er riet ihm, das Marion gegenüber niemals zu erwähnen, auch sie würde im Gegenzug Opfer bringen. Ihre Wildheit wurde von derjenigen Swanns gespiegelt, und das Band ihrer Liebe war auch ein Band, das ihrer beider Lebhaftigkeit, die für jeden von ihnen allein durchaus zerstörerisch werden konnte, verknüpfte und sie beide stärkte. Auf diese Worte hin gab Swann dem Älteren ein Versprechen, aber wie recht der andere gehabt hatte, erfuhr er erst später. Swann war nie glücklicher oder sicherer gewesen als in jener Nacht in ihren Armen, in der kühlen Dunkelheit am Rande des Schlafes.

Swann spürte Marions Finger, fühlte, wie er in den Schlaf glitt, zwang sich, wach zu bleiben. Als er die Augen öffnete, sah er Blake schadenfroh grinsen, während er sich mit seinen Karten zufächelte und ein weiteres Zündholz in die Tischmitte schob. Die Sonne ging auf. Vor dem Haus begann ein Flötenvogel zu singen, in der Ferne ratterte ein Zug zum Hafen. Beim Aufstehen spürte Swann, wie seine Beine leicht nachgaben. Er stellte die Flasche zurück auf den Kühlschrank und ging langsam ins Schlafzimmer.

43

Der Fluss mit seinen blauen Tiefen und ockerfarbenen Untiefen lag ruhig wie ein See, als ihn Swann, an den Pelikanen auf den Stahlstützen der Canning Bridge vorbei, überquerte und das Raffles passierte – das Pub des stadtbekannten zwielichtigen Abe Saffron, in dem Polizisten immer willkommen waren. Er hatte gerade aufgelegt, nachdem Carter ihm versichert hatte, dass Gerry Tracker heute einem Richter vorgeführt würde. Alle Anschuldigungen sollten fallengelassen und er auf freien Fuß gesetzt werden. Nach diesem Zeichen des guten Willens bräuchte es jetzt aber eines von Swann, um das Urteil gegen Trackers Sohn aufzuheben. Einen echten Beweis, etwa ein Foto des Mercedes. Swann hatte Carter ausgelacht. Erst die Urteilsaufhebung, sonst ginge der Standort des Mercedes und sein Inhalt an die Presse; gute investigative Journalisten interessierten sich immer noch brennend für das Verschwinden der Grednics. Darauf hatte Carter Swann ausgelacht. Sollte denn zu Diebstahl und tätlichem Angriff noch der Mordvorwurf kommen? Swann pokerte. Spannend, was die Unterlagen aus dem Kofferraum so verrieten. Carter fluchte und sagte, Swann solle in einer Stunde wieder anrufen.

Im Radio: Noch immer keine Spur vom »Good Morning Bandit« Des Foley. Das hieß, die Fluchtchancen waren nicht schlecht. Die Nachricht vom Kauf der Energieversorgung im Südwesten durch die Regierung kommentierte der Schattenfinanzminister mit Verwunderung: Er frage sich, warum man die Infrastruktur erst kürzlich an den Privatinvestor Sam Mostel verkauft hatte und der Kaufpreis nun offenbar das Doppelte des Verkaufspreises betrug. Der Premier hatte nicht dazu Stellung nehmen können, weil er eine weitere privatwirtschaftliche Investition seiner Regierung voranbringen wollte: Ein großes Stück Land am Ord River, in dem Diamantvorkommen vermutet wurden, sollte in Zusammenarbeit mit Maitland Conlans Exetar entwickelt werden. Der Porsche Boy hatte erneut zugeschlagen, und wieder hatte die Polizei die Verfolgung abbrechen müssen. Nach Ablehnung des Gnadengesuchs waren es nur noch Stunden bis zur Hinrichtung von Clifford und Welsh. Und jetzt gleich die neue Nummer-eins-Single von Australian Crawl: »Reckless«.

Swann ließ das Radio laufen, hörte das langsame Schlagzeug und den Basslauf, während schwerbeladene Lastwagen über die Narrows Bridge rollten. Im Uferpark in South Perth spielten Kinder Fußball, auf der Flusspromenade waren Jogger und Rollerblader.

Auf dem Parkplatz hingen ungewöhnlicherweise keine Junkies rum. Weil Terry Accardi erst in fünfzehn Minuten kommen würde, parkte Swann am Rand in den Schatten der Myrtenheiden. Unbeeindruckt von ihm stritten zwei Krähen und eine Möwe um ein blutiges Stück Metzgerpapier. Das Autotelefon klingelte, Swann klemmte sich den Hörer unters Kinn und erwartete, Accardis Stimme zu hören. Aber es war Hogan, hektisch, erregt.

»Swann, was immer du tust, hör auf. Ich hab dich gestern gewarnt –«

Am anderen Flussufer puffte aus einer der mittleren Etagen der Central Police Station eine kleine Rauchwolke, gefolgt von einem Knall – ein dumpfes, hässliches Scheppern. Dann eine Staubwolke: ein horizontaler, braun-schwarzer Speer, der über den Causeway flog und zunehmend ausfaserte. Danach Stille, unheimlich, sogar die Krähen hielten inne. Die Kinder und Jogger und Rollerblader sahen auf, beschirmten die Augen mit den Händen.

Hogan hatte aufgelegt. Die Leute am Ufer nahmen ihre Tätigkeiten wieder auf. Kinder quietschten vor Vergnügen oder knallten Kricketschläger gegen Bäume, Krähen krächzten, Eltern schimpften, Lastwagen dröhnten auf der Narrows Bridge.

Die Staubwolke hatte sich verzogen. Nur Sekunden waren vergangen. Lange, leere Sekunden, aber sie hatten gereicht, um Swann begreifen zu lassen.

Das Büro von Terry Accardi. Hinausgesprengt auf den Verkehr auf dem Causeway.

Kamerawagen und Reporter zu Fuß. Autoalarmanlagen jaulten in den weiten blauen Himmel. Ein Krankenwagen bahnte sich mühsam den Weg durch die Gaffer auf der Adelaide Terrace. Swann parkte zwischen Perths wuchtigem zentralen Polizeigebäude und dem Verkehrsstau auf dem Causeway.

Heenan hatte angerufen und wollte Informationen. Der Premier flog in einem Conlan-Privatjet von Kimberly zurück. Swann sollte zum Tatort fahren und die Journalisten bei Laune halten; und wenn möglich, von einem alten Kollegen erfahren, was passiert war. Doch nirgends ein alter Kollege, der mit ihm sprechen wollte. Das ganze Gebäude war geräumt worden. Hundert Detectives und gut zweihundert Uniformierte sowie hochrangige Officers waren aus den Büros auf den Parkplatz gekommen und standen versammelt unter der stechenden Sonne hinter einer Wand aus schwarzgekleideten TRG-Truppen, die automatischen Gewehre im Anschlag.

Swann suchte in der Menge der Schaulustigen nach einem bekannten Gesicht. Die Hitze ließ seine Haut kribbeln, das Herz schlug ihm bis zum Hals, das Adrenalin in seinen Adern machte ihn schwindlig. Er zündete sich eine Zigarette an und stieg aus dem Wagen, hörte Gesprächsfetzen, Traumsprache, flottierende Schnipsel. Die Aboriginals sind's gewesen, ihr militanter Protest gegen die Brauerei, völlig durchgeknallt. Die Mafia war's, Drogen natürlich, es ging doch immer um Drogen. Oder Des Foley. Um sich an seinen alten Feinden zu rächen, war der Bankräuber zum Copkiller geworden. Dann knisterten Lautsprecher, schrilles Feedbackpfeifen, eine grimmige Stimme forderte die Umstehenden auf, beiseitezutreten, Rettungswagen Platz zu machen. Auf dem Parkplatz würde gleich eine Pressekonferenz beginnen. Der Superintendent, in voller Uniform, wurde flankiert von TRG-Männern, deren schwarze Helme im Hintergrund eine dunkle Drohung bildeten.

Als der Superintendent in die Sonne blinzelnd zu sprechen begann, bahnte sich Swann einen Weg durch die Menge, schob sich zu den dicht an dicht stehenden Journalisten. Tragisches Ereignis. Einer unserer Männer. Ein junger vielversprechender Detective der Homicide Squad. Offenbar eine Briefbombe. Motiv noch unbekannt. Die Homicide Squad erhält volle Rückendeckung, die Unterstützung aller Abteilungen. Rückhaltlose Aufklärung. Die ganze Härte des Gesetzes. Die Worte des Superintendenten gingen in den Fragen der Journalisten unter, ertranken im anschwellenden Chor des *Was wissen Sie über ...*

Für Swann war hier nichts zu tun. Er kehrte zum Statesman zurück, setzte sich ans Steuer, legte den Kopf in die Hände. Accardi hatte den Mord an dem Umweltexperten untersucht, der sich mit Exetar befasst hatte. Eine Conlan-Firma, von Conlan finanziert. Aber wegen Exetar zurückgepfiffen hatte ihn Hogan, und Hogan hatte auch genau in dem Moment angerufen, in dem die Briefbombe explodiert war. Also musste er von ihrem Treffen gewusst haben. Und dieser Mann würde keine Sekunde zögern, auch einen anderen Officer umzubringen, wenn er ihm im Weg war. Swann war der Nächste auf der Liste, kein Zweifel. Doch trotz allem, trotz des glühenden Gesichts, der geballten Fäuste, des harten Knotens in der Brust – mit geschlossenen Augen sah Swann die Logik hinter dem, was nach all den Jahren auf den Endpunkt zusteuerte: Aus der Schwärze seiner Gefühle heraus sah er gestochen scharf vor sich, wie er in Hogans Augen starrte und seiner blanken Wut freien Lauf ließ.

44

Als Swann auf der St Georges Terrace stadtauswärts fuhr und am Parliament House vorbei auf die ersten Bäume des Kings Park zusteuerte, bemerkte er den Holden HG Kingswood drei Autos hinter sich. Offenbar hatten ihn Hogans Leute wieder im Visier. Den Autotelefonhörer hatte er neben die Gabel gelegt, weil er Heenans ewiges Jammern satt hatte. Er bog nach links in den Park und gab Gas, beschleunigte bergauf entlang der Eukalyptusbäume, vorbei an Touristen, die fröhlich die Stadt zu ihren Füßen knipsten, an Joggern mit neonfarbenen Stirnbändern und Kindern auf BMX-Rädern, die auf dem Waldpfad neben der Straße fuhren. Er passierte den Cenotaph mit dem Obelisken, den Kreisverkehr und den liegenden Stamm des Riesenkarris, dann fuhr er scharf rechts, weg vom Botanischen Garten und tiefer hinein in das Buschland. Ein Blick in den Rückspiegel: der HG voll Männer in Anzügen, die sich zum Teil mit der Hand am Armaturenbrett stützten, war noch in Sicht, doch während der Statesman kraftvoll bergauf zog, tat sich der HG schwer, mitzuhalten. Beim Artilleriedenkmal ging Swann etwas vom Gas, griff in das zusammengerollte Jackett neben sich, tastete nach den beiden geladenen Waffen und legte sie auf den Sitz. Gleich darauf bog er von der Teerstraße auf einen gemulchten Pfad ins Unterholz, auf dem sich der Statesman bis zur ersten Anhöhe pflügte. Dort zog Swann hart die Handbremse, der Wagen tat einen Satz über die Kuppe und blieb dahinter stehen. Swann sprang heraus, rannte zur Seite und hörte den HG heraufjaulen. Im nächsten Moment sah er die entgeisterten Gesichter der Insassen, als sie den Statesman mitten auf dem Weg erblickten. Der Fahrer trat auf die Bremse und riss das Steuer herum, der Wagen schleuderte und knallte mit der Fahrertür gegen einen Jarrah-Stamm. Den .38er Revolver in Reserve, richtete Swann die nicht registrierte Beretta auf das Auto. Als eine Hintertür aufging und eine Waffe in der Hand eines jungen Detectives zu sehen war, drückte Swann ab. Zwei Schüsse aus kurzer Distanz in beide Beine, gefolgt von einem Tritt gegen die Waffe. Dann zielte Swann mit dem Revolver auf die Vordersitze, mit der Beretta direkt in Hogans Gesicht.

In Hogans Blick stand echte Angst. Er legte eine Hand auf die Dienstwaffe seines Nebenmanns und drückte sie zurück ins Holster. Danach hob er beide Hände, um sich zu ergeben, und befahl den Männern auf den Vordersitzen, dasselbe zu tun. Swann winkte Hogan aus dem Auto. Beim Aussteigen sah er, dass Hogan unter dem Jackett eine kugelsichere Weste trug. Nicht die Standardausführung der Polizei, sondern eine eigene Anschaffung. Warum das?

Hogan stellte sich neben seinen angeschossenen Kollegen, der nun auf allen vieren war und sich übergab. »Das war nicht nötig, Frank.«

Swann machte mit dem vorderen Bein einen Ausfallschritt, um einen Angriff von rechts vorzutäuschen – und Hogan duckte sich genau in Swanns Linke, der Pistolengriff donnerte an seine Schläfe. Taumelnd wollte er nach Swann greifen, erwischte in seiner Benommenheit aber den Kollegen und stürzte auf dessen Rücken. Den .38er weiter auf die Männer auf den Vordersitzen gerichtet, stellte sich Swann über Hogan und hielt ihm die Beretta vors Gesicht. Eine schreckliche Kraft zerrte an Swanns Hand, zog einen glühenden Strich zwischen Pistolenlauf und Hogans Stirn. Der Schuss überraschte Swann ebenso wie Hogan, den nur eine kleine Bewegung des Handgelenks rettete. Auf den Wangen Schießpulver, die Ohren betäubt vom Knall. Swann spürte es in Knöcheln, Knien, Hüften – die Gewalt des Rückschlags und des Schusses, auch wenn die Waffenhand durch Gewohnheit und Übung ruhig war. Jetzt löste sich auch Hogan, das Gesicht von Mündungsfeuer und Pulverdampf versengt, aus seiner Erstarrung, hob mit gehetztem Blick beide Hände zum Pistolenlauf, wollte sprechen, konnte nur stammeln, rutschte auf Knien an Swann heran. Der drückte die Waffe erst an Hogans Hals, dann hielt er sie ihm unters Kinn.

»Conlan. Es war Conlan.«

Hogans Stimme klang seltsam fern, fast so körperlos, wie Swann sich fühlte. Dann merkte er, dass er selbst den Atem angehalten hatte, und schnappte hektisch keuchend nach Luft. Mit dem Zeigefinger starr am Abzug drückte er den Lauf noch fester gegen Hogans Kinn. Plötzlich begriff er, dass nicht Hogan, sondern jemand aus dem Auto gesprochen hatte. Er sah zum Beifahrer, der die Hände aus dem Fenster hielt, um zu zeigen, dass er sich ergab. Ein anderer junger Detective, die Augen tellergroß.

»Mr Swann, das waren nicht wir. Es war Conlan. Inspector Hogan hat versucht, Sie zu warnen. Wir wussten nichts davon.«

»Die Presse weiß noch nicht, dass es eine zweite Briefbombe gegeben hat. In Canberra bei den Feds. Die wurde rechtzeitig entdeckt. Poststempel Perth. Es gab ein Rundschreiben, aber das ist nicht früh genug rausgegangen. Keiner wusste, dass ... dass Terry für die Feds gearbeitet hat. Nicht, bis ein Mann namens Sam Mostel bei uns angerufen und gesagt hat, er soll uns von Conlan etwas ausrichten. ›Schnüffler wie Terry Accardi werden erledigt. Und ihr seid die Nächsten.‹ Inspector Hogan hatte es auf Lautsprecher, wir haben's alle gehört. Es ist aufgezeichnet.«

Hogan stöhnte. Die Furcht in seinen Augen war verschwunden, jetzt lag blanker Hass darin, das Elixier von

Schwächlingen. Er spie seitlich aus. Das Jackett verrutscht, versuchte er sich aufzusetzen und grunzte. »Jones, steigen Sie aus. Stellen Sie sich Swann vor.«

Swann sah zu dem jungen Detective, doch es war ein Mann auf dem Rücksitz, der ausstieg. Von der Figur und Haltung ein Schwergewichtsboxer, Nase mehrfach gebrochen, aber ohne den Blick eines Schlägers. Ohne die Miene zu verziehen, ging er um den Wagen herum. Swann sah, dass Jones das Zittern seiner Hände bemerkte, ihm die Kräfte schwanden. Jones zeigte seine leeren Hände und trat neben Hogan, half ihm aber nicht auf.

»Ich gebe Ihnen nicht die Hand, Mr Swann, Sie haben ja grad keine frei.«

Britischer Akzent, womöglich Yorkshire. Beherrscht und ruhig, obwohl eine Waffe auf ihn gerichtet war. Militärische Ausbildung.

Hogan rappelte sich auf. Swann sah die Waffe in Jones' Tasche und fragte sich, ob Hogan danach greifen würde. Hogan spuckte wieder aus, wischte sich das Blut vom Mund. »Jones ist Falkland-Veteran. Royal Marines Commando.«

»Ja und?«

Keine Reaktion von Jones. Hogan sah ihn von der Seite an. »Er arbeitet für Grim Greylands. Ihr seid gewissermaßen Kollegen. Ich nehme an, dass du –«

»Hab von Greylands gehört. Erst gestern ist der Name mal aufgetaucht.«

Ein dünnes Lächeln auf Jones' Gesicht. Mit einer kleinen Handbewegung bedeutete er Swann weiterzusprechen.

»Er kauft Aktien von Hercules Construction, inzwischen hat er eine Sperrminorität. Und du hast Exetar von innen heraus sabotiert. Warum interessiert sich ein Tommy-Tycoon für das Bauprojekt in Burswood?«

Hogan hustete. »Wenn ich dir das sage, würdest du's nicht glauben.«

»Versuch's doch erst mal.«

Jones räusperte sich. »Zwei Fliegen mit einer Klappe. Für Mr Greylands ist Maitland Conlan ein persönliches Ärgernis, das er gern aus dem Weg hätte. Und langfristig ist beim Abbau der Rohstoffe in Western Australia viel Geld zu verdienen.«

Hogan sah, dass Jones das nicht weiter ausführen wollte, und ergriff das Wort. »Offenbar war Maitland Conlan letztes Jahr beim Golfspielen in St Andrews etwas ungeduldig. An einem Par-3-Loch konnte er's nicht erwarten, bis Greylands das Green verlassen hat. Hat mit nem schweren Driver losgeballert, als Greylands noch beim Putten war. Und hat Greylands' Lieblings-Caddy hinterm Ohr getroffen und beinahe umgebracht. Danach kam Conlan über das Green gestiefelt, als ob nichts gewesen wär, und hat sein Loch gemacht. Am Ende kam's zur Prügelei, und Greylands hat Conlan versohlt. Daraufhin hat Conlan begonnen, Handos-Aktien zu kaufen, mit Hilfe der Bank seines Bruders. Aber Greylands hat ihn ausgetrickst und ihm das Fell über die Ohren gezogen. Conlan musste ihm praktisch alles zurückverkaufen und hat dabei kräftig draufgezahlt. Muss fast eine halbe Milliarde gewesen sein. Allerdings schien ihm das nichts auszumachen. Da wurde Greylands neugierig. Und der gute Jones hier ist der verlängerte Arm seiner Neugier.«

Jones verlagerte das Gewicht von einem Bein aufs andere. »Und jetzt kommen Sie ins Spiel.«

Swann schüttelte den Kopf. »Sie wollen ernsthaft behaupten, bei alldem hier geht's letztlich um eine Partie Golf?«

Jones nickte kurz, auf den Lippen ein Anflug von Lächeln. »Das stimmt, das war zumindest der Auslöser. Aber jetzt geht's ums Ego. Ums Prinzip. Die dicken Eier. Darum, dem andren eine Lektion zu erteilen. Und natürlich um Geld.«

Swann warf Hogan einen Blick zu. »Larry Conlan hat dich doch schon lang in der Tasche, du bist sein Mann. Was springt für dich dabei raus?«

Hogan grinste verächtlich. »Diese Conlan-Arschlöcher wollen in Burswood ein Casino bauen. Und damit graben sie mir und den Spaghettis das Wasser ab. Denn wenn die kein Geld mehr machen, ist auch für mich Sense. Ich wollte vermitteln und Sicherheit bieten, für 'ne kleine Marge als Sub die Baustelle in Burswood übernehmen, aber davon wollte er nichts wissen.«

»Und da hat sich Gary Quinlivan aus London bei dir gemeldet und von Greylands' Interesse an Conlan erzählt.«

Hogan zuckte die Achseln.

»Aber was hat das mit Terry Accardi zu tun? Ich weiß, dass er wegen dem Mord an diesem Umweltexperten ermittelt hat.«

»Der Fall hat nichts damit zu tun. Mit Jones' Hilfe konnten wir Maitland Conlans Telefon anzapfen. Maitland bekam einen Tipp von einem Fed. Kleiner Wink, dass Accardis Nase woanders drinsteckte und an den Conlan-Verbindungen zur organisierten Kriminalität rumschnüffelte. Accardis Verbindungsmann bei den Feds bekam heut früh auch 'ne kleine Botschaft mit der Post.«

Also hatte Hogan bis dahin überhaupt nichts von Swann und Accardi gewusst. Vielmehr war Accardi von ebenjener Behörde verraten worden, in die er gerne berufen werden wollte.

»Spitzel umbringen ist doch dein Fachgebiet. Wer hat die Bombe an Accardi geschickt? Ich will Namen.«

Hogan nickte. »Ein Grund für Conlans Aufstieg und seine

Nähe zum Premier ist, dass ich über einen Teil der Outlaw-Biker die Kontrolle verloren hab. Statt mich zu bezahlen, lassen die sich jetzt von Conlan bezahlen.«

»Die Junkyard Dogs.«

»Genau. Vermittelt hat das offenbar Sam Mostel, Conlans Buchhalter und inzwischen auch seine rechte Hand.«

»Und du hast den Kiwi-Mob ins Land geholt, damit die sich mit den Junkyard Dogs zusammentun und du wieder einen gewissen Einfluss auf die Kerle hast.«

Hogan wirkte überrascht. »Ein Schnellschuss. Der, wie mir Heenan sagt, dank deinem Eingreifen danebenging. Jones, du bist dran.«

Jones nickte. »Mr Greylands ist überzeugt, dass die Conlan-Firmen, sowohl die Bank wie die Unternehmen, nur ein Kartenhaus sind. Alles kracht beim kleinsten Windstoß zusammen. Aber so wie's aussieht, reißt das die Regierung mit in den Abgrund. Was ich von Ihnen möchte, ist beweiskräftiges Material. Ich hab schon versucht, mir selbst was zu besorgen, mit Geld und mit Druck, aber das hat bisher nicht geklappt.«

»Seit wann läuft diese Aktion denn schon?«

»Seit Ende letzten Jahres. Begann ungefähr zu der Zeit, als Conlan anfing, Handos-Aktien zu kaufen.«

Und zu der Zeit, als die Grednics verschwanden. Als Conlans Chefbuchhalter hatte Grednic alles über das Geschäft gewusst. Swann sah Hogan an. Er musste bei der Ermordung der Grednics die Hand im Spiel gehabt haben, weil er zu der Zeit noch für die Conlans gearbeitet hatte. Als Blake Tracker den Mercedes der Grednics stahl, verlor Hogan das belastende Material.

»Zuckerbrot oder Peitsche?«, fragte Swann.

Jones lächelte. »Das liegt bei Ihnen. Ein hübsches Honorar

für Ihre Dienste und im Erfolgsfall noch einen ordentlichen Bonus. Und wenn nicht ... dann erfahren die Conlans, dass Sie mit Ihrem pulverisierten Freund Accardi zusammengearbeitet haben. Mr Swann, Sie haben Ihre Bereitschaft, Ihren Freund zu rächen, ja schon eindrucksvoll demonstriert. Ich biete Ihnen die Chance, genau das zu tun und dafür sogar Geld zu bekommen. Und falls das als Anreiz nicht genügt, gibt es angeblich ja Beweise, dass Sie etwas mit dem Tod Ihres alten Feindes Trevor Dragic zu tun hatten. Und die Beweise sind offenbar in unserer Hand. Soweit ich weiß, fahren Ex-Cops höchst ungern lebenslänglich ein, und zwar aus dem einfachen Grund, weil sie selten ihre vorzeitige Entlassung erleben.«

Die kühle Klarheit in Jones' Blick. Das professionelle Vorgehen auf Dragics Farm. Er musste Dragic getötet haben. Der Grund war, dass Dragic die Grednics getötet hatte. Was er entweder zusammen mit Carter getan hatte, oder er hatte sie im Mercedes für Carter abgestellt, damit der sie verschwinden ließ.

Dragic war gefoltert worden, aber hatte ihn das gebrochen? Swann kannte Dragic besser als Jones und Hogan. Falls Dragic den Auftrag gehabt hatte, die Grednics zu töten, Belastungsmaterial zu finden und es Hogan zu übergeben, dann hatte er wahrscheinlich nicht alles herausgerückt. Vermutlich hatte er etwas zurückbehalten, als Rückversicherung und für einen möglichen Zusatzverdienst.

Es gab also den Mercedes der Grednics mit dem Material im Kofferraum, allerdings seit einem Jahr im Wasser, also wohl zerstört. Es gab Dragics Farm. Es gab Conlans Schließfach.

»Wie viel Zeit habe ich?«

Hogan klopfte sich den Staub vom Jackett. »Nicht viel.

Die Conlans haben den Premier in der Hand. Wir wissen, dass sie ihn unter Druck setzen, damit Exetar den Zuschlag für Burswood kriegt. Wir brauchen etwas, damit er die Entscheidung nicht so bald fällt. Und dann brauchen wir Material, um ihm zu zeigen, dass Exetar keine gute Idee ist. Etwas, das ihn vernichtet, wenn er's trotzdem tut.«

»Ihr müsst euch die Anführer der Junkyard Dogs schnappen. Die Leute, die für die Bombe verantwortlich sind.«

Jones ließ seinen Hals knacken und warf Hogan einen Blick zu. Der zischte: »Einem Spitzel wein ich sicher keine Träne nach. Aber wenn einer meiner Leute ermordet wird, dann kümmere ich mich als Chef des CIB persönlich darum, dass der Fall gelöst wird. Darauf kannst du deinen Arsch wetten. Um die Junkyard Dogs oder das Arschloch Sam Mostel brauchst du dir keine Gedanken machen. Die Schweine sind ausgeschert. Dafür werden sie rasiert. Schon als Lehre für alle anderen.«

Swann drehte sich um und ging zum Statesman. Die ganze Zeit auf dem Pfad spürte er ihre bohrenden Blicke im Rücken, so als würden sie Ziel nehmen. Sie würden ihn sofort töten, wenn sie ihn nicht mehr brauchten.

45

Swann schlingerte vom Mulchpfad zurück auf die Teerstraße, die aus dem Park in die Stadt führte. Er stellte einen Lokalsender an, der über den Mord an Terry Accardi berichtete; bisherige Erkenntnisse, Folgen, der Verlust eines vielversprechenden Officers. Es gab wilde Gerüchte, manche nur unwahrscheinlich, andere völlig idiotisch: »Mit einem Namen wie Accardi hat er bestimmt für die Mafia gearbeitet, da musste so was kommen.«

Swann stellte das Radio wieder ab, nahm den Freeway

nach Norden bis zur Scarborough Beach Road und bog in Richtung Wanneroo ab. Auf der Straße zum Kiefernforst war kaum Verkehr, der windstille Vormittag brütete Hitze aus. Er machte sich nicht die Mühe, den Statesman vor der Einfahrt zur kleinen Gemüsegärtnerei zu verstecken. Er fuhr hinein und zog auf der Schotterpiste eine Staubwolke hinter sich her. Die smaragdgrün leuchtenden Marihuanapflanzen überragten die Tomatenstauden bei Weitem, die Wassersprenger auf dem warmen Boden tickten hörbar. Vor dem Haus kein Auto, aber auf der Veranda erhoben sich zwei Dobermannwelpen, blickten erst sich, dann Swann an und tapsten zu ihm, rieben sich an seinen Beinen und leckten ihm die Hand. Swann sah sich nach dem Besitzer um und entdeckte einen silbergrauen Schopf und ein Flanellhemd hinter der Fliegentür, ein Gewehr vor der Brust.

Swann hob beide Hände und ließ die Welpen an seinen Schuhen schnuppern. Dragics Vater öffnete die Fliegentür, trat auf die Veranda und zielte mit dem Gewehr auf Swanns Bauch. Die Welpen blickten zu Dragic, begannen zu winseln und schlichen mit eingekniffenem Schwanz auf den alten Mann zu. Wiedererkennen blitzte in seinen Augen auf. Er wusste, dass es Swann gewesen war, der den Ruf seines Sohnes zerstört hatte. Ihn ruiniert und in die Verzweiflung getrieben hatte. Er wusste, dass Trevor Swann am liebsten umgebracht hätte, und musste annehmen, dass Swann ihn getötet hatte.

»Die Männer, die Ihren Sohn getötet haben. Die wollten was von ihm.«

Dragic spuckte auf den Boden. »Sie wissen, wer Trevor umgebracht hat?«

Swann bestätigte mit einem Nicken. »Sie kennen mich. Ich bin kein Mörder.«

Der alte Mann knurrte. »Jeder von uns ist Anwalt, Richter und Henker zugleich. Das Schicksal bestimmt, wann es so weit ist. Vielleicht war für Sie die Zeit gekommen. Vielleicht ist sie es jetzt für mich.«

Er beugte sich vor, um einen festeren Stand zu haben. Um für den Rückstoß gewappnet zu sein.

»Trevors Mörder haben nach Unterlagen gesucht. Er hat ihnen nichts verraten. Sie müssten noch da sein.«

Mutmaßungen, hastig gesprochen, aber Dragics Augen wurden feucht. Dann eine Veränderung, als der alte Mann das Gesagte begriff, Stolz in ihm keimte, ein Relikt seiner Vaterschaft – der Stolz, dass sein Sohn Trevor nichts verraten hatte. Er nickte, ließ die Schultern sinken, stand wieder entspannt.

Swann musste Dragic in ein Gespräch verwickeln. Die dumpfe Gewaltbereitschaft blieb, zu tief war der Schmerz, zu stark der altweltliche Stolz. »Sie haben den Mord nicht gemeldet.«

»Ich melde überhaupt niemandem was. Es ist hier geschehen, und hier bleibt es. Und auch meine Rache, wenn die Zeit kommt, wird hier stattfinden.«

Swann hatte Dragic nur wenige Kilometer nördlich begraben, dennoch fragte er: »Wo ist er?«

»Das weiß ich nicht. Ich weiß nicht, wo er begraben ist. Aber ich hab seine Hunde gefunden, vergiftet im Busch. Also hab ich an seiner statt seine Waffen und seine Hunde und seine Kleidung vergraben. Und das, wonach Sie suchen. Denn auch das hab ich meinem Jungen beigebracht: Seine Geheimnisse nimmt man am besten mit ins Grab.«

Er drehte sich um, und Swann folgte ihm durch das nach getrockneten Kräutern und Fleischsauce riechende Haus. An der Hintertür wurden sie von den Welpen ekstatisch begrüßt. Der alte Dragic gab Swann eine Schaufel, dann führte er ihn durch einen Schuppen und an einem Gemüsebeet vorbei zu einer Gruppe Goldakazien; in der Nähe ein Moodjar-Baum kurz vor der Blüte; eine Kinderschaukel am knorrigen Ast einer alten Myrtenheide. Neben der Schaukel ein Häufchen umgegrabener Erde. Auf dem lockeren Boden viele tiefe Knieabdrücke. Dazu Spuren wie von Regentropfen auf einem Grab, auf das es seit Monaten nicht mehr geregnet hatte. Der alte Mann, der nachts immer wieder herkam und in Trauer vor dem Grab seines einzigen Sohnes kniete. Oben auf dem kleinen Grabhügel lagen ein Plastikgewehr und ein schwarzer Hut mit silbernem Stern. Die Welpen zwischen Swanns Beinen begannen zu schnüffeln und zu graben.

In Dennis Goulds Apartment war es so heiß, dass die auf dem Boden verteilten Papiere sich an den Rändern wellten. Gould saß in Seidenboxershorts vor Swann, rauchte eine Zigarette und blätterte durch das Geschäftsbuch. Auf den Speckröllchen am Bauch standen Schweißperlen, vom Haaransatz rannen ihm kleine Rinnsale über den Nacken. Swann war mit den Gedanken woanders. Im Radio war von einer Meuterei im B-Trakt des Fremantle Prison, in dem auch Gerry Tracker inhaftiert war, berichtet worden. Die Nachmittagshitze war auf über dreiundvierzig Grad gestiegen, und in den alten Zellen musste man noch zehn Grad dazurechnen. Die Häftlinge hatten einen Wachmann verprügelt und Geiseln genommen. In den angrenzenden Trakten war Feuer ausgebrochen. Die meisten Gefangenen hatte man vor dem Brand in Sicherheit gebracht, aber jetzt standen sie im Hof in der prallen Sonne. Mehrere TRG-Einheiten bereiteten einen Angriff vor. Der Premier stand für kein Interview zur Verfügung.

Gould verzog das Gesicht, rauchte und kratzte sich, während er die Bilanzzeilen, Kontodaten und Telegramme überflog. Er zeigte keinerlei Anzeichen von Erregung. Swann hatte gehofft, dass etwas zu finden wäre – für das Geschäftsbuch hatte Swann dem alten Dragic die Namen Hogan und Jones nennen müssen. Als er die mögliche Beteiligung Trevors am Mord an den Gregnics angedeutet hatte, hatte der Alte nur die Achseln gezuckt, kurz geknurrt und noch einen Schluck seines selbstgemachten Weins getrunken.

Mit enttäuschter Miene klappte Gould das Geschäftsbuch zu. »Nicht der große Knaller, fürchte ich. Es gibt klare Hinweise, dass die Conlans bei der Steuer getrickst haben, aber wer tut das nicht? Schwierig, ihnen deswegen was anzuhängen. Dann gibt es Belege, dass sie Gewinne zwischen einzelnen Gesellschaften verschoben haben und große Summen an nicht näher genannte Finanzinstitute transferiert haben, vermutlich in Offshore-Steuerparadiesen. Aber auch das ist heute in der Wirtschaft üblich und strafrechtlich kaum zu verfolgen. Schwarz auf weiß haben wir nur, dass sich innerhalb des Conlan-Konzerns Firma X was geliehen hat, um Firma Y zu bezahlen. Das reicht zwar für den Verdacht, dass Exetar und andere Unternehmen von Maitland Conlan finanzielle Probleme haben, aber nicht, um ihre Zahlungsunfähigkeit zu belegen oder Unregelmäßigkeiten in der Rechnungslegung oder Kursmanipulationen nachzuweisen. Sorry, Frank.«

»Schon okay. Dragic wusste ja nicht, wonach er suchen muss. Das war nur ein Schuss ins Blaue.«

»Ich verwahre das alles erst mal sicher auf. Wenn wir mehr wissen und alle Details kennen, hilft es uns vielleicht doch weiter.«

Die Sonne ging unter, aber bislang kam kein kühlender

Wind vom Meer. In dem abgedunkelten Raum war die Hitze sogar noch drückender. Swann reichte Gould die Flasche Jameson und wischte sich den Schweiß von der Stirn. Seine Hand zitterte nervös. Sein Leben war nicht in Einklang mit dem beschaulichen Vorstadtleben ringsum, dem gemächlich endenden Tag draußen. Für Swann drehte sich die Welt schneller.

Swann hatte den Statesman neben den pfirsichfarbenen Commodore auf den Parlamentsparkplatz gestellt. Jetzt suchte er mit dem Fühler in der Hand nach Funksignalen, von denen es reichlich gab. Er vermutete, dass er das stärkste Signal anvisieren musste. Dann justierte er die Anzeige des Empfangsgeräts so, dass sich der rote Zeiger im roten Bereich für einen wahrscheinlichen Treffer bewegte. Nachdem er Gould verlassen hatte, hatte ein kurzer Anruf bei dem blinden Telefonisten die Entscheidung gebracht. Auf die Frage, ob Norman die Telefonate des Premiers mitgehört hatte, seufzte er, »Ja, gelegentlich«, fügte aber gleich hinzu, dass er es lieber nicht getan hätte. Er hatte nur zwischendurch lauschen können, zwischen der Annahme und Vermittlung anderer Anrufe, und deswegen nur Bruchstücke gehört. Als Swann ihn bat, den überwiegenden Gemütszustand des Premiers einzuschätzen, hatte Norman gemeint: gereizt, wütend, defensiv. Norman wusste nicht, dass die Leitung von Premier Farrell auf dessen eigenen Wunsch hin verwanzt war, so dass er immer vorsichtig sprach, aber Swann half Normans Auskunft weiter. Laut Norman hatte der Tod des jungen Polizisten zu einer heftigen Auseinandersetzung mit einer älteren Stimme geführt, die er nicht kannte. Aber es waren kaum verhüllte Drohungen ausgesprochen worden, und ein paar Bemerkungen wiesen auf gemeinsame Interessen und eine enge, aber angespannte persönliche Beziehung hin.

Swann stellte auch das Empfangsgerät auf das ausgewählte Funksignal ein, dann stieg er aus dem Statesman und öffnete den Kofferraum des Commodore. Wann immer die Telefonleitung des Premiers das Empfangsgerät im Parliament House auslöste, würde es das nun auch mit Swanns Gerät machen. Er schloss den Kofferraum des Commodore ab, ging zu seinem Auto zurück, startete den Motor und verließ den dunklen Parkplatz, um sich in den Verkehr auf dem hellerleuchteten Freeway einzuordnen.

46

Des Foley stellte die Enduro in der Shafto Lane ab, wo sie den Trinkern und Obdachlosen in der Hay und der Milligan Street nicht auffallen konnte. Immerhin war er selbst wie einer von ihnen angezogen und hatte sich die Kappe tief in das bärtige Gesicht gezogen. In der Murray Street gingen nur ein paar Leute zu Fuß zur Mall, ein Streifenwagen stand an der Ecke Wolf Lane. Wie die meisten Obdachlosen, die zum Übernachten in den Kings Park wanderten, schlurfte Foley in einem schweren Mantel dahin. Am Eingang warf er einen Blick auf Conlans Bank, um zu prüfen, ob Licht brannte. Er ging an Fast Eddy's Café vorbei, bog am Ende des Blocks rechts ab, um an der Wellington Street genau in entgegengesetzter Richtung zurückzugehen. Auf der Höhe der Bank sprang er über einen Zaun und kletterte über eine Mauer, dann schlich er im Schatten und immer außerhalb des Sichtfelds der einzigen Überwachungskamera zur Rückseite des bunkerartigen Gebäudes. In Foleys Rücken die Wand eines Schallplattenladens ohne Fenster. Er prüfte das Fallrohr neben dem Hintereingang – stabil. Er musste gute zehn Meter an der Backsteinfassade hinaufklettern, bis er das Flachdach ohne Vorsprung erreichte. Auf keinen Fall durfte er das Rohr rechtwinklig von der Mauer wegziehen, sonst würde es herausreißen, deswegen lockerte er erst Hände und Füße und sprang dann möglichst weit hoch, um das Rohr zu packen und sich wie an einem Seil hochzuziehen. Eine Woche im Versteck unter dem Haus des alten Pickett hatten seine Muskeln und Sehnen schon etwas abbauen lassen, deswegen kletterte er schneller als sonst. Allzu tief konnte er ja nicht fallen, tröstete er sich, während er sich von einer Wandschelle zur nächsten nach oben hangelte. Er erreichte das Dach, schwang sich hinauf und robbte ein Stück vom Rand weg, ehe er seine Werkzeuge aus dem Rucksack nahm. Schon vor ein paar Jahren hatte er die Bank ausgekundschaftet, sich jedoch gegen den Einstieg entschieden und eine Sparkasse überfallen. Aber heute Nacht ging es Foley weniger um Bargeld. Auf dem Schließfachschlüssel in Mostels Ledertasche war Harrowgate eingeprägt, und was auch immer in dem Fach war, der Schmuck von Mostels Frau war es sicher nicht. Die Frustration über die erzwungene Wartezeit wegen der Aufmerksamkeit von Polizei und Medien hatte ihn nur noch entschlossener gemacht. Wenn er etwas fand, das Mostel belastete und seine betrügerischen Machenschaften erhellte, dann konnte er es dazu nutzen, das Schwein zu vernichten.

Foley sah auf die Uhr. Zwölf vorbei. Besser, jetzt etwas Lärm zu machen, solange noch Menschen auf der Straße unterwegs waren. Er konnte eine halbe Stunde relativ sicher Dachnägel aus den Asbestplatten ziehen oder ein Loch in das brüchige Material treten. Er entschied sich für Zweites, trat einen Schritt zurück und stampfte einmal, zweimal mit dem Stiefel auf; beim dritten Mal hörte er es knacken. Er kniete sich hin, zog an der Platte und hörte die Nägel in den Latten knirschen, dann konnte er die Platte samt Nägeln herausziehen. Das Loch war gerade groß genug, um durchzuschlüpfen. Als er dabei auf die Dachbalken trat, achtete er darauf, sein Gewicht auch über seine Hände abzugeben. Unter dem Dach knipste er die Taschenlampe an und sah, dass die Deckenkonstruktion nicht verstärkt war. Er robbte vorsichtig zu den tragenden Wänden der vom Kassenraum getrennten Büros. Darin waren vermutlich keine Bewegungsmelder oder Kameras installiert worden, so dass er sich dort am besten verstecken und auf das Eintreffen des Geschäftsführers warten konnte. Er entschied sich für das große Eckbüro, das dem Geschäftsführer gehören musste, und begann, mit einer Gipskartonsäge ein Loch in die Decke zu schneiden. Als er mit der Taschenlampe in den Raum darunter leuchtete, sah er einen Schreibtisch, der sich auch als Tritt für den Abstieg eignete. Foley vergrößerte das Loch und legte die sisalverstärkte Gipsplatte daneben in den Dachraum. Ließ die Werkzeugtasche auf den Schreibtisch fallen, hielt sich am nächsten Dachbalken fest, schob die Beine durch die Öffnung und glitt fast geräuschlos auf die Schreibtischunterlage aus Leder eineinhalb Meter unter ihm. Das Büro des Geschäftsführers besaß ein einziges Fenster, das die übrigen Büroräume überblickte. Foley trat einen Schritt zurück und stellte sich vor, wie der Geschäftsführer von draußen sein Büro sah, wenn er am Morgen das Gebäude betrat, die Alarmanlage abstellte und mit klimpernden Schlüsseln hierher kam. Das Loch in der Decke war durch das Fenster zu sehen, aber wenn der Geschäftsführer nicht zuerst durchs Fenster in sein Büro blickte, würde er die Tür aufsperren und dort auf Foley treffen. Und Des würde höflich zu ihm sein. Das Erste, was er zu hören bekäme, wäre »Good Morning«.

47

Noch in South Fremantle roch Swann den Gefängnisbrand, hatte den scheußlichen Gestank von verschmortem Plastik und Gummi, schwelendem Müll und brennenden Matratzen in der Nase. Auf dem Heimweg war er an den mächtigen Mauern des Fremantle Prison vorbeigefahren, über denen orange und rote Flammen züngelten und dichte Rauchwolken standen, ehe sie sich am Himmel verteilten und über die Stadt hinwegzogen. Für den Fall, dass Häftlinge die Mauern überwanden, waren Mannschaftswagen der TRG in gleichmäßigem Abstand postiert worden. Die Posten auf den Wachgängen patrouillierten nicht mehr, sondern richteten die auf die Brüstung gestützten Gewehrläufe in die Höfe. Vor dem Tor Krankenwagen und Feuerwehrautos, denen die Einfahrt verwehrt wurde. Es wimmelte von Übertragungswagen, in der Luft kreisten Hubschrauber von Fernsehsendern. Auf den Straßen Anwohner, die ihrer Schaulust freien Lauf ließen. Hinter den Mauern Gebrüll, Rufe, Schreien. Ein-, zweihundert aufgeregte und besorgte Angehörige, die auf dem Parkplatz zusammenstanden und anfingen, TRG-Posten und zum Schichtbeginn eintreffende Wachmannschaften zu beschimpfen.

Blake Tracker hätte sich am liebsten zu ihnen gesellt. Im Radio war davon die Rede gewesen, dass man die Gefangenen per Bus nach Canning Vale bringen wollte. Auch wenn er seinen Vater nur kurz sah, fand er, wäre es das Risiko wert, selbst geschnappt zu werden. Er hatte sich Sachen von Des Foley angezogen. Die Verkleidung war gut, verräterisch war aber der Verband, den Marion ihm angelegt hatte. Aber

Swann konnte es ihm ausreden. Aus der ganzen Stadt, auch aus Jugendanstalten, wurden Wachleute zusammengezogen, um in Fremantle auszuhelfen. Die Wahrscheinlichkeit, dass Blake erkannt wurde, war hoch. Und Polizei und Wachmannschaften waren nervös und gereizt, und sie hatten Schießbefehl, um jede weitere Zuspitzung der Lage zu verhindern.

Marion hatte eine Tasche gepackt und war für die Nacht, vielleicht auch für ein paar Tage, zu Sarah gezogen. Blake sollte ebenfalls dorthin. Vorher gab es jedoch eine Sache, mit der er seinem Vater helfen konnte.

»Hat der Truck deines Vaters eine Seilwinde?«, fragte Swann.

Der Junge verstand sofort. »Ja. Aber ich komm mit. Du weißt nicht, wo und an welchem Anleger. Und ich kann ins Wasser und den Haken der Winde befestigen.«

Das würde Swann Zeit sparen, die ohnedies knapp war. »Okay, mehr aber nicht. Danach bleibst du im Auto sitzen.«

Unter dem mondlosen Himmel, fern aller Vorstadtstraßenlampen, war das bräunliche Wasser des Lake Bibra schwarz. Die Hitze des Tages verflog über den Sumpfbäumen am Ufersaum, von einem Roten Eukalyptus erklang immer wieder der unheimliche Ruf eines Buschkauzes.

Swann fuhr mit dem Datsun rückwärts auf die alten Jarrah-Bohlen des Anlegers, Badeplatz von Generationen von Kindern aus der Gegend. Der Steg war kaum breiter als der Truck, aber das Gewicht trug er klaglos. Ohne Aufforderung zog sich Blake bis auf die Unterhose aus. Swann reichte ihm eine Dolphin-Taucherlampe. »Ist das wirklich okay für dich?«

Blake hatte trotz der Hitze die Arme um seinen Oberkörper geschlungen, als er durch das Laub auf der Wasseroberfläche in den See ging. Die Lampe schaltete er erst am letzten Pfosten des Anlegers ein. Dann tauchte er dem gelben Lichtstrahl nach in die Tiefe, bleiche Fußsohlen blitzten hell zwischen treibenden Blättern. Der Junge hatte eine kräftige Lunge, blieb eine gute Minute unter Wasser. Schließlich tauchte unter großen Luftblasen sein Kopf wieder auf. Wassertretend stand Blake auf der Stelle, Entschlossenheit und Furcht hielten sich in den geweiteten Augen die Waage.

»Hab's gefunden.« Er war etwa zwanzig Meter vom Anleger entfernt. Also war der Wagen noch weiter gerollt, nachdem er ins Wasser gestürzt war. »Wie tief?«

»Nicht so. Drei Meter vielleicht.«

In der Hoffnung, die Winde würde für zwanzig Meter reichen, begann Swann, die Kette von der Spule zu ziehen. Blake schwamm zu ihm und wartete. Swann bemerkte, dass der Strahl der Lampe auf die Stelle in der Tiefe gerichtet war, wo das Auto mit den beiden Toten stand.

Über die Schulter zog Swann die klirrende Kette immer eine Armlänge heraus. Zählte mit: Nach fünfundzwanzig Zügen war sie abgerollt. Er ließ noch einen Kontrollblick über das Ufer streifen, dann senkte er den schweren Eisenhaken ins Wasser. Der Junge, der die Sache möglichst rasch erledigen und wieder aus dem See wollte, drehte sich um und schwamm los. Als die Kette größtenteils im Wasser war, wurde sie zu schwer, und er ließ sie sinken. Jetzt musste Blake immer wieder tauchen, um sie das letzte Stück über den Seegrund zu schleppen. Dabei kehrte das Licht der Taschenlampe jedes Mal hektisch an die Oberfläche zurück. Nach dem letzten Auftauchen schwamm Blake rasch zum Ufer, wankte auf dem glitschigen Boden rutschend an Land und ließ sich auf den sandigen Boden fallen. In der Hand hielt er den Schlüssel aus dem Zündschloss. Mit Gänsehaut auf den Armen und ohne einen Blick für Swann oder den See zog er sich an.

Swann trat neben den Datsun und drückte den rostigen Hebel nach unten, um die Winde zu starten. Ein Ruck ging durch den ganzen Truck, als sich die Kette Glied um Glied um die Spule zu wickeln begann. Als zehn Meter aufgerollt waren, wurde das Gewicht wider Erwarten auf einmal geringer. Als nur noch fünf Meter fehlten und sich die Kette beinahe mühelos aufwickelte, fürchtete Swann, der Mercedes könnte vom Haken gerutscht sein. Bei einem Meter warf Swann Blake einen Blick zu, dann wurde die Wasseroberfläche plötzlich platschend durchbrochen. Der Junge sprang mit geballten Fäusten auf.

Swann stellte die Winde ab. »Scheiße, Blake, aber ich glaube, wir haben Glück.«

Vor ihnen ragte der Kofferraum des schwarzen Mercedes aus dem Wasser wie das Maul eines Tiefseemonsters, die Zierleiste aus Chrom glitzerte im Licht der Taschenlampe. Das Gewicht des Motors zog die Wagenfront ins Wasser, aber der Kofferraum am Windenhaken ragte heraus. Wohl wegen einer Luftblase darin. Obwohl das Auto schon ein Jahr unter Wasser war, konnten sie mit Glück noch Verwertbares finden.

»Gib mir den Schlüssel und warte im Truck.«

Das ließ sich Blake nicht zweimal sagen. Er kam auf den Anleger und stieg in die Fahrerkabine. Swann kletterte auf einen Balken in Höhe der Wasseroberfläche hinunter. Mit einer Hand an der Kette und unter dem Strahl der Lampe, die auf dem Steg liegend in die Seemitte leuchtete, steckte er den nur leicht angerosteten Schlüssel ins Kofferraumschloss. Nach ein paar Versuchen griff er, und der Deckel ging auf.

Swann wappnete sich gegen den Gestank. Er nahm die

Lampe und leuchtete in den Kofferraum. Zwei Skelette lagen auf einem öligen Schlamm aus aufgelöstem Papier und Fleisch. In beiden Schädeln sah er zwei Einschusslöcher, aber er entdeckte nur drei Austrittslöcher. In den Kofferraum war Wasser gedrungen, das aber nur so weit gestiegen war, wie es die eingeschlossene Luft verdrängen konnte. Die Leichen der Grednics hatten ganz hinten gelegen und waren als Erstes überspült worden. Auch die Kartons mit den Akten waren – bis auf zwei über den Radkästen verstaute – nass geworden und zu Matsch zerfallen. Ein Koffer war vermutlich auf dem Wasser getrieben. Swann hievte die zwei Kartons und den Koffer auf den Anleger, kletterte hinauf und drehte die Winde so weit zurück, dass Wasser in den Kofferraum floss und der Wagen wieder ganz versinken konnte. Dann stieg er erneut hinunter und schlug den Kofferraumdeckel zu. Mit nassgespritzten Hosenbeinen steckte er den Schlüssel ins Kofferraumschloss, löste den Windenhaken von der Abschleppöse und sah zu, wie der Mercedes langsam ins Rollen kam und wieder im Wasser verschwand. Swann wartete, bis sich das aufgewühlte Wasser beruhigt hatte und nichts mehr darauf hinwies, dass sie die Totenruhe gestört hatten.

Sie waren schon auf dem Weg nach Coolbellup, Blake starrte stumm in den Lichtkegel vor ihnen, als es Swann einfiel. »Sag mal, Blake, weißt du noch, wie viele Kugeln im Revolver waren, als du ihn diesem Detective abgenommen hast?«

»Zwei. Das weiß ich sicher, weil ich dauernd dran gedacht hab. Was ich tun würde, wenn der Bulle auf mich losgeht. Eine für ihn, und wenn er trotzdem kommt, eine für mich. Genau wie im Film.«

Zwei Kugeln – genau daran erinnerte sich auch Swann. Er hatte angenommen, dass ein Fünfzehnjähriger auf der

Flucht im Busch vielleicht ein-, zweimal abgedrückt hätte. Aber in den Schädeln der Grednics waren je zwei Einschusslöcher. Je mehr er nachdachte, desto mehr Sinn ergab alles. Ein Doppelmord mit Carters Dienstwaffe, eine Hinrichtung im Auftrag der Conlan-Brüder. Grednic, der über alle Finanzgeheimnisse der Conlans Bescheid wusste. Und Grim Greylands, der Grednic dieses Wissen abkaufen wollte.

Carter hatte seine Waffe wiederbekommen. Swann vermutete, dass er es nicht eilig hatte, sie zu vernichten. Damit konnte er seinen Vorgesetzten beweisen, dass er seinen Dienstrevolver wiederbeschafft hatte. In den Schädeln der Grednics waren nur drei Austrittslöcher. Das Paar war woanders ermordet und erst in den Kofferraum gelegt worden, als die Leichen ausgeblutet waren. Es konnte sein, dass in einem Schädel noch eine Kugel steckte, die zu Carters Revolver passte.

Swann brachte Gerry Trackers Truck zurück auf den Stellplatz vor der Haustür, sperrte auf und legte den Schlüssel auf den Kühlschrank. Es war spät geworden. Als er wieder in den Statesman stieg, war Blake schon auf dem Beifahrersitz eingeschlafen. Er fuhr mit dem Jungen nach White Gum Valley, den westlichen Vorort Perths, in dem Sarah wohnte. Formell hatte ihr Freund das Haus gemietet, auch das Telefon und alles andere waren auf seinen Namen gemeldet. Marion hatte diese Vorsichtsmaßnahme vorgeschlagen. Auch wenn Swanns Haus nicht sicher war, wären sie dort fürs Erste nicht in Gefahr.

Swann begleitete den Jungen die Stufen zur Veranda hinauf, schloss auf und zeigte ihm die Couch im Sommerschlafzimmer, die für ihn vorbereitet war. Blake schlief sofort ein.

Draußen zündete sich Swann eine Zigarette an. An den Statesman gelehnt sah er zum sternenübersäten Himmel und dachte an Terry Accardi. Er hatte ihn bereits gekannt, als er noch ein Kind war und wenige Straßen entfernt gewohnt hatte. Immer barfuß und in kurzer schwarzer Hose und braunem Turnhemd unterwegs. Genau wie Swann ein wilder Junge aus der Hafengegend, den seine schon etwas älteren Eltern nicht bändigen konnten. Accardis Gesichtsausdruck am ersten Tag in Uniform, stolz und nervös, ein schelmisches Lächeln auf den Lippen. Swann war froh, dass Accardis Eltern die Beerdigung ihres einzigen Sohnes nicht miterleben mussten. Ihren Platz hatte Swann einzunehmen.

Er dachte an die Conlan-Brüder, an ihr selbstzufriedenes Grinsen letzte Woche auf dem Fluss – die Welt lag ihnen zu Füßen, alles schien ihnen zu gehören, sie mussten nur danach greifen. Mit Blick auf die Sterne tat Swann einen Schwur, flüsterte ihn leise und wusste, dass Accardi einverstanden wäre.

48

Die Sonne kletterte gerade über den Darling Scarp, die obere Kammlinie war bereits in Pastellfarben getaucht, aber die Weiten der Wüste dahinter lagen noch in kühler Dunkelheit. Swann fuhr zu Goulds Apartment, stellte den Statesman jedoch einen Block davor in der Nähe des Krankenhauses ab. Übermüdet und mit immer schwereren Armen schleppte er den Koffer und die zwei Kartons vier Stockwerke hinauf. Statt aufzusperren, klopfte er an die Tür. Gould öffnete sofort, auch sein Gesicht von Schlaflosigkeit und Nervosität gezeichnet. Sobald die Tür geschlossen war, begann er, durch den ersten Ordner des ersten Kartons zu blättern. Ein breites Grinsen erschien auf seinem Gesicht. »Das sieht viel besser aus. Damit kann man was anfangen.«

Swann sah sich im Apartment um. Ihn beschlich ein ungutes Gefühl, das der Geruch des Todes, der die Kartons zu umwehen schien, noch verstärkte. Sie gingen besser auf Nummer sicher. »Wir müssen woandershin. Hogan weiß, dass du zurück bist. Bisher war ihm das nicht wichtig, aber das kann sich ändern.«

Goulds Grinsen war wie weggewischt. An seine Stelle trat die Angst vor einem weiteren Überfall wie damals, als Leo Ajellos Schläger ihm in seiner eigenen Wohnung mit einem Hammer das Knie zertrümmert hatten. »Eins der Apartments, die ich geerbt hab, steht zurzeit leer. Hab noch keinen neuen Mieter. Gleich auf der anderen Seite des Gangs.«

»Perfekt. Das meiste von deinem restlichen Zeug kannst du hierlassen. Vielleicht stellst du auch den Wasserkocher an, dann sieht's aus, als wärst du nur kurz raus.«

Sie trugen die Dokumente der Grednics über den Gang in das Apartment mit Ostlage. Draußen fielen die ersten Streifen oranges Licht auf die Ebene. Der Geruch hier war kaum besser als der in Goulds Apartment. Swann öffnete ein Fenster und ließ den Ostwind die kühle Wüstenluft hereintragen, die sich aber bald aufheizen würde. Gould nahm die Ordner aus den Kartons und legte sie aus. Swann kramte in der Besteckschublade nach etwas, mit dem er den Koffer knacken konnte.

Plötzlich Gemurmel im Gang. Gould spitzte die Ohren, entspannte sich, als er die Stimmen erkannte. Swann setzte ein Tafelmesser am Kofferschloss an, das schon beim ersten Versuch abbrach. »Scheiß Samsonite.« Unter der Spüle fand er einen Schraubenzieher, mit dem er das Schloss zu bearbeiten begann und einmal in die Gummidichtung stieß. Es kam kein Wasser heraus. Er brauchte fast drei Minuten, um durch geduldiges Hebeln und Nachsetzen das Stahlgehäuse des Schlosses kaputt zu kriegen. Er legte den Koffer auf den Boden und trat einmal, zweimal mit dem Fuß von oben seitlich auf das Schloss, bis er spürte, wie es nachgab. Gould ließ die Kartons stehen und hielt den Koffer fest, während Swann weiter mit dem Schraubenzieher hin und her hebelte. Endlich ging das Schloss auf. Er öffnete den Koffer. Bargeld, viel Bargeld. Zwei Pässe in Plastikhüllen. Eine Kasse mit einem kleinen Schlüssel. Etwas Schmuck in einer Plastiktüte. Eine Rollkartei. Weitere Akten: hellbraune, mit Baumwollbändern verschnürte Aktendeckel. Ausdrucke und Briefumschläge. Stempel und Büropapier. Organigramme. Kontoauszüge, Quittungen, Überweisungsbelege.

»Sieht gut aus, Frank. Selbst wenn das Zeug ein Jahr alt ist. Sonst hätte es Grednic nicht mitgenommen, wohin immer er auch wollte.«

Swann nickte und stemmte sich auf ein Knie. Es war nicht weit bis zur Kunstledercouch, und schon beim Krabbeln dorthin freute er sich, auf ihr zu liegen, die Augen zu schließen und in die Dunkelheit abzudriften. Er war fast so weit, als auf einmal vom Gang her Schläge zu hören waren. Gould erstarrte. Swann schlich zur Tür, spähte durch den Spion und sah vier von Hogans Männern, dazu den Söldner Jones mit einer Pistole, die er vorm Schritt hielt. Die Tür wurde eingetreten, vier Mann stürzten hinein, einer blieb als Wachposten davor. Swann hörte sich atmen, seine Zehenspitzen berührten die Tür, im Nacken die kühle Brise. Der Detective auf dem Gang blickte hin und her, von Tür zu Tür, sprach in ein Walkie-Talkie. Nach einer Minute kehrten die anderen zurück. Jones schob die Pistole ins Holster und starrte für einen Moment direkt auf Swanns Tür, wurde dann von dem Mann mit dem Walkie-Talkie angesprochen und ergriff das Gerät. Redend verließ Jones Swanns Sichtfeld und ging zur Treppe. Die anderen folgten.

Hogan hatte verlangt, dass Swann anrief. Wahrscheinlich hatte er sich einen Haftbefehl für Swann besorgt und ihn per Funk zur Fahndung ausgeschrieben, so dass jetzt nicht nur ein paar Detectives, sondern tausende Augen und Ohren nach ihm suchten. Ein Haftbefehl wegen des Mordes an Dragic.

Swann musste Hogan bremsen. In ein paar Stunden hätte Gould die Ordner durchgearbeitet und aus den Büchern und Dokumenten eine kohärente Geschichte herausgelesen, die ihnen weiterhalf.

Wie gebannt über die Akten gebeugt, wartete Gould auf ein Zeichen. Swann nickte. »Alles okay. Trenn alles Nützliche vom Rest. Ich muss Hogan irgendwas anbieten. Und den Rest müssen wir kopieren.«

Er wartete kurz, dann öffnete er die Tür. Gould schnaufte. Swann trat in den Gang und ging zu Goulds Apartment. Horchte, ob die Männer zurückkehrten. Sie hatten die Wohnung nicht durchsucht, also würden sie wohl zurückkommen. Er setzte sich ans Telefon und wählte eine Nummer, die er auswendig kannte – die der Central Police Station. Verlangte nach Detective Inspector Ben Hogan. Wurde sofort durchgestellt.

»Swann, wenn ich ein Team auf dich loslasse, dann wirst du dir wünschen –«

»Ich hab was für dich.«

Jetzt musste er nehmen, was er bekam. Ehe es zu spät war.

»Und was?«

»Du hast doch mit Carter geredet, über den Mercedes der Grednics. Er hat auch mit mir drüber gesprochen.«

Hogan schwieg. Eine neue offene Flanke für ihn. Carters Waffe erwähnte Swann nicht. Sie sollte nicht einfach im Fluss verschwinden.

»Okay, Swann. Was du wolltest. Gerry Trackers Entlassung. Die Papiere sind unterschrieben. Und bald wird auch das Urteil gegen den kleinen Tracker revidiert.«

»Das glaub ich erst, wenn er draußen ist und ich die Unterschrift seh.«

»Du hast vielleicht bemerkt, dass es in Freo einen Aufstand gibt, und Tracker ist mittendrin.«

»Dann sag's den Schließern dort. Um den Rest kümmre ich mich.«

»Was hast du eigentlich mit diesen zwei Abos?«

»Du wolltest Belastungsmaterial gegen die Conlans, das hab ich. Beziehungsweise hatte ich es. Ich hab's gesehen, als ich Dragic begraben hab. Es war im Handschuhfach seines Ute; ist rausgeflogen, als ich über ein Schlagloch bin. Da wusste ich noch nicht, was es war, deswegen hab ich's im Auto gelassen. Der Vater von Dragic weiß übrigens auch Bescheid. Der wird es nicht einfach rausrücken. Er glaubt, dass es was wert ist. Und das glaube ich auch. Ich hab ihm gesagt, du würdest kommen und es abholen. Wenn du das getan hast und Tracker draußen ist, und wenn ich die Tatwaffe kriege, mit der Dragic erschossen wurde, dazu die Patronenhülsen und den Laborbericht, in dem steht, dass diese Hülsen aus der Pistole kamen – dann verrat ich dir, wo der Mercedes ist. Was auch immer Grednic gegen die Conlans gesammelt hatte, da ist alles drin.«

»So lang hast du möglicherweise nicht mehr.«

»Das wäre nicht sehr schlau von dir, Hogan.«

»Dafür kann ich nichts. Das hast du deinem Kumpel Heenan zu verdanken. Sieht so aus, als hätte Larry Conlan ... einen gröberen Anfall gehabt. Offenbar mag er's, wenn's so richtig knallt. Was erklärt, warum er den kleinen Accardi in die Luft gesprengt hat. Normalerweise lässt er's ja an

Dots Nutten aus. Aber ich hab gehört, dass er sich Heenan zur Brust genommen hat. Wobei es angeblich nicht bei der Brust geblieben ist. Muss wohl auch noch andere Körperteile getroffen haben. Heenan hat ihm offenbar erzählt, dass du deine Nase in Larrys und Maitlands finanzielle Angelegenheiten steckst. Unter normalen Umständen wär das ja vielleicht gar nicht –«

Swann warf einen Blick auf Goulds eingetretene Wohnungstür. Wenn sie jetzt kämen, würde er sie nicht hören. »Und weiter?«

»Na, in seiner momentanen Stimmung ... da fährt er schwerste Geschütze auf. Offenbar haben die Conlans einen ganzen Pack Junkyard Dogs auf dich angesetzt. Er will deinen Kopf.«

Swann legte auf, rief bei der Auskunft an und erfragte die Nummer von Dragics Gärtnereibetrieb. Swanns Anruf dort wurde angenommen, aber niemand sprach, der alte Mann wartete, bis Swann das Wort ergriff. »Der Mann, der Ihren Sohn getötet hat, er kommt zu Ihnen. Ein Engländer. Er meint, Sie hätten etwas, das ihm gehört. Ich habe ihm gesagt, dass Sie ihn erwarten.«

Räuspern, im Hintergrund jaulende Welpen. »Das ist gut.«

Aufgelegt. Swann wählte erneut, diesmal die Nummer von Norman Gorman in der Telefonzentrale. »Norman. Ich hab ein paar Dinge gehört. Schlimme Dinge. Und du?«

Swann sah Normans Gesicht vor sich, die wächserne Haut, den Gentleman-Schnurrbart aus dem frühen 20. Jahrhundert. Blinde Augen, die schon alles gesehen hatten. »Selbst wenn ich dir's sagte, Frank, würdest du's nicht glauben. Außer Rand und Band ist noch untertrieben. Na, du wirst es selber hören. Ich nehme an, du willst, dass ich dich irgendwohin verbinde?«

»Ich bräuchte Heenan.«

»Ach, die Schmalzstimme hab ich schon seit zwei Tagen nicht mehr gehört. Aber wir können's versuchen.«

Die Verbindung kam zustande, das Wählzeichen war zu hören, dann wurde abgehoben. »Was ist?«

Nicht Heenan, auch nicht die Stimme des Premiers. Maitland Conlan. Am Apparat des Premiers.

»Conlan, hier ist Frank Swann. Ich will mit Heenan sprechen.«

Conlan antwortete mit einem kehligen Lachen, gefolgt von einem Schlag auf die lederne Schreibtischunterlage. »Heenan unterstützt uns grad bei Ermittlungen. Was du auch bald tun wirst. Ein paar Freunde von mir suchen dich schon, *Junge*.«

Also stimmte es.

»Heenan hat mit der ganzen Sache nichts zu tun –«

»Meinetwegen. Aber er hat 'n großes Maul, und große Mäuler muss man manchmal stopfen.«

»Dafür ist es zu spät, Conlan. Ich habe Grednics Wagen. Mit allen Unterlagen, die Grednic für Grim Greylands hatte. Die dürften Ben Hogan interessieren.«

»Was willst du dafür? Ich bin Geschäftsmann. Du hast was Interessantes zu bieten, also kauf ich es.«

Swann wählte seine Worte mit Bedacht. Er atmete ruhig, sprach ohne Aufregung. »Sagen Sie dem Premier, er ist politisch tot, wenn er Ihnen den Zuschlag für das Projekt in Burswood gibt.«

Conlan war nicht bewusst, dass das Gespräch aufgezeichnet wurde.

»Wie kommst du darauf, dass er überhaupt 'ne Wahl hat?«

Swann legte auf und wischte sich die schwitzenden Hände ab. Wieder überkam ihn diese Müdigkeit, die ihm das Gefühl gab zu schweben. Noch ein letzter Anruf. Er bat die Auskunft um eine Nummer in Canberra, die Zentrale der Bundespolizei. Sagte zur Telefonistin dort, er würde gerne mit dem Mann sprechen, der gestern die Briefbombe bekommen hatte. Unsicherheit in ihrer Stimme, als sie ihn bat zu warten. Eine unendlich lange Minute Wartezeit. Einige Klicks verrieten, dass Rekorder angestellt wurden. Eine sorgfältig modulierte Stimme. »Johnson. Was kann ich für Sie tun?«

»Mein Name ist Frank Swann. Ich war ein Freund von Terry Accardi. Als Privatermittler und ehemaliger Polizist war ich für ihn –«

»Ich kenne Sie. Wir haben unsere Erkundigungen eingezogen.«

Swann stutzte. Accardis Ermittlungen waren von den Feds an die Conlans durchgestochen worden, nicht vom CIB.

»Das ist ja interessant. Terry meinte, er hat meinen Namen nie erwähnt. Waren Sie etwa derjenige, der seinen Namen hier bei uns ausgeplaudert hat?«

Genau die Antwort hatte Swann erhofft: Aufbrausen. »Sie verdammtes ... Mein Leben war auch in Gefahr.«

»Aber seltsamerweise wurde Ihre Sendung rechtzeitig abgefangen.«

»Alle Post, die bei uns eingeht, wird vorher gecheckt. Eine normale Sicherheitsroutine, bei der die Bombe entdeckt wurde. Also wurde sie entschärft.«

Das Spielchen hatte lang genug gedauert. Swann brach es ab. »Hören Sie zu, jetzt geschieht Folgendes. Als Erstes stoppen Sie den Mitschnitt des Anrufs, oder ich spreche nicht weiter. Und danach sage ich Ihnen, was ich von Ihnen verlange ...«

Swann wartete, bis es in der Leitung klickte. Anschließend redete er, Johnson hörte zu.

Blank wie ein Babypopo. Das war Goulds Kommentar gewesen, als er alle Unterlagen einmal durchgesehen hatte. Wie von Grim Greylands vermutet, war das Imperium von Maitland Conlan im Grunde bankrott. Die meisten seiner Firmen einschließlich Exetar wurden weitergeführt, obwohl sie eigentlich insolvent waren. Sobald diesbezügliche Gerüchte aufkamen oder ein unzufriedener Mitarbeiter etwas enthüllte, stützte Maitlands Bruder Larry die Firma massiv mit dem Geld seiner Harrowgate Investment Bank. Aber laut Gould stand Harrowgate selbst am Rande der Pleite – nicht nur wegen Larrys großspurigem Lebensstil. Er lieh sich auch große Summen von zweifelhaften Quellen, weil ihm herkömmliche ausländische Finanzinstitute keine Darlehen mehr gaben und die Rückzahlung ausstehender Kredite samt Verzugszinsen forderten. Sowohl die einzelnen Transaktionen als auch die Drohungen waren in Grednics Unterlagen dokumentiert. Den Eigenkapitalgebern von Harrowgate, darunter die Katholische Kirche, einige Stadtverwaltungen und hiesige Universitäten, dazu lokale Gewerkschaftsverbände und mehrere Pensionsfonds, drohte der Totalverlust ihrer Investition. Noch schneller, als es zur Vordertür hereinkam, rauschte das Geld bei Harrowgate zur Hintertür hinaus. Das Projekt in Burswood war für die Conlans eine Chance, Löcher zu stopfen und die Fassade aufrechtzuerhalten. Andernfalls brachte schon der erste kleine Windhauch das Kartenhaus zum Einsturz.

Swann hatte sich telefonisch angekündigt und wartete auf der Straße. Durch das Fenster des Statesman gab er McIlroy, dem Wachmann im Fremantle Prison, die ersten tausend Dollar von Grednics Bargeld und verlangte im Gegenzug, dass Gerry Trackers Entlassung vorbereitet wurde. Der zweite Batzen, fünftausend Dollar, war für die Wachleute in Longmore, um die Sache mit Blake Tracker aus dem Weg zu schaffen. McIlroy stellte keine weiteren Fragen, sondern klopfte Swann nur kurz auf den Arm und verabschiedete ihn mit den Worten, er solle auf sich aufpassen.

»Bei uns waren letzte Nacht gut ein Dutzend Rocker in der Straße. Keine Patches auf den Kutten, keine Nummernschilder an den Karren. Sind bei dir ins Haus. Nachdem sie weg waren, bin ich rüber. Der alte Salvatore hat das Gröbste saubergemacht. Du solltest erst mal wegbleiben, Frank.«

Swann dankte ihm, fuhr rückwärts aus der Nelson Street und auf schnellstem Weg nach Coolbellup. Um wach zu bleiben, stellte er die Klimaanlage auf die kälteste Stufe. Man konnte davon ausgehen, dass der alte Pickett am Tag schlief. Swann sprang über den Zaun und schlich hinters Haus. Dach und Wände strahlten Hitze ab, die Asbestschachtel war ein regelrechter Backofen. Swann gruselte es bei der Vorstellung des alten Mannes darin, der sich durch Kriegsträume schwitzte.

Er klopfte an die Holzverkleidung und wartete. Gleich darauf Geraschel, ein schwarzer Spalt öffnete sich. Foley winkte ihn herein, sah sich vorher aber kurz im Garten um. Er wirkte so angespannt wie Swann.

Sobald Swann in das Versteck gekrochen war, zeigte ihm Foley einen Schwung Papiere in einem Briefklemmer.

»Was ist das?«

»Bin heut früh mal bei Harrowgate eingestiegen und hab den Geschäftsführer gezwungen, Sam Mostels Schließfach zu öffnen. Das hier war drin.«

»Hm, das kam gar nicht in den Nachrichten?«

Foley zuckte die Achseln und deutete mit dem Kinn auf die Blätter in Swanns Hand. Swann überflog das erste. Und begriff, dass er das fehlende Puzzleteilchen vor sich hatte.

Mostels Lebensversicherung. Es gab nicht nur die Kontoauszüge und Geschäftsbücher. Der Mann hatte für den Fall seines Todes auch ein Geständnis abgelegt und detailliert aufgezählt, was er im letzten Jahr getan hatte, um die Firmen der Conlans vor dem Untergang zu bewahren. Ihm war offensichtlich klar, was es hieß, dass sein Vorgänger verschwunden war. Die geforderte Belohnung – kleinere Projekte wie den Zuschlag für die alte Brauerei, Teile der Energieversorgung im Staat, einen eigenen Platz am Tisch. Swann schlug die letzte Seite auf. Das Schriftstück war sogar signiert und datiert, genau vor zwei Wochen unterschrieben. Ein Fingerabdruck mit Tinte. Zum Schluss eine Warnung: *Sprengstoff in den falschen Händen*.

Oder in den richtigen.

»Ich bin hergekommen, um Mostel fertigzumachen. Funktioniert das damit?«

Swann nickte. »Das vernichtet ihn endgültig.«

»Dann kann ich dir das überlassen?«

»Eine Sache noch.«

Swann sprach seinen Plan mit Foley durch. Erzählte ihm von den Conlans, Mostel, Accardi. Der letzten Runde.

Foley war einverstanden und begann zu packen.

Die Conlans wohnten im fünfzigsten Stock eines Turms, den sie selbst hatten bauen lassen. Conlan Tower war das höchste Gebäude der Stadt. Swann stellte den Wagen auf dem unterirdischen Parkplatz ab und ging zum nächsten Lift, gefolgt von Foley als falschem Motorradkurier mit aufgezogenem Helm und einer Schultertasche voller Zeitungen, die er in Coolbellup aus den Vorgärten aufgelesen hatte.

Der verspiegelte Lift fuhr nach oben, hielt, um ein paar

Büroangestellte ein- und aussteigen zu lassen. Swann sah sie nicht an, roch nur mit geschlossenen Augen Parfüm und Eau de Toilette, dazu Foleys ungewaschenen Körper. Diese seltsame Mischung machte die Liftatmosphäre noch unbehaglicher. Als sie den dreißigsten Stock passierten, schlug Swann die Augen wieder auf und zählte die Stockwerke ab. Siebenundvierzig, achtundvierzig, neunundvierzig, dann endeten die Zahlen. Hier befanden sich die Büroräume von Exetar und Maitland Conlan. Möglicherweise war Maitland sogar da, zusammen mit Mostel. Zur obersten Etage führte ein Privatlift, nutzbar nur mit Code. Die Lifttüren gingen auf, und Swann trat in die Lobby; neben ihm Foley, noch immer mit Helm auf dem Kopf. Hinter kühlen Glaswänden eine offene Bürofläche mit teppichüberzogenen Raumteilern, um die Arbeitsplätze voneinander zu trennen. Keiner dort beachtete sie. Swann musterte die Arbeitenden in ihren Bereichen, während Foley einen prüfenden Blick zur Decke warf. Die gestrichenen Faserplatten waren in Metallrahmen eingelegt, alle zwanzig Meter gab es einen Lüftungskanal. Der Fluss unter ihnen schlängelte sich zu den fernen Hügeln, im Süden stieg die schwarze Säule eines Buschfeuers in den Himmel. Nirgends ein Anzeichen von Nervosität, alles wirkte normal. Eine Option war, den Lift zu blockieren und sich durch den Kabinendeckel in den Liftschacht emporzuarbeiten, aber das gefiel Foley nicht. Swann folgte ihm an einer geschwungenen, gestrichenen Wand entlang zu den Toiletten. In der Herrentoilette belegten sie angrenzende Kabinen. Swann ließ seine Tür offen und setzte sich auf den Toilettendeckel. Er zog die nicht registrierte Beretta heraus, ohne zu entsichern. Hörte, wie Foley über den Spülkasten auf die Trennwand kletterte und eine Deckenplatte anzuheben versuchte. Sie schien schwer. Schließlich drückte Foley die Platte mit dem Helm nach oben, schob sie zur Seite und zog sich durch das Loch in den Deckenzwischenraum. Swann wechselte von seiner in Foleys Kabine, stieg ebenfalls auf den Spülkasten und zog die Platte wieder an die richtige Stelle.

Nach fünf Minuten klopfte Foley an die Decke. Swann lupfte die Deckenplatte mit dem Helm.

»Vorm Lift steht ein Wachposten. Marke Fleischberg. Dürfte ein Junkyard-Ochse sein. Mit 'ner fetten Wumme. Der Lift führt in 'ne Art Vorraum, von dem's dann in die Wohnungen der Conlans geht. Die auf der einen Seite wirkt sehr ruhig, scheint selten bewohnt. In der anderen ... da sitzt dieses Arschloch Mostel auf 'nem Stuhl, gefesselt. Neben ihm der Fette, den ich letzte Woche mit ihm gesehen hab. Beide ziemlich übel zugerichtet. Mostel hat mich, glaub ich, bemerkt. Der andre war weggetreten. Oder er hat gepennt.«

Swann hörte, dass die Tür aufging. Sofort ließ er die Deckenplatte wieder runter und verharrte reglos, während ein Mann in kurzen, immer wieder unterbrochenen Stößen pinkelte und dazu »Islands in the stream« pfiff. Er ließ sich Zeit beim Händewaschen: Wasser, Seife, abspülen, abtrocknen, Seufzer beim Gehen – ein regelrechtes Ritual, das Swann Zeit zum Überlegen verschaffte. Er hob die Deckenplatte wieder an. »Mostel müsste den Code für den Lift kennen. Versuch, ihn von ihm zu erfahren.«

Während Swann wartete, kühlte die klimatisierte Luft in der Toilette den metallisch riechenden Schweiß auf seinem Rücken. Eisige Schauer jagten bis zu seinem Nacken hinauf und ließen seine Kopfhaut kribbeln. Nach zwanzig Minuten kam Foley zurück und klopfte erneut. »Was für dämliche Witzbolde. Der Code ist eine Milliarde, in Zahlen.«

»Warte hinter einer der Wohnungstüren. Wenn du hörst,

dass der Lift aufgeht, kommst du von hinten. Hast du eine Waffe?«

Mit einer Kopfbewegung deutete Foley auf die umgehängte schwarze Schultertasche. »Da ist 'ne abgesägte Knarre drin. Von 'nem Junkyard-Schwein, das mich abknallen wollte. Gib mir zwei Minuten, bis ich in Position bin. Wenn was schiefgeht, hörst du einen Schuss. In dem Fall schwingst du deinen Arsch schleunigst zu mir!«

Swann verließ die Toilette und lief mit Foleys Helm unterm Arm zu dem Privatlift. Kurze Blicke links und rechts in den Gang, dann drückte er den Liftknopf. Die Türen glitten auf. Normale Kabine, ringsum verspiegelt. Die Türen schlossen sich, und Swann wartete zwei Minuten, bis er den Zahlencode eingab. Dann holte er tief Luft, entsicherte die Beretta, legte den Helm auf den Boden und stellte sich seitlich, die Schusshand nach vorne ausgestreckt. Eine Etage, gefühlt eine Ewigkeit. Eine weitere Ewigkeit benötigte die vibrierende Tür, um geräuschlos aufzugleiten. Nichts vor ihm zu sehen. Dann der Schatten eines riesigen Revolvers, der im Halbkreis zu ihm schwenkte. Swann drehte sich gerade und hob seinen Arm, zugleich senkte der riesige Kerl den seinen. Ihre Blicke trafen sich, der Mann erkannte ihn und verzog das Gesicht zu einem Grinsen. Swanns .22er zielte in sein Gesicht, die Magnum des Rockers war auf Swanns Kopf gerichtet. Während ein Schuss aus der Beretta tödlich sein konnte, den Mann aber vermutlich nur verletzte, würde die Magnum Swanns Schädel zerschmettern. Er trat einen Schritt zurück in den Lift und zwang den Mann, ihm einen Schritt zu folgen, so dass sein Rücken ungeschützt war. Foley bewegte sich geräuschlos, ein unhörbarer Sprung. Den abgesägten Gewehrschaft erhoben, die Augen aufgerissen, den Mund zu einem stillen Schrei geöffnete, traf er den Riesen hinter dem Ohr.

Der wurde von der Wucht des Schlags in den Lift gestoßen, stolperte über Swanns Bein und donnerte mit ihm gegen die splitternden Spiegel.

Kein Schuss.

Foley schlug dem Biker noch ein zweites und drittes Mal auf den Kopf. Nahm die Magnum und entspannte den Hammer. »Glück gehabt. Man möchte gar nicht glauben, wie empfindlich diese Riesentrümmer sind, die ballern oft sofort los.«

»Danke, das war perfekt. Er war schon hinüber, ehe er bei mir war.«

Zu zweit zerrten sie den Mann in das Vestibül von Larry Conlans Apartment, Blut zeichnete die Schleifspuren auf dem kamelhaarfarbenen Teppich nach. Ein großer Raum: an einer Wand ein zerwühltes halbkreisförmiges Bett, ein riesiger Esstisch. Darauf Kokain auf einem rotgesprenkelten Spiegel, weißes Pulver vermischt mit Blut. Da war jemand ein harter User, angesichts seiner Wutausbrüche sehr wahrscheinlich Larry Conlan. In dem vollverspiegelten Bad waren Mostel und Heenan gefesselt auf zwei Stühlen neben dem Jacuzzi. Heenan war noch immer bewusstlos, saß mit hängendem Kopf da und gurgelte. Mostels Gesicht war blutig geschlagen, die Waffe lag auf dem Beistelltisch daneben: eine goldüberzogene Haarbürste.

Foley wollte keine Zeit verlieren. Er packte Mostel an den Haaren. »Der Safe. Wo ist er? Und was ist die Kombination?«

Noch regte sich Widerstandsgeist in Mostel. Er versuchte zu lachen, hustete und spuckte Blut. Panik trat in seine Augen. Foley wischte mit der Hand das Blut von Mostels Kinn und hielt sie ihm vors Gesicht. »Die haben ganze Arbeit geleistet. Siehst du das schaumige Blut? Sieht nach Embolie aus. Deine Lunge macht schlapp. Also, wo ist der Safe und was ist die Kombination?«

Wieder begann Mostel zu husten, und als er spürte, wie etwas in ihm riss, trat wieder Furcht in seinen Blick. Er beugte sich vor und ließ einen Schwall Blut und Speichel aus seinem Mund laufen. Schüttelte den Kopf.

»Was soll das heißen? Dass du's nicht sagst?« Foley hob das Gewehr. Swann legte ihm die Hand auf den Arm. »Das heißt, dass hier kein Safe ist. Schau dich doch mal um.«

Foley verließ das Bad, und Swann band Mostels Hände los, dann widmete er sich Heenan, der allmählich wieder zu sich kam. Endgültig weckte ihn ein Glas Wasser, das Swann ihm ins Gesicht schüttete. Er tauchte aus großer Tiefe auf. Erkannte Swann, zerrte an seinen Fesseln. Seine Verletzungen waren oberflächlich, aber er war zum ersten Mal geschlagen worden. Vermutlich hatte er Ohrensausen, leichten Schwindel von der Gehirnerschütterung, dazu einen flauen Magen. Swann half ihm auf, führte ihn aus dem Bad und setzte ihn auf Conlans Bett. Er erschrak: Der Biker war verschwunden. Swann stürzte in den Gang. Gerade fuhr der Lift nach unten. Im Umdrehen sah er, wie Mostel, dem helles Blut aus dem Mund lief, verwirrt und nach Luft schnappend nach links zum Balkon lief.

»He, Arschloch, hiergeblieben!«, rief Foley und drehte sich von den offenen Schränken mit herausgezogenen Schubläden weg. Swann entdeckte neben den Schuhen des Tycoons den schwarzen Müllsack, in dem er Conlan sein Geld zurückgegeben hatte. Noch ehe er Foley auf den Balkon folgen konnte, sah er, wie Mostel ein Bein über die Brüstung schwang, und im pfeifenden Wind verschwand. Zurück blieb nur der Blick auf die Hügel. Mostel war auf dem Weg fünfzig Stockwerke in die Tiefe.

»Auf Nimmerwiedersehen«, sagte Foley und wollte sich über die Brüstung beugen, um den Sturz zu verfolgen.

Swann packte ihn am Arm, zog ihn zurück. Ging zu Heenan, um ihm aufzuhelfen und zum Lift zu führen. Foley stopfte die halbe Million aus dem Müllsack in eine Baumwolltasche und kam im selben Moment zum Lift, als die Tür aufglitt. Sie traten ein, Swann drückte den Nummerncode. Eine Etage tiefer wieder geschäftiges Gewusel. Keine Spur von dem blutenden Biker. Als sie im anderen Lift die neunundvierzig Stockwerke nach unten fuhren, hatte Foley den Helm wieder auf, aber Aufmerksamkeit erregte nur Heenan mit seinem schlimm anschwellenden Gesicht. Auf dem unterirdischen Parkplatz reichten sich Swann und Foley die Hand. Dann griff Foley in die Baumwolltasche und holte ein dickes Geldbündel heraus, das er in Swanns Jackett steckte. Weitere Worte waren überflüssig. Sie hatten sich nie gesehen, würden sich nie wiedersehen.

Heenan taumelte auf den Statesman zu, aber Swann hielt ihn zurück. »Allein bist du sicherer, Heenan. Sieh zu, dass du ins Royal Perth kommst. Lass dich behandeln und dir ein Bett geben. Und halt die Schnauze. Ich melde mich.«

Swann stieg in den Statesman, wendete und gab Gas, jagte den Wagen auf das Rechteck aus weißem Licht zu.

Im stockenden Verkehr auf der St Georges Terrace kam er kaum voran, kroch immer nur ein paar Meter näher an die langsam umschaltenden Ampeln heran. Swann fühlte sich angreifbar. Den Biker nicht zu fesseln, war ein Fehler gewesen. Für einen Rocker mit Waffe war er hier ein leichtes Ziel. Er rief er Gould in Subiaco an und sagte ihm, wohin er fahren wollte. Falls er es nicht bis dorthin schaffte.

»Mach Kopien von allem, was dir nützlich scheint. Mehrere, für den Fall …«

Das so dahingesagte, irreale *für den Fall* klang wie die Ankündigung seines eigenen Todes. Ausnahmsweise erwiderte Gould nichts, sondern machte sich schweigend an die Arbeit, wohl weil er Swanns Angst sogar durch das Telefon spürte.

Als Nächstes noch eine gute Tat, bevor er Marion anrief: Swann wählte die Nummer von Stormie Farrell, damit dieser den Gewerkschaften Bescheid gab und ihnen empfahl, ihr Geld von Harrowgate abzuziehen. Das Wort von Farrell senior hatte dort noch Gewicht, und Swann konnte so eine Panik auslösen, die von den Gewerkschaften über die Stadtkämmerer bis auf die breite Öffentlichkeit übergreifen würde. Doch niemand hob ab, das Telefon klingelte und klingelte. Plötzlich sah Swann das erste Motorrad im Rückspiegel – ein schwarzer Helm mit heruntergelassenem Visier, der über den Autodächern auftauchte und sich drei Autos hinter ihm einordnete. Swann begriff. Er hatte keine Chance, den Junkyard Dogs zu erklären, dass Conlan pleite war und kein Geld hatte, um sie für ihre Drecksarbeit zu bezahlen. Als er sah, dass der noch stehende Biker in die Satteltasche griff, schlug er sofort scharf ein. Er bog in eine Seitengasse ab und gelangte über eine rote Ampel zum nahen Freeway. Er nahm die Auffahrt in Richtung Süden, der Statesman beschleunigte kraftvoll auf 100, 120, 140 und schlängelte sich zwischen Pendlern, Taxis und Bussen durch. Swann hörte ein kräftiges Röhren – fast so, als räusperte sich ein Düsentriebwerk – und sah ein Bike auf der Standspur heranrauschen. Swann scherte knapp davor ein, doch der Fahrer wich aus und überholte Swann auf der anderen Seite, ohne ihn anzusehen, ohne Waffe in der Hand, und positionierte sich ein-, zweihundert Meter vor ihm und wartete. Swann hörte ein nächstes Bike herandonnern, eine zweite Harley mit Höchstgeschwindigkeit, wieder nur ein Fahrer, der von rechts an ihn herankam.

Swann hielt Ausschau nach einer Waffe, aber auch diese Harley überholte ihn nur auf der äußersten rechten Spur und ging ebenfalls in Warteposition vor ihm.

Jetzt war er markiert. Jeden Moment konnte eine Maschine mit einem Schützen auf dem Sozius kommen. Swann fuhr weiter viel zu schnell, um die Aufmerksamkeit eines Verkehrspolizisten zu erregen, aber nirgends war einer zu sehen. Er war allein. Er wählte Hogans Nummer, nur eine Hand am Steuer mit 140, links von ihm spritzten Kiesel und Staub auf. Ein Fehler und er flog von der Straße. Hogan ging ran, die Stimme gereizt, wollte Dampf ablassen, aber Swann schnitt ihm das Wort ab und sagte, wohin er unterwegs war und was Hogan tun musste, wenn er die Dokumente Grednics wollte. Währenddessen tauchte noch eine Maschine auf, nur ein Fahrer mit schwarzem Helm, der sich gute hundert Meter hinter ihm in der Mitte zwischen zwei Fahrspuren drängte. Dann kam eine vierte auf der äußersten rechten Spur mit hoher Geschwindigkeit angeschossen und kreiste ihn weiter ein; dahinter ein ganzer Keil schwarzer Motorräder, die links und rechts an verblüfften Autofahrern vorbeidonnerten. Und da war sie – keine Harley, sondern eine BMW, schneller, wendiger und mit einem Beifahrer, der ein abgesägtes Gewehr in der Hand hatte, anlegte. Swann duckte sich, als das Rückfenster krachend barst, sein Hinterkopf von Glassplittern und Schrot getroffen wurde. Er spürte den Wind auf der blutigen Masse im Nacken, der Kopfhaut, dem Schädel, doch die Entfernung hatte ihn gerettet. Er stieg auf die Bremse, schleuderte nach rechts, erwischte das Vorderrad der BMW, die vornüber kippte und die Fahrer durch die Luft segeln ließ. Arme und Beine gespreizt wie Fallschirmspringer, landeten sie auf dem Asphalt und wurden von den Rädern eines LKWs und eines Taxis überrollt. Ein Schwarm

Motorräder schwirrte um ihn herum, manche schlingernd, stürzend. Swann wartete bis zum letzten Moment, ehe er das Lenkrad herumriss und auf die Abfahrt Manning Road schoss. Die Fliehkraft raubte ihm den Atem, die Motorradkohorte fiel auseinander, aber vier Maschinen blieben hinter ihm. Er fuhr auf die breite gerade Straße, da bemerkte er im Rückspiegel, dass sie verunsichert waren. Ein paarmal beschleunigten sie, als wollten sie ihn einkreisen, dann ließen sie sich wieder zurückfallen, um auf die anderen zu warten. Das wollte er ausnutzen, um bis zum Leach Highway Abstand zu gewinnen und sie dann in den südlichen Vororten abzuhängen. Er gab Gas, der Statesman beschleunigte weiter. Swann warf einen Blick über die Schulter, und genau in diesem Moment traf ihn ein greller Blitz, blendete ihn, ließ ihn beinahe ohnmächtig werden, wegdriften. Nichts blieb außer einer brennenden Figur in nachtschwarzer Landschaft, nichts außer Schmerz, Flammen und Dunkelheit. Ein dumpfer Schlag, als er über den Mittelstreifen fegte, auf die falsche Straßenseite geriet. Swann griff an seinen Hinterkopf, seinen Nacken, spürte Knochen, Gewebe, Kugeln darin. Panik setzte ein, kroch in seinen Körper, eine Angst, wie er sie noch nie verspürt hatte. Die Finger auf Knochen und Knorpel und Blei, warm und glitschig vor Blut. Durch den Aufprall auf Beton bei hoher Geschwindigkeit war die Steuerung des Wagens verzogen. Swann hörte die Motorräder neben sich, zog die Handbremse. Der Wagen driftete und drehte sich quer. Swann versuchte, den Kopf gerade zu halten. Schwindel und Panik, von immer neuen grellen Blitzen überblendet, kamen und gingen, Licht und Dunkelheit, Leben und Tod. Plötzlich war er in Stormie Farrells Straße, die Motorräder hinter ihm, jetzt auch noch Sirenen. Er fuhr die schräge Einfahrt zu Stormie Farrell hinauf, geriet ins Schleudern, hörte

Metall auf Metall krachen, in einiger Entfernung Glas brechen.

Das Gefühl einer Geistertour, als würde er in schwarzem Wasser auf Silbersand laufen, durch Quecksilberblasen. Dann lichtete sich die Dunkelheit, ein Flammenkreis loderte auf, dahinter die offene Tür von Stormie Farrells Haus. Swann blickte an sich hinunter, sah die Waffe in seiner Hand, hörte Motorräder auf der Straße. Er taumelte hinein. Schlug die Tür zu. Ging ins erste Zimmer, stellte sich ans Fenster, schoss. Eine Kugel verschwendet. Eine schwarze Gestalt tauchte auf, umrahmt von Feuer. Swann schoss auf sie, sah sie stürzen. Schwarze Schlieren an der Seite des Hauses, Schüsse unten auf der Straße, Sirenen und Schüsse, dutzende, unterschiedliche Kaliber – eine .38er, eine Maschinenpistole, Gewehre. Er kniete sich hin, kroch auf allen vieren durch den Gang in die Küche. Zog sich am Spülbecken hoch, zielte mit zitternder Hand in den Himmel, merkte, wie er schwankte. Sank zu Boden. Schüsse. Die Decke blinkte, ein flackerndes oranges Leuchten. Stille. Die Hintertür ging auf. Swann ahnte, dass sich etwas Dunkles näherte, konnte den Kopf aber nicht heben. Wollte wenigstens die Hand heben, konnte es nicht. Gelähmt. Ohne Schmerz. Die Erde unter ihm, beständig und schwer, er lag auf dem Boden, den Blick nach oben gerichtet. Ein Schatten. Hogan lehnte sich in sein Sichtfeld, den Kopf wie von einem Heiligenschein umrahmt. Ein Todesengel. Zufriedenheit auf seinem Gesicht.

»Jones ist tot, Swann. Deine Schuld. Und Carter wurde von den Feds verhaftet und in eine Einrichtung gebracht, auf die ich keinen Zugriff habe. Deine Schuld.« Hogan öffnete die Trommel seines Revolvers. »Ich hab grad vier Männer getötet, nur damit ich als Erster bei dir bin. Hübsche Blutlache um deinen Kopf da. Wie bei diesen russischen Dingern, diesen … Ikonen. Dein Kopf kommt zum Schluss. Wie findest du das? Aber erst mal …«

Swann spürte, wie sein Körper zuckte, schwebte, und er meinte weiter zu schweben, aber nein. Nichts. Kein Schmerz. Nur Gewicht. Hogan lachte. »Wie ich sehe, ist dein Rückgrat im Eimer, Swann. Ich hab dir grad in den Bauch geschossen.«

Hogan lächelte und beugte sich näher. Letzte Riten. Das Flüstern des Todes. »Ich könnte dich fragen, wo Grednics Unterlagen sind. Aber ich weiß es. Ich finde Gould. Was uns zum Ende kommen lässt. Schade, dass du's nicht mehr spürst. Aber so eine Gelegenheit lass ich mir nicht entgehen. Das hier kann ich leicht diesen Lederaffen in die Schuhe schieben. Es ist jedenfalls längst überfällig.«

Swann wollte die Augen nicht schließen. Er blickte an der schwarzen Mündung vorbei und am Lauf entlang direkt in Hogans lichtumkränztes Gesicht. Hogan wartete auf etwas. Swann gab es ihm, kanalisierte die Flamme und die Dunkelheit in sich und schleuderte sie ihm aus seinen Augen entgegen. Hogans Gesicht zerplatzte in einem Schwall aus Blut, Kopf und Körper wurden von einem ohrenbetäubenden Knall aus Swanns Blick gerissen, Fleisch klatschte an eine Wand, roter Nebel senkte sich auf Swann, als Hogans Beine auf seine fielen. Swanns Ohren klingelten, dann hörte er Blut tropfen.

Mit rauchendem Gewehr beugte sich Stormie Farrell über ihn.

49

Swann wollte aufgerichtet werden, um mehr zu sehen. Das Korsett um seinen Hals verhinderte, dass er den Kopf drehte. Aber in seine Hände und Füße war das Gefühl zurückgekommen. Er ballte die Fäuste und wackelte mit den Zehen, nur um sie zu spüren. Als beinahe tödlich erwiesen hatte sich der Schuss in den Bauch. Die Kugel hatte seinen Darm durchschlagen und war in die Hüfte eingedrungen. Er hatte eine Blutvergiftung bekommen, und noch während er operiert wurde, setzte ein lebenswichtiges Organ nach dem anderen aus. Einmal hatte sogar sein Herz aufgehört zu schlagen. Die Ärzte hätten fast aufgegeben.

All das hatten ihm Marion und seine Töchter erzählt. Als er wieder zu Bewusstsein kam, hielten sie seine Hände und Füße, aber er spürte nichts. Tränen fielen auf seine Lippen, als sie ihn küssten. Auch er hatte geweint, wegen ihnen. Wegen dem, was er ihnen angetan hatte.

Nun saß er aufrecht im Bett und blickte aus dem Fenster des Mount Hospital über die Esplanade bis nach Burswood und hörte dem Bundespolizisten zu, der ihm das letzte Beweisstück von Terry Accardi erläuterte: das Probenergebnis, wegen dem der Umweltexperte hatte sterben müssen. Als er sich die Proben vom Bauplatz in Burswood unter dem Mikroskop angesehen hatte, war dem Wissenschaftler aufgefallen, dass sie den Proben von der Exetar-Baustelle in East Perth ähnelten. Also forschte er nach – und es kam heraus, dass die Proben nicht ähnlich, sondern identisch waren. In Erwartung des Zuschlags für das Burswood-Projekt hatte Conlan die kontaminierte Erde von East Perth in einen aufgelassenen Steinbruch am Stadtrand transportieren lassen. Ohne abzuladen hatten die Lastwagen dort einfach umzudrehen und wurden zurück in die Stadt nach Burswood geschickt, wo der giftige Abraum zur Aufschüttung ausgebracht wurde. Jetzt war das niedrige Schwemmland am Fluss bereits zu verseucht, um die vom Premier gewünschte gemischte Bebauung mit günstigem Wohnraum zu verwirklichen. Das Gebiet war sogar zu verseucht für einen Golfplatz oder Park. Der

Fed sagte, jetzt sollte in Burswood ein riesiges Casino entstehen, genau wie es die Conlans von Anfang an geplant hatten.

Allerdings konnten sie sich über den Erfolg ihres Betrugs nicht lange freuen. Nachdem Gould die Unterlagen Grednics und das unterschriebene Geständnis Mostels an investigative Journalisten von *Daily News*, *West Australian* und *Sunday Times* übergeben hatte, hatte die Berichterstattung an der Börse eine Panikreaktion ausgelöst, alle stießen ihre Harrowgate-Aktien ab. Der Premier hatte hunderte Millionen an Steuergeldern in die Bank gepumpt, damit die Katholische Kirche und andere aus seinem Dunstkreis ihr Geld noch herausholen konnten, aber das hatte das Unvermeidliche nur hinausgeschoben. Innerhalb von wenigen Tagen war Harrowgate untergegangen, bald gefolgt von Exetar und den übrigen Conlan-Firmen weltweit. Grim Greylands hatte gesiegt und konnte sich aus den Trümmern die Filetstücke aussuchen, die der Konkursverwalter verschleuderte, um Geld für Conlans Gläubigerbanken zu erhalten. Das Burswood-Angebot zog Greylands zurück, kurz nachdem bekannt wurde, dass der alte Dragic Jones erschossen hatte, auch wenn dessen Leiche noch nicht aufgetaucht war. Die Gefahr einer bundespolizeilichen Untersuchung von Accardis Tod sowie die Rolle Hogans als Greylands Handlanger ließ den britischen Tycoon rasch alle Zelte abbrechen. Der Premier hatte sich bislang im Amt halten können, aber Rücktrittsforderungen wurden laut, auch um die Untersuchungskommission abzuwenden, die von den Medien und anderen gefordert wurde. Wie Stormie Farrell vorausgesagt hatte, war sein Sohn in ein Haifischbecken gestiegen und dort bei lebendigem Leib gefressen worden. Es gehörte von Anfang an zur Geschichte von Western Australia, dass die Regierung Männer wie die

Conlans förderte. Aber jetzt war die Maske gefallen, und dahinter zeigte sich ihre hässliche Fratze.

Swann hatte dem allen nichts mehr hinzuzufügen. Alles lag auf der Hand. In seinem Bericht hatte er nur Accardis Rolle bei der Aufdeckung herausgestrichen. Seine Ermittlungen für die Bundespolizei, sein Tod als Folge einer Indiskretion dort, die angekündigte Verleihung einer Medaille in Anerkennung seiner Verdienste. Das war für niemanden ein Trost außer für Swann und den Mann neben ihm, der jetzt seine Uniformjacke glattstrich und seine Offiziersmütze zurechtrückte. Accardis Beerdigung begann in einer Stunde. Es würden nicht sehr viele Trauergäste kommen. Marion und ihre Töchter würden da sein, einige Nachbarn, ein paar Vertreter der Feds. Und weil noch kein Nachfolger für Hogan gefunden war, wohl auch mehrere, eher unwillige höherrangige Officers des CIB. Hogans eigene Beerdigung dagegen würde ein Heldenbegräbnis – ein Polizist, in Erfüllung seiner Pflicht von Rockern ermordet. Staatlich finanziert, fand die Trauerfeier in der St George's Cathedral statt, ehe der Leichenzug durch Perth hinaus nach Karrakatta fuhr. Bundespolizeiliche Ermittlungen zu Hogans Beteiligung an der Ermordung der Grednics liefen, immerhin hatte Hogan zu jener Zeit für die Conlans gearbeitet. Die beiden Brüder waren weiter auf freiem Fuß. Die Biker, die verdächtigt wurden, die Bombe an Accardi geschickt zu haben, waren vermutlich in dem Feuergefecht bei Stormie Farrells Haus umgekommen. Völlig ausgespart blieben die Rollen, die Des Foley, der alte Dragic und Blake Tracker bei der Auffindung wesentlicher Beweismittel gespielt hatten. Foley war weiterhin der meistgesuchte Mann Australiens, aber die Anschuldigungen gegen Gerry Tracker und das Urteil gegen Blake waren aufgehoben worden.

Swann reichte dem Polizisten die Hand. Er genoss den Druck, den er spürte. Die Schrotkugeln hatten sein Rückgrat nur gestreift, den Zentralnervenstrang nicht durchtrennt. Er würde langfristige Folgen davontragen, auch wenn sie laut Prognose nicht allzu gravierend waren. Doch eine zweite Verletzung in diesem Bereich könnte katastrophal sein. Er hatte Glück gehabt und würde bald wieder gehen können. Mit Marion über den Strand laufen, die Sonne auf dem Gesicht spüren, feuchten Sand unter den Füßen. Das gute Leben haben, das er sich immer gewünscht hatte, das er immer gehabt hatte.

DANKSAGUNG

Alle Figuren in diesem Roman sind fiktiv. Jede Ähnlichkeit mit echten, lebenden oder toten Personen ist rein zufällig.

Ich bin meinen ersten Lesern – Mark Constable, Sean Gorman, Andrew Nette, Dave Honeybone und Kerri Guardia – zu Dank verpflichtet. Danke auch an meine Agentin Lyn Tranter und an Michael Robotham für seinen neuerlichen Rat. An Peter Whish-Wilson für die finanzielle Unterstützung und an meinen Krimikollegen Alan Carter für unsere regelmäßigen Gespräche im Pub. Ich danke Fremantle Press und vor allem meiner Lektorin Georgia Richter und der Publizistin Claire Miller dafür, dass sie sich dieses Buchs angenommen haben. Es ist mir eine Freude.

Und ich danke Bella, in steter Liebe und Verbundenheit.